KB166307

을 유 세 계 문 학 전 집 · 8

천사의 음부

을유세계문학전집 · 8

천사의 음부

PUBIS ANGELICAL

마누엘 푸익 지음 · 송병선 옮김

❖ 을유문화사

옮긴이 송병선

한국외국어대학교 스페인어과를 졸업했으며, 콜롬비아의 카로 이 쿠에르보 연구소에서 석사 학위를, 하베리아나 대학교에서 문학 박사 학위를 취득했다. 하베리아나 대학교 전임 교수로 재직했으며, 현재 울산대학교 스페인·중남미학과 교수로 재직 중이다. 지은 책으로『보르헤스의 미로에 빠지기』,『영화 속의 문학 읽기』가 있다. 옮긴 책으로는『거미 여인의 키스』,『콜레라 시대의 사랑』,『내 슬픈 창녀들의 추억』,『칠 일 밤』,『부에노스아이레스 어페어』,『내일 전쟁터에서 나를 생각하라』,『꿈을 빌려 드립니다』등이 있다.

을유세계문학전집 8
천사의 음부

발행일·2008년 8월 20일 초판 1쇄 | 2020년 12월 25일 초판 3쇄
지은이·마누엘 푸익 | 옮긴이·송병선
펴낸이·정무영 | 펴낸곳·(주)을유문화사
창립일·1945년 12월 1일 | 주소·서울시 마포구 서교동 469-48
전화·02-733-8153 | FAX·02-732-9154 | 홈페이지·www.eulyoo.co.kr
ISBN 978-89-324-0338-0 04870 978-89-324-0330-4(세트)

차례

제1부

1

커튼 레이스 사이로 달빛이 스며들고 있었고, 새틴 베개보는 달빛에 흠뻑 젖어 있었다. 새로 맞이한 아내의 손바닥은 검은 머리카락 옆에 힘없이 늘어져 있었다. 고요한 꿈나라에 빠져 있는 것 같았다.

그런데 그녀가 갑자기 손바닥을 꽉 오므렸다. 하지만 붉고 푸르게 화장한, 너무나 완벽한 얼굴은 계속해서 느즈러져 있었다. 잠시 후 이 세상에서 가장 아름다운 여인이 공포에 질린 것처럼 벌벌 떨며 몸을 일으켰다. 하지만 얼굴은 이내 평소의 표정을 되찾았다. 너무나 길고 활처럼 휘어서 가짜 속눈썹처럼 보이는 진짜 속눈썹이 아주 커다랗게 뜬 눈을 어둡게 드리웠다. 방금 전에 꿈속에서 그녀는 기괴하게 뚱뚱한 의사를 만났다. 실크 모자를 쓰고 정장을 입고 있던 그 의사는 손에 흰 고무장갑을 꼈다. 그러고는 커다란 솜이불 위에 누워 있던 그녀에게 다가오더니 수술용 메스로 가슴을 갈랐다. 그러자 심장 대신 복잡한 시계태엽이 나타났다. 그것은 부서진 기계인형이었지, 죽어 가며 누워 있는 환자가 아니었다.

그녀는 깊은 안도의 한숨을 쉬었고, 그렇게 악몽은 끝났다. 그 모든 위험은 상상이라는 것이 밝혀졌기에 아무것도 무서워할 필요가 없었다. 그녀는 주위를 둘러보았다. 어두컴컴한 방 안의 모든 것이 낯설기만 했다. 아직 결혼 첫날밤이었고, 새벽이 오지 않은 시간이었다. 그러나 그녀 곁에는 아무도 없었다. 한쪽 손 가까이에 은으로 세공된 손잡이가 달린 거울이 놓여 있었다. 립스틱을 칠한 그녀의 입술이 거울에 비쳤다. 마치 조금 전에 다시 칠한 것 같았다. 그녀는 거의 아무것도 기억할 수 없었다. 기억나는 것이라곤 남편과의 축배, 남편의 희끗희끗한(아니면 희었나?) 앞머리, 그녀의 모든 움직임을 꼼꼼히 뜯어보는 외눈 안경, 어떻게 쥐어야 할지 곤혹스러웠던 사각형 술잔, 그리고 시원한 과즙뿐이었다. 화장이 지워지지 않고 그대로 있는 것은 그녀의 얼굴이 항상 존경의 대상이기 때문이었다. 그녀는 몸 전체를 쓰다듬어 보겠다고 작정하며 오른손을 폈다가 즉시 거두었다. 그런 검사를 하기에는 오른손보다 덜 예민한 왼손이 훨씬 적당하다는 생각이 들었기 때문이었다. 이내 그녀는 쇄골 바로 위의 피부에 벌건 자국이 나 있다는 것을 알았다. 가슴 위에는 서너 개의 잇자국이 아치 모양으로 새겨져 있었지만 아프지 않았다. 반면에 배는 그 어떤 공격의 흔적도 보여 주지 않았다. 하지만 아랫도리의 사정은 달랐다. 아랫도리는 축축이 젖은 채 부어 있었고, 은밀한 안쪽은 깊게 찢어져 있었다.

그녀는 기억을 더듬으려고 애썼다. 유일하게 떠오른 기억은 처음으로 맛보았던 시원한 술 몇 모금뿐이었다. 그녀는 즉시 사방을 둘러보며 사각형의 잔을 찾았지만, 어디서도 찾을 수 없었다. 걸어 보려고 시도했지만, 침대에서 일어나자 허벅지 안쪽이 뜨끔뜨끔했다. 밍크 카펫은 그녀의 발바닥을 따뜻하게 감싸 주었고, 꽃무늬 레이스의 커튼 뒤로는 베네치아 스타일의 쇠 창틀이 윤곽을 드러내고 있었다. 그녀는 커튼을 걷은 다음, 무거운 창문 걸쇠를 힘들게 돌렸다. 그러자 둥근 잎맥 모습의 창틀이 갑자기 열렸다. 그녀는 발코니 위의 창문으로 상체를 내밀었다. 발코니와 수직으로 있는 아주 커다란 사각형의 공원 연못이 어둠과 밤안개 속에 파묻혀 있었다. 호수 양쪽에는 숲이 펼쳐져 있었고, 힘없는 나뭇가지들은 연약한 바람에도 이리저리 흔들리고 있었다. 그 많던 경비원들이 이상하게 한 사람도 눈에 띄지 않았고, 자욱한 물안개로 이상하고도 조심스럽게 위장한 섬의 해안선도 보이지 않았다. 그때 갑자기 론치의 모터 소리가 들렸다. 단숨에 시동이 걸렸고, 몇 분 후에는 그 소리가 희미해지더니 이윽고 사라졌다.

그녀는 다시 방 안을 둘러보았다. 여러 색의 나무로 세공된 침대 머리 판에는 천사들이 구름 사이를 떠다니는 모습이 새겨져 있었다. 천사들 중 하나는 물고기처럼 이상한 시선으로 여주인을 응시하는 것 같았다. 그러자 여주인도 그 천사를 뚫어지게 바라보았다. 천사는 눈꺼풀을 아래로 내렸다가는 다시 치켜뜨면서 윙크하는 것 같았다. 누군가 그녀를 염탐하고 있는 것은 아닐까? 여주인은 아래를 바라보았고, 흰 담비 의자 위에서 쪽지 하나를 발견했다.

 '사랑하는 여보, 나는 사업 문제로 가야만 하오. 당신에게 미리 알려 주지 않은 이유는 당신이 나를 여기에 남아 있도록 설득할지도 모르기 때문이었소. 난 당신을 마취시켰소. 당신 눈이 날 쳐다보고 있으면, 내가 당신을 마취시킨 후에 당신에게 했던 그 일을 할 용기가 나지 않을 것 같았기 때문이라오. 난 당신의 아름다움이 두렵소. 마치 날 마비시킬 것만 같다오. 그래서 당신의 육체처럼 초자연적인 당신 지성의 도전을 받아들일 수 없었던 것이오. 당신의 발밑에서, 당신 남편이.'

 몇 시간 후, 그녀는 아무 생각 없이 열어젖힌 커튼 사이로 들어온 햇빛에 눈을 떴다. 남편은 그녀에게 아무것도 실명해 주지 않았다. 어떻게 하인을 불러야 할까? 누를 만한 버튼이 하나도 없었다. 하지만 황금 다리를 가진 다이얼 없는 도자기 전화기가 한 대 놓여 있었다. 송수신기 모두 금으로 되어 있었다. 수화기를 들자마자 나이 먹은 여자의 목소리가 들려왔다. 새 여주인은 몇 시냐고 물었다. 어느 1936년 봄날의 아침 여덟시밖에 안 되어 있었다. 그녀는 아침 식사로 레몬차와 버터를 바르지 않은 바삭바삭한 토스트를 달라고 주문했다. 그러자 주인님이 '조식관(館)'이라는 곳에서 아침을 먹도록 지시해 놓았기 때문에, 방으로 식사를 가져갈 수 없다는 대답이 돌아왔다. 여주인은 내려가고 싶지 않다며 투덜댔다. 하지만 식모는 주인이 빈에서 결혼식을 마친 후 지난밤 도착했기 때문에 매우 피곤해 있을 그녀를 환영하기 위해 어떤 식으로 첫 아침 식사를 준비해야 하는지 아주 정확하고 엄중한 지시를 내려놓았다고만 덧붙였다. 모든 것이 아내에게 최대한의 즐거움을 제공하려는 주인의 세심한 배려였다. 그러면서 식모는 남편의 지시를 어기는 것은 그에 대한 크나큰 모욕이 될 수도 있다는 사실을 넌지시 암시했다.

조식관의 둥근 천장 밑은 이상하게 생긴 조그만 난간으로 마무리되어 있었다. 그녀는 그 난간을 처음 보았을 때 아무런 인상도 받지 못했다. 회색 대리석 입구 위에는 어느 성녀를 둘러싼 천사들이 구름과 함께 하얀색 석고로 조각되어 있었는데, 천사들은 성녀를 우러러보면서 보호하는 가운데, 악기를 연주하면서 성녀에게 노래를 바치고 있었다. 그 천사들 중 어느 누구도 물고기 눈을 갖고 있지 않았고, 또 여주인을 쳐다보고 있지도 않았다. 하녀가 장미꽃 덩굴 근처의 구석이 좋은지, 아니면 햇살이 비치는 곳이 좋은지 선택하라고 했다. 그녀는 즉시 장미 덩굴 구석에 동의했다. 그때서야 여주인은 모든 하인들이 나이 지긋한 사람들이라는 사실을 깨달았다. 그녀는 입술에 차(茶)를 적셨다. 바로 그 순간, 장미 덩굴 사이로 플루트와 하프 소리가 흘러나오기 시작했다. 목동 악사(樂士)들은 눈에 보이지 않거나, 아니면 숨어 있는 것 같았다. 그 음악은 미녀의 불안을 천천히 진정시켜 주었다. 그러자 힘을 얻은 그녀는 테이블에서 일어나 처음으로 섬을 돌아보기로 했다. 섬은 평평했고, 주변이라고 해봐야 몇 킬로미터도 안 되었기 때문에, 단 한 번의 산책으로도 충분히 둘러볼 수 있는 면적이었다. 그리고 그곳에서 빠져나갈 수 있는 가장 쉬운 방법을 알아내는 것도 그리 어려울 것 같지 않았다. 차를 마셨지만 그녀의 갈증은 좀처럼 해소되지 않았다.

여주인이 공원과 호숫가의 경계를 구분해 놓은 울타리로 가까이 다가가자, 악사들의 선율도 점점 멀어졌다. 하지만 곧 젊어 보이는 어느 여자 하인의 빠른 발소리가 들려왔다. "이 집에 있는 하인들 중에서 당신만이 유일하게 일흔 살이 안 되는 사람인가요?"라고 여주인이 묻자, 여자 하인은 그렇다고 대답했다. "왜 당신만이 예외지요?"라고 묻자, 그 하녀는 여주인이 빠른 걸음으로 산책하기를 원할 때 숨 가빠 하지 않고 따라다닐 수 있는 사람이 필요하기 때문이라고 대답했다. 여주인이 울타리 가까이 가려고 하자, 별안간 여자 하인이 그녀를 저지했다. "멈추세요! ……제 태도를 용서하십시오. 저 쇠 울타리에는 전기가 흐르고 있답니다." 타원형의 섬 주위를 에워싼 울타리 전체에 크고 힘센 팔뚝과 뱀 무늬로 이루어진 똑같은 장식이 계속 반복되고 있었다. 그것은 최근에 만들어진 것이었지만, 그것을 뺀 나머지는 모두 18세기에 지어진 것 같았다. 여주인은 그 울타리가 싫었다. 뚜렷한 이유 없이, 금세기 초에 만들어진 빈 예술가들의 작품은 항상 마음에 들지 않았다. 동물 우리와 같은 평행선에 집착하던 그 예술가들이 싫었다. 수직으로 세워진 울타리 창살에는 뱀들이 나란히 늘어서 있었는데, 한 마리는 머리를 위로, 다른 한 마리는 아래로 머리를 향한 모양이 반복되어 있었다. 뱀들은 모두 화가 난 듯 입을 벌린 채, 조그만 혀를 무섭게 내밀고 있었다. 반면에 수평으로는 우락부락한 팔을 서로 끼고 있었다. 그것은 꽉 부여잡은 모습이었지만, 동시에 희망 없는 노력을 분명히 드러내고 있었다. 뱀들은 그 팔들을 관통하고 있었다. 그런 울타리의 모습을 도저히 참고 볼 수 없었던 여주인은 눈을 들어 하늘을 쳐다보았다. 태양 주위에서는 이상한 모양의 구름들이 평소와 달리 아주 빠른 속도로 자태를 바꾸고 있었다. 마치 어떤 메시지를 전하려는 것 같았다.

여주인은 산책 계획을 포기하고 겁에 질린 채 숨을 헐떡거리면서 집을 향해 뛰어갔다. 여자 하인은 성큼성큼 걸어 힘들이지 않고 그녀를 쫓아오더니, 여주인의 길을 막으면서 그녀 앞으로 걸어갔다. 절망한 여주인은 이상한 구름을 다시 쳐다보았다. 그 구름들은 그녀에게 메시지를 보내고 있는 것 같았다. 여자 하인이 반발짝 뒤로 물러나며 자기 머리로 구름을 가렸다. 여주인은 처음으로 여자 하인의 얼굴을 바라보았다. 그녀의 눈썹은 검고 진했다. 그럼 눈은 어땠을까? 여자치고는 콧구멍이 유난히 튼튼해 보였으며, 분칠한 얼굴은 방금 면도를 한 남자의 피부처럼 매끄러웠다. "존경하는 사모님, 그리고 고명하신 여배우님, 그곳으로 가시면 안 됩니다. 이쪽에 있는 다른 문이 정문입니다." 여주인은 자기가 이제는 더 이상 영화계의 스타가 아니라고 대답했다. "죄송합니다. 하지만 저는 영화 속에 나오는 사모님을 몹시 존경했습니다. 저는 사모님이 멋지게 주연을 맡으신 세 편의 영화를 모두 보았습니다." 여주인은 남편이 영화 필름 원본과 사본을 모두 태워 버리라고 지시했기 때문에, 그런 영화는 이제 존재하지 않는다고 대답했다. 그리고 이 세상의 그 누구도 그런 영화가 존재했는지 확인할 수 없기 때문에, 이제부터 그 영화에 관해 말하는 것은 거짓말을 하는 것과 마찬가지라고 대꾸했다. 하지만 여자 하인은 자기주장을 굽히지 않았다. "그 영화 중의 한 편은 영원히 제 기억 속에 남아 있을 겁니다. 그 영화에서 당신은 다른 여자로 다시 태어나는 여자 역을 맡으셨지요. 그 여자는 시계 심장을 가지고 있었지요." "그런 영화는 존재하지 않아요"라고 여주인은 진심으로 대답했다. "난 그런 영화를 촬영한 적이 없어요. 당신이 혼동하고 있는 거예요. 그런 영화 이야기는 오늘 처음 들어요." 여주인이 여자 하인에게서 눈을 떼자, 여자 하인은 땅바닥만 쳐다보던 눈을 처음으로 들어 자기의 눈을 보여 주었다.

아침 햇살이 본관 건물 처마에 미소를 되돌려주고 있었다. 탐정극에나 어울리는 배경이었다. 여주인은 안절부절못하며 훌쩍거렸지만, 눈물은 보이지 않았다. 또한 창피해하지도 않았다. 사실 전형적인 로코코 건축 양식의 본관 정면은 아주 밝은 분위기였다. 노란색의 평평한 벽에는 문지방과 흰 창틀이 튀어나와 있었고, 3층과 마지막 층의 발코니 주변에는 구름 속에서 더욱 많은 거룩한 천사들이 떠다니는 흰색의 부조(浮彫)가 새겨져 있었다. 여주인은 천사들을 하나씩 살펴보면서, 자기를 보호해 주고 동정해 줄 천사가 있는지 찾아보았다. 천사들은 바로 그 순간 하늘을 가르며 지나가던 이상하게 생긴 진짜 구름을 쳐다보지 않았다. 그들은 모두 축복받은 표정으로 자기들끼리만 쳐다보고 있었다. "가끔씩은 착한 얼굴을 하지 않은 천사가 있어요. 그렇죠? 더군다나…… 난 당신의 이름도 몰라요"라고 말하면서 여주인은 무서워 떨고 있는 자기 마음을 숨기려고 애썼다. "테아라고 부르세요." 테아는 모든 천사들이 착하며 훌륭한 대의명분을 지키고 있지만, 악과 대항해

싸울 때는 단 한 발짝도 물러나지 않는다고 대답했다. 그러고는 "착한 편에 있다고 확신하는 사람이면, 그 천사들을 두려워할 필요가 없지요"라고 말했다. 여주인은 중앙 현관으로 향하는 계단 다섯 개를 올라갔다. 그리고 그곳에서 전기가 흐르는 쇠 울타리 뒤에 위치한 부둣가를 바라보았다. 테아가 둘째손가락을 펴고 북쪽을 가리켰다. 그곳에는 여주인에게 겁을 주는 이상한 철제 구조물과 유리가 있었다. "저것은 겨울 정원이랍니다. 그 안에서 이곳 기후에 적응된 아주 환상적인 야자수를 감상하실 수 있습니다."

마침내 그녀는 자기 방으로 돌아가는 데 성공했다. 짧은 산책이었지만 이미 기진맥진해 있었다. 그녀는 구름이 상징하던 이상한 에피소드를 떠올리지 않았다. 단지 갈증만 느꼈을 뿐이었다. 그때 그녀는 공작석 탁자 위에 있는 사각형 컵을 보았다. 세공된 은 손잡이에는 보석들─두세 개의 터키옥, 한 개의 자수정과 여러 개의 연수정들─이 박혀 있었고, 사각형의 두꺼운 크리스털 잔 안에는 향긋한 노란 액체가 들어 있었다. 달콤하고 시원하지만, 구체적인 모습을 띠지 않은 액체였다. 사각형 컵은 바로 그곳에서 그 액체를 선사하기 위해 그녀를 기다리고 있었다. 그녀는 컵을 집었다. 여주인은 컵 속의 액체를 가엾게 여겼다. 한 모금을 마시자, 그 액체의 효과가 곧바로 나타났다. 달콤하고 상쾌한 꿈이 그녀의 눈꺼풀 위로 쏟아졌던 것이다.

그녀가 다시 눈을 떴을 때는 황혼의 그림자가 섬에 드리우기 시작할 즈음이었다. 그녀는 희디흰 팔을 뻗었다. 푸른 정맥이 은은하게 보였다. 그녀는 그 하얀 팔로 전화기를 들었다. 그리고 테아를 바꿔 달라고 부탁했다. "죄송합니다, 사모님. 해가 떨어지면 이 집의 문은 모두 닫힙니다. 겨울 정원을 방문하고 싶으시면 내일까지 기다리셔야 합니다. 밤에는 공원을 경비하는 데 어려움이 있기 때문에, 주인님께서는 사모님이 어둠 속에서 위험을 감수하며 쓸데없이 산책하지 않도록 하라고 지시하셨습니다."

그녀는 가겠다고 우겼지만 아무 소용이 없었다. 침대에서 일어나 앉았을 때, 누군가가 공작석 탁자 위에 아주 맛있는 차가운 음식이 담긴 쟁반을 갖다 놓았다는 것을 알았다. 쟁반 한가운데에는 사각형 컵 속에 담겼던 것과 똑같은 액체가 들어 있는 병이 놓여 있었다. 몹시 배가 고팠던 그녀는 캐비아와 훈제 연어, 프랑스제 과자를 마구 먹어 치웠다. 그러고는 그 섬에서 그녀의 갈증을 달래줄 수 있는 유일한 음료를 쭉 들이켰다. 이내 다시 기분 좋게 취한 상태가 되었다. 그녀는 주위를 둘러보았고, 자기가 영락없이 잠에 곯아떨어질 것이라는 사실을 깨달았다. 그녀는 신비스러운 밤 시간 동안 도대체 어떤 삶을 살게 될 것인지 생각했다. 그녀는 침대의 머리 판을 보지 않으려고 의식적으로 애썼다. 적의를 품고 있는 한 천사의 눈과 맞부딪치면서, 그것이 결혼 첫날의 마지막 장면이 될 수도 있다는 것이 두려웠다. 그녀는 비스듬히 기댄 채 눈을 감았다. 하지만 잠에 떨어지기 직전, 그녀의 기억 속에는 눈꺼풀을 아래로 내렸다가 치켜뜨는 물고기 눈이 선명하게 그려졌다.

"내 평생 이렇게 철저히 혼자라는 생각이 든 적은 없었어."

"그건 당연한 거야. 고향에서 멀리 떨어져 있으니까. 멕시코는 아르헨티나와 많이 달라. 그게 네게 악영향을 끼쳤을 거야."

"아니야. 전에는 혼자 있다는 걸 별로 중요하게 생각하지 않았어. 오히려 그 반대로 부에노스아이레스에 있던 마지막 몇 년 동안은 혼자 있고 싶었어."

"집에 도착하니까 네 메시지를 전해 줬어. 그래서 즉시 달려왔어."

"베아트리스, 놀라지 마. 별것 아니니까."

"난 괜찮아. 그런데 급하다는 게 뭐야?"

"아무것도 아니야. 아니, 말하자면 내가 좀 우울해. 이 의사들을 믿을 수가 없어. 다른 병원으로 옮겼으면 좋겠어."

"아니타, 그런 일은 아주 깊이 생각해야 할 문제야. 여기에서 수술 받았으니까, 이곳 의사들에게 맡겨야 해."

"그들에게 맡겨야 한다는 건 나도 알아."

"그러니까 내 말은, 네 병을 가장 잘 알고 있는 사람들이 그들일 거란 소리야."

"널 급히 오라고 해서 정말 미안해. 하지만 그때는 절망감으로 미칠 것만 같았어."

"왜 미칠 지경이었어?"

"베아트리스, 그 사람들은 나한테 관심을 기울이지 않아. 그리고 이곳은 무척 비싸. 게다가 마치 호의를 베푸는 것처럼 날 대한단 말이야."

"넌 전에는 그렇게 예민하지 않았어. 그런 건 건강 회복에 전혀 도움이 안 돼."

"이 병원 간호사들은 항상 바빠. 그래서 내가 호출해도 잠시의 짬도 내질 않아."

"……."

"인내심을 갖고 날 대하질 않아."

"요즘 비가 많이 내려서 모든 사람들이 날카로워져 있어…… 이미 우기가 끝나야만 했을 시기야."

"정말?"

"아마 이런 날씨 때문에 너도 우울한 걸 거야."

"작년에도 이 우기를 겪었어. 비가 내려도 난 우울하지 않아. 오히려 비가 오면 집 안에 있게 되어 좋아. 마음 같아선 이 빌어먹을 1975년이 끝날 때까지 계속 비만 내렸으면 좋겠어."

"……."

"잠시 여기 있을 수 있니? 아니면…… 아니면 몹시 바쁘니?"

"응, 괜찮아. 여기에 있을 수 있다고 내가 말했잖아. 그런데 나한테 뭔가 말하고 싶은데, 빙빙 돌리고 있는 거지?"

"베아트리스, 넌 몹시 바쁜 사람인데, 공연히 네 시간을 빼앗는 게 아닐까 걱정돼."

"말이 나온 김에 어서 말해 봐."

"그렇게 쉽지가 않아. 넌 믿지 않겠지만…… 네가 짐작한 대로 아르헨티나에서 나쁜 소식이 날아왔어. 하지만 의사와도 말해야 돼. 내가 보기에, 주치의는 날 어떻게 대해야 할지 모르는 것 같아. 그래서 얼굴도 내밀지 않는 것 같아."

"……."

"매일매일 오긴 하지만, 오자마자 가버려. 내가 질문해도 잘 대답해 주지 않아. 가령 진정제에 관한 것 말이야. 매일 밤 진정제를 주는데, 아주 이상해. 내 생각에는 별 효과가 없는 것 같아."

"의사는 뭐라고 그래?"

"난 진정제 투입을 중지하고, 통증이 올 때만 주사를 놔달라고 했어. 그렇게 많은 진정제를 맞을 필요가 있을까? ……한데 그는 효과가 천천히 나타날 거라고 대답했어. 통증을 느낄 때는 빨리 통증을 가라앉히는 강한 진통제를 써야 하는데, 그런 진통제는 부작용이 있다는 거야."

"그 의사 말이 맞지 않을까?"

"하지만 난 그 말을 수긍할 수 없어. 주사를 맞을 때마다 몸이 안 좋아지는 것 같거든. 내 머리가 내 것이 아닌 것처럼 느껴져. 그러고서 언제쯤 방사선 치료를 하느냐고 물었더니, 아주 이상한 눈으로 날 쳐다보았어."

"네가 너무 의사를 불신하는 게 아닐까?"

"베아트리스, 종양 수술을 받은 모든 환자에게는 예방책으로 수술 후에 항상 방사선 치료를 해."

"모든 사람에게 하는 건 아닐 거야."

"의사도 그러더구나. 하지만 자신 있게 말하지는 않았어. 그러면서 돈이 모자랄지도 모르니, 그런 걱정보다는 남아 있는 돈이나 세는 게 좋을 거라고 농담했어. 항상 그런 식이야. 마치 날 어떻게 치료해야 하는지 모르는 사람처럼 말이야."

"하지만 상태를 조금 지켜보는 건 좋은 일이야."

"다른 의사라면 날 퇴원시켰을 거야. 네가 내 입장이라면 어떻게 하겠니?"

"아니타, 난 쓸데없이 참견하고 싶진 않아. 하지만 아르헨티나에서 도착한 네 남자 친구와 무슨 일이 있었는지 얘기해 주지 않는다면…… 난 그 일이 알고 싶어서 밥도 넘어가지 않을 거야. 네 남자 친구가 나타나기 전에 너는 지금보다 훨씬 괜찮았어."

"난 그가 오기 전부터 이상하다고 느끼고 있었어."

"하지만 그 사람이 오면서부터 네 증세는 더 악화되었어."

"그 사람은 포지야. 이름은 후안 호세이고. 전에 네게 말했던 바로 그 사람이지."

"아주 부자인 사람에 관해 말해 주었어. 부에노스아이레스에서 네게 선물을 많이 주었다고 했지. 하지만 후에 네게 문제를 일으켰다고 했지."

"아니야, 그 사람이 아니야."

"설마 네 남편이 도착한 건 아니겠지?"

"아니야. 만일 그랬다면 난 무서워서 벌써 죽었을지도 몰라. 더군다나 내 남편 이름은 내 이름과 똑같아."

"그러니까 너는 아직도 남편 성(姓)을 갖고 있다는 말이구나."

"물론이지. 하지만 포지는 네게 유일하게 좋게 말했던 남자야. 변호사 말이야. 그런데 그 사람이 여기 있다는 말은 아무한테도 하지 마."

"걱정 마."

"그 사람이 내게 무슨 말을 하러 왔는지는 말해 줄 수 없어."

"그 사람을 만나니까 기쁘지 않아?"

"아니, 기쁘지 않아. 날 만나러 온 게 아니거든. 나한테 부탁을 하러 왔는데, 무슨 부탁인지는 말해 줄 수 없어. 어쨌든 그가 아무 연락도 없이 불쑥 나타난 게 싫었어. 난 화장도 하지 않고 있었단 말이야."

"아니타, 오늘 왜 이렇게 이상한 소릴 해?"

"그런 게 아니야…… 손 좀 줘…… 정말이지 네가 오길 얼마나 빌었는지 몰라."

"……"

"베아트리스…… 내가 평생 동안 얼간이들만 알았다는 게 있을 수 있는 일일까? 나한테 접근한 남자들은 모두 그런 족속이었어."

"하지만 포지는 좋은 사람이라면서……."

"그래, 훌륭한 자질이 있는 사람이야……. 하지만 여자가 필요로 하는 남자는…… 다른 부류야."

"아니타, 그게 어떤 사람이지?"

"남자가 되어야 해. 어린 응석받이 말고."

"내가 딴 남자와 혼동하고 있었던 것 같아. 정치범들을 변호한다는 그 사람이 포지니?"

"그래, 맞아."

"그 사람은 용감하고, 항상 위험을 감수한다고 말하지 않았니?"

"하지만 나한테는 용감하지 않았어. 단 한 번도 내게 진실을 말한 적이 없어."

"……"

"난 그에게 중요한 존재가 아니었어. 그는 아내와 자식을 더 소중히 생각했어."

"네가 기다리는 사람은 어떤 부류야?"

"베아트리스, 페미니스트들은 모두 똑같아. 그래서 당신들과는 제대로 이야기할 수가 없어."

"……."

"보다 나은 남자와…… 그런 걸 조금 꿈꿀 수 있지 않을까?"

"누구보다 낫다는 거야?"

"다른 사람보다 말이야. 그러니까 나보다 말이야."

"……."

"난 그렇게 훌륭한 사람이 아니야……."

"네가 네 자신을 훌륭하다고 여기지 않으면서, 어떻게 잘난 사람을 원할 수 있니? 매일 면박이나 받으려고?"

"왜 그가 날 면박 준다는 거지?"

"그건 자기보다 열등한 존재라고 널 생각하니까."

"아니야, 그런 게 아니야. 이제야 네게 무슨 말을 하고 싶었는지 알 것 같아. 내 말 좀 들어 봐, 베아트리스. 네 곁에 있는 남자를 우러러보는 데 뭔가 긍정적인 면이 없을까?"

"네 말이 무슨 뜻인지 도저히 모르겠어."

"그래, 생각해 봐……. 만일 내 곁에 나보다 나은 남자가 있다면, 나한테 자극이 되지 않겠니?"

"그래, 그럴 수도 있겠지……. 하지만 일반적으로 어떻게 부부가 이루어지는지 생각해 봐. 만일 한 남자가 자기보다 못한 여자에게 접근하면, 그건 바로 그 여자의 그런 상태가 좋기 때문이야…… 내 말 알아듣겠지? 그러니까 자기보다 열등하기 때문에 좋아하는 거야. 그 여자에게서 자기 개선을 위한 또 다른 가능성을 보기 때문이 아니야."

"넌 몹시 비관주의자구나."

"아니라, 내가 이런 말을 해도 용서해 줘. 난 사실 그가 너한테 무얼 부탁하러 왔는지는 별로 알고 싶지 않아. 어떻게 말해야 할까? 그러니까 너희들 관계에 대해서는 별로 관심이 없다는 말이야. 예를 들면 그가 이혼한 다음에 너와 결혼하고 싶어 한다든지……."

"아니야, 그는 자기 일 때문에 왔어, 베아트리스…… 제발 부탁이니, 오늘은 조금만 참아 줘."

"그래, 네 말대로 해줄게…… 적어도 네 어머니 소식은 가져왔겠지?"

"아니. 그 사람은 우리 엄마를 몰라."

"네가 수술 받는데 네 엄마가 왜 안 오셨는지 말해 주지 않았어."

"내가 원하지 않았거든."

"그래도 여기 계신 게 낫지 않겠어?"

"베아트리스…… 그 문제에 대해서는 그만 말하자. 오늘은 농담 그만 하고, 너한테 말해 주고 싶은 게 있어. 부탁인데, 나중에 날 공격하기 위한 수단으로 이용하면 안 돼."

"뭔데?"

"베아트리스, 내가 살고 싶은 유일한 이유는…… 언젠가 내게 걸맞은 남자를 만날 수 있다고 생각하기 때문이야."

"…….."

"왜 잠자코 있어?"

"넌 내가 무슨 생각을 하고 있는지 다 알잖아. 그러니 구태여 말할 필요가 없을 것 같아."

"그래, 넌 인생의 모든 걸 가지고 있어. 착한 남편, 멋진 아이들, 네가 좋아하는 일……. 그러니 공상에 빠질 필요가 없지 않겠어?"

"아니, 그 반대야. 난 다른 것을 조금 꿈꾸고 싶어. 하지만 시간이 없어! 강간당한 식모 사건 때문에 오늘 아침 내내 변호사와 함께 있었어. 선례를 만들기 위해 우리 운동 단체가 그 아이를 변호하고 있거든. 매일 그런 식이야."

"하지만 그런 일을 하면서 만족하잖아."

"아니타, 네가 말하고 싶을 때 다시 올게. 하지만 오늘처럼 급하다면서 사람을 부르시는 마. 얼마나 놀랐는지 알아?"

"미안해. 하지만 네게 전화했을 때는 정말 안 좋은 상태였어. 정말이야. 아주 안 좋았어."

"그런데 지금 내가 이곳에 있으니까, 말하고 싶지 않은 거구나."

"아니야, 난 말하고 싶어."

"하지만 내게 충고해 달라고 부탁해도, 난 아무 말도 할 수 없어. 네가 모든 것을 숨기고 있으니까 말이야. 심지어는 네가 아르헨티나에서 떠나온 이유조차 말해 주지 않았어."

"부탁인데, 오늘은 좀 참아 줘. 몸이 괜찮아진 것 같아. 하지만 그런 것들을 말하기 시작하면, 다시 아플 것 같아. 다음에 말해 줄게…… 아주 중대한 거야……, 그래, 그것만은 사실이야, 그것만은 미리 가르쳐 줄 수 있어. 하지만 포지는 가끔 허풍을 떨기 때문에, 그 사람 말을 믿어야 할지 말아야 할지 모르겠어."

"……."

"그의 말에 의하면, 아주 중대한 일이 내 손에 달려 있대."

"……."

"그러니까 아주 중요한 사람이 어떻게 되느냐 마느냐가 내 손에 달려 있대."

"……."

"그 사람의 생명이 말이야. 하지만 그건 포지의 이야기일 뿐이야."

"그게 도대체 뭔데?"

"다음에 자세히 말해 줄게. 오늘은 약간 몸이 허약해진 것 같아. 하지만 머리가 아프진 않아. 그러니 내 오후 시간을 망치지 말아 줘."

2

1975년 10월, 멕시코

난 한 번도 상세한 일기를 쓰려고 한 적이 없었다. 그 이유는 아무도 모른다. 아마 생각은 했지만 시간이 없어서 그랬을 것이다. 난 오늘 하루 종일 생각을 하고 있다. 사실 난 하루 종일 생각하고 또 생각하는 그런 부류의 사람이다. 아니면 그런 종류의 여자겠지. 난 내가 하루 종일 생각하고 또 생각하는 그런 유의 사람 속에 들어갈 수 있는지 모른다. 나는 하루 종일 생각만 한다. 그래, 이건 틀림없는 사실이다. 그리고 생각하면서 동시에 다른 일도 한다. 난 모든 사람이 나 같을 거라곤 생각하지 않는다. 아니, 그렇다고 생각하는 것 자체가 있을 수 없는 일이다. 가령, 내가 슈퍼마켓에서 사과를 고르고 있다면, 그것은 아마도 그 사과에 엄청난 의미를 두고 있기 때문일 수도 있다. 은으로 된 과일 쟁반에 담겨 내오거나, 아니면 특별한 손님이 그 사과를 깨물 때, 혹은 나 자신이 소화를 시킬 때, 그 사과가 한 사람의 일생 혹은 두 사람의 일생을 바꿀 수 있는 것처럼 말이다. 파란 손수건과 하늘색 손수건을 놓고 결정할 때의 순간은 말할 필요도 없다. 그 순간에 이미 우리는 인류 전체의 운명을 갖고 장난치는 것이다. 이게 형이상학을 향한 광기일까? 아니면, 따분하고 바보 같은 미신일까?

전에는 그런 운명의 장난에 좌지우지되는 것을 별로 즐기지 않았다. 하지만 최근 몇 주일 동안 나는 그런 장난에 염증이 났다. 아니, 너무 커다란 위험에 처하자 스스로 염증을 낸 것인지도 모른다. 난 거의 5주 동안이나 침대에 누워 있다. 왜 나는 홀수에 그토록 겁을 내는 것일까? 난 이 일기를 아주 특별한 이유 때문에 쓰기 시작했다고 말하면서 시작해야만 한다. 하지만 그 이유가 무엇인지는 머릿속에 떠오르질 않는다.

난 잠시 쓰는 것을 멈추어야만 했다. 창문으로 갑자기 거센 바람이 불어와 묶여 있지 않던 이 종이들을 날려 버렸기 때문이다. 내게는 노트가 적당하다. 그것이 더 실용적이다. 난 종이를 주워 달라고 부탁하기 위해 간호사를 불렀다. 그 간호사는 내가 스물넷을 세고 있을 때에야 비로소 들어왔다. 스물넷은 2, 4, 6으로 나뉘는 숫자이다. 그래서 이 일기가 잘 시작되고 있다고 확신한다. 그런데 왜 나는 짝수가 최고의 행운을 가져온다는 느낌을 갖고 있을까?

이제 우리는 이 일기를 쓰는 이유로 돌아가자. 그런데 내가 왜 '우리는'이라고 말하는 것일까? 난 혼자 아닐까? 아니면 이 일기는 다른 사람에게 무언가를 말해 주려는 구실에 불과한 것일까? 그게 누구일까? 내가 나 자신에게 말하는 것일까? 나 자신이 두

개로 갈라지고 있는 것일까? 나의 어떤 부분이 나의 또 다른 부분에게 말하는 것일까? 사실 이 복수형은 전혀 마음에 들지 않는다. 이럴 경우 역시 복수형인 멕시코 사람들은 여기서 '진짜 왕재수'라는 말을 즐겨 쓴다. 그런가 하면 아르헨티나에서 우리는 '열 받는다'라는 말을 쓴다. 또다시 복수형을 쓰고 있다. 난 지금 무언가를 감추고 있다는 느낌을 받는다. 그건 바로 누군가와 말하고 싶다는 것이다. 정말 생각하고 또 생각해 보지만, 누구와 말하고 싶은지는 나도 모른다. 아빠가 살아 계셨더라면, 아마도 아빠였을 것이다. 엄마는 아니다. 엄마가 무엇이라고 대답할지는 뻔히 다 알고 있으니까. 엄마는 여자에게 문제가 생기는 것은 여자가 아니라 남자가 되기를 원하기 때문이라고 말하곤 했다. 오늘날에도 내가 그곳 부에노스아이레스에서 내 딸을 보살피고, 매일 밤 집으로 돌아오는 남편을 기다려야 한다는 것이 엄마의 주장이다.

감성적인 인형 같은 여자들의 위치를 거부하는 것이 잘못됐다는 엄마의 말은 얼마나 합당할까? 감성적인 인형인 우리가 뭘 할 수 있을까? 그런데 가슴은 왜 이렇게 뛰는 것일까? 아, 예민하거나 지나치게 감성적이 된다는 것은 정말 지겨운 일이다. 왜 우리는 남자들같이 돌처럼 차가운 가슴을 가질 수 없을까? 하지만 그들을 모방한다는 것은 소용없는 짓이다. 우리 여자들은 그들을 부러워하는 것으로 만족해야 한다. 나와 다른 여자들, 즉 우리들은 그래야만 한다고 말하면서, 나는 다시 한 번 복수형을 사용하고 있다. 그러나 내가 말을 하고 싶어 하는 사람은 또 다른 여자가 아니다. 난 그런 여자들에게서 어떤 대답이 나올지 훤히 알고 있기 때문이다. 내 대화 상대는 남자여야만 된다. 만일 정말로 누군가와 말하고 싶다면, 그건 내가 그의 반응을 예측할 수 없기 때문일 것이다. 아니, 어쩌면 그의 대답을 궁금해하기 때문은 아닐까?

내가 말하고 싶은 사람이 포지일 수는 없다. 난 그를 잘 알고 있다. 그래서 그가 어떤 반응을 보일지도 쉽게 짐작할 수 있다. 내가 말하고 싶은 사람은 아빠가 분명하다. 아빠가 죽었을 때 세상은 지금과 너무도 많이 달랐다. 아마 아빠는 내 이혼에 얽힌 모든 서커스를 좋아했을 것이다. 서커스, 그건 또 다른 멕시코적인 표현이다. 내가 이곳에 1년간 머물면서 그 말은 내 입에 자연스럽게 배어 버렸다. 아르헨티나에서는 다른 식으로 말했을 것이다. 가령 험담이나 다툼, 혹은 문제란 말을 썼을 것이다. 하지만 서커스란 말이 내 맘에 꼭 든다. 그건 긍정적인 말이다. 서커스는 화려하고 즐거우며 감동적이다. 멕시코의 여러 가지가 내 맘에 든다. 그 사람들의 억양, 테킬라 등등. 하지만 이 사람들이 생각하는 것을 결코 알 수 없다는 것은 심히 유감이다. 정말 미스터리한 사람들이다. 아니면 라디오 코미디를 흉내 내면서 한 아줌마가 농담으로 한 말대로, '미스토리'한 사람들이다. 난 너무 어렸기 때문에, 그 아줌마가 '미스토리'라고 말했을 때 배꼽이 빠질 정도로 웃었다. 난 그 아줌마를 무척이나 좋아했다. 하지만 그 아줌마는 우리 집에 아주 가끔씩만 드나들었다. 그녀는 아주 착한 우리 집 식모의 이모였다. 누군가를 그토록 사랑한다는 것은 얼마나 멋진 일인가! 난 가슴으로 그 아줌마의 애정을 느꼈다. 그 아줌마를 볼 때마다 내 가슴속은 따스한 온기로 가득했다. 잘은 모르겠지만, 그 온기를 가슴속에 지니고 다녔던 것 같다. 나는 가슴속에 따뜻한 군밤을 가득 가지고 다녔을까? 아니면 방금 튀긴 꽈배기를 가득 가지고 다녔을까? 잘 기억나지 않지만 나는 그런 것으로 아줌마에게 한턱을 냈고, 아줌마가 그런 것을 좋아할 것이라는 사실을 알고 있었다. 그 아줌마를 위해 내가 지금 이 모든 것을 쓰고 있는 것일까? 아니다. 그건 쓸데없는 생각이다. 불쌍한 아줌마 같으니라고. 그녀는 내 말을 한마디도 이해하지 못할 것이다.

어쩌면 내가 원하는 것은 다시 어린 소녀가 되어, 그 당시처럼 아줌마와 대화하는 건지도 모른다. 정말 그것일까? 아니다. 그렇지 않다고 난 굳게 믿는다. 다시 어린 소녀가 되어도 난 그리 즐기지 못할 것이다. 내가 즐길 만한 것이 있다면, 그것은 다시 이런 여자의 문제를 다루는 일이다. 물론 이제 어느 정도의 경험을 가지고 다룰 것이다. 그것이 나쁜 경험일지라도 상관없다. 다시 아무것도 모르는 어린 소녀가 된다는 것이야말로 지겨운 일이다. 그런데 그 당시처럼 되고 싶은 욕망은 왜 이리 강렬한 것일까?

이런 식으로는 나 자신조차 사랑할 수가 없다. 그 누구보다 바로 나 자신이 어떤 반응을 보일지 익히 알고 있기 때문에 진저리 나는 것이다. 그런데 왜 나는 이런 것들을 쓰고 있는 것일까? 그래, 두려움이 그 이유 중 하나가 될지도 모른다는 사실을 인정해야만 한다. 나는 내가 죽을 수도 있다는 생각을 떨쳐 버리기 위해 글을 쓴다. 지금 난 우리가 죽을지도 모른다고 쓰지 않았다. 참 재미있는 현상이다.

두말할 나위 없이 나는 아주 가끔씩 이런 복수형을 써야만 한다고 생각한다. 그런 식으로 나는 누군가와 교제를 하기 위해 노력한다. 그 누군가가 나의 전생(前生)일까? 그런 여자라면 가령 1920년대에 인생의 절정기를 보낸 사람이라고 말할 수 있다. 하지만 우리 여자들은 항상 똑같은 상황에 놓여 있다. 그래서 우리와는 전혀 다른 시대에 살고 있더라도 그런 여자에게 이런 모든 것을 말한다는 것은 쓸데없는 일일 것이다. 하지만 말하지 말아야 할 이유라도 있을까? 그 시기, 즉 양차 세계 대전 사이의 시기는 여자로 살아가기에 아주 행복했던 기간이었을 것이다. 미스터리하고 기력이 없으며 판에 박은 여자가 된다는 게 얼마나 멋진 일인가!

난 베아트리스가 그런 여자들은 미스터리하고 금방이라도 하품을 해댈 것처럼 기운 없는 대상들이며 남성들의 판에 박은 이미지에 불과하다고 말할 것임을 알고 있다. 하지만 베아트리스, 자기 자신을 위해 살고, 자신의 아름다움에 흠뻑 빠진 그런 존재야말로 정말 멋진 미스터리가 아닐까? 그건 비록 대상에 불과할지라도 둘도 없이 귀중한 대상이다. 그러니까 작은 장식 인형이다. 물론 그런 이름이 지금은 우스꽝스럽게 들리지만, 전에는 내게 아주 깊은 인상을 주었었다. 지금은 가련한 우리 여자들처럼 그런 여자들이 대상이라는 사실이 날 짜증 나게 만든다. 아니면 내가 불쌍히 여기는 것일까? 그렇지만 우리 여자들은 항상 그랬다. 그래서 우리를 바꾸려고 한다는 건 의미 없는 일이다. 하지만 항상 우리 자신을 가꾸고, 우리를 마네킹처럼 치장하는 것이 예쁜 것이라는 사실도 알아야 한다. 사실 한 여자 때문에 어떤 남자가 야단법석 떠는 것을 보는 것은 아주 즐거운 일이다. 물론 못생긴 여자들은 이런 경우에서 배제된다. 때문에 그런 여자들이 페미니즘인지 뭔지를 가지고 지랄하는 것이다. 지금 나는 그 시대의 여자와 말을 할 수 있다면 얼마나 좋을까 생각한다.

하지만 아니다. 내가 보기에는 그 여자가 아니다. 내가 말하고 싶은 사람은 바로 아빠다. 그러나 그건 아무런 결실도 맺을 수 없는 작업이다. 아니면 그렇지 않을까? 자, 한번 생각해 보자. 그런데 이럴 필요가 있을까? 물론 그것은 아빠가 내게 어떤 존재였는가라는 사실과 연관이 있다. 그래, 사실 지금 나는 그가 어땠는가를 정확히 알 수 없다. 내가 보기에 아빠는 똑똑했으며 공평했고, 차분했으며 매우 점잖았다. 하지만 다른 한편으로 우리 엄마 같은 사람과 살면서 행복했을까라는 의문이 든다. 아빠는 자기의 말이 옳든 그르든 간에, 아내가 항상 모든 것에 '예'라고 말하는 것을 좋아했을까? 만약 그런 것을 원한다면, 강아지 한 마리를 기르든지, 아니면 유순하고 뼛속까지 위선적이며 털이 북슬북슬한 페르시아고양이를 키우는 것이 훨씬 낫다. 아빠가 돌아가신 1959년 11월 7일, 난 열다섯 살도 채 되지 않았었다. 내가 생일 파티에서 친구 아버지들이 열다섯 살을 맞은 친구와 첫 왈츠를 추었다고 말할 때마다, 아빠는 입에서 파이프 담배를 꺼냈고 다른 쪽을 바라보면서 싫다는 신호로 고개를 가로저었다. 아마도 아빠는 그 왈츠를 우스꽝스럽고 부자연스럽게 생각했던 것 같다. 아니면 아빠가 왈츠를 출 줄 몰랐기 때문에 그랬을 수도 있다. 다음 편지에는 엄마한테 꼭 그 사실을 물어봐야겠다.

몇 년만 더 지나면 내 딸이 열다섯 살 생일 파티를 치를 것이다.

아마 남편은 딸아이와 춤추는 것을 굉장히 좋아할 것이다. 그는 너무나 전형적인 남자이다. 그리고 얼마나 날 못살게 굴었는지 모른다. 그에 대한 내 기억은 나쁜 것으로 가득하다. 그와 관련된 것이라면 모두 지겹다. 그가 내게서 수천 킬로미터나 떨어진 곳에 있다는 것이 얼마나 다행스러운 일인가! 이 병 때문에 이미 불쾌해 죽겠는데, 병원에 들어와 전(前)남편 역할을 하며 나를 걱정해 주는 그를 보고 구역질까지 더해진다면…… 아, 정말 소름 끼치는 사람이다. 항상 자기가 맡은 역할을 하고……. 그런데 왜 그가 이 무대에서 행동하고 있다는 인상이 드는 것일까? 열심히 연기하지만 어딘지 모르게 부자연스러워 보이는 배우처럼, 피토에게는 이상한 점이 있다. 그는 항상 사람들에게 자기가 느끼는 것을 보여 주어야만 직성이 풀린다. 하지만 난 그가 아무것도 느끼지 못하는 사람이라고 생각한다. 그는 아무것도 느끼지 못해!

만일 아빠가 살아 계셨더라면 내가 그렇게 실수하도록 놔두지는 않았을 것이다. 하지만 아무도 모를 일이다. 피토는 나름대로의 장점이 있었다. 그는 확신이 있었고, 날 잘 보호해 주었으며, 자발적이었고, 게다가 무척 섹시했다. 아주 정돈된 사람이었지만, 염소자리 사람들은 너무 지겹다. 물론 그는 튼튼했고 참을성도 아주 강했다. 내가 생각하기에 그는 태어난 이후부터 총알도 뚫고 들어오지 못할 갑옷 속에 파묻혀 있었다. 그 갑옷은 무엇으로 만들어져 있을까? 그걸 누가 알겠느냐만, 아, 그런데 지금은 알 것 같아! 그건 마치 죽은 사람의 관과 같다. 죽어 있으니까 아무것도 느끼지 못하는 것이다. 그래서 그 관 속에 혼자 편안히 있는 것이다. 자기 딸의 일을 제외하고는 아무것도 느끼지 못한다. 그래, 그는 클라라를 사랑한다. 그 점은 나도 인정해야 한다. 그건 틀림없는 사실이니까. 만일 클라라에게 무슨 일이 일어난다면, 그는 낙담하고 말 것이다. 그는 항상 딸아이의 일에 모든 관심을 쏟고 있다. 그런데 어떻게 내가 그 사람을 감정도 없는 놈이라고 감히 말할 수 있을까? 그도 아마 똑같이 내게 그렇게 말할 것이다. 그건 내가 클라라를 전혀 생각하지 않기 때문이다. 심지어 난 그 아이를 기억조차 할 수 없다. 하지만 난 클라라의 엄마다. 그런 내가 어떻게 감정에 대해 말할 수 있겠는가!

목요일　　오늘도 계속 일기를 쓴다. 나는 키 큰 금발의 어느 여고생이 첫 애인을 집에 데려가자, 아버지가 정신을 잃었다는 말을 들었다. 그녀의 아버지는 미친 사람처럼 행동했다. 불쌍한 남자 아이를 마치 집에 몰래 숨어 들어온 도둑인 양 불순한 존재로 다루었고, 그런 다음에는 며칠 동안 여자 아이에게 아무 말도 건네지 않았다. 엄마는, 남자 아이가 학교 끝나는 시간에 날 기다리고 있으며, 그 아이가 음악 학원에서 수업이 끝날 때까지 나와 함께 시간을 보낸다는 사실을 알고, 집에서 몇 주 동안 잠을 이루지 못했다. 엄마는 그 아이가 나한테 못된 짓을 할까 두려워했다. 그러니까 엄마가 말하는 식으로 하자면, 코카콜라에 날 '흥분' 시키기 위해 몰래 알약을 탈지도 모르기 때문이었다. 당시는 그 조그만 알약에 대해 많이 이야기하던 시절이었다. 그것은 정력제, 아니 흥분제라는 알약이었다. 하지만 몇 년 전부터 그 알약에 대해 말하는 사람이 아무도 없었다. 정말 그런 알약이 있기는 했을까? 이것이 내가 의사에게 물어보고 싶은 또 다른 의문 사항이다.

아빠는 내 애인을 아무도 알지 못했다. 만일 알았다면 어떤 반응을 보였을까? 그래, 베아트리스가 말하는 것처럼, 어느 날 누군가가 와서 다른 집으로 데려가겠다는 의사를 표현하기까지, 나는 실크 쿠션 사이에서 뛰노는 페르시아고양이의 정신을 지닌 집 안의 장식품이었다. 그러나 그렇지 않다. 나는 너무 불공평하게 평가하고, 또 너무 과장하고 있다. 난 내 뜻과는 상관없이 베아트리스의 영향을 받고 있는 듯하다. 사실 그런 부모들은 딸들이 결혼하면 기뻐한다. 그들은 사랑 놀음 때문에 딸이 학업을 제대로 끝내지 못하는 것을 바라지 않을 뿐이다. 공부를 끝마쳐야만 자기 딸이 나중에 인생을 살아가는 데 있어 혼자 힘으로 살아갈 수 있고, 남편에게 너무 기대지 않기 때문이다. 이것은 베아트리스가 흥미를 가질 수 있는 좋은 논쟁거리다.

9일, 토요일 난 써놓은 것을 읽어 볼 엄두도 내지 못하면서, 다시 이 글을 쓴다. 난 두렵다. 무엇이 두려울까? 날이 갈수록 더욱더 바보 같아지는 것 같아 두렵다. 난 공책을 사 달라고 부탁하는 것을 잊어버렸다. 피토, 그 사람을 야단치고 싶다. 하지만 그 사람이 내 앞에 있을 때, 난 내가 그에 관해 어떻게 생각하는지 말할 용기를 내지 못했다. 그건 두려워서가 아니었다. 그런데 왜 내가 입을 다물었던 것일까? 난 내 분노를 마음속에 쌓아 두어 종양이 생겼다고 생각한다. 하지만 만일 그 사람을 다시 내 앞으로 데려온다면, 내가 생각하고 있는 바를 말할 용기가 있을지는 나도 모른다. 그 사람은 내가 이혼한 것이 내게는 한 발짝 퇴보하는 것이라고 말했었다. 난 지금 이 종이에 그건 퇴보가 아니라 발전이었다는 사실을 분명히 밝혀 두고 싶다. 이혼하면서 많은 문제가 있었고, 그런 문제를 해결하면서 나는 아주 분명하게 앞으로 나아갈 수 있었기 때문이다. 난 그 문제들을 열거하고 싶다. 난 쓸데없는 의혹을 바라지 않는다. 그런 의혹은 시간만 빼앗고 내 머리를 복잡하게 만들어 내가 계속해서 생각하도록 내버려 두지 않는다. 하지만 어디서부터 시작해야 하나? 이것이 문제다. 이게 핵심이다. 그가 집안을 다스리겠다고 날 설득한 적이 있었던가? 아니다. 그는 자기가 다스리는 것이 보다 실용적이라고 날 설득했을 뿐이다.

그걸 떠올리기만 해도 화가 치민다. 얼마나 역겨운 존재였던가! 가정에서 남자가 집안의 지휘봉을 잡는 것이 낫다는 점은 분명하다. 남자가 여자보다 안정되어 있고 이성적이기 때문이다. 하지만 그러려면 피토 같은 바보가 아니라 훨씬 나은 사람이어야 한다. 진정한 남자이어야 한다. 평생을 살면서 언제쯤 남자다운 남자를 가져 볼 수 있을까? 피토 전에 난 남자가 없었다. 기껏해야 고등학교 때 사귄, 별 볼일 없는 애인들이 고작이었다. 하지만 피토는 이미 공대 과정을 끝마치고 있었다. "문학 학사 학위를 받더라도 돈을 벌 수는 없을 거야. 하지만 상관없어. 내가 돈을 가져오면 되니까. 만일 당신이 대학 과정을 끝내고 싶으면, 끝내도록 해. 하지만 더 이상 결혼을 미룰 수는 없어." 바로 그때 걸음을 잘못 내디딘 것이다. 난 돈이 되지 않는 전공을 선택했다. 아니, 하나도 부족해서 그런 과정을 둘이나 택했던 것이다! 문학과 피아노. 하지만 그것은 아빠를 기쁘게 해주기 위한 것이었다. 물론 문학과 같은 과정을 공부해선 돈을 벌 수 없다. 그 과정을 공부해서는 식모 둘에 오페라 시즌 티켓, 매년 3개월간 바닷가에서의 피서에 익숙해 있던 내 삶의 스타일을 충분히 유지할 수 없었다. 첫 번째 잘못 내디딘 발길은 바로 대학 과정 선택에서 실수를 범한 것이다. 아니면 그런 생활수준이 기본이라고 생각하는 내가 잘못된 것일까? 그래, 그건 분명히 기본이었고, 난 그런 것에 길들어 있었다. 그리고 그 사람은 내게 그런 삶을 제공해 줄 수 있었다. 게다가 나도 그 사람이 몹시 마음에 들었다. 아주 많이 말이다. 난 그가 나를 껴안고 애무해 주고 키스해 주길 바랐다. 그리고 그의 콧수염으로 날 건드려 주길 바랐다. 하지만 잠깐 스톱! 그러나 그 이상의 일은 아무것도 없었다.

잘 생각해 보면, 내가 그토록 풍족한 집안 생활에 길들여 있지 않았더라도, 마찬가지로 피토의 함정에 빠졌을 것이다. 아마 나는 그가 제시하는 어떤 조건—물론 결혼에 관한 조건—이든 받아들였을 것이다. 그건 내가 피토와 결혼하고 싶어 죽을 지경이었기 때문이다. 그러니까⋯⋯ 첫 번째 잘못된 길로 들어선 것은 그에 대한 욕망을 버리지 않았기 때문이었다. 내 자유 의지로 그 열병을 이겨 내야 했고, 이성적으로 생각해야만 했었다. 그때 그가 어떤 사람인가를 정확히 직시하려고 노력해야 했었다. 즉, 그 사람이 이 세상의 모든 미덕을 갖춘 사람이라고 제멋대로 상상하지 말았어야 했다.

하지만 이것도 사실이 아니다. 이 모든 것은 베아트리스의 영향 때문이다. 내가 아닌 그 무엇으로 도약하려고 애쓰는 것은 쓸모없는 짓이다. 그런데 내가 왜 이 일기를 쓰고 있는 것일까? 그건 진실을 말하기 위해서라고 생각한다. 만일 내가 스스로를 속이면서 이 글을 시작한다면, 난 그 어느 곳에도 이르지 못할 것이다. 내 인생 중에서 내가 가장 좋아한 것은 피토와 껴안고 애무했을 때이다. 그건 아주 날 흥분시켰고 즐겁게 해주었다. 그리고 결혼 후 처음 몇 달도 그랬다. 내가 그 이전에 내 욕망을 버렸는지는 분명치 않다. 결혼 첫날밤과 모든 결혼 준비, 그리고 흰 웨딩드레스를 입었던 결혼식은 꿈만 같았다. 그다음 일이 어찌 되었든 간에 난 첫 시절의 멋진 기억을 잊을 수가 없다. 그것을 잊는다는 것은 스스로 생각해도 부당한 일이다. 처녀 시절에 엄마 집에서 피토와 함께 더 이상 참을 수 없을 정도로 흥분한 것은 아주 멋진 일이었다. 그가 떠난 뒤 나는 혼자 그곳에 남아 결혼식에서 무엇이 날 기다리고 있을지 생각했다. 난 침대에 누워 혼자서 달콤한 사랑을 꿈꾸었다. 하지만 그 후의 현실은 나의 모든 꿈을 짓밟았다. 그 달콤했던 시간이 너무 짧았다는 것은 심히 유감이다. 하지만 그런 기억을 갖고 있다는 것만으로 난 만족해야 할 것이다. 누가 이런 달콤한 순간의 추억을 빼앗을 수 있겠는가! 하지만 그건 너무 조금 지속되었고……

정말 빌어먹을 운명이다. 그래, 여기서는 '빌어먹을'이라고 말한다. 아르헨티나에서는 어떻게 말할까? '육시랄'이라고 할까? 하지만 '육시랄'은 산다는 것과 반대의 뜻이다. 산다는 것은 모든 아르헨티나 사람들의 염원이다. 반면에 '빌어먹을'은 비천하고 가난하다는 뜻이다. 난 지금 생각한다. 가난이라는 것은 그 어떤 멕시코 사람들도 원치 않는 것이다. 참으로 어리석은 일이겠지만, 과거에 사랑을 믿었던 것처럼 나는 앞으로의 사랑도 잘될 것이라고 생각한다. 처녀 시절에는 얼마나 많이 상상했던가! 그건 지금도 마찬가지다. 하지만 지금은 추한 것들을 상상하며 두려움에 사로잡힌다. 이제는 더 이상 아주 멋진 것들을 꿈꿀 수 없다. 그래, 바로 거기에 핵심이 있다. 바로 그 인생의 조그만 등불이 내게서 꺼져 버린 것이다. 사실 아주 열렬히 무언가를 원하고, 무언가를 욕심내고 싸우기 위해서는 무조건 그 등불을 믿어야 한다. 그래, 사람들의 말에 의하면, 그 등불은 바로 믿는 것이다. 하지만 아직 현실이 아닌 것을 믿는 것은 믿음이 아니라, 꿈을 꾸는 것이다. 그래, 그건 꿈꾸는 것도 아니다. 그건 다른 것이다. 그게 뭘까? 그건…… 무언가를 상상할 수 있다는 것임에는 틀림없다. 전에는 아주 기발한 것들을 상상할 수 있었다. 하지만 지금은 그렇지 않다. 그건 내가 원하지 않아서 그런 것이 아니다. 단지 내가 상상하지 못하기 때문이다.

하지만 나는 지금 옆길로 새고 있다. 내가 말하고자 하는 바는 내가 걸어왔던 잘못된 인생 항로이다. 우리는 지금 첫 번째로 잘못된 길이 혼전에 관계를 갖지 않았다는 것이 아니라는 데까지 말했었다. 그럼 어떤 것이 첫 번째로 잘못된 길일까? 아, 이제 조금 피곤하다. 내일 계속하는 편이 나을 듯싶다. 글을 많이 써서 피곤한 것이 내 마음에 쏙 든다. 내가 일하던 시절처럼 지금은 잠이 나를 이겼다는 느낌이 든다. 이것은 얼마나 좋은 일인가! 난 그 시절을 회상하고 싶다. 하지만 아직 그럴 시간이 되지 않았다. 그건 다음에 이야기해 줄 것이다. 이제 난 잠을 잘 것이다.

일요일　계속해서 내 인생에서 무엇이 잘못되었는가에 대해 의문을 던진다. 살기 위해서는 많은 물건과 많은 돈이 필요하다고 어제 썼던 것은 사실이 아니라고 생각한다. 사실 그렇게 많이 필요하지는 않았다. 고등학교에서 가르치는 것만으로도 충분했을 것이다. 왜 그런지 살펴보자…… 딸도 없고 부양할 부모도 없을 때, 어느 정도면 내 생활을 꾸려 나갈 수 있을까? 조용히 살아갈 수 있는 조그만 아파트 한 채면 족하다. 내가 이혼한 후 가졌던 것처럼 그것이 전부였다. 자동차도 필요 없고 특별한 휴가도 필요 없다. 비싼 옷은 두말할 나위도 없다. 난 얼굴이 아주 예뻤었다. 하지만 이 병을 앓은 후에는 그렇게 되지 않으리라고 확신한다. 난 때마침 두렵고 끔찍한 서른 살에 근접한 아주 까다롭고 민감한 나이에 있다. 하지만 그렇게 두렵거나 끔찍하지 않을지도 모른다. 반대로 서른 살은 여자들이 자기가 무엇을 원하는지 알기 시작하는 나이이다.

아, 그래, 잊기 전에 이것을 적어 놓아야겠다. 어젯밤 잠들기 전에 내가 피토에게서 벗어났던 정확한 순간이 언제였는지를 깨달았다. 결혼하고 몇 달 안 되어, 나는 일어날 때 가끔씩 두통을 느끼곤 했고, 왜 아픈지 그 이유를 알 수 없었다. 음식 때문인지, 아니면 다른 무엇 때문인지 생각하면서 머리를 쥐어짰다. 그런데 어느 날, 피토의 부탁을 받고 부부 동반으로 중견 관리를 초대하기 위해 저녁 식사를 준비해야 했을 때, 그날 아침부터 그 통증이 온다는 것을 알게 되었다. 피토는 어느 회사의 회장, 혹은 다른 회사의 부장 등등의 사람을 초대해야 좋을 것 같다고 확신했다. 내가 잊지 못할 그 어느 날, 그는 아르헨티나 공화국 전역의 주요 관리들의 명단을 작성해서 보여 주었다. 그는 이제 부에노스아이레스의 사람들로는 만족하지 못했다. 그의 계획은 전국의 모든 사람들과 좋은 관계를 맺는 것이었다. 난 그 명단을 보고 거의 기절할 뻔했다. 그 명단은 비서가 타자기로 작성한 것으로 '루카렐리 부부'란 이름이 적혀 있는 폴더 안에 들어 있었다. 그는 계속 자기 말만 하면서, 모든 사람이 자기를 존경한다고 했다. 바로 그런 이유로 그는 자기 분야에서 최고라 생각하고 있었다.

그날 우리는 처음으로 싸웠다. 아주 심각한 첫 번째 말다툼이었다. 그는 내게 우리의 초대 손님과 관리들과 그들의 정부(情婦)들의 어리석음에 대해 불평하지 말라고 경고했다. 난 내 귀를 믿을 수가 없었다. 왜 내가 그 사람들을 비판하는 것이 그토록 그의 비위를 거슬렀을까? 그런 초대는 단지 사업상의 전략에 불과한 장난이 아니었던가? 그것은 아주 불미스러운 사건이었다. 처음 그런 일이 일어나자, 난 방에 틀어박혔다. 하지만 그건 마치 복싱의 링에 있는 것과 같았다. 아니, 그보다 더하게 로마인들이 앞에서 이빨을 드러내는 맹수와 함께 모래밭에 있는 것이었다. 몇 년 동안난 그가 그날 왜 그토록 화를 냈을까 하고 스스로에게 물어보았다.

엄마는 내가 이혼 수속을 밟고 있던 당시에 그 이유를 설명해 주었다. 엄마는 그가 바보 천치 같은 초대 손님들과 함께 자신을 똑같이 생각하고 있었다면, 그건 충분히 그럴 만한 이유가 있다고 했다. 사실 그는 초대한 손님들과 별다르지 않았다. 하지만 엄마가 남편 편을 들면서 그 말을 했기 때문에, 나는 몹시 화가 치밀었다. 그러고는 특별한 이유도 없이 가정을 망가뜨리는 것은 모두 내 잘못이라며 나무랐다. 엄마는 그가 다른 사람들과 똑같다고 했다. 그리고 바로 내가 유별난 사람이거나, 아니면 유별나기를 원하는 사람이라고 말했다. 하지만 내 마음은 그렇지 않았다. 나 역시 잘사는 게 좋았기 때문이었다. 엄마는 그가 날 한 번도 속인 적이 없으며, 그 사람은 항상 그래 왔다고 말했다. 그러면서 완벽한 남편은 이 세상에 존재하지 않기 때문에, 내가 그런 남편에 순응해야만 한다고 지적했다. 난 엄마를 다르게 생각하고 있었기 때문에, 그 말은 정말 유감이었다. 피토와의 관계가 계속 악화되고 있는 동안에 클라라를 낳았다. 난 딸이 태어나면 모든 것이 해결되리라고 상상했다. 난 아이와 함께 어떻게 집 안을 꾸밀까 하는 좋은 일만 생각했다.

베아트리스가 왔기 때문에 나는 글을 잠시 멈추었다. 가운데 가르마를 타고 어깨까지 머리를 늘어뜨린 나를 보자, 베아트리스는 헤디 라마*와 똑같이 생겼다고 말했다. 그 이름을 들은 것은 실로 오랜만이었다. 그리고 그 여자의 사진을 보지 않은 지도 꽤 오랜 세월이 흘렀다. 내가 어렸을 때 사람들은 나보고 헤디 라마와 똑같다고 말하곤 했었다. 하지만 이제 그녀는 영화에 더 이상 출연하지 않고, 그래서 사람들은 더 이상 그녀를 기억하지 못한다. 그녀를 집 안에만 가두어 놓았던 남편의 이야기를 기억하지 못하는 것이다. 베아트리스는 그녀의 경우를 연구해야 한다고 말한다. 그것은 그녀가 이 세상에서 가장 부자 중의 하나인 남자와 결혼했으면서도, 영화를 계속하기 위해 집에서 도망쳐 나오는 길을 선택했기 때문이었다. 그녀는 할리우드에 있었던 여배우들 중에서 가장 멋진 여인은 아닐지라도, 가장 아름다웠던 여인들 중 한 명이었다. 아직도 그렇게 아름다울까? 난 지금의 그녀 사진을 보고 싶다. 그러면 내가 그녀 나이가 될 때, 어떻게 보일지 추측할 수 있을 것이다. 전에는 나이 먹은 나 자신을 생각하면 소름이 끼쳤다. 하지만 이젠 그렇지 않다. 왜 우리가 바뀌는지 그 누가 이유를 알까? 생일을 맞고, 또 나이가 쌓이더라도 이젠 괜찮다. 난 젊은 나이로 죽고 싶진 않다. 언제쯤 나한테 퇴원하라고 할까? 왜 회복하는 데 이토록 오랜 시간이 걸릴까? 과연 언젠가는 회복할 수 있을까?

월요일　　난 다시 용기를 냈다. 그러고는 내가 쓴 것을 읽어 보았다. 무엇보다도 나는 더 이상 내 상태를 극화시키지 않겠다고 맹세한다. 그렇지 않으면 아주 비극적인 종말을 맞이할 수도 있기 때문이다. 내가 일기를 쓰는 것은 우울해지지 않기 위해서이다. 내가 쓴 것을 읽은 후에 나는 씁쓸한 미소를 지었다. 그 글들은 내가 살아온 발자취들을 아주 분명하게 밝히도록 권유하고 있기 때문이었다. 그런데 내가 말하고 있는 '살아온 발자취'가 무엇을 뜻하는 말일까? 내가 게처럼 걸어 퇴보했다면, 아마도 피토는 기뻐할 것이다. 하지만 명심하라. 난 골치 아픈 이런 문제들을 밝히기 시작한 것에 불과하다.

좋다. 오늘은 옆길로 새지 않을 것이다. 클라라. 혹시 내게 무슨 일이 일어나더라도 그 아이는 전적으로 아버지의 보호 아래 있을 것이다. 클라라를 아버지와 살도록 한 것은 내 잘못이다. 그리고 피토가 바보 같은 모든 짓을 클라라의 머릿속에 주입시킬 수 있도록 놔둔 것도 내 잘못이다. 클라라는 아버지를 몹시 사랑한다. 하지만 성장하면 그 불쌍한 아버지가 머리가 텅 빈 사람이라는 걸 깨닫게 될지 누가 알겠는가. 어쩌면 그 아이도 제 아비와 똑같이 될지 모른다. 좌우간 클라라가 좋아하는 사람은 피토지 내가 아니다. 딸아이는 날 사랑하지 않는다. 난 딸아이를 내 편으로 만들 줄 몰랐다. 그런 것을 원하지도 않았다. 우리 모두 솔직해지자. 다시 난 복수형을 쓰고 있다. 그런데 내가 말하고 싶어 하는 사람은 누구일까? 난 알고 싶단 말이야!

화요일　　포지가 오기 전까지 약간의 시간이 있다. 나는 그에게 분명히 말할 것이다. 오늘은 좋고 유쾌한 일만 생각하려고 했는데, 몹시 유감이다. 내 생각과는 전혀 반대로 될 것 같다. 하지만 그가 돌아간 다음, 내게 기운이 남아 있다면 어떤 멋진 일들이 있었는지 그 목록을 작성할 것이다. 우선 떠오르는 것은 1971년이다. 내가 이혼한 후로 모든 것이 잘돼 가던 해였다. 마침내 나는 그해에 일을 시작했다. 그런 다음 포지에 관한 일이 생겼지만, 나는 좋은 점만 쓸 것이다. 그리고 또 백 퍼센트 좋았던 일이 무엇일까? 더 이상 없는 것일까? 잊지 않기 위해서는 생각날 때 어떤 멋진 일들이 있었는지 그 목록을 작성해야 한다고 말했던 사람이 누군지 기억나지 않는다. 그건 인간들이 나쁜 일들만 기억하는 경향이 있기 때문이다. 1971년에 일어났던 일은 모두 적고 싶다. 음악 학교의 내 선생님을 콜론 극장*에 임명한 것. 그리고 그가 함께 일하자고 제의했던 것. 이 세상에서 가장 아름다웠던 일과 그 일에 바친 내 모든 열정. 온종일 극장에서 보내던 일. 그리고 점점 더 많은 공연을 조직하던 기억. 또 저렴한 가격의 대중 음악회! 내가 그런 공연을 조직할 때면, 3백 명 대신 2천 명이 아주 멋진 오페라를 감상할 수 있었다. 그런 일은 내가 저녁 식사 시간이 되면 피토의 식탁 앞에 앉는 것보다 훨씬 더 끝내 주게 — 이 말은 포지가 즐겨 쓰던 말인데, 내 입에 배어 버렸다 — 즐겁고 만족스러웠다. 그리고 이혼. 포지. 일주일에 한 번씩 가졌던 포지와의 밀회. 그리고 일주일에 두 번씩 있었던 딸아이와의 만남. 이런 똑같은 일을 멕시코에서도 할 수 있으면 얼마나 좋을까! 난 예쁜 것들을 만들고 싶고, 병도 치료하고 싶고, 일도 하고 싶다. 일단 일을 시작하면, 이번에는 그 누구도 나를 멈추지 못할 것이다. 잘은 모르겠지만, 내가 길에 있는 돌덩이에 부딪치는 운 나쁜 사람은 아닐 것이다. 난 어떤 것들을 생각하는 순간이면 항상 몸이 오싹 떨려 온다. 가령 믿지는 않지만, 악마 같은 것을 생각하는 순간 말이다. 악마가 길을 가로막으면, 조국과 친구를 비롯해 모든 것을 떠나야 한다.

"사실은 당신이 모습을 보인 그날부터 몸이 많이 안 좋아요."
"내가 당신에게 말한 것 때문에 놀라서 그럴 거야…… 아니타,

하지만 그렇게 놀라는 것은 아주 좋지 않아. 아주 안 좋아."

"어떻게 안 놀랄 수 있어요? 우선 내가 무서워하는 사람에 관해 말해 놓고서…… 내 말 알아듣겠어요? 나를 공포에 사로잡히게 한단 말이에요."

"알레한드로는 당신을……."

"그 이름은 입 밖에 내지도 말아요!"

"그 사람은 당신에게 아무것도 할 수 없어. 당신이 전화를 걸어서 사실을 말하면 돼. 입원해 있으며, 종양을 제거했다고. 그리고 낫지 않을까 두렵다고."

"하지만 그건 사실이 아니에요. 의사들은 전혀 위험하지 않다고 말했어요."

"그렇지만 그건 중요한 게 아니야. 어쨌든 당신은 수술 자체를 두려워할 수 있으니까. 문제는 당신이 그에게 다시 사랑한다고 말하면, 그는 즉시 당신을 보러 달려올 거란 점이지."

"포지, 당신이 뭘 알아요? 알레한드로는 지금 다른 여자와 함께 있을 거예요."

"우린 모든 것을 다 조사해 봤어. 그는 아직도 집이나 사무실에 당신 사진을 가지고 있어. 그리고 그 어떤 여자와도 사귀고 있지 않아. 그는 자기 일에만 몰두할 뿐, 그 이외의 어떤 일에도 눈을 돌리지 않아."

"내가 부른다고 해서 그가 부에노스아이레스에서 올 거라고는 생각하지 않아요."

"우리 모두는 틀림없이 올 거라 확신하고 있어. 당신도 그가 당신을 미칠 정도로 사랑하고 있다는 사실을 잘 알고 있잖아."

"그럼 어느 순간에 그를 납치할 예정인가요?"

"이곳에 도착한 며칠 후에."

"도착 즉시가 아니고요?"

"아니야. 만일 그렇게 하면 당신이 의심받을 수 있거든."

"그럼 내가 그 사람을 만나야 된다는 소리네요."

"한 번이나…… 아니면 두 번쯤."

"그건 못해요."

"우린 그 사람 머리털 하나 건드리지 않을 거야. 우리가 원하는 것은 우리 동지와 그를 교환하자는 것뿐이야."

"아마 틀림없이 날 의심할 거예요."

"아니야, 절대 그렇진 않아."

"하지만 날 조사할 거예요. 그건 확실해요."

"당신 말이 옳아. 그는 당신 친구이자 애인이고 또 당신이 아프다고 전화했기 때문에 그럴 수도 있어. 그건 사실이야. 하지만 거기에 핵심이 있어. 당신은 몸이 아프다고 말하면서, 오지 말라고 하는 거야. 그러니까 이렇게 하는 거지. 우선 전화를 해서 몸이 안 좋다고 말한 다음…… 간호해 줄 친구도, 그리고 가족도 없다고 말하는 거야. 조금씩 이런 말을 하는 거야. 그러고는 정말로 친한 친구와 얘기하고 싶다고 하는 거지. 그럼 그가 당신을 보러 오겠다고 말할 거야."

"만일 그렇게 말하지 않는다면?"

"틀림없이 그렇게 말할 거야. 하지만 당신은 올 필요가 없다고 말해야 돼. 반드시 그가 오겠다고 그의 입으로 말하게 만들어야 해. 그럼 당신은 아니라고, 오지 말라고 하는 거지. 그럼 그는 이 곳으로 올 거야."

"하지만 일이 복잡하게 꼬이면 어떻게 하죠? 난 정말 그가 싫어 요. 하지만 그 사람에게 무슨 일이 생기는 것도 싫어요. 그가 죽는 다든지 하는 아주 심각한 문제 말이에요."

"아무 일도 없을 거야. 우린 당신에게 한 가지는 약속할 수 있 어. 내가 진심으로 말해 줄게. 가령 교환이 안 된다든가, 아니면 납치를 하고도 일이 생각대로 풀리지 않으면, 우린 그 사람을 즉 시 석방시킬 거야."

"그건 당신 생각이지요. 하지만 당신…… 동지들은 어떨까요? 당신들끼리 어떻게 부르는지 잘 모르겠어요."

"동지라는 말이 좋아."

"포지, 내가 이 문제에 개입하는 것 말고는 더 좋은 생각이 없나 요?"

"당신은 그걸 알고 싶겠지만, 내 머리에는 그 이상의 좋은 생각 이 떠오르지 않았어."

"하지만 당신은 내 마음대로 결정하라고 했잖아요?"

"그렇게 날 나쁘게 생각하지는 말아 줘."

"……."

"아니타, 그런 식으로 하면 우린 아주 소중한 사람을 되찾을 수 있어."

"우리가 되찾을 거라는 식으로 말하지 말아요. 난 그 사람이 누군지도 모르고, 당신도 그 사람에 관해 말해 주려고 하지 않았어요. 당신은 내가 정치에 관해서는 잘 모른다는 걸 알고 있어요. 내가 아르헨티나에서 나온 것은 다른 이유 때문이에요. 그건 개인적인 일이었고, 난 정치에는 개입하지 않았어요. 그리고 정치를 모르기 때문에 앞으로도 절대 개입하지 않을 거예요."

"그런 식으로 거부한다는 것 자체가 이미 정치에 개입하고 있는 거야."

"그게 무슨 관련이……."

"……."

"베아트리스에게 전화했나요?"

"아니."

"아주 좋은 사람이에요. 당신 맘에 꼭 들 거예요."

"지금은 사람 만날 기분이 아니야."

"피라미드는 보러 갔었나요?"

"아니. 난 몹시 초조해. 하루 종일 당신 전화만 기다리고 있었어."

"내 전화를 기다렸다고요?"

"그래, 당신이 결정하기를 말이야."

"……."

"그 사람은 당신에게 아주 나쁜 행동을 했어. 그래, 안 그래?"

"그래요, 그건 사실이에요."

"당신은 그 사람에게 단호한 입장을 취하기 위해 망명을 택한 거고."

"하지만 정치적인 망명은 아니에요."

"당신 마음대로 말해도 좋아. 하지만 그건 사실이야."

"포지, 당신을 이해할 수 없어요. 난 좌익 페론주의자들인 당신들에게 호감을 갖고 있지 않아요. 그런데 어떻게 당신은 내가 당신들에게 협조할 것이라고 기대하는 거죠?"

"이미 첫날 말했잖아. 당신이 결정하기 전에, 우리 운동 단체에 대해 당신에게 설명하게 해달라고 말이야."

"싫어요. 내가 미쳤어요? 당신이 말을 하게 내버려 두면, 분명히 당신은 합리화하면서 말을 끝낼 게 뻔한데."

"그건 좋은 일을 위해……."

"당신은 훌륭한 변호사예요. 그래서 검은 것을 흰 것처럼 보이게 할 수도 있죠. 난 당신을 잘 알아요."

"……."

"당신에게 중요한 건 합당한 이유를 찾는 거예요. 아니, 지금 내가 무슨 소리를 하고 있는 거죠? 당신은 말싸움에서 이기는 것, 그것만을 원하는 거죠? 말다툼하기 시작하면 당신은 솔직해지지 않아요."

"내 말 좀 들어 봐. 그렇게 당신 생각만 하는 건 좋지 않아."

"난 이 문제에 관심 없어요. 이게 전부예요."

"난 이것을 다르게 보고 있어. 당신은 과거의 여자들이 정치에서 떨어져 있던 것처럼, 단순히 정치에서 멀리 있고 싶은 거야."

"난 과거의 여자가 아니에요."

"하지만 어느 정도는 그렇지. 정치 문제에 있어서 당신의 수동성은…… 그건 왜 그런 거지?"

"내가 부에노스아이레스에 있지 않고, 이곳에 있는 것은 다른 일 때문이에요. 만일 내가 수동적이었다면, 난 부에노스아이레스에 그냥 머물러 있었을 거예요."

"당신이 그곳에 머물러 있으면서, 그곳에서 알레한드로와 맞설 수 있었어."

"제발 부탁인데, 그 이름은 꺼내지도 말아요."

"……."

"내가 보기에, 당신은 내가 회복 중에 있는 환자라는 사실에는 눈곱만큼도 관심이 없는 것 같네요."

"부에노스아이레스에서 당신은 절대적으로 내게 기댈 수 있었어. 당신은 그곳을 떠나지 말았어야 했어."

"무엇 때문에 절대적으로 당신에게 기대죠? 일주일에 한두 번 하는 약속을 위해서요?"

"당신이 이곳에 온 것은 잘못한 거야. 망명은 조국에서 당신이 활동할 수 있는 모든 가능성이 사라졌을 때에만 합리화될 수 있는 거야."

"난 모든 것을 포기하고 다시 시작하기 위해서 그래야만 했어요."

"뭘 다시 시작한다는 거지? 다른 불알을 찾는다는 거야?"

"그래요."

"그럼, 그렇다고 해두지. 어떤 여자들은 명예를 지키기 위해 그런 말은 입에 올릴 엄두도 못 내. 그러고는 자신들이 해방되었다고 생각하지."

"어떻게 그런 무례한……."

"난 가능하면 당신에게 단도직입적으로 말하고 싶어. 내가 당신을 사랑한다는 사실은 당신도 알고 있어. 당신과는 오해의 소지가 없을 거야."

"내가 알고 있는 것은 당신의 입에서 그런 거친 말이 나오는 게 바로 당신이 말다툼에서 지고 있다는 증거라는 것뿐이에요. 자, 이만하면 나도 당신을 잘 알고 있죠?"

"……."

"하지만 당신은 지금 멕시코에 있으니, 이 기회를 이용해 좀 더 많은 것을 보고 알아야 해요. 적어도 피라미드와 인류학 박물관 정도는 봐야 돼요."

"……."

"당신이 부에노스아이레스로 돌아가면, 아무것도 보지 못했던 것을 후회하게 될 거예요."

"그래, 내가 시간 낭비 하고 있는 거야. 당신 말이 맞아."

"조금 기분을 전환하면 괜찮아질 거예요."

"난 당신이 내 말을 들어줄 거라 믿고 있어…… 전에도 말했던 것처럼 내가 당신에게 부탁하는 것은 내 말을 좀 들어 달라는 거야. 마음을 가라앉히고 말이야. 이 운동 단체가 제시하는 것이 무엇인지 당신에게 설명해 줄게. 정치적인 면에서는 당신 마음에 들거야."

"포지…… 당신 말을 들으니 다시 머리가 아파요."

"지금은 더 이상 고집 부리지 않겠어. 하지만 언제라도 듣고 싶으면…… 내가 달려와 당신에게 이 모든 일을 설명해 줄게. 결정은 그다음에 하면 돼."

"하지만 지금은 말하지 말아요."

"잘 생각해 봐. 하지만 아무리 늦어도 내일까지는 대답해 줘야 해."

"미안해요. 하지만 이런 상태로는 1초만 더 말해도 다시 머리가 아플 것 같아요. 난 그 두통이 어느 정도인지 잘 알고 있어요."

"진통제는 주지 않아?"

"주긴 줘요. 하지만 아플 때마다 달라고 할 순 없어요. 그건 아주 센 약이거든요. 아무 때나 사용할 수 있는 게 아니에요. 제발 날 이런 식으로 화나게 하지 말아요."

"미안해."

"당신은 내 병이 악화되는 것만 도울 뿐이에요."

3

빈의 공원들은 이슬에 젖은 채 새날을 맞이했다. 남편이 자신을 믿고 있지 않다는 사실을 잘 알면서도, 그녀는 모든 것을 말해 주기로 마음먹었다. "당신은 창백하고 눈이 움푹 꺼진 내 모습을 보고 있어요. 잠을 자지만, 제대로 쉬지 못하기 때문이죠. 밤마다 악몽 때문에 제대로 잠을 이룰 수가 없어요. 어젯밤에 꾼 꿈은 정말 최악이었어요. 잠깐만 내 말 좀 들어줄 수 있나요? 당신도 걱정거리가 많은데, 내 말을 들어줄 시간이 있을까요? 내가 이런 식으로 신유럽으로 가는 길을 막고 있는 것은 아닌가요? 체임벌린과 전화하고 있나요? 히틀러인가요? 무솔리니인가요? 그래요? 내 말이 맞았죠? 적어도 내 말이 맞았다는 것은 부정하지 말란 말이에요! 아니면 백악관에서 당신에게 조언을 구하고 있나요?"

남편은 아내의 넘쳐흐르는 히스테리를 학습에 의해 터득한 애무로 멈추게 했다. "고마워요. 만일 이런 느낌이 1분만 더 지속되었다면, 무슨 일을 저질렀을지 몰라요. 어쨌든 루르의 쇳덩어리가 당신의 용광로에 계속해서 먹이를 주고 있고, 당신처럼 위대한 사람은 사생활을 가질 권리가 있어요. 물론 내 얘기를 하고 있는 건 아니에요…… 몇 시간 전에 꾸었던 꿈을 아주 간단히 말하도록 노력해 볼게요……." 이번에 남편은 입술에 다정한 키스를 하면서 아내의 말을 멈추었다. "당신은 날 구해 줄 수 있는 유일한 사람이에요. 난 눈을 떠도 이 악몽에서 헤어날 수가 없어요. 바로 이 순간 내가 꿈꾸었던 그 괴물 같은 사람이 내 앞에서 없어져 버렸지요. 당신의 모습이 그 괴물을 가렸기 때문이지요. 꿈속에서 난 생일을 맞고 있었어요. 아직 어린 소녀였지요. 그런데 갑자기 참을 수 없는 통증이 가슴을 짓눌렀어요. 우리 집은 이른 저녁 시간에 들이닥칠 손님들을 맞이할 준비를 하고 있었어요. 아이들 파티였는데……."

그녀는 계속해서 자기 이야기를 했다. 그런데 이야기가 끝나자, 기다리던 남편의 대답은 들리지 않았고, 대신 다른 이야기가 들려왔다. "어린 소녀였을 때, 당신은 가슴에 참을 수 없는 통증을 느끼지도 않았고, 빈에 있던 단 한 명의 의사 집을 향해 마차를 타고 가지도 않았어. 그날 일요일에 그 의사는 자기 집에 있었지. 당신이 열두 살 생일을 맞던 그날, 그 의사는 프록코트를 입고 있지도 않았고, 뚱뚱하지도 않았어. 그리고 당신을 검진하고 나서, 그 의사는 당신 아버지에게 자기가 죽은 사람들과 밀약(密約)을 맺은 사람들과 내통하고 있다는 사실을 부정한다고 말하지도 않았어. 그가 말한 것은 다른 이야기였지. 그게 무엇인지 당신은 걱정할 필요 없어. 왜냐하면 그날 당신 아버지가 당신을 그 뚱뚱한 의사에게 데려갔을 때, 그는 이미 죽어 있었기 때문이야…… 말하자면, 세계 대전이 끝나기 조금 전에 죽었던 거야. 자, 이제 당신의 악몽은 전혀 위협적이 아니라는 사실을 알겠지? 그건 그렇고, 당신에게 부탁하고 애원하는데, 아무에게도 그 이야기를 하지 말아 줘. 알았지?"

그녀는 해몽해 달라고 졸랐다. "그래, 그 꿈은 의미가 있어. 하지만 당신의 악몽 속에 있는 것은 불길한 예언도 아니고, 그 어떤 불길한 징조를 보여 주는 것도 아니야. 지금부터 무슨 일이 있었는지 설명해 주지. 당신은 아주 어렸을 때 죽은 사람과 대화한다는…… 그런 말을 들었을 거야. 아니, 그렇게 급히 아니라고 부정할 필요는 없어. 분명히 당신은 기억 속에서 그 사실을 무의식의 가장 어두운 골방에 처박아 두었을 테니까. 교수였던 당신 아버지는 실험실에 미친 사람, 아니 너무 깨친 사람을 숨겨 놓고 있었지. 그 사람은…… 그 사람 이름이 무엇이었는지는 잘 기억이 나질 않아. 내 말을 못 믿겠다는 듯이 그렇게 노려보지 마. 그 미친 사람 때문에 지금 우리가 함께 있는 거니까. 자, 이제 설명해 주지. 세계 대전 중에 연합군과 동맹군의 첩보 부대 고위 관리들 사이에선 이상한 소문이 떠돌았어. 한 과학자가 아주 야심적인 실험으로 놀랄 만한 성과를 이룩했다는 소문이었지. 그건 말하지도 않고 쓰지도 않은 것, 그러니까 사람이 생각하는 것이 무엇인지를 읽을 수 있는 능력이었어. 바로 여기서 그 미친 사람이 무대에 출연하지. 그가 바로 그 일을 해낸 사람이었던 거야! 그러자 그가 죽은 사람과 내통한다는 소문이 떠돌았어. 하지만 인류를 위해 불행인지 다행인지, 좌우간 그 불쌍한 미친 사람은 실험관 하나가 폭발하는 바람에, 그 비밀을 아무에게도 알려 주지 못한 채 터져 죽고 말았지. 바로 그가 전쟁 종식을 촉진시켰고, 그토록 열망하던 무기는 꿈처럼 파악하기 어렵게 되었어. 생각을 읽을 수 있는 사람이 존재한다는 생각은 그 자체만으로도 많은 공포를 야기했고, 사람들은 그런 생각이 보여 주는 것을 모두 잊어버리려고 했어. 하지만 이 세상은 그런 겁쟁이들로만 가득한 것은 아니었지. 몇 년 전에…… 나는…… 그 미친 사람의 신비를 해독하기로 마음먹었어. 수없이 찾아 돌아다니던 끝에 당신 가족을 만나게 되었지. 그리고 그 폭발로 인해 당신 아버지가 비참하게 죽었다는 사실도 알게 되었어. 실험실이 폭발했을 때 당신 아버지는 같은 저택에 있던 다른 실험실에서 고대의 연금술 서적을 열심히 읽고 있었어. 나의 탐색은 거기에서 멈춰 버렸어. 그 미친 사람을 아주 잘 알고 있던 유일한 사람은 당신 아버지뿐이었거든. 그건 그렇고, 난 또 다른 기적이 일어나길 바랐는데, 그 기적이 일어났어. 그 기적이란 내 인생에 당신이 나타났다는 거야."

그녀는 갈수록 눈꺼풀이 무거워지고 있음을 느꼈다. 그러자 몇 시에 궁전에서 댄스파티가 열리느냐고 물었다. 남편은 아무것도 걱정할 필요가 없다고 알려 주었다. 그러고는 미용사, 코디네이터, 메이크업 아티스트, 새로운 향수 전문가들이 정확한 시간에 오게 되어 있다고 일러 주었다. 그녀는 그날 아침 처음으로 밟아 보았던 빈풍의 화려한 저택 침실을 둘러보았다. 잠에 떨어지기 전까지 그녀는 여러 가지 놀랄 만한 것들을 볼 수 있었다. 유일한 출구인 높은 정문은 검은색 나무로 되어 있었으며, 회색 대리석에는 두 명의 타이탄들이 새겨져 있었다. 그중 한 명은 고통스럽게 얼굴을 찡그리고 있었지만, 다른 한 사람은 그렇지 않았다. 두 사람은 모두 아래를 내려다보고 있었기 때문에 여주인을 쳐다보고 있지는 않았다. 그들은 허리에 간단한 옷을 두르고 있었다. 그리고 가냘픈 기둥은 위로 올라갈수록 점차 넓어지고 있었고, 거기서 두 사람의 상반신이 돋아나 거대한 팔을 위로 쳐든 채 정면의 박공벽을 떠받치고 있었다. 벽 안에는 두 여인이 조용히 미소 지으며 조그만 망아지를 바라보고 있었다. 그 얼굴들은 회색 대리석 때문에 창백하고 죽은 색을 띠고 있었지만, 마치 살아 있는 사람들처럼 보였다.

그녀가 그랜드 볼룸에 도착한 지 한 시간이 지나자, 황홀경에 빠져 있던 귀부인들의 시선이 부드러워지기 시작했다. 그 여자들은 그녀를 성가시게 하지 않았다. 오히려 반대로 그녀가 보호받고 있다고 느끼게 해주었다. 발렌티노풍의 탱고* 타임이 끝난 후에, 폭스트롯이 이어졌다. 그리고 이제는 다시 화려하고 발랄한 오스트리아 왈츠가 연주되었다. 왈츠가 배경 음악으로 깔리자, 아주 잘생긴 네 명의 청년들이 모습을 드러냈다. 그들은 그녀의 남편에게 인사하면서 깊은 경의를 표했다. 청년들은 장학금을 받는 기능공들이었는데, 그의 무기 공장에서 실습을 하도록 그녀의 남편인 기업주가 손수 선발한 사람들이었다. 그녀는 그 청년들 중 한 사람을 유심히 쳐다볼 수밖에 없었다. 그 청년을 보고 그녀는 누군가를 떠올렸지만, 그 사람이 누군지는 정확히 기억할 수 없었다.

그는 까무잡잡한 피부에 가냘픈 몸매에다, 얼굴 생김새가 너무나 가냘파서 거의 여자처럼 보였다. 하지만 굵은 목소리와 거친 몸동작은 그가 남성임을 여실히 보여 주었다. 그는 한시도 여주인에게서 눈을 떼지 않았다. 바로 그때 그녀의 남편이 소련 대사의 부름을 받았다. 그래서 그녀는 오랜만에 처음으로 마음껏 활동할 수 있는 자유의 몸이 되었다. 그녀의 관심을 불러일으켰던 청년은 그녀에게 춤을 추자고 청했고, 그녀는 남편에게 물어보지도 않고 승낙했다. 이미 독일 외상과 춤을 추었고, 오스트리아 재무 장관과도 비긴*을 추었기 때문이었다.

여주인은 자신도 모르게 청년에게 눈을 내렸다가 다시 떠보라고 부탁했다. 하지만 청년은 그녀의 말을 따르지 않은 채, 그녀에게 천사처럼 아름답다고 말했다. "젊은이, 천사들이 항상 아름다운 것은 아니에요. 가끔씩 사람들에게 겁을 주기도 하지요. 난 화가와 조각가들이 만든 천사들의 텅 빈 시선 뒤에서 희미하게 사악한 그림자를 보고 있어요." "사모님, 천사들은 순진함을 잃어버리기 전에 죽은 남자 아이들입니다." "아무 죄도 없는데 죽는다는 건 아주 슬픈 일이지요. 더군다나 그토록 어린 나이에 말이에요. 난 여자 아이 천사들은 없는지 스스로에게 물어보곤 해요." "분명 있을 겁니다. 미래를 아는 사람들에게 희생된 아이들은 남자 아이들과 여자 아이들 모두였거든요." "희생되었다고요?" "예, 사모님. 아주 먼 옛날에, 그것은 일종의 자비를 베푸는 행위였습니다. 미래를 알고 있으며, 이 세상에서 그 아이들이 아주 심한 고통을 받으리라는 사실을 알고 있던 사람들은 비탄에 빠진 부모에게 그 아이들을 죽이는 편이 낫다고 말했습니다." "세상에, 그렇게 잔인한 이야기가……." "그건 사람들이 어떤 관점을 택하느냐에 달려 있습니다. 부모들은 자신들이 흘리는 절망의 눈물이 그 아이들의 숨을 막아 죽이기를 원했을 겁니다. 하지만 눈물은 충분하지 않았고, 그래서 그 아이들이 잠잘 때 부드럽고 연약한 숨통을 베개로 막아 질식시켰던 것입니다." "당신은 잔인하군요. 마치 그런 살인 행위에 동조하는 것처럼……." "슬픔에 젖은 그 부모들이 살인자라고요? 그렇지 않습니다. 아마 미래를 예언했던 사람들은 그럴지도 모릅니다. 그들은 거의 항상 진실만을 말했지만, 가끔씩은 더럽고 야비한 복수를 하기 위해 그들의 힘을 사용할 수도 있었습니다."

그녀는 점점 더해 가는 공포를 억제할 수 없었다. 그랜드 볼룸에는 발코니 쪽으로 여러 개의 문이 나 있었다. 모두 아래쪽이 가느다란 기둥들과 접해 있었는데, 그 기둥들은 위로 갈수록 조금씩 커지더니 갑자기 여인들의 엉덩이를 감싼 금색 천 주름으로 변했다. 그 천 주름들은 우아하게 웃고 있는 커다란 황금빛 여인들의 가슴으로 이어졌다. 그 여인들은 한없이 빠글빠글한 머리 장식으로 황금빛 천장을 떠받들고 있었다. 여자들은 서로를 비웃고 있었고, 그래서 여주인은 더욱 불안해졌다. "당신은 미래를 아는 사람들이 정말 존재했던 것처럼 말하는군요." "사모님, 실제로 존재했습니다. 그들은 고통받는 정령들과의 밀약을 통해 그런 지식을 얻었습니다. 그 밀약은 저주받은 영혼들이 그들에게 시선을 빌려 주는 것이었습니다." "어떤 시선이죠?" "모든 걸 볼 수 있는 도처에

편재하는 영혼, 그러니까 죽은 사람들의 시선입니다.""그 영혼들은 무슨 대가로 시선을 빌려 주었지요?""쉽게 추측할 수 있습니다. 그들의 고통을 덜어 주고 기도를 해달라는 것이었지요. 살아 있는 사람들이 마지막 휴식 시간에 도착하면, 고통을 나눠 갖자는 것이었습니다. 이렇게 죽은 사람들은 과거와 현재, 미래가 모두 합치는 시간의 바다에 살아 있는 사람들이 도착하도록 재촉했습니다.""그건 모두 거짓말이에요. 누구도 미래를 알 수는 없어요."

완벽한 이 커플은 그곳에 있던 사람들에게 이상한 영향을 끼치고 있었다. 모두가 순간적으로만 쳐다볼 수 있었을 뿐, 어느 누구도 그 커플을 계속 쳐다볼 수가 없었다. 그들의 광채가 너무도 눈부셔, 쳐다보는 사람들의 망막을 상하게 했기 때문이었다. 여주인은 파트너의 말을 믿을 수 없었지만, 그가 대담한 사람이라는 사실은 인정할 수밖에 없었다. 어떻게 자기 남편의 부하가 그런 식으로 말할 수 있을까? "사모님, 미래를 아는 사람이 있다는 사실이 그토록 두렵습니까? 혹시 지금 현재 사람의 생각을 읽을 수 있는 사람은 없을까요?""난 그런 말을 들어 본 적이 없어요.""미래를 예언하는 것은 전혀 해롭지 않은 행동이라고 생각합니다. 어쨌든 아무것도 바꿀 순 없으니까요. 단지 소식을 미리 알려 주는 것뿐입니다. 끔찍한 위험에 노출되어 있다는 것을 전혀 의심하지 않고 우리 앞에 모습을 드러낸 사람, 그런 사람의 살아 있는 현재 생각에 악의를 품고 잠입하면…….""이봐요, 제발 좀 그만 해요." 미녀는 시간이 지날수록 점점 세게 조여 오고 있던 그의 팔에서 빠져나왔다. 그의 양복 옷깃에 달린 금빛 배지를 다시 쳐다보기에는 이미 시간이 너무 늦어 있었다. 어린 천사의 모습 안에 그런 사실이 숨겨져 있다는 게 과연 있을 수 있는 일일까?

그녀는 마음 내키는 대로 몇 발짝 걸었다. 그러고는 멀리 떨어진 자신의 개인 경호원이자 회색 옷을 입은 뚱뚱한 여자를 보았다. 그녀는 로코코 스타일의 출구 아치 통로 아래서 그녀를 쫓아다닐 만반의 준비를 하고 있었다. 하지만 이번에는 경호원의 모습이 억압적이라기보다는 매우 친근하게 느껴졌다. 그녀는 경호원과 눈길을 교환했고, 청년은 즉시 그런 사실을 눈치 챘다. 청년은 설명을 멈추었고, 그녀는 궁전 계단을 내려갔다. 계단은 웅장하고 거대했으며 나선형이었다. 계단은 기둥이 아니라, 원한 맺힌 눈으로 여주인을 응시하는 두 명의 거지 노인이 어깨로 떠받치고 있었다. 이 모든 것이 한 판의 화강암에 조각되어 있었다. 하지만 그녀는 그런 것에 전혀 개의치 않았다. 그녀는 그 청년이 누구와 비슷한지 스스로에게 집요하게 묻고 있었다.

다시 아침이 되었다. 안개는 더욱 희뿌옇게 되었고, 좁은 거리의 집들은 더욱 거무칙칙해졌다. 리무진이 멈추고, 회색 옷을 입은 여인과 다른 한 명의 남자 경호원이 여주인을 호위했다. 아래턱에 조심스레 두른 푸른 베일로 얼굴을 가린 채, 그녀는 멈추어서서 제국 도서관 건물의 정면을 유심히 바라보았다. 정문의 모양은 단순했다. 1층 발코니에는 양쪽으로 화분이 놓여 있었고, 한 어린 천사가 장난치면서 그 화분을 바라보고 있었다. 그리고 발코니가 없는 2층은 창백한 두 명의 여자가 길든 망아지의 양쪽에 기댄 모습으로 끝나고 있었다. 그 여자들은 낯선 사람들의 방문에는 아랑곳하지 않고 자기들끼리 쳐다보고 있었다.

어둠침침한 내부에서 그녀가 옛날 신문을 보여 달라고 하자, 사서들은 즉시 그 부탁을 들어주었다. 경호원들은 멀리 있었기 때문에 그녀가 어떤 면(面)을 보고 있는지 전혀 알 수가 없었다. 그녀는 곧 자기가 그토록 보고 싶어 했던 페이지를 발견했다. 그녀가 열두 살 되던 날에 발행된 것들이었다. 그녀는 자기가 꾸었던 꿈의 원인을 알기 위해 그날 일어났던 일을 가능하면 빨리 확인할 필요가 있었다. 하지만 아무것도 찾을 수 없었다. 그러자 전날의 기사들도 점검했고, 그런 다음 그날 이후의 기사들도 꼼꼼히 살펴보았다. 그리고 마침내 거기서 하나의 뉴스를 발견했다. 그 뉴스는 사회면에 실려 있었는데, 아마도 그녀와 관계있는 듯했다. 한 식모의 이름은 이니셜로만 적혀 있었다. 그런데 그 글자를 본 여주인은 '내 유모의 이니셜과 같아!'라고 마음속으로 외쳤다. 집에서 키우던 여자 아이가 열두 살 생일을 맞았을 때, 그 식모가 독약을 주어 여자 아이를 죽이려고 했다는 뉴스였다. 그 식모는 오랫동안 그 가족을 위해 일했으며, 그 가족의 이름은 가족의 명예를 위해 밝히지 않고 있었다. 그 식모는 정신 착란을 일으킨 순간에 여자 아이를 죽이려고 했으며, 수감되어 있던 정신 병동 감옥에서 자기의 땋은 머리카락으로 스스로 목을 졸랐다는 기사였다. 그러고는 불행한 여인의 시체 옆에서 발견된 유서의 내용이 흥미로웠던지, 그 내용을 그대로 게재했다. "안녕, 내 운명이여. 불쌍한 내 남동생과 똑같은 운명이여, 이제 나는 정신을 잃고 미쳤으니 이 세상에서 떠나노라. 사람들은 이렇게 믿을 것이다. 하지만 내 동생은 교수가 자기의 나쁜 짓을 감추기 위해 미친 사람으로 취급했던 가련한 하인에 불과했다. 미친 사람은 교수였지, 가련한 하인이 아니었다. 교수가 제자들에게 말한 모든 거짓말은 제자들이 자신을 의심하지 못하도록 만들어 낸 것이었다. 난 이 세상을 떠난다. 그리고 내 죄의 산물인 딸아이를 이 세상에 남겨 놓는다. 그 아이는 최악의 징조 아래 잉태되었고, 내 짝사랑의 산물이다. 교수는 죽은 그녀의 엄마를 존경했으며, 그녀가 저 세상에서 받을 고통을 생각하면서 잠을 이루지 못했다. 그래서 죽은 사람들과 밀약을 맺었던 것이다. 그는 선량한 영혼들과 그 협정을 체결했다고 주장했다. 하지만 이제는 내가 그걸 받아들여야 할 시간이다. 난 어느 누구보다도 멋진 그 교수를 열렬히 사랑했다. 그 집에 여자라곤 나밖에 없었고, 교수는 어느 누구도 그 아이의 엄마 자리를 차지하길 바라지 않았다. 어느 날 밤, 그는 내가 어떻게 느끼고 있는지 알면서 처음으로 나를 쳐다보았고, 자기의 기도가 이루어졌다고 말했다. 그러면서 그는 자기 어머니의 잘못을 자기가 죽은 후에 치를 수 있도록 허락해 달라고 기도했다. 그러면 마침내 그의 어머니가 편안하게 잠들 수 있을 것이라고 설명했다. 하지만 대신 그는 이 배신적인 세상에서 영혼들의 지시를 빠짐없이 수행하면서 선(善)을 위해 봉사해야만 했다. 그러나 내게 그 모든 것이 무슨 의미가 있는가! 내게 중요한 것은 그 남자를 내 손으로 만지는 것이었다. 나는 그가 내게 했던 말들을 그대로 반복했고, 달빛 아래에서 옷을 벗었다. 그날 밤 흰 백합으로 가득한 정원은 아주 진귀한 보석처럼 보였다. 그는 짓눌린 꽃들 위에서 잠에 빠져 들었다. 하지만 그 꽃들이 희미한 은빛으로 반짝거리기 전에 꿈속에서 몇 마디 말을 했다. 내가 전혀 이해할 수 없는 말이었다. 그리고 그날 밤 이후 그는 더 이상 나를 쳐다보지 않았다. 날 쳐다보지 않았단 말이야! 그는 이 세상에 둘도 없는 가장 아름다운 여자아이를 내게 주었고, 그 아이가 바로 내가 어제 죽이려고 했던 아이다. 난 그 아이가 어느 날 선이 아니라 악을 위해 봉사할지도 몰라 두려웠다. 그 아이가 언젠가 한 남자를 위해 봉사하도록 이미 교육받고 있었기 때문이다. 한 남자의 하녀이건 모든 남자들의 하녀이건, 그건 아무런 차이도 없다. 난 그렇게 내버려 둘 수 없어! 내 딸을 나처럼 비굴하게 살게 할 수는 없어! 만일 내 딸이 그렇게 한다면 난 내 딸을 증오할 거야! 안 돼, 안 된단 말이야! 그럴 바에야 차라리 내가 죽여 버리는 게 나아!"

그런 다음 신문 기자는 그 글의 마지막 부분이 자살한 여인의 눈물로 지워져 있었기 때문에 도저히 알아볼 수 없었다고 지적했다. 여주인은 다시 기운을 내서 ─ 아니면 초자연적인 노력이었을까? ─ 그 기사가 환각이 아니라는 사실을 확인하기 위해 다시 읽었다. 계속해서 그녀는 자기 어머니를 기억하며, 그녀 인생에서 가장 조용하고 쓰라린 눈물을 흘리면서 울었다. 그 불행한 하녀의 이야기를 알고 있는 사람은 더 이상 없을까? 그렇다. 오랜 기간 동안 신문에 수백만 건의 사건이 실렸을 텐데, 이 뉴스에 관심을 기울인 사람이 남아 있을지도 모른다는 것은 거의 불가능에 가까운 생각이었다. 악몽을 꾸면서 그 사건의 정확한 날짜를 제공받은 사람이 아니라면 말이다.

제본된 무거운 신문철을 덮는 순간, 그녀는 너무나 심한 노력을 기울였던 나머지 기절하고 말았다. 그녀는 즉시 저택으로 이송되었다. 하지만 그 운명적인 페이지는 그 신문철을 참고했던 독자에 의해 쉽게 발견되었다. 그는 모든 것을 아주 간단히 처리해 버렸다. 오래된 기사 위에 흘린 눈물은 아직 축축했지만, 인쇄된 글자를 지울 수는 없었다. 그 글자는 정신 병원에서 자살한 여인이 사용한 잉크보다 더 지워지지 않는 것이었다. 그래서 그 독자는 알 수 없는 묘한 표정을 지으면서 그 기사를 찢어 삼켜 버렸다. 그의 옷깃에서는 조그만 금빛 천사가 미소 짓고 있었다.

"베아트리스, 드디어 계획을 세웠어."

"그래, 어떻게 했는지 말해 봐."

"그 사람에게는 차분히 생각한 다음에 대답하겠다고 약속했어."

"그 사람이 부탁한 것을 말하고 있구나."

"그래, 그 부탁이 무엇인지만 빼놓고 다 말해 줄게, 괜찮지?"

"그런데 그걸 알지 못하고는…… 아마 네 문제가 무엇인지 짐작할 수 없을 거야."

"아니야, 할 수 있어. 그러니까…… 내 계획은 이런 거야. 내 나름대로 그 사람이 부탁한 것을 생각해 봤어. 그러고서 너한테 자문을 구하는 거야. 내가 그 사람과 어떤 관계에 있었는지 자세히 얘기해 줄 테니까 네 의견을 말해 줘."

"……"

"널 보니 내 주치의가 떠올라."

"왜?"

"아무 말 안 하고 잠자코 있으니까. 그 역시 내가 증상을 모두 말해도 아무 말 하지 않거든."

"아직 아무것도 모르는데, 내가 너에게 무슨 말을 해줄 수 있겠니?"

"그냥 농담으로 해본 말이야."

"난 모든 걸 알고 싶어. 그러니까 말꼬리 돌리지 말고 어서 말해 봐."

"전부는 안 돼. 네게 말해 줄 수 없는 게 한 가지 있어."

"그래, 알았으니까 얼른 시작해."

"난 그를 대학교에서 알게 되었어. 다시 공부를 시작했을 때였지. 난 항상 멋진 얼굴만 보면 사족을 못 썼어."

"그 사람이 누구와 비슷해? 네가 멕시코에서 알고 있는 사람을 생각해 봐. 그럼 나도 상상할 수 있을 것 같아."

"희고 불그스름한 얼굴이야. 부모님이 이탈리아 출신이시지. 머리카락은 갈색이고, 눈은 밝은 갈색으로 아르헨티나에선 흔히 볼 수 있는 외모야. 그렇게 생긴 사람은 많아. 하지만 누구와 비슷하다고 말해야 할지는 잘 모르겠어. 머리카락은 그리 길지 않지만, 긴 콧수염을 기르고 다녀. 머리카락이 가장 괜찮아. 갈색이지만 아주 밝았거든. 네가 먼저 나한테 아무거나 물어봐. 어디서부터 시작해야 할지 모르겠어."

"키는 커?"

"그리 크지는 않아. 아마 1미터 80이 조금 안 되지."

"그리고 또?"

"정말이지 어디서부터 시작해야 할지 모르겠어."

"……."

"그는 수업이 끝나면 술집에 가곤 했고……."

"……."

"대학 앞에 있는……."

"아니타, 나한테 별로 말하고 싶지 않구나."

"아니야, 그렇지 않아."

"그런데 왜 자꾸 말끝을 흐리는 거지?"

"다른 친구들이 우리를 서로 소개시켜 주었어. 처음에 그는 아주 차갑게 날 대했어. 날 상류 계층으로 취급했어. 왜냐하면 학교에 갈 때 화장을 많이 했거든. 아마 그래서 그랬을 거야. 오후였어."

"그 후에는?"

"난 그를 몇 번밖에 만나지 못했어. 그것도 잠시 얼굴만 보았을 뿐인걸. 난 식사하러 집에 가야 했으니까."

"그 사람을 오후에 만난 게 아니었니?"

"그래, 그런데 부에노스아이레스에서는 너희들이 말하는 '저녁 먹다'라는 말을 그냥 '식사하다'라고 해."

"'저녁 먹다'라는 말이 정확한 스페인어야, 그렇지 않니?"

"너희들은 점심 식사를 '식사하다'라고 말하지만, 우리는 '점심 먹다'라는 말을 사용해. 하지만 부에노스아이레스에서도 '저녁 먹다' 라는 말을 쓰는 사람들이 있어. 참 우스운 일이긴 한데, 그 말을 쓰면 하층민 취급을 받아."

"그런데 왜 우습다는 거지?"

"바로 그 사람, 그러니까 바로 포지와 관련이 있어서 그렇게 말한 거야. 하지만 그 얘긴 다음에 들려줄게. 그건 그렇고, 좀 창피하지만 이야기해 줄게. 부에노스아이레스에는 하층 계급의 언어로 간주되는 말들이 있어. 내가 아는 한도 내에선 빨갛다든가…… 아니면 마누라, 예쁘다…… 저녁 먹다와 같은 말들이야. 내가 포지를 처음 만난 날, 식사하러 가야 된다고 말하자, 포지가 심한 농담을 했어. 그래서 사람들이 날 비웃었지. 날 마치 잘난 체하는 속물로 만들어 버렸어."

"계속 말해 봐."

"사실 난 그렇게 교육받았어. 집에서는 '빨갛다'는 말 대신 '붉다'라는 말을 썼어. 그리고 마누라 대신 아내, 남편 대신 바깥사람이라고 했어. 그런데 그 사람은 이 모든 것이 계급주의자들의 속물근성이라는 사실을 알게 해주었지. 내 말 알아듣겠지? 그렇게 날 형편없는 여자로 만들면서 무례하고 적대적으로 대했어. 그 사람은 바로 그 물결, 그러니까 정치에 관여하고 있었거든. 그는 트로츠키주의자였고, 그 후에는 페론주의자가 되었어."

"아르헨티나의 정치 문제라면 내게 좀 더 자세히 설명해 주어야해. 난 페론주의가 뭔지 전혀 이해할 수 없거든."

"내가 잘 알고 있으리라고는 생각하지 마."

"좌익에 있다가 페론주의자가 된 사람들의 문제를 난 전혀 이해할 수 없어."

"바로 그게 중요한 점이야. 난 그가 형편없이 옷을 입는다는 것을 알았어. 그가 블루진을 입고 다녔다는 걸 말하는 게 아니야. 그런 건 사실 별로 중요한 문제가 아니었거든. 그 사람은 아주 해진 옷에다 짧고 얇은 옷을 입고 다녔어. 물론 유행이 지난 것이긴 하지만 말이야. 그 바지는 결코 신발에 닿는 적이 없었어. 이건 농담이 아니야. 난 가끔 교과서식의 심리학을 적용시키는데, 아주 훌륭한 결과를 낳아. 곧 알게 될 거야. 나는 만일 이 남자가 미남인데 형편없이 옷을 입고 다닌다면, 그것은 그의 외모를 가꾸지 않기 때문이며, 그것은 그 남자가 의상보다 더 중요한 다른 어떤 것에 관심을 두고 있기 때문이라고 결론 내렸지. 바로 그때 내 이혼 문제가 생겨 버린 거야."

"……."

"1969년이었어. 그다음에 난 어느 개봉관 극장에서 그를 다시 만났어. 난 사람들이 기절할 정도로 우아하게 옷을 입고 있었지. 그리고 그 사람은 예전처럼 짧은 바지를 입고 땟물이 줄줄 흐르는 넥타이를 매고 있었어. 법정에 가기 위해 아침에 입은 옷이었어. 그는 밤늦게 집에 돌아가곤 했어. 영화가 끝나자 그가 날 저녁 식사에 초대했어. 마치 농담을 뱉어 내듯이 날 초대했지."

"그가 '저녁 식사'라고 말할 때, 넌 그 말을 고쳐 주지 않았니?"

"아니야, 아주 적절하다고 대답했어. 밤 열두시가 넘으면 그런 말을 써도 괜찮았거든."

"그 사람은 어떻게 했니?"

"난 근처에 있는 식당을 골랐어. 물론 인기 있는 식당은 아니었지만, 난 조용히 있고 싶었어. 그런데 그곳에서 그가 시비를 걸었어. 내게 사람을 차별하느냐고 물었어. 아니, 그보다 더 심하게…… 내가 '식사하다' 대신에 '저녁 먹다', 아니면 '멋지다' 라는 말 대신에 '예쁘다' 라고 말하는 사람들을 무시하느냐고 물었어. 사실 그 사람 말이 맞았기 때문에 난 몹시 화가 났어. 그는 이런 단어들은 오래전부터 모종의 책략에 의해 경멸적인 뜻을 갖게 되었다고 설명했어. 그러니까 상류 계층 사람들이 그렇게 만들었다고 했어. 열심히 일하는 사람들에게 덫을 놓기 위해 그렇게 만들었다는 거지. 뭐라고 했더라? 맞아, 그 사람은 이런 것이 바로 사회적으로 신분 상승을 꿈꾸는 사람들에게 덫을 놓기 위한 행위라고 비난했어. '붉다' 나 '빨갛다' 같은 동일한 의미를 갖고 있는 말들을 선정해서, 그 두 단어들 중의 한 단어를 저속한 것이라고 선언했다는 거야. 하지만 비밀리에 선언했던 거지. 내 말 알아듣겠니? 그런 식으로 그런 말을 하는 사람은 자신이 상류 계급 출신이 아니라는 것을 스스로 밝히는 거야."

"넌 아르헨티나 사람들이 '속물' 이라는 명성을 얻고 있다는 사실을 당연하다고 생각하니?"

"물론이지! 상류 계층이 얼마나 속물인지 넌 상상도 못 할 거야. 난 그런 사람들을 잘 알고 있어."

"……."

"나도 그렇게 교육받았어. 어렸을 때부터 엄마는 내가 잘못된 단어를 말하면 고쳐 주곤 하셨어."

"네 엄마는 상류 계급이었니?"

"아니야. 어느 정도 부유한 계층이었지만 상류층은 아니었어. 속물이었고, 그것으로 모든 걸 설명할 수 있는 계층이었어. 그런데 한 가지 잊어버린 게 있어. 바로 '차를 마시다' 대신에 '우유를 마시다'라는 말도 있어. 그건 '빨갛다'라는 말보다도 훨씬 더 심한 거야."

"어느 게 상류층 말이지? 내가 생각하기에는 '차를 마시다' 같은데."

"물론이지. 그 말은 영어식이니까. 하지만 단어의 힘은 우리의 상상을 초월해. 만일 내 고등학교 동창이 '우유를 마시자'면서 집으로 초대하면, 난 가지 않을 거야. 식탁보도 없이 싸구려 접시에 담겨 나오는 우유 속에 빵 조각이 둥둥 떠다니는 모습이 떠올라…… 끓이고 또 끓인 우유다. 보기에도 역겨운 우유 찌꺼기가 떠다니는 것을 자연스럽게 생각하거든. 그런데 그게 사실이 아닐 수도 있어. 후에 난 버터를 바르고 그 위에 설탕을 뿌린 커다란 식빵이 얼마나 맛있는지 알게 되었거든. 부에노스아이레스 서민들은 흔히 그렇게 먹어."

"하지만 엄청나게 살이 찌겠지."

"아르헨티나 상류층 사람들은 모두가 비쩍 말랐어. 아주 구두쇠들이라 먹는 것엔 돈을 쓰려고 하지 않아. 그걸 몰랐니?"

"그럼 어디에 돈을 써?"

"나도 모르겠어. 난 그 사람들을 거의 몰라. 옛날 보석이나 고가구, 아마도 그런 것들을 미친 듯이 사들일 거라고 생각해. 그리고

도자기도 살 거야."

"난 네가 잘 알고 있으리라고 생각했어."

"그래, 어느 정도는 알고 있어. 그 사람들 중 한 사람이 차를 마시자고 초대하면, 고급 식탁보와 고급 찻잔이 나온다는 것은 틀림없으니까. 하지만 먹을 것은 그리 많이 나오지 않아. 기껏해야 영국식으로 씁쓸한 잼을 바른 토스트 정도가 고작이지."

"포지 이야기나 계속해."

"그는 바로 그 말을 꼬투리 삼아 날 공격했어. 그런데 난 참 바보였어. 그저 방어만 하면서 그건 하나도 중요하지 않은 쓸데없는 것이며, 사람은 단지 습관대로 특정 단어를 쓰는 것이라고 말했거든. 하지만 마음속으로는 그렇지 않다고 확신하고 있었어. 그렇게 그는 제1라운드에서 날 이겼던 거야. 사실, 좀 잘난 척하려는 집착이 국가적인 병이었거든."

"여기 사람들은 돈이라면 사족을 못 써."

"그건 그래도 용서할 만하지."

"하지만 사람들이 돈 때문에 더욱더 속물이 되어 가고 있어. 각 나라마다 바로 이런 국가적인 어리석음이 있는 거야."

"우리는 아르헨티나의 그런 것에 관해 말했고, 포지는 무엇보다도 스페인을 옹호했어. 그는 그곳의 병은 용감한 사람이 되고자 하는 것이라고 말했어. 그리고 돈에 별로 가치를 두지 않고 인정 많은 사람이 되는 것이 중요하다고 했어."

"골수 남성 우월주의자군. 네 친구에게 그렇게 전해 줘."

"하지만 내가 보기에 그건 영국이 더 심한 것 같아. 아르헨티나 사람들은 영국을 모방하기 때문에 그런 거야. 아니면 적어도 영국의 단점들만 모방하는 거겠지. 모든 아르헨티나 사람들은 감정적인 사람이 아니라 냉소적이고 냉담한 인간이 되길 바라."

"그럼 탱고는 어떻게 된 거지?"

"그건 하층 계급 사람들 거야. 난 네게 아주 상류 계급과 사회 계층이 올라가면서 사람들이 무엇을 원하는지에 대해 말하고 있는 거야."

"네 남자 친구도 너처럼 생각하니?"

"사실 내 말은 모두 그 사람이 한 말을 반복하고 있는 것에 불과해. 그 사람 말이 맞는지 아닌지는 아무도 몰라."

"그 남자 친구와의 관계가 어떻게 진행되었는지 이야기해 줘."

"우리가 두 번째로 데이트했을 때, 그 사람이 내 아파트로 왔어. 거기서 모든 게 시작되었어. 그 사실을 인정한다는 게 조금 창피하지만……"

"뭐가 창피한데?"

"아무에게도 말하지 않겠다고 약속해. 그리고 비웃지도 않겠다고 말이야."

"말해 봐."

"정말 말하면 안 돼. 그 사람은 내가 알았던 유일한 남자야. 성서에서 말하듯이, 내 남편 이외에 말이야."

"절대 아무에게도 말하지 않겠다고 약속할게."

"난 해방된 여자가 아니야, 그렇지 않니?"

"그 남자가 유부남이라는 사실을 알고 있었지?"

"응, 그래서 좋아했던 거야. 난 다시 구속된 몸이 되고 싶지 않았거든. 난 다시 독신이 되었다는 게 몹시 기뻤어."

"하지만 딸 하나 달린 독신녀였지."

"아니야, 내 딸은 자기 아빠와 함께 남았어. 계속 말해 줄 테니 가만히 좀 들어 봐."

"난 네 딸아이가 네 엄마와 함께 있는 줄 알았어."

"하지만 우린 2년 동안 계속해서 만났어."

"그럼 넌 네 엄마와 함께 살았던 거야?"

"아니야, 혼자 살았어."

"그런데 왜 수술 받을 때 엄마가 오지 않으셨어?"

"음…… 멕시코시티가 고지대라 올 수 없었던 거야. 심장에 문제가 있어. 넌 그런 사실을 잘 알고 있으리라 생각했는데…… 부에노스아이레스에 있을 때 난 혼자 살았어. 그래서 포지가 우리집으로 날 만나러 올 수 있었던 거야."

"네가 여기로 오기 전까지 말이지."

"아니야. 그전부터 우린 만나지 않았어. 그 사람이 갈수록 정치 일로 바빴거든. 당시는 많은 정치범들이 수용되어 있던 시기였어. 또 한편으로 그는 로펌 변호사로 일하면서 생계를 꾸려 나가야 했어. 그런 다음에 정치 일을 했던 거야. 하루 종일 불쌍하게 법원에 있어야만 했어."

"넌 그 사람을 사랑했었니?"

"아니야. 결코 사랑한 적은 없었어. 으음…… 그래, 처음에는 그랬어. 하지만 오래가진 않았어."

"왜 그랬어?"

"두 사람 모두 자존심이 너무 강해서 그랬던 것 같아."

"그게 무슨 말이지?"

"우린 서로 너무 일이 많았어. 그래서 시간을 낭비하기 싫어했어. 난 피토와 처음에 느꼈던 그런 것을 전혀 느끼지 못했다고 자신 있게 말해 줄 수 있어. 처음에 피토와는 환상적이었어. 하지만 시간이 지날수록 점점 그러지 못했어. 난 피토와 그 문제에 대해 이야기했어. 하지만 결코 다시 그런 즐거운 시기로 돌아갈 수 없었어. 그건 더럽고 추잡한 것이었어."

"무슨 소린지 한마디도 못 알아듣겠어."

"그럼 내가 분명하게 얘기하는 편이 낫겠다. 처음에 피토와 느꼈던 쾌감을 포지와는 전혀 느낄 수 없었어. 사실 피토와는 내가 기대했던 것 이상의 쾌감을 느꼈어. 하지만 그것이 오래가지는 않았어. 난 금방 피토가 지겨워졌어."

"약해지기 시작해서 실망한 거지?"

"베아트리스, 넌 나를 전혀 모르는 것 같아. 난 그런 면에서는 매우 정신적인 것을 즐겨."

"무슨 의미야?"

"글쎄, 어떻게 설명해야 할지 모르겠어."

"네가 너무 많은 환상을 갖고 있어서 그랬던 게 아닐까?"

"환상에 대해 말하니까 생각나는데, 피토는 아주 추한 것에 나를 물들여 놓았어. 그건 정말 추잡한 것이었어."

"더럽기 때문이 아니라, 그게 널 우울하게 했기 때문이야. 그런데 넌 나한테 하나도 자세히 말해 주고 있지 않아."

"피토의 말대로라면, 난 의사에게 가야 했어. 원인이 무엇인지 알기 위해서 말이야. 신체적인 것일 수도 있고, 산후 우울증일 수도 있으니까."

"그도 그걸 걱정했어?"

"아니. 그는 계속해서 즐겼어. 나만 쾌감을 느끼지 못했어. 하지만 의사에게 가고 싶지는 않았어."

"왜?"

"나는 가지 않겠다고 고집 부렸어. 나는 내 행동이 옳았다고 생각해. 문제는 그런 경우에 항상 의심이 가시지 않는다는 거지. 나는 아니라고, 육체적인 원인 때문이 아니라고 확신했어."

"그럼 무엇 때문이었어?"

"내가 그를 사랑하지 않고 있기 때문이었어. 사실 그를 사랑한 적이 있었는지조차도 잘 모르겠어."

"그게 추잡한 생각이라는 거야?"

"아니야. 내가 거의, 아니 전혀 느끼지 못하는 걸 알기 시작하자, 그 사람은 사랑하는 동안 다른 것을 생각해 보라고 말했어. 가령 우리가 공원에 있는데, 난 어린 소녀이고 그 사람은 내 마음을 사로잡기 위해 캐러멜을 사 주는 어른이 되는 거지. 캐러멜을 사 준 다음 날 교외의 공터로 데려간다는 생각 같은 것 말이야. 아니면 내가 아랍으로 수학여행을 떠난 열두 살짜리 중학생인데, 회교국 술탄이 자기 궁궐에 나를 감금하는 것 따위들 말이야."

"무대에 있는 것처럼 작중 인물들의 역할을 재현하라는 말이지?"

"대충 그런 거라고 말할 수 있어."

"그게 도움이 되었어?"

"응. 처음에 가졌던 느낌으로 되돌아갈 수는 없었지만, 어느 정도 도움은 되었어. 난 포지와 사귀면서 처음부터 별로 느끼지 못한다는 사실을 알았어. 그래서 난 그런 것들을 상상하기 시작했지. 가령 그가 출옥을 했는데, 그는 국가적인 영웅이었지만, 너무 심한 고문을 당해 앞을 볼 수 없어 내가 보살펴 주고 있다는 상상 같은 것 말이야. 그런 생각을 하자 아주 흥분되었어. 아니면 내가 식모인데……."

"정말 오랜만에 들어 보는 단어야."

"왜?"

"여기서는 '식모'라 부르지 않고 '가정부'라고 해. 하지만 아르헨티나 영화에서 메차 오르티스*나 파울리나 신헤르만*이 나올 때는 항상 '식모'라고 쓰더군."

"자, 그럼 내 얘기를 들려줄게. 난 그 사람 집의 식모이고, 가족들 눈을 피해 둘이서 몰래 즐기는 것을 상상하곤 했어. 하지만 난 그를 순교자 이상으로 생각하고 있었고, 그런 생각이 더욱 나를 흥분시켰어. 그에게 쾌감을 느낀 것은 바로 미남이고 동시에 희생적이어서 그랬던 거야. 너무 좋은 사람이었어."

"그렇게 좋은 사람이 어떻게 페론주의자가 되었지?"

"베아트리스, 아주 많은 착한 사람들이 페론주의자가 되었어."

"그게 바로 내가 이해할 수 없는 점이야. 페론은 정권을 잡고 있을 때 좌익들을 탄압했어. 그래서 여기 멕시코에서 페론은 파시스트로 악명이 높았지. 그런데 어떻게 파시스트와 좌익이 서로 화합할 수 있었지?"

"난 그것에 대해서는 잘 몰라. 좌익 페론주의자들 중에 아는 사람이라곤 그 사람밖에 없는걸."

"그럼 우익 페론주의자들은?"

"나중에 그 얘기를 해줄게."

"내가 많은 부분을 이해하지 못하고 있다는 사실을 너도 알겠지?"

"난 그 사람이 말한 것을 그대로 이야기하고 있을 뿐이야. 포지에 의하면, 페론은 국민들에게 국민 정치, 아니 민족주의 정치를 존중하게 만든 첫 번째 사람이었어."

"아니면 국가 사회주의였겠지. Z로 쓰는 국가주의 말이야."

"그게 무슨 소리야?"

"독일식 국가주의, 그러니까 독일식의 국가 사회주의란 말이야. 그건 Z로 쓰거든. 즉 나치오날(Nazional), 약자로 나치라고 쓰는 국가주의를 말하는 거야."

"거기서 '나치'라는 말이 나온 거니?"

"응. 물론이지."

"난 전혀 몰랐어."

"자, 네 남자 친구 이야기나 계속해."

"베아트리스, 난 그 사람들을 편들고 있는 게 아니야. 난 단지 포지가 말한 것만을 그대로 말해 주고 있는 거야. 네가 나한테 말하는 것과 똑같이, 나도 그 사람에게 말했어. 그런 네 말을 들으니 자꾸 불안해져."

"미안해. 계속해. 널 이해하고 싶어서 한 소리야."

"요점은 페론이 나쁘건 좋건 간에 처음으로 노동조합을 조직했고, 노동 운동에 중요성을 부과했다는 사실이야. 적어도 그는 노동조합을 조직했어."

"내가 알고 있는 바로는, 페론은 노동조합을 이용해 먹기 위해 노동 운동을 조직했던 거야. 하지만 진정한 사회주의 국가의 기반을 정착시키지는 않았어."

"나한테 너무 자세히 설명해 달라고 요구하지 마. 난 사실 그게 어떻게 된 것이었는지 잘 몰라. 하지만 지금 일어나는 일을 보니, 나도 네 말에 동의해."

"하지만 이번 마지막 선거에서 좌익들이 어떻게 그런 식으로 그에게 속을 수 있었지?"

"난 잘 모르겠어, 베아트리스."

"그런데 내게 듣고 싶은 조언은 뭐였어?"

"그에 관한 조언이야. 날 사랑하는 사람 같은지, 그렇지 않은지 네 의견을 듣고 싶어. 그러니까 날 많이 사랑하는지, 아닌지를 말이야."

"그러려면 나한테 더 자세히 얘기해 줘야 해. 지금 내가 알고 있는 것만 가지고는 뭐라고 의견을 말할 수 없어. 난 그가 사리사욕이 없다는 점은 마음에 들어. 그러니까 정치범들을 변호한다는 것은 맘에 든다는 얘기야. 하지만 페론주의자였기 때문에 그 사람을 믿을 수 없어."

"페론주의자였을 뿐만 아니라, 아직도 페론주의자야."

"그럼 아니야. 결정적으로 아니라고 말할 수 있어. 페론이 죽기 전에 좌익에게 한 일을 알면서도 아직 페론주의자라면, 단연코 아니라고 말할 수 있어. 난 그런 사람들을 믿지 않아."

"베아트리스. 하지만 그건 아주 복잡한 문제야. 그 사람 말에 의하면, 사회주의는 특별한 이유 그러니까 역사적인 이유 때문에 페론주의를 거쳐야 한다고 했어."

"파시즘과 장난치는 사람은 죄다 불태워 죽여야 돼."

"도대체 내게 뭘 조언하려는 거야?"

"아니타, 나는 네가 왜 멕시코로 왔는지도 모르는데, 너한테 뭘 조언해 줄 수 있겠어?"

"그건 포지와는 전혀 상관없는 거야."

"하지만 네 상황을 이해하는 데는 결정적인 거야."

"……."

"조금 창백해 보여."

"베아트리스…… 넌 내가 얼마나 피곤한지 상상도 못할 거야. 조금밖에 이야기하지 않았지만 말이야. 아마 몸이 약해져서 그런 것 같아."

"그럼 내가 이야기할 테니까 잠시 입 다물고 있어 봐."

"그런데 난 너한테 더 많은 것을 얘기해 주고 싶어. 밤에만 맞던 진정제를 어제 처음으로 낮에도 놔달라고 했어. 벌써 여기 목덜미 부분이 아파 오기 시작해. 마치 두통처럼 말이야. 그리고 동시에 갈비뼈 밑에 있는 가슴 중앙 부분이 이상하게 조여 와. 항상 두 가지 통증이 동시에 함께 오곤 해!"

"잠시 쉬도록 해. 그런 다음에 계속하자. 그런데 사실 지금 그럴 시간이 있는지 모르겠다."

"일단 통증이 시작되면, 진정제 없이는 쉽게 사라지지 않아."

"그럼 그걸 달라고 해봐. 그런데 주사를 맞으면 효과가 즉시 나타나니?"

"응. 하지만 약효가 세서 잠이 와. 그런 진정제에 버릇 들이긴 싫어."

"잠깐만 말하지 말고 있어 봐. 난 잡지를 보고 있을 테니까, 내 걱정은 하지 말고."

"아니야, 베아트리스. 간호사를 불러야 할 것 같아."

4

주물 공장의 넓은 작업장에서 두 개의 볼품없는 그림자가 붉은 불빛에 반사되고 있었다. 심지어 이 세상 최고의 무기 제조상도 숨겨진 마이크로폰을 무용지물로 만들 전략을 구사해야만 했다. 그것은 무기상이 두세 명의 비밀경찰과 은밀한 이야기를 하기 위해서는 필수적인 일이었다. 쇳덩이들은 요란하게 흘러내렸고, 끓어오르는 쇳물 소리에 다른 소리는 전혀 들리지 않았다. 무기 제조상은 바로 그런 기회를 틈타 자기는 아무 죄가 없다는 것을 설득하기 위해 영국 비밀경찰의 귀에 대고 직접 말했다. 그 비밀경찰은 도저히 가늠할 수 없는 표정을 유지하고 있었다. 무기상은 자신의 젊은 아내가 스파이였으리라고는 단 한 번도 의심해 보지 못했다고 말했다. 그것도 독일 제3제국의 스파이라니! 사실 전문 스파이들의 경우에 흔히 일어날 수 있는 것처럼, 그녀가 그를 만나기 위해 일부러 찾은 것이 아니었다. 오히려 정반대로 그가 교수의 흔적을 더듬다가 우연히 그녀를 만나게 된 것이었다.

영국 경찰은 천천히, 그리고 가볍게 얼굴을 찡그리고는 잠시 그 얼굴 표정을 그대로 유지했다. 그런 식으로 영국 경찰은 무기 제조상이 그 의미를 알아차리게 했던 것이다. 곧이어 경찰은 무기 제조상의 부인에 관한 혐의는 출생 증명서를 면밀히 검사한 끝에 이상한 점이 발견되었기 때문에 시작되었다고 덧붙였다. 그 증명서는 고쳐 쓴 것이었으며, 부모로 교수의 이름과 상류 사회 한 부인의 이름이 말소된 글자들 사이에서 나타났다고 말했다. 또한 그 서류에는 생년월일과 다른 자료들이 위조되어 있었는데, 그것은 그녀의 나이와 성을 일치시키기 위해 조작된 것이 틀림없다고 가르쳐 주었다.

또한 의문시되고 있는 그 여인의 현재 기록은 조사가 완료된 상태이며, 그녀의 자료에 관해 더욱 많은 모순점이 추가되었다고 덧붙였다. 그리고 이 모든 것으로 미루어 보건대, 그녀는 언젠가 세상 사람들의 생각을 읽으려고 했던 사람의 뒤를 쫓고 있는 또 다른 정보 요원이 분명하다고 말했다. 즉, 기업주가 이런 거대한 비밀과 근접해 있음을 믿고 교묘하게 접근한 비밀 요원이라는 소리였다. 그러자 기업주는 외투의 가죽 깃을 더 올리고는, 될 수 있는 한 펠트 모자를 깊숙이 눌러쓰면서, 자기를 방어하려고 노력했다. 하지만 이런 노력은 아무 소용도 없었다.

비밀 요원은 계속 말을 하면서, 자기가 말하고 있는 것에 대한 논리적 결과를 끌어내려고 노력했다. 하지만 기업주는 그 요원이 관련 없는 정보들의 조각들을 맞추기 위해 애쓰고 있다는 사실을 간파했다. 생각을 읽을 수 있고 그런 능력을 이용해 세계 강국들의 비밀 계획을 무산시킬 수 있는 사람…… 그런 사람은 서른 살이 되는 날부터 그런 능력을 갖게 될 것인데, 그는 이미 벌써 태어났다는 것이었다. 이런 추론은 아주 오래된 서류를 연구하는 과정에서 나온 것이며, 그 서류들은 사자(死者)들과의 밀약과 침묵을 지키는 사람들의 말을 들을 가능성에 관해 말하고 있다고 그 요원은 전했다.

그림자들은 서로 헤어졌지만 붉은 불빛은 여전히 남아 있었다. 그 장소에서 나오기 위해 무기 제조상은 가장 어두운 복도를 선택했다. 당황한 모습을 감추고 싶었기 때문이었다. 또한 그 복도는 아주 조용했는데, 그것은 그가 복수에 불타는 사자들의 굵지만 콧소리를 내는 목소리를 분명히 듣기 위해서였다. 이 목소리는 아내를 제거할 수 있는 온갖 기괴한 방법을 제시했다. 그런데 특히 그중 하나가 그의 관심을 사로잡았다. 그것은 아내의 죄가 밝혀지면 화약의 폭발음 없이, 혹은 그와 유사한 방법으로 처형하는 것이었다. 다시 말하면, 모든 패물과 함께 아내를 금고에 가두는 것이었다. 즉 셀로판처럼 투명하지만 무쇠처럼 단단한 조그만 방으로 그녀를 강제로 들어가게 하는 것이었다. 그는 어떤 핑계를 대서라도 그녀를 벌거벗겨 들어가게 할 작정이었다. 아니, 그것도 필요 없었다! 그런 핑계를 댈 필요조차 없었다. 그녀를 한 번 더 마취시키고, 마취에서 깨어나면 그녀는 이미 패물과 함께 방 안에 갇혀 있다는 사실을 알게 될 것이었다. 그는 밖에서 그녀가 몇 세제곱미터 되지 않는 공간 속에서 산소를 들이마시면서 서서히 죽어 가는 모습을 지켜볼 것이었다. 그리고 그 안에서 그녀가 그 빛나는 아름다움을 상실하면서 두꺼비처럼 추하게 변하고 온몸이 터지며 썩어 가는 것을 지켜볼 작정이었다. 무기 제조상은 묵직한 주머니 시계를 쳐다보았다. 오후 세시였다. 바로 그날 밤 섬에 있는 저택에서 그녀를 급습해 쌓인 원한을 풀 계획이었다.

그런 동안 그녀는 한숨도 잠을 이루지 못하면서 이상한 하루를 보내고 있었다. 그곳에서 수백 킬로미터나 떨어진 주물 공장에서 급한 문제가 생겼다며 그녀의 남편을 불렀기 때문이었다. 아주 쾌적한 분위기 때문에 그녀는 며칠 전 도서관에서 받은 고통을 잊고 있었다. 아무런 이유도 없이 그녀는 꿈을 꾼 것일 뿐, 실제로 일어났던 것이 아니라고 생각하고 있었다. 오후 세시였지만, 그녀는 아직 침실에서 나오지 않은 상태였다. 그녀는 발코니 위로 몸을 내밀었다. 오후의 석양빛이 공원을 애무하는 듯했다. 그러자 그녀는 낙관적인 생각을 했다. 즉, 그녀의 이런 아름다움이 존재한다는 것은 선량한 영혼들이 우주의 운명을 지배하고 있기 때문이라고 생각했다. 이런 매혹적인 그림을 완성하기 위해 마지막 붓질이 필요한 것처럼, 공원에는 아주 예쁜 여인이 모습을 드러내고는 보도를 걸어 다니고 있었다. 그 오솔길 한편에는 나무가 줄지어 서 있었으며, 다른 한편에는 아주 흰 꽃들로 가득했다. 하지만 걸어 다니는 여인의 옷과 걸음걸이, 실루엣, 그리고 얼굴 모두가 그녀 자신의 것이었다. 그 순간 그녀는 공원을 걷는 자신의 모습을 지켜보고 있었는데, 그녀가 입은 옷은 여주인이 몇 분 후에 산책을 나갈 때 입으려고 생각했던 옷이었다. 공원에 있는 그녀 자신은 먼 곳을 멍하니 바라보고 있었다. 무엇을 찾고 있는 것일까? 아마도 저 세상에 있는 죽은 사람들과 대화를 나누는 것인지도 몰랐다. 모든 비밀을 밝히겠다고 약속했던 공범인 죽은 사람들과 주고받는 말이었다. 그러자 그녀는 공포에 떨었고 휘청거리며 넘어지지 않으려고 커튼을 잡았다. 그러고는 깊게 숨을 내쉬었다.

바로 그 순간 누군가가 문을 두드렸다. 너무 놀란 나머지, 들어오라고 해야 할지 들어오지 말라고 대답해야 할지 갈피를 잡지 못했다. 테아는 기다리지 않고 문을 열었다. 그녀의 열쇠는 아무 문이나 마음대로 열 수 있는 것이 분명했다. "여주인님, 무례한 말이 아닌지 모르겠지만 공원 산책을 나가시는 게 좋을 것 같습니다. 지금 날씨가 아주 화창합니다." "테아, 당신만 그렇게 생각하는 게 아니에요." "물론 여주인님께서도 그렇게 생각하셨을 겁니다." "그래요, 테아. 나도 그렇게 생각하고 있었어요." 그녀는 다시 공원을 쳐다보았다. 그 광경은 지워지지 않고 아직 그대로 그곳에 남아 있었다. 하녀가 창가로 다가왔다. "여주인님과 아주 똑같이 생겼지요. 그렇죠?" "하지만 왜 이런 장난을 치는 거죠? 불쌍한 우리 엄마처럼 날 완전히 미쳐 버리게 하려고 그러는 건가요?" "혹시 여주인님과 똑같이 생긴 사람을 이번에 처음 보시는 건가요? 죄송합니다…… 웃음을 참을 수가 없어요! 여주인님께서는 당신의 신변 보호 때문에 주인님이 똑같이 생긴 하인을 고용했다는 사실을 모르셨나요? 하지만 이런 일은 전대미문의 것이라…… 누구보다도 여주인님께 먼저 알려 드렸어야 했는데……." "똑같이 생긴 사람이라고요? 왜 그런 거죠?" "아마 주인님께서는 당신이 이 섬에 없는 동안 똑같이 생긴 여자를 남겨 둠으로써, 혹시 있을지도 모를 납치범과 여러 범죄자들을 끌어들이려고 그랬던 것 같습니다." "하지만 오늘 난 여기 있잖아요." "아마 당일 지침서에 실수가 있었던 모양입니다." "나와 아주 똑같이 생겼어요. 하지만 난 이런 잘못된 상황을 참을 수가 없어요. 지금 당장 여기를 떠나라고 해요." "외모만 똑같이 생겼을 뿐입니다. 그것도 어느 정도 거리가 떨어져 있어야 그렇습니다. 얼굴이 비슷하게 생긴 것은 가면을 써서 그렇습니다. 그리고 완전히 똑같은 실루엣은 브래지어로 꽉 누르고 패드를 넣어 만든 것입니다. 화제를 바꾸어도 될지 모르겠네요, 여주인님. 지금은 지난번에 미루었던 이곳 기후에 적응한 야자수를 방문할 가장 좋은 시간입니다." 여주인은 다시 한번 자기와 똑같이 생긴 여자를 쳐다보았다. 하지만 그 여자는 사라지고 없었다.

'겨울 정원'은 쇠와 유리로 만들어져 있었다. 쇠는 까맣게 빛나는 색으로 칠해져 있었고, 유리는 푸른 식물들로 가려져 있었다. 쇠로 된 골조는 아마도 남성의 힘을 상징하는 듯했다. 그럼 유리 지붕은 암컷의 굴복을 상징하는 것일까? 여주인은 그렇게 생각했다. 그러자 곧 그녀는 참을 수 없는 갈증을 느꼈다. 테아가 무거운 자물쇠를 열고는 쇠사슬을 푼 뒤 조그만 문을 열었다. 사막의 황량한 마른 공기가 여주인의 피부를 스쳤다. 그녀는 그 안에서 노랗고 따스한 모래를 밟았다. 모래 언덕으로부터 강렬한 빛줄기가 투영되더니 대추야자나무 사이로 길을 열어 주었다. 그 빛은 눈부신 천장 유리까지 이르고 있었다. 그리고 그곳에서 반사되어 더욱 커지더니 다시 나뭇가지로 내려왔고, 또다시 시각적인 모험을 감행했다. 때문에 그 빛은 술에 취해 이리저리 방황하는 살 오른 모험가처럼 보였다. 또한 거울을 용의주도하게 배치하여 지평선이 도저히 다다를 수 없이 멀리 보이게 했다. 음악은 너울거리는 여성 합창단의 효과를 사용하여 동양 음악처럼 소리를 내고 있었다. 심벌즈와 오페라에 사용하는 다른 타악기 리듬은 서양 음악처럼 엇갈리고 있었지만, 사막에 있는 화려한 카라반과 조화를 이루도록 편곡되어 있었다. 팜…… 파파파팜…… 파파파팜팜팜……. 그러고는 곧이어 바이올린 소리가 들렸다. 루…… 루우우…… 루우우……. 한 영혼이 자신의 몸 안에서, 혹은 감옥 안에서 신음하는 듯한 소리였다.

여주인은 그 박자를 따라 발걸음을 옮길 수밖에 다른 방도가 없었다. 북소리에 맞추어 멋지고 당당하게 앞으로 나아갔다. 그동안 그녀의 숨소리는 소용돌이치는 바이올린의 애처로운 신음 소리를 따라가고 있었다. 이내 입고 있던 의상이 거추장스럽게 느껴졌다. 그러자 그녀는 테아가 있다는 사실도 아랑곳하지 않고 옷을 벗기 시작했다. 테아는 모래 위로 떨어지는 옷가지들을 주우면서 그녀를 뒤따랐다. 그리고 오른쪽으로 몇 발짝만 가면 굉장히 깨끗한 진짜 아랍 유목민의 텐트가 있는데, 그곳에서 잠시 휴식을 취할 수 있을 것이라고 말했다. 여주인은 아무 말도 하지 않았지만, 두 갈래로 갈라지는 오솔길이 나오자 오른쪽으로 방향을 잡았다. 텐트 안에 들어서자, 눈부신 햇빛에서 벗어날 수 있었다. 그곳의 공기는 아주 상큼했다. 매우 푹신푹신한 쿠션들이 널려 있었고, 덮개가 씌워진 걸상 위에는 쟁반 하나와 술이 가득 든 술잔이 있었다. 그녀는 서둘러 그 술을 마시려다 술맛을 음미하기 위해 잠시 냄새를 맡았는데, 그것은 항상 침실에 놓여 있던 바로 그 술이었다. 하지만 무술로 단련된 강한 손을 지닌 테아가 무례하게 술잔을 손으로 쳤고, 그 술잔은 바닥으로 뒹굴었다.

여주인이 놀라서 테아를 바라보았다. 테아는 천막 입구 쪽으로 몇 발짝 뒷걸음질 쳤다. 입구에 달린 술 장식 사이로 들어오는 광채가 역광이었기 때문에, 테아의 얼굴 표정이 어땠는지는 자세히 살펴볼 수 없었다. 테아가 갈수록 점점 굵은 목소리로 말하면서 옷을 벗기 시작하자, 이번에는 두려움에 사로잡힌 여주인이 뒷걸음질 쳤다. "난 이 술잔을 분별없이 방탕한 생활을 하던 시절에 준비해 놓았소." 테아가 말했다. 테아의 윤곽은 갈수록 점점 강인해지고 있었고 다리는 털에 뒤덮인 채 근육을 드러내고 있었다. "하지만 난 당신 남편처럼 소심하게 행동하지는 않을 것이오. 난 마취제 같은 것은 사용하지 않을 거요. 난 있는 그대로 당신 눈앞에 있을 것이오. 그러니 당신이 결정하시오." 테아는 마지막 옷까지 다 벗자, 굵은 머리카락과 빠글빠글한 파마를 한 가발을 벗어 내던졌다. 그러고는 바닥에 떨어진 옷 중에 아무것이나 집어 마구 얼굴을 비벼 대면서 화장을 지웠다. 그런 행동을 하면서 테아는 자기의 옆얼굴만 보여 주었다. 여주인은 기대하지도 않던 안도의 한숨을 내쉬면서, 테아가 남자라는 사실을 깨달았다.

바로 저택 댄스파티에서 왈츠를 추었던 남자였다. 물론 그 당시엔 옷을 입고 있었다. "이제는 당신이 날 알아보았으리라 생각하오. 난 당신 남편의 경호원들을 속여서 하녀로 일하게 되었소. 사실 그들은 나처럼 훌륭한 신체 조건을 가진 여자를 발견하기가 쉽지 않았소. 그래서 내가 나타나자마자 그들은 서둘러 계약을 맺었던 거요. 물론 그때도 여자로 변장했었소. 그러니 내 이름은 테아가 아니라 테오요."* 유부녀로 몇 주일을 보냈지만, 여주인은 제정신으로 벌거벗은 남자 앞에 있기는 이번이 처음이었다. 더군다나 발기된 상태의 남자 앞에 있는 것은 더욱 처음이었다. 테오가 그녀 쪽으로 몇 발짝 가까이 다가왔기 때문에, 그녀는 그를 자세히 관찰할 수 있었다. 그녀는 쓰러지면서 아주 푹신푹신한 쿠션에 거의 푹 파묻혔는데, 그것은 아마도 그를 좀 더 잘 살펴보기 위해 일부러 그랬던 것 같았다. 그러자 그녀의 몸이 또다시 기대하지 않았던 격렬한 반응을 보이면서 떨렸다. 그녀 자신처럼 아름다운 사람 앞에 있다는 사실뿐만 아니라, 동시에 자기를 남성의 심벌과 대조하면서 그 심벌이 일반적으로 평가된 것처럼 아름다운 괴물이 아니라 편안하고 일상적인 것으로 느껴졌기 때문이었다.

   그는 그녀 옆에 앉았다. "하지만 이게 전부는 아니오. 다음 이야기를 해주는 것은 내가 전적으로 당신의 결정에 따를 것이기 때문이라오. 난 당신 남편에게 고용된 하녀이자 경호원으로 당신을 정탐하기 위해 이곳에 들어왔소. 또한 나는 어느 외국 열강의 고용원으로 당신을 정탐하고 있소." 여주인은 테오가 자기 손을 애무하다가 곧이어 부드럽게 잡는 것을 느꼈다. 그녀는 손을 빼지 않았다. 무서워서 그런 것인지, 아니면 다른 이유 때문에 그런 것인지 가늠하지 못하고 있었다. "난 소련 스파이라오. 내게 지시를 내리는 사람들은 당신이 독일 제3제국의 첩자일지 모른다고 의심하고 있소. 하지만 난 그렇지 않다고 확신하오. 당신은 단지 무서운 무기 제조상의 함정에 빠졌을 뿐이오. 그가 무슨 계략을 써서 당신을 손에 넣었는지는 나도 모르지만 말이오." "잘못 생각했네요. 난 전혀 상관없는 사람이에요." 테오는 그녀의 다른 손을 잡았다. "난 확실한 증거라곤 아무것도 갖고 있지 않소. 하지만…… 난 당신을…… 미칠 듯이 사랑하고 있다오. 당신 앞에서는 무기력한 사람이오. 난 오직 당신 뜻대로……." 그녀 역시 그가 하자는 대로 할 각오가 되어 있었다. 그리고 그런 사실을 인정하기 시작했다. "테오…… 내가 이 감옥에서 나갈 수 있도록 도와주세요. 난 남편을 증오해요. 난 그의 보호를 받고 싶어서 결혼한 거예요. 그가 원하는 것은 또 다른 대상을 수집하려는 것뿐이었다는 사실도 모르고……." "당신은 지금 예술 수집품 중의 하나에 불과하다고 말하려 했소? 겁내지 말고 말해 보오." "내가 예술품이라고요? 당신은 그렇게 생각하나요?" 그녀의 가슴에서 붉게 솟아 나온 봉우리는 이미 청년의 텁수룩한 가슴 털을 스치고 있었다. "필요하다면 내 목숨을 바치겠소…… 내 사랑하는 여주인…… 그런데 내가 당신을 다르게 불러도 괜찮겠소?" 그녀는 대답 대신 테오의 입술에 자기의 입술을 살며시 갖다 댔다. 그래서 그는 계속 말을 할 수 없었다. 하지만 그의 양손과 양팔과 우뚝 솟은 심벌을 비롯한 온몸으로 그녀를 해방시킬 수만 있다면, 기꺼이 목숨을 바치겠다고 맹세했다.

두 사람의 육체는 기진맥진했다. 그녀는 순진하게 테오와 느꼈던 모든 쾌감을 설명하기 위해 필요한 단어나 이미지, 혹은 메타포를 찾으려고 애썼다. 그렇게 그녀는 애송이 정부(情婦)의 상태를 드러냈던 것이다. 하지만 그녀보다 경험 많은 청년은 "내 여주인이여, 어떤 천국들은 말로는 설명할 수 없는 것이라오"라고 말해 주었다. 단지 온실에서 흘러나오는 음악만이 바로 그 순간 그녀의 행복에 구름을 드리울 수 있는 것이었다. 림스키코르사코프의 「셰에라자드」, 레오 들리브의 「라크메」와 케텔비의 「페르시아의 시장에서」와 같은 동양풍의 음악들이 반복되고 있었다. 그녀는 잠시 생각에 잠겼고, 그녀가 사랑하는 사람의 목소리 이외에는 어떤 소리도 듣지 못했다. "오늘 우리는 이곳에서 도망쳐야 하오. 내게 좋은 생각이 떠올랐소. 당신은 당신과 똑같이 생긴 사람으로 행세하면서 몇 시간만 외출을 허락해 달라고 하시오. 보트 선장은 하인들에게는 무척 너그럽다오." "난 당신을 전적으로 믿어요. 하지만 그것은 너무 위험한 계획이 아닐까요? 날 금방 알아볼 수 있을지도……." "미안하지만, 내가 보기에는 그것이 유일한 방법이오. 우린 옷을 입고 이 계획을 실천에 옮겨야 하오. 그전에 당신과 똑같이 생긴 여자를 제거하는 것이 바람직할지도 모르오." "죽인다는 말인가요?" "반드시 그렇지는 않소. 재갈을 물리고 손발을 묶어야겠지. 하지만 저항하면 죽이는 수밖에 다른 방법은 없소. 그 여자는 더러운 스파이오. 그녀의 이력을 보게 되면 첩자라는 직업의 특징인 배신과 비열한 짓을 일삼은 여자라는 사실을 알게 될 것이오." "테오, 당신도 마찬가지로 첩자예요. 당신은 당신 일이 비천한 것이라고 생각하나요?" "난 더 이상 첩자가 아니오. 당신을 사랑하기에 난 조국과 정치적 이상을 포기했소. 그건 내 결정이 아니오. 그것은 무엇보다도 당신에게 느끼는…… 엄청난 존경과 욕망과 애정 때문에 그런 것이오. 난 사회 부정을 증오하오. 그래서 사회주의라는 대의명분에 깃발을 흔들었던 것이오. 하지만 그가 당신에게 가혹한 짓을 하도록 내버려 둘 수는 없소. 내 목숨을 바쳐서라도 그렇게 할 것이오. 난 당신을 저 괴물의 흉악한 마수에 계속 살게 놔둘 수 없소." "하지만 그 괴물의 사냥개들뿐만 아니라, 당신이 버릴 정보 부대도 우리의 뒤를 쫓아올 거예요." "난 이미 정보 부대에서 탈주했소. 남은 생을 당신과 함께 있고 싶다오. 당신을 곁에 두고 당신이 늙어 가는 모습을 보고 싶소. 당신은 항상 아름다울 것이고…… 난 당신이 서른 살이 되면 그 어느 때보다도 아름다울 것이라 믿고 있소." "그런 말을 하다니, 참으로 이상하네요. 난 그 나이가 되는 것이 두려워요. 항상 두려워했지요. 이유는 나도 잘 모르겠지만…… 사실 여자들은 마흔 살로 접어들면 정말 무서움을 느끼지요." "아무것도 겁낼 필요 없소. 난 당신이 서른 살이 되는 그날, 당신 곁에 있겠다고 엄숙하게 약속하오." "당신은 내 마음을 너무도 잘 이해해 줘요. 그래서 가끔씩은 내 생각을 읽고 있다는 인상을……." "계속 말해 보시오. 왜 말을 멈추는 거요? 알았소. 이제 우리는 행동으로 옮겨야 하오. 곧 날이 어두워질 것이고, 나는 공원에 있는 야간 경보 장치를 연결시키는 일상 업무를 수행해야 하오. 그 경보 장치는 누군가 공원에 침입하면 공원 전체를 마치 대낮처럼, 아니 대낮보다도 환히 밝힌다오." "그럼 나는요? 그동안 난 뭘 하죠?" "당신 방으로 가서 다른 사람들의 시선을 끌지 않을 옷을 고르시오. 그리고 당신

보석을 모두 담을 수 있을 정도로 커다란, 역시 남의 이목을 끌지 않을 핸드백을 찾으시오. 그리고 날 기다려 주오. 아 참, 당신이 쓸 모자는 얇은 베일이 달린 것으로 해야 하오. 그리고 당신과 똑같이 생긴 사람처럼 행동해야 한다는 것을 잊지 마시오."

다시 방 안에 혼자 남게 되자, 그녀는 무서워 떨기 시작했다. 그녀는 아주 냉정하게 행동해야만 했다. 하지만 마음과는 반대로 그녀는 자기가 입고 있는 옷의 지퍼도 제대로 열 수 없었다. 손이 떨려서 그랬는지 그녀는 알 수 없었다. 하여튼 지퍼는 꼼짝도 하지 않았다. 그래서 억지로 바느질 부분을 뜯어내어 크레프 드 신* 을 잡아 찢어야만 했다. 그녀는 옆에 있던 옷 방으로 향했다. 그런데 방문이 그녀 앞에서 쾅, 하고 세게 닫혀 버렸다. 방 안쪽에서 안전장치가 잠겼기 때문에, 그녀는 어떻게 그걸 열어야 할지 알 수 없었다. 하지만 보석함은 다행히 침실에 있다는 생각을 하자, 어느 정도 안심이 되었다. 그녀는 아무도 모르게 감추어 둔 곳에서 보석함을 꺼냈다. 보석함에 열쇠가 꽂혀 있었으나, 제대로 꽂혀 있지 않았던지 밍크 카펫 위로 떨어졌다. 그녀는 손으로 짙은 밤색 털을 더듬었지만, 열쇠를 찾을 수 없었다. 그녀는 그곳에 무릎을 꿇었다. 그러자 히스테리가 폭발했다. 그녀는 백금으로 만든 섬세한 보석함을 주먹으로 마구 두들기기 시작했다. 그런 노력이 무위로 끝나자 새틴을 꼬아 만든 벽 태피스트리를 향해 보석함을 던졌다. 공중에서 보석함이 열리더니 보석들이 바닥으로 흩어졌다. 보석함을 잠그지 않았던 것이다! 그녀는 눈부신 보석들을 하나하나 주웠다. 계속해서 반짝이는 보석의 광채 때문

설명해 주었고, 마침내 난 그것을 완벽하게 이해할 수 있었다. 우리는 대화를 나누었고, 나는 몇 가지 의견을 제시했는데, 그는 그런 내 생각이 아주 현명하다고 평가했다. 우리는 세미나에서 보았던 이론 중 한 가지를 우리가 알고 있는 사람에게 적용시키면서 밤을 지새웠다. 어린아이와 거울에 관련된 것이었다. 우리는 말하다가 날이 밝는 것을 보았다. 이제는 그 이론이 더 이상 기억나지 않지만, 당시 그 모든 것을 설명하는 책을 한 권 샀던 건 확실히 기억한다. 하지만 그다음 내 여행에 관한 문제들이 발생했고, 그래서 그 책은 부에노스아이레스에 남게 되었다. 무언가 알고자 하는 욕망이 생긴다는 것은 얼마나 아름다운 일인가! 우리 자신을 발전시키기 위해서 말이다. 내 인생에서 가장 암울하고 가장 추잡한 시기는 피토와 싸웠던 그때였다. 그는 내가 식탁에서 우리가 초대한 관리가 어떤 회사에 근무하고 있는지 종종 잊어버린다면서 소리를 질렀다. 난 미안하다고 하면서 다음부터는 절대 잊지 않겠다고 약속했다. 그 얼간이가 나를 모욕하는 기가 막힌 방법 아닌가! 지금 이 순간 그를 죽여 버리고 싶은 심정이다. 목 졸라 죽이고 싶다. 내가 그 사람이 마땅히 들어야 했을 말을 제대로 못한다는 이유로 내게 화풀이를 하다니, 쓰레기 같은 놈이다. 그런데 내가 왜 그랬을까? 육체적 두려움 때문이었나? 왜 여자는 남자가 함부로 대하게 그냥 내버려 두는 걸까? 여자를 꼼짝 못하게 하는 그런 두려움은 어디에서 오는 것일까? 어디에서? 때릴까 봐 겁내는 것일까? 하지만 피토는 한 번도 날 때리지 않았고 협박하지도 않았어! 그렇다면 이런 비루한 두려움은 왜 오는 것일까? 그에 현기증이 일 정도였다.

그녀는 온 힘을 다해 다시 일어날 수 있었다. 그러고는 커다란 베네치아 거울 속에서 해답을 찾았다. 적어도 자신의 표정을 이리저리 바꿔 보거나, 아니면 진정시킬 수 있는 어떤 신호라도 찾으려는 의도였다. 자신의 아름다운 얼굴을 본 그녀는 안절부절못했다. 그토록 아름다운 자신을 본 적이 없었다. 가슴속에서는 새로운 빛이 밝혀져 있었고, 그 광채는 하늘색 눈과 불그스레한 흰 피부와 검은 머리카락을 통해 빛나고 있었다. 그녀는 손으로 움켜잡고 있던 보석을 다시 쳐다보았다. 보석들은 그녀와는 대조적으로 흐리멍덩한 색을 띠고 있었다. 그녀는 다시 거울을 쳐다보았다. 그러고는 거울을 떼어 내어 산산이 조각내 버렸다. 거울을 부순 즉시 그녀는 죽은 사람들이 다정스러운 표정을 잃어버린 채, 아니 그녀에게 적의까지 띤 채 그 자리에 있었을지도 모른다고 생각했다. 그들이 원한 것은 무엇일까? 혹시 죽은 사람들도 남편에게 돈을 받고 고용된 것이 아닐까? 이제 도망치는 것을 막을 수 없는데도, 왜 죽은 사람들은 그 시간을 늦춘 것일까? 그녀는 기분을 전환하기 위해 발코니로 몸을 내밀어 공기를 들이마셨다. 테아, 아니 테오는 그녀가 몇 시간 전에 자기와 똑같이 생긴 여자를 보았던 그 장소에 있었다. 바로 그 연못 근처에서 움직이지도 않고, 그녀와 똑같이 생긴 여자가 뚫어지게 쳐다보던 장소를 바라보며 있었다. 그들이 쳐다보는 것은 무엇일까? 하염없이 먼 곳을 멍하니 바라보는 그 시선, 그리고 그 자세는 무엇을 의미하는 것일까? 석양이 지기 전에 죽은 사람이 나타나 그들에게 필요한 신호를 보내기를 기다리는 것일까?

테아는 공원을 떠나 본채의 지하실로 향했다. 그곳에 여주인과 똑같이 생긴 하녀의 침실이 있었다. 복도에서 그는 나이 먹은 하인들 중 한 사람과 마주쳤다. 그는 테아에게 함께 차를 마시자고 초대했다. 차를 마시는 시간에 하인들은 아주 맛있고 유명한 과자, 대공(大公)이 가장 좋아하는 과자를 먹을 것이었다……. 불현듯 테아는 자기 목소리를 여자처럼 꾸며야 한다는 사실을 잊은 채, 그의 말을 가로채면서 할 일이 많다고 대꾸했다. 하지만 다행히 그 늙은이는 귀머거리였다. 그래서 아무것도 눈치 채지 못한 채, 그 섬의 제과 요리사는 루돌프 대공의 집에서 일했으며, 그 유명한 과자의 요리법은 이 제과 요리사만 알고 있다고 말했다. 여자로 변장한 테아는 잠시 그들과 함께 있기로 했다. 게다가 여주인과 똑같이 생긴 여자가 그 그룹에 있으면 핑계를 대서 그녀를 유인해 낼 작정이었다. 노인들은 기쁘게 테아를 맞이했으며, 그 틈을 이용해 다른 젊은 하녀가 자기들을 우습게 생각한다는 등의 불평을 늘어놓았다. 그들이 말하는 젊은 하녀는 말할 것도 없이 여주인과 똑같이 생긴 여자였다. 노인들은 만일 그녀가 자신들과 함께 어울리지 않으면, 이 섬에 있는 동안 괴로울 것이라고 장담했다. 테아는 과자 한 조각을 먹은 뒤 미안하다고 하면서 그곳을 빠져나왔다. 마침내 그는 자기 계획에 착수할 수 있었다.

그는 여주인과 똑같이 생긴 여자의 방문을 두드렸다. 그의 목적은 그녀의 손발을 묶고 재갈을 물린 다음, 여주인과 그가 도망가는 동안 그 방에서 나가지 못하게 하는 것이었다. 그 여자는 싫은 표정으로 마지못해 문을 열었다. 몇 분 후 테아는 그 방에서 깨끗한 손으로 나왔다. 여자의 목을 벤 다음, 그 여자의 옷자락으로 손을 씻었던 것이다. 잘 훈련된 그 여자 스파이는 아주 격렬하게 저항했다. 그래서 다른 방법이 없었다. 그가 사람을 죽인 것은 이번이 처음이었다. 그는 심장이 자기 목에서 사정없이 뛰고 있다고 느꼈다. 복도에는 아무도 없었다. 노인들의 파티가 계속되고 있었던 것이다. 테아는 여주인의 방으로 가기 위해 엘리베이터를 타야겠다고 마음먹었다. 엘리베이터가 천천히 움직이면서 지하실로 내려오고 있는데, 갑자기 하인을 부르는 벨 소리가 찌르릉 울렸다. 테아는 벨 소리가 몇 번 울리는지 세어 보았다. 그 숫자는 바로 자기를 부르는 소리였다. 그는 전화기를 들어 대답하는 수밖에 없었다. 하녀를 부르고 있던 사람은 다름 아닌 여주인이었다. 그녀는 더 이상 기다릴 수가 없으니 방으로 올라오라고 애원했다. 그녀는 테아의 남자 이름으로 그를 부르고 있었다. 그러자 테아는 여자 목소리로 "예, 예"라고만 짧게 대답했다. 여주인이 그런 식으로 말한 것은 엄청나게 경솔한 행동이었다. 누군가가 평소처럼 전화를 도청할 가능성이 있었기 때문이었다.

테아는 엘리베이터 안으로 들어갔다. 느리게 올라가는 엘리베이터는 그를 너무나 고통스럽게 만들었다. 그는 늙은 전화 교환원을 한눈팔게 만들 수 있는 것은 대공의 과자밖에 없다고 생각했다. 사실 그는 즐겁게 뛰노는 파티 손님들 사이에서 단 한 번 그를 보았을 뿐이었다. 여주인은 그가 가정부로 위장한 것을 보고, 별로 좋지 않은 인상을 받았지만 팔을 벌려 그를 포옹했다. 그녀는 이미 한참 전에 모든 준비를 마친 상태였다. 외투 주머니는 보석을 모두 담고 있어서 금방이라도 터져 버릴 것만 같았다. 그는 그녀가 어떻게 준비를 마쳤는지 보기 위해 모자에 달린 베일을 내려 주었는데…… 그런데 그때 전화벨이 울렸다. 충실한 경호원인 테아가 받는 것이 좋을까, 아니면 그녀가 받는 것이 좋을까? 그는 그녀에게 받으라고 말했다. 전화를 건 사람은 다름 아닌 그녀의 남편이었다. 그는 다정한 목소리로 즉시 빈으로 여행할 준비를 하라고 하면서, 자신은 그곳에서 그녀를 기다리고 있겠다고 말했다. 그러고는 그녀의 모든 보석을 가져오라고 지시했다. 그녀는 간신히 그의 말에 대답할 수 있었다. 하지만 그녀의 놀란 목소리는 그 상황에 아주 딱 들어맞았다. 무기상은 실질적인 문제가 전혀 없을 것이라고 덧붙이면서, 자기가 즉시 테아에게 전화를 걸어 모든 것을 책임지도록 하고, 자기가 기다리고 있을 빈 소재의 개인 부둣가까지 보트로 함께 오도록 할 것이라고 말했다. 아내가 테아는 지금 자기와 함께 있다고 말하자, 억만장자는 전화를 바꾸라고 명령했다. 그의 지시 사항은 평소의 것과 전혀 다르지 않았다. 한순간도 한눈팔지 말고 여주인을 경호하라는 것이었다. 그러고는 더 이상 말하지 않고 전화를 끊어 버렸다.

이런 행운이 갑자기 오다니, 가능한 일일까? 만일 조금만 일찍 그 전화가 걸려왔더라도 테오는 피비린내 나는 행동으로 자기 손과 양심을 더럽힐 필요가 없었을 것이다. 만일 이렇게만 서두르지 않았더라도……. 하지만 보석을 모두 가져오라는 지시가 이상하지 않은가?

이미 오후의 태양이 지고 있었다. 커다란 보트는 위풍당당하게 갈수록 어두워지고 있는 다뉴브 강의 자줏빛 물결을 가르며 빠르게 앞으로 나아갔다. 그들이 배에 오르자 늙은 선장이 따뜻한 미소로 반겨 주었다. 그런 그의 행동은 지극히 정상적으로 보였다. 테아는 여주인과의 짧은 전화 통화를 누군가 엿듣고 나서, 즉시 주인에게 연락했을지 모르며, 그래서 두 사람 모두를 호출한 것일지도 모른다며 두려워하고 있었다. 하지만 그 전화와 주인의 전화 사이에는 기껏해야 1~2분이 흘렀을 뿐이다. 과연 그토록 빠르게 대응할 수 있을까? 하지만 그러지 말란 법도……. 그는 뛰어난 능력으로 모든 사람의 존경을 한 몸에 받는 사람이 아닌가? 그런 것을 보면 그가 신속하게 대응한다는 것도 전혀 이상할 게 없었다. 테아는 미안하다고 하면서 선실로 내려갔다. 여주인은 선장이 놀라는 것을 눈치 챘다. 경호원이라면 한시도 그녀를 혼자 두어선 안 되기 때문이었다. 여주인은 다정스럽게 선장과 대화하려고 노력했다. 선장은 키에서 눈을 떼지 않았지만, 불편해하고 있다는 것이 한눈에 드러났다. 아마도 그녀와 대화를 나누는 것이 좋지 않게 보일 수도 있다는 사실을 의식해서 그런 듯했다. 바로 그 순간 선장은 자기와 함께 여행하고 있는 사람이 여주인이 아니라, 그녀와 동일하게 생긴 사람일지도 모른다는 생각을 떠올렸다. 그래서 즉시 버튼을 눌러 가고 있던 개인 부둣가와 연락을 취했다. 그는 작전 수행에 이상이 없었는지 그곳에 배치된 경호원들에게 물어보려고 했다.

하지만 바로 그때 총구가 그의 머리를 겨냥했다. 테오는 나이 먹어 구부러진 선장의 등 뒤에서 총 방아쇠를 겨누고 있었다. 그러고는 즉시 방향을 바꾸라고 명령했다. 그러자 늙은 선장은 기습적으로 날렵하게 공격하여 테오의 손에 있던 권총을 떨어뜨렸다. 두 사람은 격투를 벌이며 바닥에서 뒹굴었다. 그들에게서 몇 미터 떨어지지 않은 곳에 권총이 떨어져 있었다. 늙은 선장이 권총을 잡으려고 팔을 뻗었다. 그 순간 여주인은 매우 위험하다는 것을 알았다. 그래서 자기가 하고 있는 일이 무엇인지 미처 깨닫기도 전에, 선장의 등을 향해 방아쇠를 당겼다. 순간 화약에서 뿜어 나온 검은 연기가 그녀의 눈을 가렸다.

테오는 키를 잡았다. 그리고 반 시간도 채 안 되어 도착할 수 있는 헝가리로 뱃머리를 돌렸다. "거기서 그다음은 어디로 가죠?" "부다페스트에서 소련 비밀경찰과 접선할 거야." 그녀는 무서워 몸을 떨었다. 그러자 그는 그녀의 허리를 껴안고 끌어당기더니, 배가 가는 방향에서 눈을 떼지 않은 채 그녀의 뺨에 키스를 했다. "걱정 마시오. 그들이 우리에게 필요한 서류를 구비해 줄 것이오. 난 그들에게 거짓말을 할 거요. 당신의 도움으로 아주 중요한 단서를 잡았으며, 그래서 미국으로 가야만 한다고 말하겠소. 그리고 미국에 도착하면 당신이 원하는 곳으로 마음대로 갈 수 있을 것이오. 거기서 우리는 당신 전남편과 내 동지들의 마수에서 벗어날 수 있을 것이오." 그들은 키스를 나누었고 눈을 감았다. 그들은 자기들의 도주로 두 사람이 희생되었다는 것을 잊고 싶었던 것이었다. 그녀가 다시 눈을 뜨자 아직도 실크 장갑을 낀 채 키를 잡고 있는 테오의 커다란 손이 보였다. 그녀는 기쁨을 느끼는 동시에 무서움에 몸을 떨었다. 그러고는 '불신(不信)은 실크 장갑을 낀 손으로 죽여야 한다'라는 속담을 떠올렸다. 한편 그는 눈을 뜨지 않았지만 그의 기억 속에는 여주인이 뜨겁고 치명적인 무기의 방아쇠를 당기면서 뿜어냈던 검은 화약 연기가 나타났다.

목요일　내가 베아트리스에게 한 짓은 옳지 않았다. 진지하게 조언을 구하려고 누군가를 부르고 나서, 아무것도 이야기하지 않는 것은 있을 수 없는 일이다. 마지막 순간에 난 그녀를 믿을 수 없었다. 하지만 아무런 이유도 없었다. 난 그런 자신에게 가장 먼저 피해를 입는 사람이다. 난 그녀의 의견을 알고 싶었다. 비록 베아트리스가 포지에 관해 말한 것이 옳지 않았어도 말이다. 아니면 그녀의 말이 옳았던 것일까?

아, 창피해! 난 거짓말을 했어! 베아트리스에게 우리 집에서는 저녁 식사 대신 밥 먹는다고 한다는 것을 억지로 만들어 낼 필요가 있었을까? 우리 집은 여느 중산층의 집과 같다. 물론 넉넉한 중산층이다. 사립 고등학교로 바꾸면서 나는 내가 믿었던 것처럼 잘난 사람이 아니라는 것을 깨달았다. 바로 거기서 그런 차이점을 배웠다. 그 학교는 몇몇 상류층 학생들이 다니는 비싼 학교였다. 나는 그 학생들의 경멸을 받았고, 그래서 그 차이점을 배웠다. 난 그런 바보들에게 빌어먹을 짓은 그만 하라고 욕하는 대신, 그들의 행동을 그대로 흉내 냈다. 그들은 지금 무엇을 하고 있을까? 몇몇 학생들은 아주 착했다. 하지만 난 그들을 계속 만나지 않았다. 계급은 스스로 알아서 분리된다. 엄마의 말에 의하면, 그녀들은 날 부러워했다고 한다. 내가 그 여자 아이들 중에서 가장 예뻤기 때문이다.

내가 화나는 또 다른 이유는 베아트리스와의 말다툼에서 항상 지기 때문이다. 난 앞으로 내가 주장하는 것을 굳게 확신하지 못하거나 나 스스로를 방어할 태세가 갖추어지지 않았을 때는 그 어떤 것에 대해서도 그녀와 논쟁을 벌이지 않겠다고 약속한다. 또한 나는 바로 엄마의 병에 관해서도 거짓말을 했어! 난 이런 종류의 거짓말을 다시는 하지 않겠다고 엄숙히 맹세한다. 그건 나 스스로를 기만하는 행위이다. 엄마가 이곳에 나와 함께 있지 않는 이유는 내가 원하지 않아서 그런 것이다. 난 엄마만 보면 신경이 날카로워지고, 그래서 엄마를 참아 낼 수 없다. 베아트리스에게 엄마가 심장병 때문에 고지대의 영향을 받을지 몰라 멕시코로 올 수 없었다고 말한 것은 창피한 일이다. 사실 엄마는 나보다 훨씬 더 튼튼한 심장을 가지고 있다. 그런데 나는 왜 사실대로 말하지 않았을까? 엄마가 나에게 나쁜 짓을 한 적은 한 번도 없다. 항상 밖으로 돌아다니셨고, 여자 친구가 많았으며, 친구들 집을 돌아다니며 카드놀이를 하셨다. 하지만 엄마만 보면 짜증이 난다. 난 엄마를 참아 낼 수가 없다. 심장병이라는 핑계를 댄 것은 참으로 창피한 일이다.

어쨌든 나와 베아트리스는 한참을 이야기했다. 참으로 좋은 친구다. 할 일도 많은데 병원까지 와서 내 말을 들어주니 말이다. 하지만 나는 그녀를 조금 이상하게 대한다. 작별 인사를 하려고 그녀에게 입을 맞추었을 때, 그 사실을 깨달았다. 난 그녀에게 예전에 내 여자 친구들에게서 느꼈던 애정을 느끼지 못하고 있다. 이제 더 이상 그 누구에게도 그런 애정을 느낄 수 없는 것일까? 그녀가 떠나는 것을 보자 심지어 못된 질투가 나기도 했다. 난 아픈 몸으로 이곳에 남아 있어야 했기 때문이다. 난 성질이 사나운 여자다. 하지만 그녀는 성녀(聖女)다. 어쩌면 나한테만 성녀일지도 모른다. 그녀는 진정한 사랑으로 날 대한다. 하지만 난 잘 모르겠다. 우정이 아닌 무언가가 있다. 그러니까 모성애 같은 것이 있을 수도 있다는 말이다. 하지만 내가 감히 그런 말을 쓸 수 있을지 모르겠다. 그녀가 날 대하는 데에는 무언가…… 나와 동등한 입장이 아니라는 것이다. 그녀는 다른 사람보다 나은 여자다. 그래서 모성애가 있는 것이다. 그건 어머니가 자기 자식들과는 비교할 수 없을 정도로 우월하기 때문이다. 한편으로 그것은 당연한 것이다. 그녀는 나와 비교해 볼 때 훨씬 우월한 조건을 갖고 있다. 돈도 있고, 건강하며, 아주 행복한 가정도 있다. 난 이런 말을 계속하기가 두렵다. 잘 모르겠지만 그녀 안에는 극도로 헌신적인 그 무엇이 있다. 하지만 내가 생각하고 있는 것이 아니길……. 내 병이 나을 수 없다는 것을 그녀가 알지 못했으면 좋겠다. 그녀는 멕시코에 있는 친구들 중에서 가장 좋은 친구다. 그래서 의사는 그녀에게만 그런 사실을 말했을 수도 있다. 하지만 그렇지 않기를. 아마도 나만 빼놓고 모든 사람들이 다 알고 있을지도 모른다.

그래, 난 더 이상 비관적이 되지 않겠다고 약속했고, 그 약속을 지킬 작정이다. 의사가 온다. 여기서 일기를 그만 써야 할 것 같다.

초호화 대서양 유람선은 사우샘프턴 항구를 떠나고 있었다. 우아하게 차려입은 사람들이 갑판에서 장갑 낀 손을 흔들며 작별 인사를 보냈다. 하지만 시간이 흐를수록 그 인사는 시들해졌다. 승무원들은 승객 중에서도 나이 지긋한 작은 키의 뚱뚱한 사람에게 특별한 관심을 표했다. 그 사람은 영화 제작자였다. '하늘에 떠 있는 별보다도 더 많은 별들이 빛난다는 할리우드의 환상적인 회사의 주인'이라고, 험상궂게 생긴 사환이 다른 사람에게 말했다. 그 제작자는 참석한 신문 기자들에게 유럽 시찰 여행을 하면서 유럽인들의 훌륭한 자질을 발견했으며, 이런 자질을 가진 사람들은 모두 자기 회사와 7년에 걸친 엄격한 고정 계약을 맺었다고 발표했다. 기자들은 곧 아래에서 대기하고 있는 소형 보트로 내려가 편집부라는 소굴로 갈 것이 분명했다. 하지만 그 남자는 침착해 보이지 않았다. 그곳 갑판에서 주변을 계속 둘러보고 있었다. 마치 무언가, 그러니까 소중한 것을 찾고 있지만, 거의 결정적으로 잃어버린 사람 같았다. 기자들에게서 해방된 그는 불안하게 느껴질 때만 피우던 시가를 끄고, 자기 스위트룸의 소파에 털썩 주저앉아 웨이터를 불렀다. "오늘 밤 당장 이 세상에서 가장 아름다운 여자가 어디 있는지 가르쳐 주면 팁을 넉넉히 주겠어. 분명 그녀가 트랩으로 올라가는 것을 보았는데, 그 이후로는 모습을 찾을 수가 없었어. 하지만 난 그녀가 이 배에 타고 있다는 걸 확신해. 난 스타급을 발굴하는 데 일가견이 있는 사람이야. 난 그녀의 광채가 가까운 곳에서 빛나고 있다는 사실을 간파하고 있어. 그녀의 모든 것이 카메라에게 촬영해 달라고 외치고 있어."

여행 첫날 아침의 태양이 떠올랐을 때, 승객들은 모두 잠들어 있었다. 행복한 꿈을 꾸고 있는 사람이 있는가 하면, 또 어떤 사람은 그렇지 않았다. 여주인은 여객선에 탄 모든 사람들 중에서 가장 행복한 꿈을 꾸는 행운을 안았다. 그녀는 잠에서 깨어났을 때 자기 옆에 청년이 누워 있는 꿈을 꾸고 있었다. 그녀는 그를 깨우지 않으려고 아주 조심스럽게 일어나 거울을 향해 다가갔다. 두 팔을 벌려도 안을 수 없을 정도의 아주 커다란 둥근 선실 창문이 그녀를 비추고 있었다. 두 사람은 밤늦게까지 침대에서 달이 뜨지 않은 바다와 하늘을 바라보았고, 커튼을 치지도 않은 채 잠들었던 것이다. 그녀는 새벽 태양빛이 자신을 깨우고, 거울은 그녀가 계속해서 이 세상에서 가장 아름다운 여인이며, 따라서 그의 애인과 함께 있을 충분한 자격이 있다고 말하는 꿈을 꾸고 있었다. 그녀는 안도의 한숨을 내쉬고는, 다시 침대에 누워 아일랜드산 리넨 침대 시트와 가죽 침대 덮개를 사랑스럽게 바라보았다. 그런데 가죽 침대 덮개는 어떤 동물의 가죽이었을까? 그것은 곰처럼 빽빽하게 털이 나 있었고, 어떤 동물과 비교해야 할지는 잘 모르겠지만 실크처럼 부드러웠다. 그녀는 갈수록 눈꺼풀이 무거워지는 것을 느꼈다. 그리고 곧 자기가 잠들 것이라고 생각했다. 하지만 그 시간은 얼마 되지 않으리라는 것도 알고 있었다. 그녀가 하지 않으면, 그녀 옆에 누워 있는 청년이 육체로의 여행을 다시 시작할 것이기 때문이었다. 그것은 희고 매끈매끈한 영토에서 밤에 이루어지는 여행이었다. 여주인은 지난밤처럼 처음에는 종달새를 사냥했고, 그리고 잠시 후엔 큰 장난을 쳤다. 어둠 속에서 굶주린 맹수들이 울부짖으며 고개를 처드는 동안 위험한 탐험대는 수컷의 몸에 있는 정글을 덮쳤다. 그런데 바로 그때 갑자기 선실의 둥근 창문에서 나오는 태양빛이 버릇없이 둥근 형태로 내리쬐었다. 아마도 배가 가볍게 방향을 틀었던 것 같았다. 햇빛이 청년의 얼굴을 자극했고, 그래서 그는 잠을 깰 수밖에 없었다.

그녀는 두 사람 모두 꿈을 꾸고 있었으며, 그 꿈은 해가 뜰 무렵에 막 죽은 전날 밤의 희열을 함께 기억하는 것이었다고 말했다. 그러자 그가 그녀의 말을 수정했다. 무엇보다도 매일 지나가는 밤은 죽은 것이 아니라, 영원히…… 두 사람의 기억 속에 함께 살아 있는 것이며, 마지막으로…… 그것은 꿈이 아니라 생시이므로, 그녀는 점차 행복에 익숙해져야 하고, 그것을 꿈의 영역으로 한정시켜서는 안 된다고 말했다. 그녀는 창피해 얼굴을 붉혔다. 테오의 말이 맞았다. 그들은 깨어 있었던 것이다.

저녁 해가 지자, 일등실 갑판에는 아무도 없었고, 그래서 썰렁해 보였다. 아마 차가운 바람이 불어왔기 때문인 듯싶었다. 그들은 그 기회를 이용해 체크무늬 담요를 두르고 안락의자에 앉았다. 그들은 승선 이틀째 밤에 첫 별들이 떠오르는 모습을 보고 싶었다. "당신에게 말하고 싶은 것이 있소. 당신의 두려움과 관련해서 당신이 혼자 있다는 생각을 하지 마시오. 나 역시 가끔씩은 내가 이런 행복을 가질 수 있다는 사실이 믿어지지 않소. 내가 꿈과 현실을 구분할 수 있도록 도와주시오. 사실 나는…… 일기를 쓰고 있소. 하지만 부탁인데, 그걸 읽지는 말아 주오. 내게 약속할 수 있소? ……고맙소."

웨이터가 오는 바람에 그들의 대화는 중단되었다. 그는 테오에게 메시지를 갖고 왔다. 물론 테오는 위조된 서류와 이름으로 여행하고 있었다. 그녀는 벌벌 떨면서 그 메시지를 열어 보지 말라고 애원했다. '존경하는 선생님, 저는 귀하와 만나기를 바라고 있습니다. 저는 당신 부인과 영화 출연 계약을 맺고 싶습니다. 저는 그녀를 이 세상에서 가장 존경받는 여인으로 만들 수 있습니다. 그럼 이만……' 그녀는 그 메시지의 끝에 쓰여 있는 이름이 알고 있는 사람이라는 인상을 받았다. 모든 노력을 다해 기억해 내려고 했지만, 그 사람이 누군지는 알 수 없었다. 반면에 테오는 그 메시지가 단순한 오해에 불과한 것이라고 생각했다. 그녀는 그 말에 동의하지 않았다. 하지만 그는 그녀의 말을 듣지 않고 그 종이를 바다에 던져 버렸다. "그런데 왜 내 말을 듣지도 않고 당신 마음대로 결정하는 거죠?" "당신이 꿈꾸는 남자는 여자가 말하는 것을 그대로 따르는 멍청이가 아니오. 만일 남자가 여자를 지배하지 않으면, 여자는 변덕의 지배를 받고 말 거요. 내가 당신을 지배하기를 원치 않소?"

밤이 되었다. 할리우드 제작자의 메시지에 충격을 받은 탓인지, 젊은 그녀는 저녁 식사를 하기 전에 선실에서 잠시 쉬어야 할 필요가 있다고 느꼈다. 테오는 그녀 옆에 누웠다. 하지만 잠시 시간이 지나자, 그녀는 계속 잠을 자는 상태에서 몸을 일으켰다. 만일 테오가 그녀 곁에 있었다면 아마도 일어나지 못하게 했을 것이다. 그녀는 몽유병 환자처럼 복도로 걸어가 갑판으로 나간 다음, 조그만 계단을 올라갔고 경사로를 내려왔다. 마치 누군가 그녀의 눈을 가린 다음, 손을 잡아 이끄는 것 같았다. 한 치의 망설임도 없이 그토록 빠르게 그녀를 이끈 사람은 누구였을까? 그녀의 운명에 대해 그토록 관심을 보이는 미지의 힘은 무엇일까? 승무원들과 승객들은 바람에 네글리제를 휘날리며 지나가는 그녀를 보고 유령이라 여겼다. 마침내 그녀는 좁은 복도로 들어섰다. 그러고는 승무원용으로 사용하고 있던 조그만 선실 앞에서 멈추었다. 그녀는 문구멍에 귀를 갖다 댔다. 그 안에서 테오의 소리가 들렸다. "몇 시에 푼샬*에 도착할 예정입니까?" 선원의 껄껄한 목소리가 대답했다. "해가 뜨기 전에 도착합니다." "그럼 우리에게 도움이 되겠군요. 우리가 어둠을 틈타 사라질 수 있을 테니까요." "아침 식사를 한 후에 승객들은 잠시 산책을 하러 하선할 것입니다. 하선한 승객들의 이름은 한 명도 예외 없이 기록될 것입니다." "그럼 예외 없이 그 명단에 이름이 적히지 않은 사람들은 배에 타고 있다는 이야기가 되겠군요. 아무도 그들이 육지에 있다는 사실을 의심하지 않겠군요." "바로 그렇습니다." "이 진짜 진주 귀고리는 선불로 지급하는 것이오. 이 계획이 성공하면…… 다른 것을 더 받을 수 있을 거요."

그녀는 자기가 꿈을 꾸지 않고 있다는 것을 확인하기 위해 손가락을 힘껏 깨물었다. 그리고 그 순간 잠에서 깨어났다. 하지만 그녀가 방금 전에 들은 소리는 악몽이 아닌 현실이었다. 그녀는 즉시 손을 귓불에 갖다 댔다. 그리고 자신이 잠든 동안 누군가가 귀고리를 빼낸 것을 깨달았다. 그녀는 숨소리를 죽인 채 일등 선실로 돌아와 침대에 누웠다. 그러자 이윽고 테오의 발소리가 들렸다. 그녀는 테오가 이마에 키스하자, 막 잠을 깬 것처럼 위장했다. "잘 쉬었소? 우리는 내일 이국적인 마데이라 섬을 둘러보기 위해

배에서 내릴 거요. 그러니 기운을 비축해 놓는 것이 좋을 듯싶소."
"여보, 알았어요. 수면제를 조금 먹어 두는 편이 낫지 않을까요?
여객선 담당 의사가 당신에게 수면제 한 병을 줄 거예요. 그럼 우리가 다음 기회에도 사용할 수가…… 고마워요."

　잠시 후 그녀는 저녁 식사를 원했다. 하지만 그녀가 있던 바로 그곳, 그러니까 스위트룸의 응접실에서 먹고 싶어 했다. 단지 커피만 없을 뿐이었다. 그들은 함께 손을 잡고 있었다. 그런데 갑자기 미녀가 등에 오한을 느낀 것처럼 위장하고는, 애인에게 숄을 갖다 달라고 부탁했다. 숄은 그곳에서 조금 떨어진 가방 속에 있었다. 그 몇 초는 은으로 된 커피포트에 수면제를 풀기에 충분한 시간이었다. "테오, 이제 당신 습관대로 맛있는 커피 두 잔을 마시세요. 그런 다음 갑판으로 나가요. 당신에게 고백할 게 있어요." 테오는 그녀의 말대로 따랐다. "사랑하는 여보, 이제 난 잠자기 위해 아무 약도 먹지 않을 거예요. 벌써 잠이 와 죽을 지경인걸요……. 이 하늘 좀 보세요. 이것이 우리 생애의 마지막 밤이 될지도 모른다고 한번 생각해 보세요. 그러지 않으려는 법도 없잖아요? 가령 이 배가 빙산에 부딪혀서 몇 분 내로 가라앉을 수도 있는 일이니까요. 이번에는 내가 당신이 가는 길을 이끌도록 해주세요. 이것 좀 보세요…… 갑판 뒤에는, 그러니까 선미(船尾)에는 아무도 없어요. 공기가 참 시원하죠? 내가 생각을 분명하게 가질 수 있도록 도와줄 것 같은데…… 난 당신에게 아주 심각한 것을 말하고 싶거든요. 난…… 여느 여자들과 달라요. 당신도 이미 알고 있죠? 그러니까…… 내 눈을 보세요. 당신은 알고 있지요, 그렇죠? 당신은 언젠가 그렇게 말했어요. 하지만 그 당시에 난 그 말을 깨닫지 못했죠. 그 말을 깊이 생각한 후에야 나는 당신이 모든 걸 알고 있다는 사실을 깨달았어요. 당신은 내게 말했지요…… 내 곁을 떠나지 않겠다고, 특히 내가 서른 살이 되는 날은 말이에요. 왜냐하면 그날은…… 왜 그렇게 놀라죠? 내가 당신이 알고 있는 것을 눈치 챘다는 사실을 당신이 알게 되면, 우리가 헤어지게 될까 봐 겁나는 건가요? 자, 괜찮아요…… 이런 고백을 들어서 비틀거리나요? 아니면 다리에 힘이 빠졌나요? 반면에 나는 전에 없이 마음이 차분해요. 당신이 내가 괴물 같다는 것을 알면서도 날 사랑할 수 있다면, 이미 그것만으로도…… 내 모든 두려움은 사라질 거니까요…… 그래요, 그렇게 하는 게 나을 것 같아요. 난간에 기대 저 아래 바닷물을 내려다보세요. 너무 어두워요! 그렇지 않아요? 이 장소는 아주 은밀하네요. 아무도 우리를 볼 수 없어요. 단지 바다와 하늘만이…… 그런데 왜 젖은 난간 위로 몸을 구부리죠? 똑바로 서려고 노력해 봐요. 당신은 완벽한 남자란 말이에요. 자…… 이제 당신은 거의 눈을 뜰 수가 없을 거예요. 그리고 당신 손과 팔, 다리도 모두 잠들어 있어요. 이젠 소리도 낼 수 없을 거예요. 당신 가슴 가까이에 있는 주머니에서 당신이 수많은 것을 적어 놓은 수첩을 꺼내도록 해주세요…… 읽어도 될까요? 그래요, 마지막 페이지만 보아도 충분해요…… 조금 읽어 볼까요…… '오늘 밤 난 얼마나 야비하고 더러운 놈처럼 느껴지는지 모른다…… 내일 난 그녀를 내 신자들에게 넘길 것이다. 그러면 그녀는 내가 사랑하지 않는다고 믿게 될 것이다. 난 소련 첩자다. 죽을 때까지 그럴 것이다. 난 그녀에게 사실을 말해 줄 수 없었다. 위험을 무릅쓰고서라도 그녀가 날 단념하도록 해야만 했다. 하지만 그녀가 날 버린다는 것은 도저히 참을 수 없었다. 난 어떻게든 그녀를 내 곁에 잡아 두어야만 했다. 아니, 난 더럽게 놀지는 않았다. 과연 그녀는 명예도 없고 이상도 없는 남자를 존경할까? 물론 내 의지가 약해져서 지구 끝까지라도 함께 가겠다고 결정한 순간이 있었다. 그리고 그 여행의 종착점이 어디가 되든, 날이 갈수록 더 많은 행복을 누리고……. 하지만 내게는 두려움이 도사리고 있다. 그 두려움 때문에 한시도 마음 편할 날이 없다. 그 두려움은 사랑보다도 더욱 강하다. 심지어 내 명분을 배반하면서 느낄 양심의 가책보다도 더욱 강하다. 그건 그녀가 서른 살이 되는 무서운 날이 도래하여 내 생각을 읽는 순간 내 정체를…… 알게 될 두려움이다. 아니야! 이런 식으로 내가 그녀를 절망시키는 것보다, 그녀가 나를 첩자로, 그녀를 배신한 사람으로 믿게 하는 편이 나을 것이다. 하지만 난 그녀를 사랑한단 말이야! 난 그녀에게 느꼈던 헤아릴 수 없는 애정과 욕망을 그 어떤 여자에게서도 결코 다시는 느낄 수 없을 것이다. 하지만 나는 이제 이런 망상을 버리고 싶다. 불길한 생일을 기다린다는 것은 도저히 참을 수가 없다. 더욱이 이런 것을 알면서…… 어쩌면 그녀도 자기가 속았다는 것을 알기 전에 내가 먼저 죽여 주기를 바랄 것이다. 그래, 필요하다면 난 그녀를 죽일 것이다. 그렇다. 가장 나쁜 것이 그녀를 실망시키는 것이고, 그녀가 모든 남자들이 똑같다는 사실을 알게 되면 그건 피할 수 없을 것이며……'." 테오는 마지막 힘을 다해 수첩을 낚아챘다. 하지만 그의 손은 떨리고 있었기 때문에 수첩을 잡고 있을 수가 없었다. 때마침 바람이 불어와 밧줄이 둘둘 말려 있는 곳으로 수첩을 날려 버렸다. 또다시 있는 힘을 다해 테오는 눈을 뜨고 그녀를 쳐다보았다. 그는 그녀가 연기 나는 무기를 손에 쥐고 있다고 생각한 것 같았다. 하지만 그녀는 손에 아무런 무기도 들고 있지 않았다. 그리고 그럴 필요도 없었다. 테오가 마지막 남아 있던 기운을 잃고 갑판 위에 고꾸라졌기 때문이었다. 그녀는 누군가의 발소리를 들었다고 생각해 뒤를 돌아다보았지만 아무도 보이지 않았다. 그녀는 애인의 손목을 잡아 그를 일으켰다. 하지만 그를 배 밖으로 떠밀 필요는 없었다. 테오가 자기 몸무게를 이기지 못해 난간 위로 미끄러지더니, 거기서 바다로 떨어졌기 때문이었다.

그녀는 수첩을 줍기 위해 달려갔다. 하지만 갑자기 불어온 바람이 그녀보다 한 발짝 앞서 그 수첩을 바닥으로 날려 보냈다. 그녀는 모든 것을 알고 싶었다. 필사적으로 알고 싶었다. 그녀가 서른 살이 될 때 그의 생각을 읽을지도 모른다고 그가 두려워한 이유는 무엇일까? 그녀는 검은 수첩을 줍기 위해 몸을 숙였다. 그런데 다시 바람이 수첩을 낚아챘다. 수첩은 공중으로 날아오르더니, 난간을 넘어 바다에 빠졌다. 그녀는 제멋대로 수첩을 날려 보낸 자연의 힘에 증오의 절규를 외쳤다. "두려워 마시오. 난 아무것도 보지 못했소." 갑자기 들려온 말에 깜짝 놀란 미녀는 뒤를 돌아보았다. 몇 발자국 떨어지지 않은 곳에 작은 키에 뚱뚱하고, 시가를 입에 문 나이 먹은 남자가 서 있었다. "다시 말하건대, 난 아무것도 보지 못했소. 난 당신에게 메시지를 보낸 영화 제작자요. 다시 말하면, 금세기의 꿈을 제작하는 가장 중요한 사람이지요."" 꿈이라고요? ……난 꿈이란 소리만 들어도 치가 떨려요…….""부인, 본론으로 들어가지요. 우리가 할리우드에 있는 내 사무실에 함께 있다고 생각하십시오. 난 아무것도 보지 못했어요. 아니, 좀 더 정확히 말하면 모두 보았지요. 난 절망에 빠져 배 밖으로 떨어지는 청년을 보았고, 당신이 내 멋진 스튜디오와 평생 계약을 승낙했다는 말을 들었어요. 당신은 아주 후한 보수를 받게 될 거요. 물론 당신의 사생활은 특정 규칙을 따라야 해요. 그리고 우리 회사는 당신의 행동을 감시할 겁니다. 무엇보다 도덕성과 관련되어 당신의 행동을 점검할 것입니다. 부인은 이런 조건에 만족하시겠죠?"" 난 방금 전에 자살한 청년의 아이를 기다리고 있어요."" 이미 적고 있어요. 회사에서 당신이 그 아이를 어떻게 해야 하는지를 결정해 줄 것입니다. 당신의 아름다움을 영원히 지속시켜 줄 수 있는 여자 아이를 낳고 싶지 않나요?"

　그녀는 아무 대답도 하지 않고 선실로 돌아왔다. 하긴 그런 질문에 대답할 필요가 있을까? 그러고는 그 지나간 몇 분은 테오가 물에 빠져 죽을 수 있는 충분한 시간이라고 생각했다. 이제 그는 산 사람들의 운명과 장난치면서 소일하는, 육체 없는 영혼의 군대와 합류했을 것이다.

5

금요일　　오늘은 포지의 장점을 이야기할 차례다. 첫날이 중요했던가? 아니, 그렇지 않았다고 생각한다. 대학교 식당이었다. 아 참! 어젯밤에 나는 한 가지를 곰곰이 생각했다. 내가 피토에게 내 몸으로 대가를 치른 것일까, 아니면 그가 자기 몸으로 내게 대가를 치른 것일까? 그와 함께 그런 종류의 희열을 느끼던 동안, 나는 그를 사랑한다고 생각했다. 적어도 밤에는 그랬다. 하지만 그 시간이 그리 길지 않았던 것은 심히 유감이다. 그리고 그 순간은 불과 몇 분밖에 지속되지 않았다. 그래, 매주 일요일 아침에는 좀 더 길었다. 서두르지 않고 거의 아침 내내 그런 기쁨을 누렸다. 하지만 나머지 오후 내내 그 대가를 지불했다. 그것도 아주 값비싼 대가를 치렀다. 어떻게 베아트리스는 그런 느낌이 시들해지기 시작했기 때문에 내가 그를 사랑하지 않게 된 것이라고 생각했을까? 난 이 점에 관해서는 분명히 알고 있다.

비록 결혼 초에 느꼈던 그런 쾌감이 지속되었더라도, 왜 내가 나중에 온종일 집안일에만 매달리면서 그 대가를 치러야만 했을까? 대가는 그 사람이 지불했어야만 했다! 바로 그런 이유로 난 아름다웠던 것이고, 아직까지도 아름다운 것이다. 물론 난 대가를 지불했다. 나는 온 힘이 빠질 정도로 집 안을 돌보았고, 내게는 밤일이 그에 대한 보상이었고 그가 내게 지불한 대가였다. 하지만 이건 정말 골치 아픈 문제이다. 난 스스로 모순을 범하고 있다. 그는 내게 대가를 지불하지 않았고, 내가 그에게 대가를 지불했다. 이것만은 분명히 하고 싶다. 만일 내가 미혼이었다면, 훨씬 더 즐거운 시간을 보냈을 것이다. 이혼한 후에 그랬던 것처럼 말이다. 어쨌든 내가 그에게 대가를 치렀다고 말한다 해도 그건 잘못된 것이 아니다. 만일 그가 나 정도의 귀한 여자를 집에 두고 싶었다면, 대가를 치러야만 할 사람은 바로 그였다. 그래, 그는 가정을 부양했지만, 집안이 모두 잘되도록 한 사람은 다름 아닌 나였다. 제대로 집 안을 정돈하기 위해 나는 하루 종일 집안일에 매달려야만 했다. 심지어는 식모에게서도 눈을 뗄 수 없었다. 그렇게 나는 낮 시간 동안에는 집의 주인이 되었고, 밤에는 계약 맺은 창녀 역을 했던 것이다. 그가 내게 준 것은 먹을 것과 옷가지가 고작이었다. 이 사실은 이혼하는 순간 명확히 드러났다. 집을 나가고자 한 사람이 나였기 때문에, 난 한 푼의 위자료도 받을 수 없었다. 나는 피토가 초대하는 바보 같은 사람들의 저녁 식사를 참아 내야 했으며, 그가 원하는 모든 것을 해야만 했다. 이 모든 것 중에서도 분명히 좋았던 것은 은밀히 둘만 있는 잠시 동안의 시간이었다. 사실 나는 집안일에 전념함으로써 그에게 대가를 지불했다. 그리고 밤 시간 동안 나는 그가 내게 하찮은 호의를 베풀게 해줄 수 있도록 대가를 치르고 있었다. 생각하면 할수록 화가 치민다. 나도 대가를 받고 싶단 말이야! 가장 최근 사상에 의하면, 난 여자이며 대상이다. 그래서 아주 비싼 가격으로 그 대가를 받고 싶다. 적어도 그래야만 해! 이 병원에서 나가면 난 나 자신을 분명하게 규정지어야 한다. 난 페미니스트들처럼 만만치 않은 여자가 될 것이다. 아니, 결코 그렇게 될 수는 없다. 아니면 내게 비싼 대가를 치르도록 하는 데 전념할 것이다. 물론 서른 살이 된다면, 예전처럼 비쌀 수는 없을 것이다. 스무 살로 돌아가 다시 시작할 수만 있다면! 그럼 나는 최고 가격을 받을 텐데……. 난 내게 대가를 지불하길 원한다. 난 돈에는 전혀 관심이 없다. 그러므로 그가 돈이 아니면, 내게 관심을 보이거나 시간을 바치면서 합당한 대가를 치르길 원한다. 난 더 이상 공짜로 내 몸을 낭비하지는 않을 것이다. 게다가 내가 그 대가를 지불하는 일은 더더욱 있을 수 없다.

난 지금 옆길로 새고 있다. 그것도 전혀 다른 곳으로 이끄는 길로 말이다. 기분을 전환하려고 유쾌한 것들을 기록하는 대신, 난 전혀 다른 것을 적고 있다. 아주 멋진 순간도 있었다. 그건 최근의 심리학 이론을 내게 설명해 주는 포지의 말을 모두 이해했을 때였다. 그것은 그가 내 아파트를 찾아오기 시작한 첫 번째 달에 생긴 일이었다. 또 다른 멋진 순간도 있었다. 그가 새 넥타이를 맸을 때였다. 하지만 그것은 더 이전의 일이다. 내가 순서대로 기억할 수 있는지 한번 봐야겠다. 내가 그와 처음으로 데이트했을 때는 그리 즐겁지 않았다. 유쾌한 일들은 내 기억 속에서 자꾸만 사라진다.

왜 그럴까? 하지만 난 최대한 노력을 기울여 기억할 작정이다. 그가 처음 우리 집으로 왔을 때, 그는 새 넥타이를 매고 있었다. 그는 그렇게 함으로써 내게 잘 보이고 싶다는 생각을 드러낸 것이다. 이 얼마나 멋진 순간인가! 하지만 내가 말하는 것은 사실이 아니다. 그건 멋진 순간이 아니었다. 또한 전체를 통해서도 멋진 순간들은 그리 많지 않았다. 세미나가 끝난 후의 그날 밤을 제외하고, 그와는 그런 순간이 단 한 번도 없었다. 그것도 그 사람 때문에 그랬던 것이 아니라, 내게 설명해 준 사상들 때문이었다.

베아트리스가 내게 질문했을 때, 나는 그가 날 한 번도 제대로 설득시키지 못했음을 깨달았다. 왜 그랬을까? 그는 여자를 설득시킬 만한 모든 조건을 지니고 있지 않는가? 미남에다 상냥하고, 지적이며 섬세하고 감성적이며, 항상 대화를 나눌 주제도 지니고 있었으며, 섹시하고 마음씨도 좋다. 그에게 부족한 것이 무엇인가? 아무것도 없다. 그럼 모든 것이 내 잘못이라는 사실에 의심의 여지가 없다. 즉, 내가 그 어느 누구에게서도 아무런 감정을 느끼지 못하기 때문이다. 하지만 이것도 사실이 아니다. 난 느낀단 말이야! 이 모든 것을 바꿀 수 있는 남자를 만나려고 하면서 절망감을 느낀단 말이야! 내가 그걸 생각하면서 내 마음속 깊은 곳에 있는 것을 찾으려고 하면, 그리고 또 지금처럼 정신을 집중하면, 그러니까 아주 완전히 마음을 모으면, 그 사람이 보인다. 그 사람은 내가 우러러보는 사람이다. 난 거리를 걷고, 집으로 가거나 직장으로 간다. 혹은 쇼핑을 하러 간다. 그럴 때마다 그를 만나고, 내가 해야만 했던 일이 무엇인지를 잊어버린다. 난 내가 어디로 가는지도 잊어버리고, 그 사람에게 묻는다. 그 사람은 내가 제정신이 아니며 길을 잃었고, 또한 생각했던 모든 것을 잃어버렸다는 사실을 눈치 챈다. 그건 내가 누구인지조차 나 자신도 알 수 없기 때문이다. 난 내가 미인이며 자존심 강한 여자라는 사실도 기억하지 못한다. 그리고 길거리에서 마주치는 아무 남자와 잠자리를 하는 여자가 아니라는 사실도 기억하지 못한다. 그는 나를 자기 집으로 데려간다. 책으로 가득한 옛 가옥이다. 집에는 그랜드 피아노가 놓여 있고, 반쯤 그늘진 울창한 정원이 바라보이는 창문이 있다. 그런데 누군가 피아노를 치고 있다. 그의 어머니인가? 아니면 그의 아내일까? 순간 그는 내가 집으로 들어갈 수 없다는 사실을 깨닫는다. 그는 아무도 자기를 알아볼 수 없게 위장한 후, 나와 함께 나간다. 우리는 미지의 장소로 간다. 그리고 어느 날 그는 그 장소를 잘 모르고 있기 때문에 나처럼 길을 잃어버린다. 그는 자기가 어디로 가는지도 잊어버리고, 거리 이름을 묻지만 아무도 그에게 대답해 줄 수 없다. 그가 어디로 가는지 기억하지 못하기 때문이다. 그래서 사람들은 그에게 누구냐고 묻지만, 그는 자기 이름도 기억하지 못한다. 아니면, 이름을 말하고 싶어 하지 않는 걸까? 아무도 그걸 아는 사람은 없다. 아니다. 그가 거리에서 길을 잃는다면, 난 그를 사랑하지 않을 것이다. 내가 이미 그를 사랑하지 않고 있을 가능성도 배제할 수는 없다. 확신하건대, 난 그에게서 아무 감정도 느끼지 않는다.

　이런 쓸데없는 소리를 쓰다니, 아무래도 난 미친 것 같다. 하지만 사실은 이런 모든 일이 내게 일어나는 동안에…… 난 이 모르는 남자를 모든 힘을 다해 사랑하고 있었다고 확신한다. 포지의 결점이 무엇일까? 난 내가 그것을 알 수 있는지 보기 위해 계속 써 나갈 작정이다. 처음으로 우리 집에 왔던 날, 그는 내 아파트가 예쁘게 꾸며졌다고 칭찬했다. 그는 전혀 멍텅구리가 아니었다. 그는 어떤 것들이 좋은 것인지 분명하게 알고 있었다. 그래서 그가 세련된 취향을 지니고 있지만, 옷에 주의를 기울이지 않아서 형편 없이 입고 다녔다는 것을 쉽게 추측해 볼 수 있다. 그는 나에게 내가 살아온 인생을 모두 말하게 만들었다. 그러나 아무 일도 벌어지지 않은 채, 이야기만 나누다가 그는 아주 늦게야 집을 나섰다. 난 그날 그를 아주 차갑게 대했다. 왜 내 감정을 숨겼을까? 사실 난 무슨 일이든 일어나길 학수고대하고 있었고 피토가 아닌 다른 사람을 경험하고 싶어 죽을 지경이었다. 하지만 난 이런 속마음을 드러내지 않음으로써 내 체면을 지켰다. 난 냉담했다. 하지만 그가 돌아가자 난 곧 후회했다.

　다음 만남. 난 어떤 핑계로 그에게 전화해야 할지 몰랐다. 그때 아주 기막힌 생각이 떠올랐다. 난 토요일 저녁에 그의 가족에게 발레 입장권을 선사하겠다고 전화했다. 칸막이 좌석의 1등급 입장권이었다. 난 입장권이 든 봉투를 매표소에 맡겨 두었다. 그런 식으로 난 그의 아내에게 인사할 필요도 없이 아주 우아하게 일을 처리했다. 나중에 그는 고맙다는 인사를 하려고 내게 전화를 했고, 우린 집에서 만나기로 약속을 정했다. 복수하기 위해 난 그에게 그의 인생에 대해 물어보기로 결심했다. 아, 이제야 생각난다. 그와의 첫 번째 만남이 왜 그렇듯 차갑게 끝이 났는지 이제야 기억난다. 그는 내게 다른 남자가 생겨서 이혼한 것이냐고 물었다. 그는 다른 이유로 이혼했다는 내 말을 좀처럼 믿으려 하지 않았다. 마치 내 인생의 한복판에 항상 남자가 있어야 된다는 것처럼, 그는 날 몹시 화나게 했다. 난 세 번째 남자는 없을 것이라고 그에게 말했다. 그러자 그는 못 믿겠다는 듯 살며시 웃으면서 날 쳐다보았다. 그러고는 잘 기억나지 않는다. 난 우리가 처음에 레스토랑에서 만났는지, 아니면 다른 곳에서 만났는지조차 기억이 나질 않는다.

그는 '저녁 식사' 때 내게 모든 것을 말해 주었다. 그리고 부에노스아이레스에서 반 시간 정도 떨어진 자기 고향에 대해서도 이야기했다. 내가 그곳이 부에노스아이레스의 변두리 지역이라고 말하자 그는 벌컥 화를 냈다. 킬메스가 부에노스아이레스 시의 지역이던가? 난 자기가 태어난 곳을 몹시 사랑하는 사람들을 보면 은근히 질투가 난다. 우리가 저녁 식사를 하는 동안 포지는 자기가 살아온 날들에 대해 얘기했다. 그의 아버지는 식당을 운영하고 있으며, 마을 공증인의 딸이었던 자기 아내와는 열다섯 살 때부터 사귀기 시작했다고 말했다. 집에서 대학을 마칠 때까지 학비를 대줄 수 있었지만, 자기는 변호사가 되기 전부터 일하기 시작했다고 했다. 현재는 로펌 변호사로 근무하면서 다른 일을 하고 있다고 말했다. 하지만 그 일이 어떤 것인지는 말해 주지 않았다. 아마도 사회사업이라고 했던 것 같다. 그러다가 갑자기 그 일은 변호사 비용을 지불할 능력이 없는 정치범들을 변호해 주는 것이라고 말했다. 난 그 말을 듣고 감정이 복받쳐 올라, 그의 기름 묻은 입에 키스를 했다. 우리는 그때 카차토레 치킨을 먹고 있었다. 그의 너그러운 마음에 나도 너그러움으로 답하고 싶었기 때문이었다. 그가 말했던 것이 정말로 너그러움의 표본이라는 생각이 들었던 것이다. 그래서 난 의자에서 내려와 그에게 키스했다. 얼마나 바보스러운 짓이었던가! 하지만 가끔씩은 그런 충동에 이끌리는 것도 좋지 않을까? 하지만 사실 여자는 수동적일수록 더욱 좋고, 더욱 우아해 보이지 않나? 어쨌든 난 그 순간을 기쁜 마음으로 회상할 수는 없다. 아니, 그 반대로 기억하면서 창피해진다. 좀 더 솔직히 말하자면, 난 그 키스하는 나 자신이 우스운 꼴이라는 걸 안다. 왜 그럴까? 정말 우스운 꼴이 되었을까? 왜 그 키스를 창피하게 느꼈을까? 그의 아버지 식당에서 만드는 모든 음식은 기름이 뚝뚝 떨어진다. 카차토레 치킨도 마찬가지였다. 아니면 심지어 기억을 포함한 모든 것을 추하게 그리는 장본인이 나 자신일까? 그날 밤 우리는 내 아파트로 갔다. 그런 후 다음 약속에 대한 오해가 생겼다. 그건 정말 불쾌했다. 그다음에 세미나와 관련된 일이 있었는데, 그것은 유쾌하고 즐거웠다. 난 불쾌한 일을 적고 싶지 않다. 어느 날 밤에 그는 라캉에 관한 세미나에 가야 했다. 일주일에 한 번씩 열리는 세미나였다. 난 가지 말라고 애원했다. 바보 같은 짓이었다. 그는 내게 함께 가자고 했다. 그래서 나도 그와 함께 세미나에 갔지만, 한마디도 알아들을 수 없었다. 그런 다음 곧장 집으로 왔다. 저녁 식사를 할 수 있도록 찬 음식을 미리 준비해 놓았기 때문이었다. 난 아무것도 이해하지 못했다는 사실이 창피해서 마구 울어 댔다. 그는 세미나에서 토론했던 것을 처음부터 자세히

건 남자가 협박하지 않더라도 때릴 수 있고, 여자보다 훨씬 더 힘이 세기 때문이다. 그래서 여자는 두려움을 느낄 수밖에 없다. 남자와 맞서서는 이길 가능성이 없기 때문이다. 자연이 그렇게 만들었다. 그 외 다른 설명은 있을 수 없다. 정말 개같이 더러운 자연의 섭리다. 왜 여자는 그런 더러운 상황에 처해야만 할까? 왜 그래야만 할까?

이렇게 신경질을 냄으로써 내가 얻을 수 있는 것이 무엇인가? 나 역시 과장하지는 말아야 한다. '넌 항상 모든 걸 과장해!' 이 말은 엄마가 살아오면서 가장 많이 되풀이했던 말 중 하나이다. 무엇보다 딸아이가 태어났을 때 특히 심했다. 내가 온밤을 꼬박 새우면서 클라라를 보살폈기 때문이었다. 난 아무 일도 하지 않았지만, 다른 사람이 그 아이를 보살피게 내버려 둘 수 없었다. 그 아이가 태어난 첫 몇 달 동안, 난 혹시 무슨 일이라도 생기지 않을까 하는 걱정 때문에 거의 잠을 이루지 못했다. 숨은 잘 쉬는지, 춥지는 않은지, 덥지는 않은지 등등 모든 것을 걱정했다. 엄마는 내가 만일 계속해서 그런 식으로 걱정한다면 결국에는 미치고 말 것이라고 충고해 주었다. 그리고 실제로 그랬다. 난 미쳐 버렸다. 그래서 어느 순간 그것을 해소해야만 했다. 아니, 그렇지 않을 수도 있었다. 어쨌건 난 다시 제정신으로 돌아왔다. 첫 몇 달 동안 내 머리는 한시도 쉬지 않은 채 너무 많은 생각을 했고, 그래서 항상 온갖 망상이 내 머리를 떠나지 않았다. 그렇게 헛된 상상을 한 것이 맞나? 난 클라라에게 덮칠 수 있는 온갖 종류의 질병들을 생각했다. 변덕스럽게 갑자기 불어오는 바람이라든지, 아니면 밤에 아무도 모르게 창문이 열려서 폐렴을 야기할 수 있는 추운 바람이 들어올지도 모른다는 생각을 했다. 만일 필라르가 아니었다면……. 그녀는 산루이스 지방 출신의 마흔 살이 조금 넘은 노처녀로, 얼마 전에 돌아가신 어머니와 함께 살고 있었다. 내가 피토 가족에게 고마워해야 할 것이라고는 단 한 가지, 바로 유모이다. 그녀가 없었다면 난 어떻게 되었을까? 난 마치 생명의 은인처럼 그녀가 클라라를 전적으로 떠맡는 것을 보았다. 시골 사람들, 특히 시골 여자들은 그녀처럼 황당한 이유를 댄다. 그녀는 자기가 몇 달 동안이나 죽음과 처절하게 싸웠지만 패배했다고 말했다. 그래서 돌아가신 늙은 어머니를 보살핀 후에, 어린아이를 보살피는 일을 사랑하게 되었다고 그 이유를 밝혔다. 내가 그 사실을 아는 데 얼마나 시간이 걸렸지? 내가 보기에는 며칠 정도 걸린 것 같은데, 다른 사람들에게는 1분도 채 안 되는 시간이었다고 생각한다. 나는 이제 클라라가 안전하다는 것을 알았고, 그러자 1분도 채 지나지 않아 대학에 복학하겠다고 결심했다. 거의 3년에 걸친 공백 기간 끝에 결심한 것이었다. 가끔 내 머리는 컴퓨터처럼 작동한다. 참으로 창피한 일이다. 사람들이 '이 사람은 너무 계산적이고 계획적이야'라고 말하는 것이 바로 이런 경우가 아닐까? 난 그런 사실을 인정하고 싶지 않다. 하지만 그건 사실이었다.

조직적인 것과 계산적인 것은 엄연히 다른 것이다. 포지는 내가 기계와 같고 일주일을 조직적으로 잘 편성한다고 했다. 뭐라고 말했는지는 잘 떠오르지 않지만, 아마 개미처럼 그랬다고 한 것 같다. 아니, 그 단어처럼 듣기 싫은 말이었던 것 같다. 물론 그는 일주일을 조직적으로 계획할 수 있었지만, 나는 그럴 수 없었다. 그가 즐겨 사용하던 또 다른 표현은 '조종자'라는 말이었다. 그건 내가 클라라와의 정기적인 만남을 잘 조종하듯이, 그를 조종하고 싶어 한다는 뜻이었다. 가령 그는 내가 클라라와 만나는 날을 극장에 오후 공연이 있는 날로 잡는다고 비난하곤 했다. 그것은 내가 직장에서 빠져나와, 그 틈을 이용해 클라라를 만나기 위해서가 아니었다. 공연 중에 나는 극장에 있을 하등의 이유가 없었다. 사실 난 클라라에게 훌륭한 취미를 가르치고 싶었다. 발레를 시작으로, 딸아이가 좋아한다면 그다음에는 오페라를 조금 가르치고, 그다음은 콘서트를 보여 주고 싶었다. 여자 아이에게 있어 다섯 살이란 나이는 이미 음악을 좋아하기 시작할 수 있는 나이였다. 하지만 클라라는 그런 것에 전혀 관심을 보이지 않았다. 그러나 가장 좋은 칸막이 좌석은 몹시 좋아했다. 나와 클라라, 엄마, 그러니까 여섯 사람이 들어갈 수 있는 칸막이 좌석에 세 사람만 앉아 감상하는 걸 좋아했던 것이다. 하지만 나는 클라라가 한눈팔고 있는 것을 목격했고, 가끔씩은 무대를 쳐다보고 있지 않다는 사실도 알게 되었다. 내가 그런 이야기를 들려주었을 때 그 이유를 설명해 준 사람은 다름 아닌 포지였다. 포지는 클라라에게 아빠와 함께 구경할 수 있도록 입장권을 선사하라고 제안했다. 이전에 나는 클라라를 차이콥스키의 「호두까기 인형」과 「잠자는 숲 속의 미녀」 발레 공연에 데려갔었다. 나는 이런 것들이 어린아이들에게 더욱 알맞을 것이며, 그래서 클라라 역시 틀림없이 마음에 들어 할 거라고 생각했다. 그다음 주에 상연될 공연은 「지젤」밖에 없었다.

그건 「호두까기 인형」과 「잠자는 숲 속의 미녀」에 비해 매우 단조로웠다. 피토는 클라라가 그 발레를 보고 너무 좋아했다고 말했다. 내가 클라라에게 물어보자, 클라라는 그 발레가 다른 발레들보다 훨씬 더 마음에 들었다고 대답했다. 더 이상 말할 필요도 없었다. 그리고 항상 똑같은 옷을 입고……. 그 애는 내가 사준 옷은 거의 입고 싶어 하지 않았다. 더욱 화나는 것은 피토 어머니의 취향이 정말 눈 뜨고는 못 봐줄 정도라는 사실이었다. 내 딸아이가 피토 어머니의 취향대로 마구 옷을 입는 것은 정말 괴로운 일이었다. 그래서 극장에는 나 대신 계속해서 필라르가 데려가도록 했다. 나는 어린아이들이 누가 자기를 좋아하는지 아주 특별하고 틀림없는 냄새를 맡을 수 있다고 말할 때 가장 화가 치민다. 난 클라라를 사랑했다. 예쁘디예쁜 자기 딸을 사랑하지 않을 엄마는 없다. 더군다나 클라라처럼 예쁜 딸을 말이다. 난 무엇보다도 그 아이가 잘되길 바랐다. 그런데 왜 클라라는 나와 많은 문제가 있었을까?

포지는 이런 것을 결코 이해하지 못했다. 그에 의하면, 그 아이는 내가 집을 떠난 것을 용서하지 않았다. 하지만 그가 무엇을 알겠는가? 클라라에게 엄마는 항상 필라르였다. 난 그 사실을 알고 있었다. 하지만 어쨌든 클라라는 나를 더 다정하게 대해야만 했다. 반면에 피토는 딸아이 문제에 있어서는 항상 제대로 행동했다. 그리고 내가 보고 싶을 때마다 딸아이를 만나게 해주었다. 포지는 가끔씩 말하기 위해 말을 한다. 피토의 좋은 점은 내가 그보다 먼저 모든 것을 계획하기를 좋아했다는 점이다. 아마 내가 그 사람을 다룰 줄만 알았더라도, 그리고 그 사람에게 말하는 법만 익혔더라도, 그는 바뀌었을 것이다. 하지만 아니다. 그 사람도 자기 방식이 있는데, 어떻게 내가 바꿀 수 있었겠는가. 아니, 내가 저지른 실수는 그와 결혼했다는 것이다. 하지만 어떤 면에서 피토는 매우 합리적인 사람이었다. 반면에 포지는 가끔씩 그렇지 않을 때도 있었다. 그는 클라라가 남자 아이였다면 내가 데리고 있으려 했을 것이라는 고정관념을 갖고 있다. 그의 고집은 정말 황소고집이다. 다음에 오면 나는 내 고집을 굽히지 않을 것이라고 맹세한다. 사실 나는 피토가 나를 화나게 만들 의도는 없었을 거라고 믿는다. 그는 정말이지 관리들과의 식사를 매우 중요하게 생각하고 있었다. 생각하고 있는 것을 말하지 않은 내게 잘못이 있었다. 이런 식으로 생각하니 짜증이 난다. 말하지 않는 것보다 나쁜 것은 없다. 하지만 난 화가 나면 아무 말도 나오지 않는다. 아마 바로 거기에 남자와 여자의 차이점이 있는 것 같다. 여자들은 생각하고 있는 것을 말하는 대신, 항상 충동적이고 감정적이며 화를 억제하지 못한다. 하지만 사실은…… 난 화가 치미는 순간 아무것도 생각하지 않는다. 누가 나보다 앞서서 내가 해야 할 것을 말하면, 난 생각하지 않는다. 머리끝까지 피가 솟구칠 뿐, 아무 생각도 하지 않는다. 그것은 여자들의 전형적인 반응이다. 반면에 남자는 누군가가 자기를 쥐고 흔들려 하면 더욱 위대해져서 도전한다. 여자들이 그렇게 태어난다는 사실은 인정해야만 할 것이다. 베아트리스는 우리가 그렇게 태어나는 것이 아니라, 그렇게 교육을 받기 때문이라고 말한다. 하지만 난 그것이 자연이 선사한 기질의 문제라고 생각한다.

　여자가 남자들에게 매력적인 이유는 여자들이 감성적이고 다정하기 때문이다. 그래서 전적으로 지적일 수 없다는 것은 당연한 논리이다. 감성적이 된다는 것과 지적이 된다는 것은 분명 다른 것이다. 만일 그렇지 않다면 두 성(性) 사이에 아무런 매력도 있지 않을 것이다. 남자는 여자에게 줄 것이 있고, 여자는 남자에게 줄 것이 있다. 그렇다면 남자들이 날 지배하려고 했을 때, 나는 화를 내지 말았어야 했다. 게다가 그들은 자기들이 원하는 바를 반드시 얻고야 마는 부류다. 바로 여기에 핵심이 있다. 진정한 남자, 말하자면 슈퍼맨은 나보다 나은 사람이 아니다. 이 점에서 베아트리스의 말은 맞을 수도 있고, 틀릴 수도 있다. 하지만 다른 의미에서 나보다 낫다고……. 그래, 다시 설명을 시작하는 편이 나을 것 같다.

　어쨌든 남자와 똑같다는 사고방식을 여자들에게 주입하는 것은 잘못이다. 그건 정말 잘못된 것이다. 왜냐하면 우리는 그들과 다르기 때문이다. 문제는 여자들이 자신들을 소중히 여기고 이해해 줄 수 있는 아주 특별한 남자를 바란다는 점이다. 또다시 나는 복수형을 사용하고 있다. 내가 확실하게 믿고 있는 게 있다면, 그것은 내가 결코 여자들과 대화하는 데 관심이 없다는 사실이다. 그렇다면 꽃병과 대화할 수 있을까? 내가 말하고 있는 것은 우리를 이해해 주는 남자, 그리고 우리의 약점을 이용하지 않는 남자이다. 그런 사람이 슈퍼맨이다. 난 그런 사람과 말하고 싶다. 언젠가는 내가 그런 사람을 알게 될 행운을 누릴 수 있을까? 그런 사람은 존재하니까 말이다. 분명히 그런 사람은 존재한다.

베아트리스는 다른 생각을 가지고 있기 때문에 내 말을 이해할 수 없을 것이다. 그리고 내가 그녀에게 모든 것을 말하지 않기 때문에 그녀가 나를 이해할 수 없다는 것도 사실이다. 왜 그럴까? 창피해서일까? 아니면 피토에게 정면으로 맞서서 말할 용기가 없었던 것처럼, 그녀에게도 말할 용기가 나지 않는 것일까? 아니면 나 자신에게 말하고 싶지 않아서일까? 이 일기에서 나는 결코 알레한드로에 관해서는 말하지 않았다. 심지어 나 자신과 맞서 말할 용기도 없다. 아마도 내가 함께 말하고자 하는 사람이 누구인지 알 수만 있다면, 용기를 낼 것이다. 바로 나보다 나은 사람 말이다. 그런 사람은 어디에 있을까? 왜 내가 살아날 수 있다는 조금의 징조도 보여 주지 않는 것일까? 만일 아빠가 그렇게 일찍 돌아가시지만 않았어도 지금 이 순간 날 도와주었을 텐데. 아빠, 난 아빠에게 물어보고 싶어요. 죽은 사람들은 산 사람들이 무슨 일을 겪고 있는지 볼 수 있다는 말이 사실인가요? 난 그러리라 믿어요. 그 무언가가 내게 그렇다고 말하고 있어요. 하지만 왜 아빠의 말은 내게 들리지 않는 거죠?

난 죽은 사람들이 아무것도 볼 수 없었으면 좋겠어요. 그래야 아빠는 내가 알레한드로와 무슨 일이 있었는지 볼 수 없었을 테니까요. 그 생각만 하면 난 창피해요. 아마 그래서 내가 아무에게도 그 이야기를 하고 싶지 않은 걸 거예요. 생각하고 싶지도 않고요. 난 아빠가 이런 말을 듣거나, 아니면 내 생각을 읽고 있지 않기를 원해요. 난 결코 그 이야기를 어느 누구에게도 하지 않을 거예요.

내가 그것을 잃어버리는 순간까지 말이에요.

금요일　　아빠, 난 두려워요. 오늘 다시 수술 전과 똑같은 통증을 겪었어요. 무슨 일일까요? 그렇게 심하지는 않았지만 똑같은 통증이었어요. 혹시 제거해야 할 것을 제거하지 않은 것은 아닐까요? 몸이 안 좋아요.

나중에 내게 진정제를 놓아 주어, 지금은 조금 괜찮아요. 하지만 더 나쁜 것은 두려움을 느낀다는 거예요. 아빠, 난 하찮은 통증 때문에 놀라면 안 돼요. 아빠에게 할 말이 있어요. 나는 놀라지 않을 거예요. 아빠는 날 이해하실 테니까요. 아빠, 내가 깨닫기도 전에 모든 것이 시작되었어요. 바로 극장에서였어요. 난 거기서 얼마나 만족스럽고 즐거웠는지 몰라요. 그런데 모든 게 바로 거기서 시작됐던 거예요. 어떻게 그런 일이 날 기다리고 있었는지 지금도 잘 모르겠어요. 두 명의 가수, 그러니까 당대 최고의 오페라 가수들이 루치아와 에드가르도 역을 맡아 「람메르무어의 루치아」를 상연하기 위해 부에노스아이레스에 있었어요. 얼마나 멋졌는지 몰라요. 하지만 첫 공연과 그다음 공연 사이에 닷새 동안의 자유 시간이 있었어요. 그들은 내게 아르헨티나의 방목장을 방문할 수 있게 해달라고 부탁했어요. 그러자 가장 친한 친구 하나가 자기가 알고 있는 사람의 목장으로 가자고 했어요. 그 사람은 부에노스아이레스에서 다섯 시간 정도 떨어진 곳의 목장 주인이었지요. 거리도 그다지 멀지 않았고, 주인 역시 음악을 아주 사랑하는 사람이었어요. 그래서 그 주인에게 전화를 했어요. 반 시간 후에 이미 알레한드로는 내 사무실에 와 있었어요.

난 그가 마음에 들지 않았어요. 처음 보자마자 역겹게 느꼈어요. 우유처럼 희멀건 피부에 몸집이 컸고 약간 뚱뚱했으며 대머리였어요. 몸집은 컸지만 별로 단단해 보이지 않았지요. 게다가 쥐새끼 눈처럼 무언가를 피하는 시선에다, 금테 안경을 쓰고 있었어요. 항상 아래만 쳐다보았어요. 아빠, 그 사람이 어떤 부류인지 아시겠지요? 할아버지는 스페인 출신이었고, 할머니는 이탈리아 여자였어요. 그의 아버지는 그 마을의 경매인이었는데 시골에 땅을 사서 부자가 된 사람이었어요. 그 사람이 의과 대학에서 공부하고 있을 때 그의 아버지가 돌아가셨어요. 그러자 고향으로 돌아와 어머니와 함께 살았어요. 그의 어머니는 항상 병을 달고 살았고요. 평생 말이에요. 그 사람 말로는, 자기가 이성을 갖고 어머니를 바라보기 시작했을 때부터 어머니는 만성 빈혈을 앓고 있었는데, 항상 아팠지만 신앙심만은 매우 돈독했대요. 아버지는 무쇠와 같은 건강을 갖고 있었지만, 갑자기 심장 마비로 돌아가셨다고 말했어요. 난 그의 어머니가 그 어떤 사람보다도 오래 살 것이라고 믿어요. 적어도 내가 이런 상태로 계속된다면 나보다도 오래 살 거예요.

하여튼 그의 첫인상은 부정적이었어요. 난 첫인상에 따라 모든 일을 처리했어야만 했어요. 그렇죠, 아빠? 그 농장에서 보냈던 주말에 날씨는 완벽했어요. 모든 사람들이 따뜻하게 옷을 입고서 말을 타고 겨울철 팜파의 햇빛을 즐겼어요. 목장 주택의 거실은 벽난로에서 타오르는 불로 환하게 밝혀져 있었어요. 두 외국인은 완전히 매료되어 있었고요. 하지만 난 집주인의 지나친 호의에 긴장해서 신경이 곤두서 있었어요. 부에노스아이레스로 돌아오자 나는 꽃과 봉봉 과자를 받았어요. 우리가 처음으로 데이트를 하던 날, 그는 나를 아주 비싼 프랑스 식당으로 데려갔어요. 난 그의 과분한 선심에 안절부절못했지요. 그는 믿을 수 없을 정도로 수줍어했지만, 종업원들에게는 아주 거만했어요. 난 그런 그의 태도가 못마땅했어요. 그런 경우에 아빠는 정말 모범적이었어요. 아빠는 그런 사람들에게도 모든 예의를 갖추어 품위 있게 대했으니까요.

난 더 이상 그를 만나지 않기로 결심했어요. 그 사람은 매일 전화를 걸어 메모를 남겨 놨어요. 메모를 받고 전화를 걸자, 그는 클라라와 엄마를 자기 농장에 초대했어요. 두 사람에게 난 그런 기회까지 빼앗는 것은 용서받을 수 없는 내 이기심이라고 생각했지요. 그곳은 정말로 멋졌어요. 하지만 그건 중대한 실수였어요. 클라라는 금세 그곳에 싫증을 냈고, 엄마는 못된 그의 어머니와 사이좋게 지낼 수가 없었거든요. 클라라는 더 이상 그곳에 가길 원치 않았어요. 그의 어머니는 정말로 빗자루를 탄 마귀할멈 같았어요. 항상 자기 아들이 얼마나 상냥하며, 자기에게 얼마나 헌신적인지에 관해서만 말했어요. 그는 일주일의 반을 그 농장에서 보내고 있었는데, 그곳에서 그의 유일한 매력은 유일하게 음반 수집뿐이었어요. 정말 멋진 음반들이었지요.

바로 월요일에 파리에서 날 찾는 전화가 극장으로 걸려왔어요. 이브 생로랑 가게에서 내 이름으로 상품을 보내겠다는 내용이었지요. 난 고민에 고민을 거듭한 끝에 거절했어요. 하지만 며칠 후 이브 생로랑에서 소포가 도착했어요. 그렇게 아름다운 소포를 차마 되돌려보낼 수는 없었어요. 옷은 아주 정확하게 내 몸에 맞았어요. 아마도 어머니 옷을 수선해 주던 식모 아이가 내 치수를 쟀던 것 같아요. 내가 농장으로 갔을 때 치수를 쟀던 게 틀림없었어요. 그는 내가 소프라노 가수에게 이브 생로랑 제품들을 좋아한다고 말한 것을 들었던 거죠. 우리는 일주일에 한 번씩 만나기로 약속했어요. 하지만 친구로서 만난다는 엄격한 전제를 달았지요. 아빠, 내 중대한 실수는 그에게 처음부터 포지와의 관계를 말하지 않았던 거예요. 포지는 성이고, 이름은 후안 호세예요. 아마도 나는 더 많은 선물을 간절히 바라고 있었나 봐요. 여기서 내가 인정해야 할 것은 갈수록 포지와 만나는 횟수가 점점 줄어들고 있었다는 거예요. 아빠, 당신은 이런 것을 이해할 수 없을 거예요. 하지만 비싼 옷에 현혹되지 않는 여자는 여자가 아니에요.

난 걱정 때문에 잠도 못 이루고 밤을 새운다는 말이 무슨 뜻인지 몰랐어요. 하지만 그가 그런 일이 일어나게 해주었어요. 그것도 한 번 이상 말이에요. 난 지금도 처음으로 잠을 못 이루었을 때를 생생하게 기억해요. 그날 밤 우리는 함께 저녁 식사를 했고, 그 사람은 날 집까지 바래다주었어요. 난 그가 포지가 오는 것을 지켜보기 위해 그곳에 남아 엿보고 있으리라고는 생각도 못했어요. 게다가 난 항상 커튼을 치고 있었는데, 어떻게 그 사람이 내 아파트로 오는 줄 알았을까요? 의심할 여지 없이 포지는 그 사실을 정확히 맞혔어요. 그는 알레한드로가 사설탐정을 고용했을 것이라고 말했어요. 처음에 난 그걸 포지의 피해망상증 정도로 취급했어요. 항상 경찰의 감시를 받고 있다고 생각하는 사람이었으니까요.

하지만 포지의 말이 맞았어요. 바로 그날 밤, 포지가 떠난 후 난 아무것도 의심하지 않고 푹 잠을 잤어요. 아빠, 나는 바로 여기서 내 행동이 잘못되었다는 것을 스스로 인정하고 있어요. 하지만 난 양다리를 걸치면서 즐겼어요. 아빠, 내가 길거리 여자 같아요? 하지만 아빠, 여자도 자기 길을 찾아야만 하고, 그런 관계를 갖는다고 해서 자신의 목표를 포기하는 건 아니에요. 그것만은 분명히 말할 수 있어요. 물론 아빠의 시대와 내가 살고 있는 시대는 달라요. 난 아빠가 내가 포지와 관계를 맺었다는 것을 좋게 생각하지 않는다는 걸 이해할 수 있어요. 하지만 아무 남자나 가리지 않고 몸을 섞은 것은 아니에요. 그래요, 난 아빠 시대에는 남자가 그런 여자를 존중할 수 없었다는 사실을 알고 있어요. 하지만 지금은 반대예요. 누구도 건방진 새침데기처럼 경험 없는 여자를 좋아하진 않아요. 아빠는 내숭 부리는 딸을 갖고 싶으세요? 아빠에게 이미 말했듯이, 그날 밤 늦게 전화벨이 울렸어요. 그는 아침이 시작되는 시간에 자기를 만나 주지 않으면, 스스로 목숨을 끊겠다며 날 협박했어요. 난 죽어 버리겠다고 말하는 남자가 있다는 말을 들은 적이 없었어요. 난 놀랐고 그에게 몹시 미안했어요. 그래서 자살 같은 바보짓을 하지 않겠다는 약속을 받아 내고서야 전화를 끊었지요.

다음 날 아침 일찍 난 그에게 전화를 걸었어요. 한숨도 잠을 잘 수가 없었어요. 반면에 그는 잠꾸러기처럼 잠을 자고 있었지요. 그건 확실해요. 전화를 받기 전까지 시간이 꽤 걸렸고, 잠자는 목소리였거든요. 그는 우리 집으로 왔어요. 난 그의 열정을 식히는 최선의 방법은…… 그와 섹스를 하는 것이라고 생각했어요. 그 순간 충동적으로 그에게 심각하게 말했어요. 그리고 그런 것을 제 안하는 내가 아주 현대적인 여성이라고 생각했지요. 난 그 사람에게 우리가 관계를 갖게 되면 그가 내게서 느낄 수 있었던 것은 단지 육체적인 매력뿐이라는 사실을 깨닫게 될 거라고 말했어요. 두 사람 사이에 진정한 정신적인 의사소통이 없기 때문에, 우린 서로를 전혀 이해하지 못할 것이라고 덧붙였지요.

그래요, 난 아르헨티나 남자라면 이런 말을 해도 소용없을 것이라고 생각했어요. 하지만 그는 그렇지 않았어요. 그는 자신이 가톨릭 신자라고 말했어요. 그것도 농담이 아니라 아주 진지하게 말이에요. 그는 사랑하는 여자가 아니면 섹스를 하지 않을 거라고 말했어요. 그리고 내가 섹스를 원하지 않으면, 절대 하지 않을 것이라고도 했어요. 그에게 사랑 없는 섹스란 동물들이나 하는 짓이었거든요.

그 당시 극장에서 문제가 발생하기 시작했다는 생각이 들어요. 1973년도 시즌이었지요. 캄포라*가 이끄는 페론주의 정부가 권력을 잡고 있었어요. 포지는 자유 분위기에 매료되어 있었는데, 특히 언론의 자유와 정치범 사면 때문에 더욱 그랬어요. 캄포라가 권좌에 올라 모든 정치범들을 석방한 5월 25일 이전까지 불쌍한 포지는 정치범들 때문에 믿을 수 없을 정도로 바빴어요. 하지만 그가 어느 정도 일에서 해방되었을 때, 이미 난 알레한드로와 몸을 섞은 후였어요. 내가 질색하던 사람에게 내 몸을 바쳤다는 사실을 다른 사람들이 어떻게 이해할 수 있을까요? 난 그 사람에게 너무 심한 혐오감을 느끼고 있어서 그 사람 이름조차 쓸 수가 없어요. 알레한드로. 그 이름은 그 사람과는 전혀 어울리지 않아요. 내게 그 이름은 알렉산드로스 대왕의 위대함과 연결되어 있어요. 아마도 그에게 걸맞은 별명을 지어 주는 게 좋을 것 같아요. 포지는 그 사람을 마왕이라고 불렀어요. 크게 잘못 붙인 별명은 아니었어요, 그렇죠? 악마이지만, 이상하고도 아주 슬픈 악마니까요.

그리고 극장에서 음모가 벌어졌어요. 「리골레토」를 상연하고 있는데, 잠시 막이 내린 사이에 약 40~50명의 무뢰한들이 복도로 들어와서는 국가(國歌)의 몇 소절을 힘껏 소리쳐 부르기 시작한 거예요. 관객들은 공공 행사에서 국가가 연주될 때처럼 역겨워 토할 것 같은 두려움과 동시에 나라에 대한 경의를 느끼면서 모두 일어섰어요. 그러니까 국가에 대한 경의와 무뢰한들에 대한 두려움이 뒤섞였던 것이었죠. 이제 알겠죠? 하지만 그들이 어떻게 들어왔을까요? 물론 의심할 여지 없이 극장 경영진 중 한 사람이 연루된 것이었어요. 국가가 채 끝나기도 전에, 괴한들은 이구동성으로 콜론 극장은 아르헨티나 예술가들을 위한 것이니 외국인은 물러가라고 소리치기 시작했어요. 그 괴한들은 국가주의를 신봉하는 그룹이었어요. 외국의 것이라면 무조건 혐오하는 그런 사람말이에요. 그들은 우리에게 아르헨티나 오페라 가수들만 고용할 것을 요구하고 싶었던 거예요. 하지만 그건 말도 안 되는 억지였어요. 가령 고전 발레의 발레리나라면 충분한 인력이 있어서 모든 배역을 할당할 수 있었지요. 그러나 오페라 가수는 불가능했어요.

물론 훌륭한 아르헨티나 오페라 가수들도 있지요. 하지만 콜론 극장이 준비하는 공연 시즌의 모든 배역을 충당할 수는 없었어요. 콜론 극장은 세계에서 세 번째로 큰 극장이잖아요. 어쨌든 황당무계한 요구였어요. 게다가 그 어떤 주요 오페라 극장도 자국의 가수들만으로는 배역을 해결할 수 없어요. 미국은 물론이고 이탈리아에서조차 그건 불가능해요. 항상 오페라 가수를 들여와야 하거든요. 그즈음, 새 정부가 임명한 관리들이 오기 시작했어요. 어떤 사람은 이렇게 말하고, 또 다른 사람은 다르게 말했죠. 이렇게 극장에 새로 임명된 사람들 중에서, 어떤 사람들은 콜론 극장의 명성을 계속 유지하려 했고, 또 다른 사람들은 이미 리허설을 하고 있던 외국 오페라 가수들과의 계약을 취소하려고 했어요.

마왕에 관해 말하겠어요. 포지는 그가 어떤 정치사상을 가지고 있느냐고 내게 질문한 첫 번째 사람이었어요. 난 그가 어떤 정치사상도 가지고 있지 않다고 생각했어요. 「리골레토」 사건이 일어난 그날 밤, 마왕은 입구에서 날 기다리고 있었어요. 함께 저녁 식사를 하러 가기 위해서였지요. 나는 그를 만나자마자 「리골레토」 공연 중에 일어난 야만스러운 사건 이야기를 꺼냈어요. 그런데 그는 괴한들 편을 들었어요. 그는 우리들이 건전한 가톨릭 국가의 뿌리로 되돌아가야 한다는 등의 수도 없이 많은 말을 했지요. 그는 내가 믿을 수 없을 정도로 우리 것이 아닌 관습, 그러니까 외국에서 들어온 모든 것을 증오했어요. 그러면서 그것들은 썩어 빠진 유럽 문명인데, 우리가 모든 희생을 감수하면서 그것들을 모방하려 하고 있으며, 그것은 우리가 열등감을 가지고 있는 바보들이기 때문이라고 주장했어요. 다른 말로 하자면, 무서운 청교도였지요.

　무서운 청교도. 그래요, 난 여기서 그렇게 쓰고 있어요. 하지만 그 사람에게 그렇게 말하지는 않았어요. 이게 바로 날 화나게 만들어요. 결코 그 사람이 겁나서 그랬던 것은 아니에요. 그와는 반대로 그 사람은 내가 하고만 싶으면 말 한마디로 박살내 버릴 수 있는 그런 사람이죠. 그러나 난 내가 그에 대해 생각하고 있던 것을 그의 면전에서 말하지 않았어요. 그건 다른 이유 때문에 그랬던 거예요. 나는 진짜 이유가 무엇이었는지 알고 싶어요. 하지만 아무도 그 이유를 모를 거예요. 혹시 그를 가엾게 여겨서 그런 것은 아니었을까요? 과연 그럴까요, 아빠?

　자살하겠다는 첫 번째 협박이 있고 난 얼마 후에 난 그와 이런 대화를 나누었어요. 어떻게 내가 용기를 내서 그에 관해 생각하고 있는 것을 말하겠어요? 난 나 자신이 성녀라고 생각하진 않아요. 그런 말을 할 수 없었던 이유 중에는 선물도 아주 중요한 부분을 차지했어요. 돈이 많은 사람은 엄청난 힘을 과시할 수 있어요. 난 그게 정말 두려워요. 엄마는 평생 밍크코트 하나 갖는 게 꿈이었어요. 그가 우리 집에 왔던 날, 내가 어떻게, 그리고 어디서 모피 상에게 그걸 되돌려줄 용기를 낼 수 있겠어요? 그날은 1973년의 어머니날이었어요. 그러니까 10월이었죠. '이런 아름다운 여인을 선물한 당신 엄마에게', 아니면 이와 비슷한 내용이었어요. 마왕, 이런 악마만이 그런 것을 생각해 낼 수 있을 거예요. 엄마를 한없이 기쁘게 해줄 그 선물을 어떻게 내가 잔인하게 뿌리칠 수 있겠어요?

하지만 나는 그에게 사설탐정을 고용해 나를 뒤쫓고 있는 이유가 뭐냐고 따질 용기가 나지 않았어요. 이건 단순한 느낌이나 그와 유사한 막연한 것이 아니라, 구체적인 사실이었어요. 아니, 그것은 치욕이었어요. 그는 내 사생활을 간섭하고 있는 것이거든요. 그런데 왜 난 그 말을 할 용기가 없었을까요? 바로 난 두려워하고 있었던 것 같아요. 무엇을 두려워했느냐고요? 난 항상 돈 많은 사람만 보면 두려웠어요. 그런 사람이 뭐 다른 게 있느냐고요? 아니면 내게 존경심을 불러일으켜서 그랬냐고요? 내가 보기에는, 그건 나 혼자 그런 게 아니에요. 나 혼자만 책임이 있는 것처럼 자책할 정도로 난 바보가 아니에요. 사람들이 그런 것에 대해 말을 하진 않지만, 나는 모두가 돈 많은 사람에게 깊은 인상을 받는다고 생각해요. 사실 부자는 자기가 원하는 것은 모두 살 수 있어요. 그런 사람은 우리가 한눈파는 사이에 자기가 좋아하는 사람도, 경찰도, 심지어는 판사까지도 살 수 있어요.

그 사람은 내 손에 키스하는 것이 자기에게는 그 어느 것보다 의미 있다고 말했어요. 그 어느 것이 무엇인지는 잘 모르겠지만요. 그러고는 내가 그를 사랑하기 시작하고 있다는 말을 하지 않는다면, 절대로 입에 키스하지 않을 것이라고 말했어요. 이제 아빠에게, 내가 결코 이해할 수 없었던 다른 걸 고백하겠어요. 그 사람이 역겨웠지만, 엄마에게 밍크코트를 사준 날, 난 그를 사랑하기 시작했다고 뻔뻔스럽게 거짓말을 했어요. 사랑하는 아빠, 난 아빠를 속이고 싶지 않아요. 하지만 그렇게 말한 것은 사실이었어요. 난 그가 엄청난 돈을 쓴 것에 아주 감격했거든요. 그러자 그는 내 입에 처음으로 키스를 했어요. 입술이 없는 것처럼 가느다란 입에, 침도 차가웠어요. 정말 넌더리 났어요. 그리고 나 자신도 메스꺼웠어요. 그 사람에게 3천 달러쯤은 아무것도 아니라는 걸 알면서도 그런 선물에 내 마음이 움직였으니까요. 하지만 가죽 옷과 비싼 옷에 대한 페티시즘 때문에 그런 것은 아니었어요. 그런데 그 옷은 정말 아름다웠어요! 아니, 여자들은 자기 자신도 부당하게 평가해서는 안 돼요. 여자라 하더라도 차갑고 피상적이 되어야 한다는 법은 없잖아요. 난 이 사실을 베아트리스에게 강조할 거예요. 사실 옷은 아주 복잡한 문제예요. 그 문제에는 예술적인 문제가 개입되기 때문이지요. 파리에서 만든 옷들은 하나같이 예술 작품이에요. 난 장인의 숙련된 솜씨를 얘기하는 게 아니라, 예술품이라고 말하는 거예요! 그건 꿈을 창조하는 거예요. 아빠, 그래서 이브 생로랑은 모든 사람에게 위험한 인물이에요. 물론 여자들이 예술적 감수성이 뛰어나다는 것은 틀림없는 사실이에요. 아무도 내 말을 부정하지는 못할 거예요, 아빠. 감수성이 뛰어나기에 여자는 그런 옷을 더욱 소중히 평가하고, 그런 것을 보면 이성을 잃는 거예요. 하지만 여자들이 그냥 이성을 잃는 건 아니에요. 그건 마왕 같은 사람이 여자를 공격할 무기가 무엇인지 알기 때문에 이성을 잃게 되는 거죠. 이건 틀림없는 사실이에요!

어머니날이 있던 10월이던가, 아니면 11월이었어요. 당시에 극장과 문화부의 많은 관리들이 직장을 떠났어요. 그 사람들은 캄포라 정부가 임명한 관리들이었거든요. 내가 생각하기에는 3개월도 채 일하지 못했던 것 같아요. 그리고 나서 페론과 이사벨의 새 정부가 임명한 관리들이 부임했어요. 마왕은 내게 한마디 귀띔도 해 주지 않았어요. 어느 날 아침, 극장의 아주 중요한 두세 명의 관리 명단이 도착했는데, 그 안에 그 사람 이름이 포함되어 있었어요. 그 사람은 이전까지 정치에 몸담은 적이 전혀 없었는데 왜 그 명단에 있었을까?

엄마는 그 이유를 눈치 챘어요. 그리고 포지도 눈치 챘고요. 엄마와 포지는 전화선이 이상하다고 느꼈었거든요. 하지만 그는 나한테 자주 전화를 걸지 않았고, 그 당시에는 전혀 전화를 걸지 않았기 때문에, 뒤늦게 나한테 그런 사실을 가르쳐 주었죠. 난 내 전화뿐만 아니라 엄마 전화까지 도청당하고 있다는 엄마의 말을 믿지 않았었어요. 포지는 집에 있을 때조차 그런 말을 하려고 하지 않았어요. 아파트 안에도 도청 마이크가 설치되어 있을지 모른다고 생각했거든요. 그는 나와 카페에서 만나기로 약속했어요. 그 당시는 대략 알레한드로가 극장 이사로 임명된 시기였어요. 아니, 아직 그와의 결혼 얘기가 오가고 있지는 않았으니까, 12월 초쯤이었던 것 같아요. 마왕이 청혼한 것이 크리스마스경이었거든요. 연말에 결혼해서 동양이나 유럽, 아니면 내가 원하는 곳으로 신혼여행을 하면서 여름*을 보내자고 했어요. 그 당시 날짜가 자꾸 헛갈려요. 아마 내게 화성으로 신혼여행을 가자고 했어도, 나는 똑같이 안 된다고 대답했을 거예요. 키스는 키스고 결혼은 또 다른 문제니까요. 사실 난 나보다 아주 특별히 나은 사람이 아니면 재혼하지 않을 작정이었어요. 물론 이런 것은 자신 있게 말할 성질의 것이 아니지만 말이에요. 사랑에 빠지면, 결혼과 같은 실수를 범하죠. 하지만 난 안전하게 있다고 생각해요. 아주 특별히 예외적인 사람이 아니라면, 다시 사랑에 빠질 수 없을 테니까요. 그러니 안심하세요, 아빠.

사실 내 멕시코 여행은 그곳에서 시작되었던 거예요. 바로 내가 포지를 만난 그 카페에서 말이에요. 그는 알레한드로에 관해 가능한 한 모든 것을 알아보았다고 말했어요. 그는 알레한드로가 극우주의자이며, 그의 농장 근처 조그만 마을에서 이미 정치 활동을 벌인 전력이 있다고 했지요. 그건 그 마을 고등학교 교사 부부에 관한 시위와 관련이 있었어요. 그 사람들은 결혼식을 올리지 않은 채 동거하고 있었는데, 극우주의자들이 그들의 동거를 부도덕하다면서 쫓아냈던 거죠. 그리고 극우 단체 사람들과 가톨릭 극단주의자들, 국가주의자들과 바람직하지 않은 친구 관계를 맺고 있었어요. 또한 그 사람들은 페론 신정부 내각과 결탁하고 있다고도 말했어요. 그래서 포지는 알레한드로가 위험한 인물이라고 단정했지요. 바로 그 순간 난 부에노스아이레스에서는 더 이상 숨을 쉴 수 없다는 느낌을 받았고, 그래서 밀실 공포증을 느끼기 시작했어요.

그런데 한 가지 알고 싶은 게 있어요. 그게 뭐냐고요? 그건 바로 이거예요. 포지와 그런 대화를 나눈 후, 나는 알레한드로가 어떤 사람인지 분명히 알게 되었어요. 그런데 다음번에 그 사람을 다시 만났을 때, 난 그 사람을 비난하는 대신 전에 없이 더 다정하게 대했어요. 만일 내가 그 사람을 합당한 방식으로 처리하고 그걸로 끝냈다면, 그다음에 일어날 일에서 해방되지 않았을까요?

하지만 그 점에 관해서는 나 역시 잘 모르겠어요. 포지가 그런 것들을 말해 주었지만, 난 사실이라고 믿지 않았어요.

그래요, 그는 정확하게 그런 사람이에요. 크리스마스이브 전날, 엄마 집이 수색을 당했어요. 난 알레한드로에게 도움을 청하러 갔어요. 난 그가 이 모든 일의 배후에 있다는 것을 전혀 눈치 채지 못했어요. 그는 즉시 내가 있는 곳으로 왔고, 나와 함께 내무부로 갔어요. 그 사람 말에 의하면, 아빠가 비밀 결사 조직에 소속되어 있었다는 것이 탐지되었는데, 새 정부를 못마땅하게 여기는 인물이 그 조직에 속해 있기 때문에 필요한 증거를 모두 압수하기 위해 가택 수색을 했던 것이래요. 그런데 내무부에서는 내게 한마디도 해주지 않고 내 앞에서 모두 죄송하다고만 말했어요. 도저히 용서할 수 없는 실수를 저질렀다면서 이런저런 말을 하는 거예요. 그 비밀 결사 조직에 대해 말한 사람은 알레한드로였어요. 불쌍한 엄마는 놀라서 거의 까무러칠 뻔했지요. 나와 엄마 두 사람은 알레한드로에게 우리를 보호해 주어 고맙다고 수도 없이 인사를 했지요.

하지만 난 어떤 식으로든 무의식적으로 그에게 반항하고 있었던 것 같아요. 그즈음에 난 내 여권을 갱신해 달라고 부탁했어요. 무슨 일이 일어날 것 같은 예감을 느꼈고, 실제로 알레한드로와 그런 일이 일어나고 있었으니까요. 게다가 엄마는 아빠가 항상 이상했으며, 비밀 모임이나 전혀 설명하지 않은 곳에 간다고 말했어요. 난 그 말을 듣고 무척 놀랐어요. 하지만 지금 생각해 보면 웃음이 절로 나와요. 아마 아빠는 남모르는 곳에 애인을 두고 있었을 거예요. 그러고는 엄마에게 핑계를 댔던 것이겠죠. 난 아빠를 이해해요. 그 이후에는 빠져나갈 구멍이 없었어요. 1월 여름휴가를 보냈어요. 그달 내내 우린 그의 농장에 있었어요. 미친 그의 엄마와 역시 반쯤 머리가 돌아 버린 우리 엄마. 그리고 농장에 싫증을 내며 더 이상 있고 싶어 하지 않았던 클라라와 함께요. 그곳에서는 이미 빠져나갈 방법이 없었어요. 결국 난 그와는 절대 결혼하지 않을 것이라는 말을 해야 했지요.

하지만 휴가가 끝나고 직장 생활을 다시 시작하면서 더 최악의 사건이 일어났어요. 나는 보고 싶지도 않던 포지에게 전화를 했어요. 그 이유는 휴가 때문이기도 했지만, 갈수록 알레한드로가 내 시간을 많이 빼앗았기 때문이었지요. 하지만 난 포지에게 전화를 걸어 이야기했어요. 알레한드로가 내무부 안에 엄마를 구속하여 20년 전에 벌인 아빠의 모든 활동을 전부 불 때까지 취조하려는 사람들이 있다고 말했다는 사실을 말이에요. 알레한드로는 만일 자기가 아니었다면 위험해졌을 거라고 했죠. 포지는 이 모든 것이 알레한드로가 꾸며 낸 거짓말이라는 내 말에 동의했어요. 하지만 알레한드로는 거짓말을 사실로 바꿀 수 있는 권력층이었어요. 이 모든 일이 또 다른 문제 하나가 추가되면서 분명해졌어요. 알레한드로는 내가 연말에 자기와 결혼했더라면, 엄마를 불쾌하게 만든 그런 사건을 피할 수 있었을 것이라고 말했거든요. 그건 의심할 여지 없이 공갈이었어요. 하지만 난 그 말을 그 사람 면전에서 내뱉을 용기가 없었어요. 겁이 나서 그랬던 것만은 아니에요. 내가 왜 그랬는지는 분명하지 않아요. 그게 바로 날 더 화나게 만들어요. 하지만 아빠, 맹세컨대 겁나서 그랬던 것은 아니에요. 그 사람 면전에서 그런 말을 하는 것이 두렵진 않았어요. 하지만 그 사람이 날 미친 듯이 사랑하고 있었기 때문에 그가 가엾게 생각되었어요.

그 시기에 난 다시 결혼할 가능성을 고려해 보자는 그의 제안을 받아들였어요. 나는 6개월 동안 생각해 볼 시간을 달라고 부탁했죠. 그는 당장 약혼이라도 하는 게 좋을 것 같다고 말했지만, 난 딸아이를 핑계 삼아 클라라가 그를 더욱 잘 알고 그에게 애정을 느낄 때까지 기다리는 것이 좋겠다고 했지요. 그래서 대충 9월경이면 결혼할 수 있을 것이라고 말했어요. 봄의 신부가 되겠다는 것이었죠. 하지만 사실 내겐 이 모든 일이 악몽 같았어요. 포지를 만난다는 것은 불가능한 일이었고, 난 완전히 공포에 사로잡혀 있었어요. 하지만 동시에 이 모든 일은 알아서 정리될 것이고, 알레한드로는 스스로 자기의 실수를 깨칠 거라는 희망도 있었어요. 대략 그해 중반경, 난 모든 게 보다 평온해졌다고 생각하게 되었어요. 내가 불평만 늘어놓던 마왕과 권태기로 빠져 들고 있었거든요. 그래서 우리는 서로 더 이상 할 말이 없었고, 그도 나를 지겹게 느꼈어요. 하지만 내가 그를 못되게 다룰수록, 그는 나한테 찰거머리처럼 더욱 달라붙기 시작했지요. 그리고 얼마 후에 가장 가공스럽고 놀랄 만한 일이 벌어졌어요. 극장에서 나를 내쫓았던 것이에요. 내가 하고 있던 일이 필요 없다면서 날 해고한 거예요. 그 사람 말에 의하면, 내무부 안에서 자기를 증오하는 어떤 사람이 나를 통해 그에게 보복한 것이라고 했어요. 하지만 그건 거짓말이었어요. 그건 그의 명령에 의한 것이었어요. 무슨 의심의 여지가 있겠어요? 난 더 이상 참을 수 없었어요. 그래서 아무에게도 작별 인사를 하지 않고 이곳으로 와버렸어요. 그동안 받은 모든 선물들을 갖고요. 사귀는 동안 선물 받았던 보석들도 갖고 왔어요. 지금 이 모든 것을 다시 쓰면서, 나는 생각하고 또 생각해요. 이제 난 그를 혐오하지 않아요. 단지 그가 가련할 따름이에요. 아빠, 난 도대체 어떻게 돼먹은 인간이기에 이럴까요? 정말이지 혐오하는 것이 아니라 불쌍할 따름이에요. 하지만 무엇보다 나 자신을 가장 동정해야 할 것 같아요. 그렇죠? 아빠…… 아빠가 너무 멀리 있는 것 같아요. 마치 내 말을 이해할 수 없는 사람처럼 말이에요.

6

영화계의 새로운 센세이션이자 이 세상에서 가장 아름다운 여인으로 알려진 그녀는 고열과 싸우며 침대에서 몸부림치고 있었다. 멀리서 딸아이의 울음소리가 들려오는 것 같았다. 일어나려 했지만, 베개에서 머리를 뗄 수조차 없었다. 거울에 둘러싸여 살고 있던 그녀는 근처에 있던 거울 손잡이를 잡으려고 손을 뻗었지만, 그 역시 실패하고 말았다. 손을 이마로 가져갔다. 그러고는 자기도 모르게 뜨거운 다리미를 만졌을 때처럼 소스라치게 놀라 손가락을 치웠다. 하지만 이미 손가락은 불에 데어 있었고, 그 불은 아주 빠른 속도로 손가락을 태우고 있었다. 손가락은 타면서 탁탁거리는 소리를 냈다. 그녀는 살이 타는 강렬한 냄새 때문에 잠에서 깨어났다. 시계는 5시 29분을 가리키고 있었다. 다시 악몽을 꾼 것이다. 하지만 더욱 큰 문제는 밤에 제대로 잠을 자지 못하면 눈에 다크 서클이 생기고, 카메라는 그런 눈을 포착하면서 즐긴다는 것이었다. 그런 경우에는 회사로부터 잠자는 대신 밤새 바보 같은 소설이나 읽어서 그런다고 나무라는 협박조의 메시지를 받곤 했다. 현재의 상황에서 밤에 그녀가 할 수 있는 유일한 일은 독서밖에 없기 때문이었다.

잠시 후 매일 아침마다 그렇듯이 종소리가 거만하게 울렸고, 여배우는 침대에서 일어났다. "좋은 아침이에요!" 방갈로의 주방에서 가정부가 쉰 목소리로 외치는 소리가 들려왔다. 그녀는 대답하지 않았다. 감시원은 이미 그녀가 이른 아침에는 기분이 별로 좋지 않다는 것을 익히 알고 있었다. 그런 식으로 매일의 촬영 일정이 다시 시작되었다. 어쨌든 그녀는 한 영화와 다른 영화를 촬영하는 사이에 그녀를 기다리던 프로그램보다는 차라리 이런 촬영이 더 좋았다. 촬영이 없을 경우 동일한 스튜디오에서 이루어지는 무대 예술 강의를 비롯해 체육과 발레 수업, 그녀의 아침 스케줄은 아침 운동, 몸매 유지를 위한 발레, 그리고 별 볼일 없는 하찮은 발성 연습 등이었다. 그녀는 얼굴을 씻고 눈에 띄는 대로 아무 바지나 입고 아무 블라우스나 걸친 후 머리에 숄을 둘렀다. 그녀가 미워하는 베치*는 벌써 차[茶]를 준비해 놓고 있었다. 그녀는 내장을 움직이기 위해 화장실로 갔다. 그것은 따뜻한 차를 몇 모금 마신 후에 행하는 그녀의 습관이었다. 그러고는 계속해서 현관 앞 정원에서 5분간 숨쉬기 운동을 했다. 다른 방갈로 사람들은 모두 잠자고 있었다. 아마도 애인 옆에서 녹초가 된 어느 젊은 남편이 전날 밤 여배우의 마지막 영화를 본 후 그 여배우를 꿈꾸고 있을지도 모르는 일이었다. 호젓한 방갈로들은 할리우드의 수많은 언덕 중 한 기슭에 흩어져 있었다. 여배우와 베치는 꾸불꾸불한 오솔길을 내려와 거리로 나왔다.

여섯시 정각에 운전기사가 도착해 "안녕하세요, 스타 아가씨. 안녕, 베치 아줌마"라고 인사했다. 두 여자는 평소처럼 흑인 운전사에게 아무 대꾸도 하지 않았다. 백미러를 통해 여배우와 운전사는 이상야릇한 시선을 교환했다. 베치는 즉시 타이프라이터로 친 대본을 펼치고, 큰 소리로 그날 아침 촬영할 대목을 읽었다. 평소대로 외국인 여배우는 W 발음이 매끄럽지 못했다. 6시 35분에 그녀들은 스튜디오에 들어섰다. 스튜디오 안은 이미 분주했다. 회사는 여배우들에게 집에서 아침 식사를 하라고 요구했지만, 그녀는 일어나서 한 시간이 훨씬 지나기 전까지는 그 어떤 음식도 먹을 수가 없었다. 회사 측은 이런 그녀의 입장을 불쌍하게 여기고는, 그녀가 아침 일찍부터 일할 때마다 스튜디오 식당에서 푸짐한 아침 식사를 제공했다. 다행히 그 시간에는 그녀만이 그곳에 있는 유일한 스타급 배우였기 때문에 타인의 질투 어린 눈초리를 피할 수 있었다. 아침 식사는 퀘이커 오트밀, 햄을 넣은 달걀 프라이, 빵과 버터 등이었는데, 빈의 여신은 하나도 흘리지 않고 모두 먹어 치울 수 있었다. '빈의 여신'이란 이름은 바로 광고에서 사용하던 여배우의 닉네임이었다.

일곱시 정각에 그녀는 분장실로 들어갔다. 모든 스타급 여배우는 개인 통로를 통해 그곳으로 들어갈 수 있었다. 그것은 대부분의 스타들이 방금 일어나 화장하지 않은 얼굴을 보이고 싶어 하지 않았기 때문이었다. 이 세상에서 가장 아름다운 여인은 그곳에서 분장으로 많은 시간을 소비하지 않았다. 대략 한 시간 반 정도만을 썼을 뿐이다. 우선 머리를 감고, 그다음 머리 가운데로 그 유명한 가르마를 탄 뒤 머리 타래 끝에 롤을 말았다. 계속해서 그녀의 얼굴이 반사경에 견딜 수 있도록 열아홉 가지의 서로 다른 화장품을 발랐다. 그동안 베치는 서두르지 않고, 그렇다고 쉬지도 않은 채, 계속해서 대화 부분을 읽어 주었다. 촬영 세트장으로 들어가기 전에 겨우 30분이 남아 있었다. 그녀는 촬영 세트장 안에 있는 자기 의상실까지 걸어가 첫 무대 장면에 필요한 옷을 입는 데 그 시간을 썼다.

아홉시 정각에 동양식 카페가 설치된 세트장에 도착했다. 그녀는 유럽 스타일의 재킷을 입었지만, 얇고 검은 베일을 두르고 있었다. 머리 위의 베일은 무릎까지 내려올 정도로 길었다. 그녀의 아름다움을 보자 사람들은 탄성을 자아냈다. 헝가리 감독은 만족스러운 표정으로 쳐다보았고, 잘생긴 남자 배우는 질투 어린 눈초리를 보냈다. 일반적으로 나누는 간단한 인사 후에, 그녀는 감독과 독일어로 대화를 나누기 시작했는데 그것은 중대한 실수였다. 캘리포니아 영어만을 말하던 건장하고 잘생긴 남자가 항의의 표시로 바닥에 작은 커피 잔을 던져 깨버렸다. 그는 불특정한 부대의 흰 장교복을 입고 있었는데, 커피가 희디흰 바지에 튀었다. 그러나 그건 별로 문제가 되지 않았다. 카메라가 그 청년이 앉아 있던 탁자 뒤에서 첫 장면을 찍고 있었기 때문이었다.

그녀는 참담한 표정을 지으며 자기 애인을 찾아 조그만 방으로 들어가야만 했다. 천장에 달려 있던 구식 선풍기의 그림자가 전세계 영화계의 자존심인 그녀의 완벽한 얼굴을 스쳐야만 했다. 여배우는 그 남자 옆에 앉아야 했다. 영화 속에서는 그 남자 역시 악몽에 시달린 나머지 약간 술에 취해 있었다. 영화 줄거리는 그녀가 잘생긴 주인공을 사랑해서 식민지의 고위 관리인 남편을 버리지만, 운명은 교통사고로 인해 자기 딸을 잃어버리는 것으로 그녀에게 벌을 내린다고 되어 있었다. 이런 불행은 불륜의 목가적 사랑을 단죄하는 것으로 해석되고 있었다. 하지만 그녀는 자기의 진정한 사랑과 이별해야 했다. 딸의 사랑을 잃어버린 남편이 그 어느 때보다도 그녀를 필요로 했기 때문이었다. 첫 번째 시도에서 감독은 여배우의 연기에 만족하지 않았다. 너무 차갑게 연기했기 때문이었다. 그래서 그 장면을 다시 촬영해야 했지만 그다지 큰 차이는 없었다.

여배우는 반복되는 촬영에 짜증을 내지 않았다. 두 사람이 탁자에서 일어나는 순간에 그 장면이 마무리되고, 카메라는 그들의 상반신을 찍기 위해 위로 앵글을 잡고, 그들은 서로 포옹하면서 키스를 했기 때문이었다. 그녀는 자기 파트너가 직업적으로는 도저히 참을 수 없는 역겨운 스타지만 육체는 아주 매력적이라는 것을 알았다. 리허설을 하는 동안 잘생기고 건장한 남자 배우는 그녀에게 진짜로 키스도 하지 않았을 뿐만 아니라, 그 어떤 흥분된 징조도 보이지 않았다. 감독은 카메라가 움직이면, 여배우가 드라마에 몰입할 것이라는 희망을 갖고 다시 그 장면을 촬영하기로 결정했다. "라이트, 사운드, 카메라, 액션!" 그녀는 아주 정확하게 감독이 시키는 대로 연기했지만, 얼굴에는 아무런 감정도 나타나지 않았다. 그녀는 단지 그 반복되는 키스 속에 내재하는 복수만을 생각하고 있을 뿐이었다. 그것은 회사 집행부가 허락할 때까지 그녀가 그 어떤 남자도 만날 수 없도록 운명 지어져 있기 때문이었다. 여배우는 식탁에 와서 발음에 아무런 문제 없이 자기 대사를 말했다. 그러고는 키스를 하기 위해 일어섰다. 그런데 자기 손아귀에 있는 남자 배우가 그녀에게 키스할 때 무언가가 불쑥 솟아 있다는 것을 알고 그녀는 몹시 기뻤다. 감독이 다시 그 장면을 반복하라고 지시하자, 그녀는 너무 기뻤다. 두 번째 촬영에서 그녀는 더욱 과감한 행동을 시도했다. 주름진 검은 베일의 도움을 받아, 그녀가 몹시 궁금해하던 근사한 남자의 그곳 위로 손을 가져갔던 것이었다. 그러자 남자 배우는 전혀 예측하지 못한 방법으로 반응을 보였다. 그는 꽉 다문 잇새로 헉헉거리며 속삭였다. "야, 이 더러운 화냥년아. 난 너하고는 달라. 넌 단지 섹스의 대상일 뿐이야. 난 내 머리를 써서 널 꼬시고 싶어." 그런 말에 앙갚음하기 위해 그녀는 그 장면에 있는 그대로만 행동했다. 그 장면에는 심지어 그를 손가락으로 만지는 숏까지 포함되어 있었다.

열 번째 촬영이 실패로 돌아가자, 마침내 제작자가 분노를 참지 못하고 소리 질렀다. 아무도 그가 세트장에 있다는 것을 알아차리지 못하도록 그는 아랍 하인으로 변장하고 있었다. "당신이 진짜 여배우라면, 지금 당장 증명해 보란 말이야!" 그는 시멘트 바닥이 흔들릴 정도로 한 발을 '쾅' 하고 내리치면서, 그곳에 있던 배우들을 벌벌 떨게 하더니, 시가에 불을 붙이고 그곳에서 나가 버렸다. 그러자 감독이 개입했다. "당황하지 말아요, 부인. 이건 당신이 평생 한 번도 겪어 보지 못한 감정을 표현해야 하는 장면일 거예요. 그래서 설명하긴 힘들지만…… 하지만 아마 이와 비슷한 것을 기억해 낼 수 있을 겁니다. 가령 사랑하는 사람을 잃어버렸다든지, 아니면 애지중지 키우던 강아지나, 아니면 순종 고양이가……."

그녀는 마음속에서 폭발하는 감정을 억제할 수 없었다. "그래요, 난 이와 비슷한 감정을 경험했어요. 아주 똑같아요. 난 딸아이를 잃어버렸어요…… 내게서 그 아이를 빼앗아 갔어요. 그런데 난 그 아이가 어디에 있는지조차 몰라요. 그리고 알고 싶지도 않아요. 내 말 듣고 있어요? 난 관심 없단 말이에요! 난 그 아이를 한 번도 생각해 보지 않았어요! ……이유는 간단해요. 그 아이의 아버지는 배신자였고, 난 그 사람의 기억을 떠올리게 만드는 모든 걸 증오하니까요!" 감독은 그런 격양된 상태로 제대로 영화를 촬영할 수 있을까 걱정하면서도, 다시 액션, 라이트, 카메라를 지시했다. 그녀는 자기 자신의 상황 이외에는 아무것도 생각하지 않았다. 그렇게 자기 자신 속에 파묻혀 어머니의 고통을 느끼며 연기했다. 그것은 인간의 차원을 넘어선 신비로운 감정 표현이었다. 하지만 비평가들은 그녀가 얼마나 멋지게 연기했는지 제대로 평가하지 못했다.

정오가 되자 촬영 팀은 점심을 먹기 위해 촬영을 중단했다. 베치는 식당까지 그녀와 함께 갔다. 두 사람은 가장 구석에 있는 테이블에 앉았다. 베치는 그날 아침의 연기에 대해 아무런 평도 하지 않았다. 여배우는 그것을 불합격의 표시로 해석했고, 그래서 몹시 고소했다. 사실 베치의 취향은 눈 뜨고는 못 봐줄 정도였다.

그녀는 워너 브라더스 여배우들의 노골적이고 비이지적인 스타일을 좋아했다. 여배우는 자기와 동급의 스타 — 과연 그럴까? — 들이 다른 식탁에 앉는 것을 지켜보았다. 최고의 스타라 불리는 스핑크스는 단 한 번도 이 식당에 오지 않았다. 미녀는 고등 수학 지식을 이용한 칼로리 계산을 하려고 애를 쓰면서, 자기 컨트롤을 잘하고 관객을 많이 끈다는 이유로 회사에서 가장 귀여움을 받는 여배우를 볼 수 있었다. 그녀의 눈은 개구리처럼 불쑥 튀어나왔고 입은 아주 컸다. 그리고 저 멀리에는 금발의 싸구려 엑스트라 여배우가 있었고, 또 다른 한쪽에는 과거엔 회사로부터 귀여움을 독차지했지만, 이제는 시가를 피우는 제작자에게 시시각각 수모를 받는 여배우가 앉아 있었다. 제작자는 그녀를 가장 일찍 일어나게 하기 위해, 첫 장면을 촬영할지 모르니 머리 손질하고 화장을 하라고 요구했지만, 항상 마지막 장면 촬영에만 배역을 주고 있었다. 정말 잔인한 세상이야, 라고 미녀는 혼잣말로 중얼거렸다.

가정부이자 감시원이었던 베치는 여배우가 침울해하고 있다는 것을 눈치 챘다. 그래서 기분을 풀어 주기 위해 영화계의 뒷얘기만을 다루는 영화 잡지를 보여 주었다. 바로 그날 아침에 나온 것이었다. 빈의 여배우가 겉표지를 장식하고 있었고, 그녀에 관한 기사가 '난 일하기 좋아한다. 그래야 자유로워지기 때문이다' 라는 제목의 커다란 활자로 쓰여 있었다. 그녀는 회사 홍보실에서 준비했던 조작된 인터뷰 기사를 흘끗 쳐다보았다. 그 기사는 마치 그녀를 비웃고 있는 것 같았다. 그것은 그녀의 독립 정신과 일하면서 느끼는 즐거움, 그리고 그 누구의 도움도 받지 않고 자기가 필요한 것을 조달할 수 있는 기쁨 등에 관해 말하고 있었다. 마지막으로, 그 기사는 캘리포니아에서의 행복이 멀리 떨어진 조국에 드리우고 있는 전쟁의 그림자 때문에 위협받고 있다는 말로 끝을 맺고 있었다. 그때 그녀는 자기가 평생 동안 자신의 힘보다 비교할 수 없을 정도로 우월한 사악한 힘에 의해 조종되었으며, 항상 보행자들을 즐겁게 하기 위해 화려한 유리 진열장에 전시되어 있었고, 자기를 마네킹처럼 취급하는 차가운 손에 의해 옷을 입고 벗었다는 사실을 독자들이 알고 싶어 하지 않을까, 라고 마음속으로 물었다. 그녀는 과거에 자기를 구해 준 사람, 그러니까 현재처럼 암울한 경우에 저 먼 곳에서 자기를 가엾이 여겼던 사람에게 도와 달라고 간절히 애원했다. 하지만 그녀의 부름에 누군가가 대답하고 있다는 징후는 전혀 없었다. 스타들은 점심을 먹고 있었다. 단지 과거에 회사의 귀여움을 독차지했던 스타만이 그녀처럼 쓸쓸해 보일 뿐이었다. 그 스타는 웨이터가 음식을 갖다주기만 기다리고 있었는데, 그사이 그녀의 뺨 위로 천천히 눈물 한 방울이 느린 동작으로 흘러내렸다.

베치는 세트장까지 함께 갔다. 그리고 거기에서 나중에 보자면서 작별을 했다. 베치의 의무는 집으로 돌아가 여배우가 돌아올 시간에 맞춰 저녁을 준비해 놓는 것이었다. 여배우가 돌아가는 시간은 촬영이 끝난 뒤 정확히 반 시간 후였다. 오후 한시부터 여섯시까지 여러 장면을 촬영했다. 여배우는 몇 분이라도, 아니 몇 초라도 벌기 위해 재빨리 옷을 갈아입었다. 그리고 좀 더 몇 분, 아니 몇 초라도 더 벌기 위해 화장을 지우지도 않은 채, 자신을 집으로 데려다 줄 승용차에 올라탔다. 흑인 운전사는 백미러로 그녀에게 미소 짓는 모험을 감행했다. 그들은 평소에 다니던 노선을 빠르게 달렸다. 그러다가 약간 우회하여 울창하고 아무도 없는 막다른 좁은 길로 접어들었다. 그곳에는 아담한 저택을 짓고 있었다. 하지만 로스앤젤레스는 이미 밤으로 접어든 시각이었고, 인부들은 어두워지기 전에 모두 일자리를 떠난 후였다. 운전사는 전속력으로 미녀를 소유했다. 만일 5분간의 섹스 동안 오르가슴에 도착할 수만 있다면, 그 행위 후에 그들은 회사가 지정한 시간 내에 방갈로에 도착할 수 있었다.

6시 34분에 그녀는 꾸불꾸불한 오솔길을 달려 집으로 들어왔다. 그러고는 금지된 포옹 후에 남아 있던 화장을 지우고 샤워를 했다. 그녀는 7시 15분에 식탁에 앉았다. 여덟시부터 아홉시까지는 잠시 눈을 붙였다. 그리고 아홉시부터 열시까지는 베치와 함께 다음 날 촬영할 대목의 대사를 점검했다. 죽은 듯한 적막이 그 도시에 드리웠다. 도시는 부드럽고 다정한 언덕에 흩어져 있었다. 그런 분위기는 그녀의 생애에 결정적인 변화를 일으키거나 외부의 힘이 그녀의 마음속으로 침투할 수 있을 정도로 적절하지는 않았다. 천사들의 도시 로스앤젤레스, 천사들, 바로 그 천사들이 항상 그녀를 쫓아다니면서 정탐하고 배신했던 이들이었다. "됐어, 이젠 충분하단 말이야! 왜 날 이런 식으로 벌주는 거야? 내가 살아오면서 무슨 죽을죄를 지었다고 이런 고통을 당해야 하는 거야?"

베치는 그 말을 못 들은 척했다. 그녀는 축음기로 가서 볼륨을 한껏 높였다. 그것은 스타가 내뱉을지도 모르는 실언을 잠재우기 위한 것이었다. 바이올린 소리는 열대 지방의 정열로 황홀해졌고, 북소리는 할리우드식 룸바의 리듬에 맞추어 사정없이 울려 냈다. 곧이어 후렴을 반복하는 합창 소리가 들렸지만, 그것은 음반에서 나오는 소리가 아니라, 언덕 기슭에 있는 또 다른 방갈로에 살고 있는 행복한 한 쌍의 연인들이 부르는 노래였다. 그들이 자기들의 창으로 몸을 내밀고 축제에 함께 참여한 것이었다. 하지만 정열적인 후렴구는 점점 커지는 북소리에 자신들의 소리를 양보했다. 그때 그 부부는 방갈로 정원으로 나와 댄스의 마력에 빠졌다. 이 세상에서 가장 아름다운 여인에게 할당된 집은 언덕의 가장 높은 곳에 자리 잡고 있었다. 그곳에서 쳐다보니 젊은 무용단원들이 그 관능적인 음악에 몰입하여 암시로 가득한 화려한 뮤지컬 곡을 연기하듯이 춤을 추고 있었다. 여자들은 얇은 네글리제 차림이었고, 남자들은 파자마 바지만 입고 있었다. 여배우는 이 세상의 모든 사람들이 행복하며, 이미 확인된 이런 법칙에서 자기만 확실한 예외라는 사실을 알았다.

"당신에게 사흘간 생각할 시간을 달라고 했어요. 하지만 난 아무런 결론도 낼 수가 없었어요. 내가 모르는 것이 너무 많단 말이에요! 그런데 내가 어떻게 결정할 수 있겠어요?"

"우리가 당신이 원하는 것을 모두 설명해 줄 거야. 내가 여기 있는 이유도 바로 그 때문이야. 그래서 날 여기로 보낸 거야."

"이 문제는 모든 게 혼란스러워요. 좌익 페론주의자, 우익 페론

160

주의자, 사회당, 이 모두가 날 정신없이 만들어요."

"묻고 싶은 게 있으면 뭐든지 물어봐."

"좋아요…… 어떻게 좌익인 당신이 페론주의에 가담하게 되었지요?"

"난 페론주의에 가담했지. 하지만 그건 내가 페론주의자가 된 후였어."

"그렇게 어렵게 설명하지 말아요. 그 말이 도대체 무슨 뜻이에요?"

"당신에게 내가 왜 정치에 관여하게 되었는지 전혀 말해 주지 않았지."

"몇 가지는 말해 주었어요."

"아니야. 부에노스아이레스에서 나는 당신이 정보를 알게 되면 부담을 느낄까 봐 아무것도 말해 주고 싶지 않았어. 나에 대해 알아보기 위해 당신을 취조하면, 당신이 상당히 곤란해질 수도 있기 때문이야. 그런 일은 얼마든지 일어날 수 있었어."

"내가 모르고 있는 것이 무엇이죠?"

"고등학교에 다닐 때였어. 페론이 두 번째로 집권하는 기간 동안, 난 페론주의에 반대한 과격파였어. 그가 실각했을 때, 난 열다섯 살이었지. 그때 나는 이미 사회주의 청년당과 고등학교 학생 연맹에 가입해 있었어."

"그게 뭔데요?"

"기억 안 나? 페론주의를 반대하는 고등학생 조합 중앙 연맹이었어. 페론이 무너지자, 내게 많은 사건이 일어났다고 기억돼. 어느 날 나는 229번 버스를 탔어. 버스가 제1연대 맞은편에 있는 팔루초 광장 가까이 가자, 그곳에 차림새가 형편없는 노동자 그룹이 모여 있는 게 보였지. 그들은 군인들과 차를 타고 지나가면서 페론의 실각을 축하하던 시위자들에게 울면서 소리치고 있었어. 그런데 그 당시 아르헨티나에서 자가용을 가진다는 것은 돈 있는 사람들에게만 가능했었어. 버스 안에는 식모로 보이는 여자가 한 명 있었어."

"몇 살이었죠?"

"아르헨티나 내륙 지방 출신의 전형적인 까무잡잡한 여자였어. 한 마흔 살 정도 됐던 것 같아. 그 여자는 우리 모두에게 소리치기 시작했어. 그날 난 즐거웠었지. 하지만 왠지 그녀의 외침 소리가 귀에 쟁쟁하게 남아 있었어. 그 외침이 나를 놀라게 했던 거야. 그러자 난 제대로 기능을 수행하지 못하는 것이 있다는 생각이 들었어. 난 상류 계급과 함께 실각을 축하하고 있었고, 가난한 사람들은 그 폭군을 지지하고 있었지. 그 순간 더 이상은 그 생각을 하지 않았지만 내 머릿속에는 꽉 박혀 있었어. 1955년도 이야기야."

"알았어요. 계속해 봐요."

"아, 그리고 다른 사건이 있었어. 그 당시 나는 트럭에 올라타고 산타페 거리에서 시위를 하고 있었어. 내가 속했던 사회당 중앙본부의 까무잡잡한 한 노동자가 우리와 함께 가고 있었지. 그 노동자는 투쟁 경력이 많았고, 페론 정권에서 많은 탄압을 받았던 사람이었어. 그런데 그곳을 지나가던 시위자들 대다수가 그를 공격했어. '원주민아, 넌 그 사람들 중 하나가 분명해'라고 사람들은 진담 반, 농담 반으로 말했어. 우리는 그 노동자 편을 들어 주어야만 했어. 하지만 사람들은 계속해서 그에게 시비를 걸었어. 정말 믿을 수 없는 일이었지. 그건 그 사람이 노동자처럼 보였기 때문이었어. 그 사람은 그런 말에 염증을 내고는 그곳을 떠났어. 더 이상은 제대로 기억이 나질 않아."

"왜 하필이면 산타페 거리로 갔죠?"

"그곳이 바로 시위 장소였어. 왜냐고? 바로, 돈 있고 돈 많이 버는 사람들이 모여 사는 지역이기 때문이었지. 아무도 노동자들이 사는 지역이나, 심지어 중산층이 모여 사는 지역에서는 시위를 하려고 하지 않았어. 그 사건이 있고 나서 사회당 청년부에 문제가 생겼어. 청년부는 기울디와 반대 입장을 취하기 시작했거든."

"잠깐만. 그 사람은 사회주의자 아니었나요?"

"그렇지. 하지만 그는 더 심하게 반(反)민중, 반노동자 입장을 유지하면서 선거에 반대했어. 페론주의에 관한 내 개인적인 경험이 또다시 충격을 받은 순간이었지. 새 군사 정부에 자문 위원회가 있었는데, 여러 정당들이 공동으로 그 자문 위원회를 구성하고 있었어. 사회당 청년부에서도 한 그룹을 보냈지. 자문 위원회는 군인들이 대중들의 지지를 받고 있다는 것을 보여 주기 위해 거대한 행진을 준비하고 있었거든. 우리는 스테이션왜건을 타고 스피커를 이용해 아르헨티나 국기를 흔들면서 그들의 정책을 홍보하기 위해 나섰지. 그러자 모든 정치 현상을 암시적으로 보여 주는 일들이 벌어졌어. 우리가 부자들이 사는 동네를 지나가면 아무 일이 없었어. 지지한다는 의견이 있었지만, 그리 많지는 않았어. 중산층이 사는 동네에서는 가끔씩 충돌이 있었고, 또한 가끔씩 지지 의견도 있었어. 하지만 노동자들이 사는 동네에서는 십중팔구 비 오듯이 유리병 세례를 받고 욕을 먹었어. 심지어는 칼을 들고 트 럭을 멈추게 한 뒤 우리와 함께 가던 사람들을 모두 끌어내리기까 지 했어. 난 따귀도 몇 대 맞았어. 바로 킬메스 지역에서 말이야. 그 당시 난 그런 사람들에게 무척 화가 났어. 물론 계급 간의 문제 가 있긴 했지. 페론에 반대하는 혁명은 상류 계급의 운동이었어. 그리고 다음에 프론디시* 시대가 왔던 거야."

"페론 이후 처음 선거로 선출된 대통령이었지요. 그건 나도 알 아요."

"바로 그때부터 난 사회당에 회의를 느끼기 시작했어. 그것은 중산층의 정치 운동이었는데, 민주적이었기 때문에 계속해서 분 열되었고, 마침내는 힘이 약화되었지. 아무런 정치 노선도 없었고 정치적인 힘도 없었어. 한편 공산당은 헝가리 문제에 몰입해 있었 어. 아르헨티나 공산주의자들은 소련의 침공을 합리화했고, 내게 는 그것으로 족했어. 즉, 갈수록 혁명을 통한 해결책만이 유일한 길이라고 믿게 되었지. 하지만 스탈린주의는 믿지 않았어. 난 사 회주의적 휴머니즘을 다시 일으킬 수 있는 해결책을 찾았지만, 그 어느 공산주의 국가도 그런 것을 실천에 옮기고 있진 않았어. 그 래서 사회주의자와 공산주의자들이 반휴머니즘적이라는 것을 깨 닫고 그들에게서 멀어진 거야. 그리고 나서 좌익 속에서 떠다니고 있었어."

"그게 몇 년도였지요?"

"1958년 선거전이 있던 시기였지. 그때 나는 법대에 들어가 일하면서 공부하기로 했어. 아버지에게 기대지 않고 말이야."

"하지만 식당을 운영하면 충분히 돈을 벌 수 있어요. 그런데 왜 도움을 받으려고 하지 않았죠?"

"돈 달라고 하기가 싫었어. 그 당시에도 좋아하지 않았고, 지금도 그래. 내가 당신에게 이런 부탁을 하는 게 얼마나 힘들었는지 당신은 모를 거야."

"바로 그거예요. 부모님이 등록금을 내주지 못하게 한 것은 좀 심했던 것 같아요. 내가 보기에 당신은 희생정신을 너무 과장하는 것 같아요."

"이 세상에는 최소한의 것도 갖지 못한 사람이 많은데, 난 늘 너무 많은 것을 가지고 있다고 느꼈어."

"계속 얘기해 봐요."

"모든 그룹들 중에서 프락시스란 그룹이 가장 내 관심을 끌었어. 사회주의적 휴머니즘을 회복하려고 노력하던 그룹이었어. 하지만 아무런 실천적 행동 없이 공부만 하는 그룹이기도 했어. 그래서 노동자들과는 별 접촉이 없었지. 하지만 대학에서 난 그들의 사상을 이해하기 시작했어. 당시는 아주 혼란스러운 시기였어. 프론디시가 권력을 잡았어. 공산주의자들이 수없이 공격했던 쿠바 혁명을 잊으면 안 돼."

"공산주의자들이 카스트로에 반대했다고요? 그건 있을 수 없어요. 난 그 사실을 몰랐어요."

"트로츠키주의자들은 카스트로를 반동주의자라고 말했어. 반면에 사회주의자들과 프락시스 그룹은 그를 옹호했지. 어쨌든 카스트로에게서 조국을 위해 투쟁하는 자유주의자라는 인상을 받았으니까. 하지만 그건 1959년도의 카스트로야. 이제 당신이 이것만은 꼭 명심해 주었으면 좋겠어. 난 결코 자유 사회주의의 뿌리를 잃어버리지도 않았고, 앞으로도 잃어버리고 싶지 않아. 그래서 난 편협함과 전체주의를 혐오하는 거야."

"그럼 폭력은요?"

"폭력 역시 혐오해. 폭력을 혐오하기 때문에 페론주의에 공감했던 거야."

"하지만 당신은 알레한드로 납치에 나를 끌어들이려고 하잖아요? 그건 폭력이 아닌가요?"

"그건 특정한 상황 속에서의 특정한 폭력이야."

"포지, 그런 식으로 말하면 난 하나도 알아들을 수 없어요."

"일상생활과 마찬가지로 정치도 유토피아가 아니라, 현실 속에서 존재하는 거야. 비록 우리가 폭력을 반대한다 하더라도, 가끔씩 현실은 그런 폭력을 수용하도록 강요하지. 하지만 우선 내 이야기부터 먼저 할게. 그래야만 내가 왜 당신 앞에 있으면서 도움을 청하는지 알게 될 테니까. 프론디시는 모든 사람에게 실망을 안겨 주었어."

"왜 그렇죠?"

"모든 일을 그가 약속했던 것과 정반대로 했기 때문이야. 그는 페론주의의 동의를 얻어 정권을 잡았어. 그리고 몇 달이 지나자 노동조합을 탄압하기 위해 코닌테스 계획*을 시도했지."

"노동조합들이 원한 게 무엇이었나요?"

"임금 인상이었어. 은행 파업을 예로 들어 볼게. 파업이 일어나자, 프론디시는 파업자 전원을 구속시켜 버렸어. 그리고 식육 가공 업자 파업은 탱크로 짓밟아 버렸지. 사립대학 설립은 교회에 전권을 위임했어. 가톨릭 계열의 대학만 설립하도록 허락했거든. 그 당시 프락시스 그룹은 극빈층이 사는 곳으로 가서 그들과 대화하려고 노력했어. 그들은 가장 먼저 우리에게 페론주의자냐고 물었지만, 우리는 아무것도 구체적으로 제안할 수 없었어. 그 당시 트로츠키주의 극단주의자들이 날 괴롭히기 시작했지. 그리고 이미 중산층이 형성되어 있던 아르헨티나에서 프롤레타리아 계급은 아무 의미도 없다는 것을 알게 되었어. 중산층과 함께 얻을 수 있는 것은 천인공노할 독재 체제뿐이었어. 게다가 그때 페론주의는 좌익 청년들에 대해 더 이상 공격적이지 않았어. 프론디시는 그들을 짓밟고서, 야당으로 보내 버렸어."

"페론주의가 무슨 의미가 있었는지 몇 단어로 간단히 설명해 줄 수 있어요?"

"우선 내 이야기를 계속할게. 수많은 모순을 지니고 있었지만 페론주의는 민중 저항의 상징으로 변하고 있었어."

"그 모순이 무엇인지 말해 주지 않으면, 난 당신이 말하는 것을 이해할 수 없을 거예요."

"근본적인 모순은 바로 그 운동의 구성 자체에 있었어. 실질적으로 노동자와 민중적 성격을 띠고 있었지만, 관료주의적 구조로 그들을 통제했어. 게다가 이데올로기는 애매했어."

"나치였나요?"

"나치는 아니었어. 하지만 이데올로기가 매우 모호하고 잡다했어. 그래서 아무도 구체적으로 페론주의의 이데올로기가 무엇인지 이해할 수 없었지. 하지만 이런 분석은 나중에 이야기해 줄게. 내가 페론주의자가 된 것은 두 가지 핵심적인 결론을 얻었기 때문이었어. 첫 번째는 페론주의가 현실을 바꿀 수 있는 정치를 펼 수 있는 유일한 구체적인 도구를 대표하고 있었다는 거야. 하지만 당신 같은 사람에게는 그걸 어떻게 설명해야 할지 모르겠어."

"내가 멍청이, 바보라는 소린가요?"

"아니야. 비정치적이라는 뜻이야. 당신이 진지하게 말하고 싶다면, 그런 일 가지고 날 못살게 굴지 마. 정치를 한다는 것은 힘의 문제야. 정치는 힘과 같은 것이지. 이긴 사람만이 합당한 명분을 갖는 거라고. 그 사람들만이 현실을 바꿀 수 있는 가능성이 있기 때문이지. 평생 야당에 있으면서, 정권을 잡지 못하더라도 이길 수는 있어. 하지만 술집 테이블에 앉아서 자기 말이 옳다는 것을 아는 것으로는 결코 이길 수 없는 거야. 둘째로, 아르헨티나가 아르헨티나적인 구조를 갖기 위해 필요한 것이 무엇인지 알았기 때문이야. 아르헨티나에 적합한 것은 범국가적인 상호 계층 운동이야."

"그게 사회 국가주의인가요?"

"아니야. 그건 민족적 국가주의야. 당신이 말하는 이런 문제를 제기하는 사람들은 아르헨티나가 주변국이며, 미개발국이고 제국주의에 종속된 나라라는 사실을 염두에 두지 않고 있어. 과거에 존재했던 유럽 모델은 우리에게 아무 소용이 안 돼. 그런데 왜 페론을 남미의 노동당원이라고 부르는 대신 나치 아니면 파시스트라고 부르는 걸까?"

"당신은 노동당원이라는 말이 더 좋아 보여서 그렇게 부르는 거죠?"

"아니야. 노동주의는 이제 막 경험되고 있는 단계야. 유럽에서도 그건 하나의 모델이지. 노동주의에 의하면, 노동조합이 정당을 형성하고 정당의 중추적 역할을 담당하게 돼. 영국에서「데일리 텔레그래프」라는 보수 신문은 페론을 미개발국의 노동당원으로 묘사하면서 그에 대한 정치 풍자화를 그렸어. 그리고 지역주의보다 더 심한 세계적 질병은 없다는 점을 알아야 해. 우리는 자신의 현실을 잣대로 다른 국가의 현실을 평가하는 경향이 있어. 그래서 유럽인들은 서구와 비슷한 칠레의 정치 과정을 보다 잘 이해할 수 있는지도 모르지. 하지만 아르헨티나의 경우는 달라. 아르헨티나는 다른 나라와 전혀 다른 정치 현상을 보여 주고 있거든."

"그럼 페론을 한마디로 정의해 주세요. 아니면 그 사람과 비교할 만한 인물이 누구인지 말해 봐요."

"당신은 레테르 붙이길 좋아하는군. 바로 페론에게 적당한 레테르가 있는데, 그건 대중주의란 말이야. 그는 대중의 지도자였고, 대중 운동의 우두머리였어. 그리고 당신이 그와 비교될 수 있는 인물을 원한다면, 딱 한 사람 있는데, 바로 나세르야. 하지만 그건 또 다른 이야기지."

"당신은 자꾸 말을 돌리고 있어요. 그래서 우리는 아무것에도 이르지 못하고……."

"어떤 것에 이르기를 원하지? 난 단지 당신에게 내 이야기를 들려주고 있을 뿐이야."

"하지만 당신이 보기에 그 사람은 우익이었나요, 아니면 그렇지 않았나요?"

"민중적이었어."

"그 이야기는 그만 해요."

"그래, 그만 할게. 페론의 정신 구조는 군사 교육을 받아 이루어졌고, 또한 무솔리니 시대의 이탈리아에 살았기 때문이기도 했지. 하지만 무엇보다도 그는 실용주의적이었어. 즉, 그 사람은 힘이 있는 곳에서 힘을 찾았지. 그의 속마음이 우익이었느냐 아니었느냐에 대해서 나는 관심 없어."

"어떻게 관심이 없을 수 있어요? 거기에서 당신은 그가 남겨 놓은 유산, 그러니까 극우파 여대통령을 받들고 있잖아요."

"당신 말이 맞아. 그건 관심 있는 문제야. 몇 달 전부터 나는 내가 믿던 것보다 더 관심이 있을지도 모른다고 의심하기 시작했어. 하지만 너무 다그치지 마. 유산이라는 것은 결과물, 즉 피날레일 뿐이야. 하지만 정치는 많은 선택을 통해 이루어져. 당신이 투표할 때 명단에 있는 사람들 중에서 골라야 하는 것과 마찬가지야. 내게도 똑같은 현상이 일어났어. 그리고 다른 차원이긴 하지만, 난 당신이 내게 던진 바로 그 질문을 나 자신에게 했어. 난 아직도 이 모든 것에 대한 해답은 아직 찾지 못했다는 사실을 당신에게 고백할 수도 있어."

"난 도둑놈들이 득실거리는 그 그룹에 당신이 어떻게 가입하게 되었는지 도저히 이해할 수 없어요. 게다가 그 사람들은 우익이고, 모두 청교도들이에요. 내가 불행히도 가까이에서 알았던 사람처럼 말이에요."

"난 그 정당에 들어간 것이 아니라, 페론주의에 들어간 거야. 그것은 하나의 정당보다 큰 개념이야. 페론주의는 정치 운동이야. 정당, 노동조합, 기업 조합, 학생 조합과 이데올로기적으로 완전히 반대인 여러 정치 성향들로 이루어진 정치 운동이야. 그것들은 단지 국가 운동이란 사상과 페론이라는 인물 속에 함께 뭉쳐 있는 것뿐이야."

"그럼 이제는 페론이 죽었으니, 무엇이 그들을 하나로 뭉치게 만들죠? 내게 말해 줄 수 있나요?"

"페론이 죽었으니, 지금의 정당은 더 이상 존속할 수 없을 거야. 오늘날까지 정부 권력을 잡고 있긴 하지만, 오래 지속되지도 않을 테고. 그다음에는 노동자 계급과 정치 투쟁 단계가 오겠지. 난 철학자처럼 설명하고 싶지는 않아. 하지만 거대한 파멸의 단계가 올 테고, 거기에서 새로운 정치 운동의 기본적인 요소들이 수립될 거야. 그럼 페론주의는 이름만 남겠지."

"나에게 나중에 말해 주겠다고 한 게 있었어요. 바로 폭력에 관한 것이었어요."

"페론주의의 승리를 방해하기 위해 선거 참여를 금지시킨 것은 폭력일까, 아니면 그렇지 않을까? 1963년에 다른 정당 소속의 아르투로 움베르토 이이야*가 투표의 27퍼센트 지지를 얻고서도 대통령이 되었지. 그건 폭력이 아닐까? 그러고 나서 1966년에 후안 카를로스 옹가니아*가 주도한 군사 쿠데타가 발생했지. 그리고 그는 모든 정치 활동을 금지시켰어. 적어도 그는 자기가 금지시켰다고 믿었지. 그리고 대학 문을 닫게 했어. 옹가니아의 폭력은 대중들이 의사를 표현할 수 있는 모든 출구를 폐쇄해 버렸다는 점에 있어…… 그래서 게릴라가 만들어진 거야. 아르헨티나에서 게릴라가 탄생했다는 것은 아주 흥미로운 현상이야. 적어도 1년 전에 체 게바라의 죽음으로 이미 쿠바 혁명이 실패하는 경험을 했던 때였으니까 말이야. 몬토네로스*는 1968년에 아람부루*를 납치한 후 살해한 것과 같은 어둡고 밝혀지지 않은 사건을 기회로 탄생했다는 사실을 잊지 말아야 해. 당신은 내가 이런 것조차도 생각하지 않고 페론주의로 들어갔다고 생각해?"

"이런 것이라니요?"

"당신은 몬토네로스가 어떤 단체인지 잘 알고 있어, 그렇지?"

"페론주의 게릴라지요. 반면에 민중 혁명군(ERP)*은 마르크스주의를 신봉하는 게릴라고요."

"바로 그거야, 아니타."

"당신이 동조하고 있는 단체가 몬토네로스지요?"

"전적으로 그런 것은 아니야."

"하지만 난 믿을 만한 소식통을 통해 그렇다는 것을 알고 있어요. 아니, 뭐 속일 필요는 없어요. 난 단지 그렇게 상상하고 있는 것뿐이니까요. 당신이 페론주의자이고 이번 납치와 같은 일에 깊이 관여되었다면, 당신이 관계된 단체는 몬토네로스가 아닌가요?"

"그래. 하지만 몬토네로스의 조직원은 아니야."

"포지, 우리는 친구죠? 그런데 왜 내게 친구의 한 사람으로 말하지 않고, 자꾸만 정치인처럼 말하려는 거죠? 난 사실을 알고 싶어요. 당신과 말싸움해서 이기고 싶은 생각은 추호도 없어요."

"내 얘기를 계속하게 해줘. 너무 모든 것을 논리적으로 생각하려고 하지는 마."

"한 가지 궁금한 점이 있어요. 왜 당신은 ERP가 아니라 몬토네로스에 들어갔죠? ERP가 더 좌익인데……."

"몬토네로스는 항상 국가적인 것을 우선시했으니까. 그리고 적어도 초기 단계에선 페론주의의 상호 계급주의적 개념을 유지하고 있었어. 반면에 ERP 지도자들은 아르헨티나를 베트남처럼 만들어야 한다고 주장했지. 그건 한마디로 미친 생각이었어. 아르헨티나는 베트남과 비교할 때 생활수준이나 사회 구조 면에서 반세기는 앞선 나라였으니까."

"계속 말해 봐요."

"아르헨티나를 생각하면, 난 항상 아랍 민족과 유대인들의 반목과 아일랜드의 내란이 연상돼. 이 사람들의 생각은 모두 옳아. 군인들은 게릴라들이 폭력을 야기했다고 말하고, 게릴라들은 폭력이란 바로 군인들이 독재 정권을 수립했기 때문에 탄생한 것이라고 주장하지. 군인들은 모든 잘못을 정당 탓으로 돌려. 그러면서 정당들의 무능함과, 형식이 아닌 내용적으로 비합법적이었기 때문에 권력을 맡아야만 되었다고 말하거든. 그리고 그건 틀림없는 사실이야. 그러나 문제의 핵심은 아르헨티나가 지배 계급을 가지고 있지 않다는 거야. 기업주와 지식인, 부르주아, 프롤레타리아를 비롯한 모든 차원에서 지배 계급이 없고, 따라서 정치 문화가 결여된 국가지. 기본적인 운영 원칙이 없는 나라야. 그래서 그 어떤 분야도 헤게모니를 장악할 수 없으며, 따라서 아르헨티나는 계속되는 불안정 속에 살고 있는 거야. 아르헨티나에 유효한 정치 계획을 발전시킨 사람은 아무도 없었어."

"그래요, 나도 그 말에는 동의해요. 하지만 당신은 가장 나쁜 사람들과 협력하고 있어요."

"페론주의 내에는 아주 나쁜 사람들이 있어. 그렇지만 내가 이 운동 단체에 소속되어 있는 것이 싫다면, 당신 마음대로 해. 난 페론주의에서 내 행동을 시도할 수 있다고 생각해. 바로 그 내부에서 말이야. 하지만 당신처럼 이 운동에 속하지 않은 사람은 외부에서 그 어떤 것도 할 수 없어. 내부에서는 내가 원하는 걸 해볼 수 있어. 그건 페론주의를 수정하는 것이야."

"하지만 당신은 그러면서 폭력과 같은 가공할 만한 행위에 동의하게 되었어요. 비록 그렇게 유발된 측면이 있긴 하지만 말이에요. 그것이 유발된 것이든 아니든 간에 나와는 상관없어요."

"만일 당신이 정의가 없는 사회를 유지하려는 사람들이 저지르는 폭력 앞에서 대항하지 않는다면, 당신이 얻을 수 있는 것은 더욱 심한 폭력과 더욱 심한 사회 부정일 뿐이야."

"또한 난 변호사와 그 문제를 토론하기······."

"변호사는 단지 정치범들을 변호하고 고문 받은 사람들 편에서

174

항의하고, 쓸모없는 출석 요구서를 받은 후 실종된 사람을 찾고, 그보다 더 쓸모없는 서류를 작성하여 제출하는 사람에 불과할 뿐이야. 그러면서 실상 정부의 하수인이었던 AAA 그룹 살인자들의 이름을 폭로하기 위해 일하는 사람이야."

"당신이 뽑았던 정부 말이군요."

"내 잘못이었지. 하지만 그런 것들은 바뀌어야만 해. 1973년에 제대로 선택해야 했었지. 군사 독재의 몰락으로 인해 페론이라는 개인을 초월해 페론주의로 모든 표가 몰렸어. 우리는 폭력을 원하지 않았어. 하지만 이미 폭력 속에 휩싸여 있었지."

"물에 빠져 죽기 일보 직전의 사람처럼, 당신도 날 그런 곳으로 빠뜨리려 하려는군요."

"그런 식으로 날 모욕하지 마."

"하지만 그건 사실이에요. 아마도 그래서 당신이 화를 내는 거겠죠."

"이봐, 당신은 당신이 원하는 걸 얻었어. 하지만 이제 난 어리석은 당신이 지겨워."

"왜 내가 어리석어요? 이제 가나요?"

"그래, 잘 있어."

"문 닫고 이리 와요."

"난 가겠어."

"이제 가면 영영 오지 말아요."

"당신이 원하는 대로 해주지."

"진심으로 말하는 거예요. 만일 지금 가려면, 더 이상 날 만날 생각은 말아요."

"안녕…… 부디 회복되길……."

"그럼 알레한드로에 관한 일은 잊으세요. 난 결코 그 일에 관여하지 않을 테니까."

"알았어."

"그리고 다시는 여기 오지 말아요."

"안녕."

7

또다시 악몽에 시달렸어, 라고 여배우는 침대에서 되뇌었다. 그러나 바로 그 순간에 완전히 잠을 깰 수는 없었다. 이번 꿈의 내용은 간단했고 쉽게 해석될 수 있었다. 그녀는 계약을 논의하기 위해 제작자 앞에 서 있었다. 그는 신출내기로, 그녀를 발굴했지만 이제는 고인이 된 제작자의 후계자로 들어온 사람이었다. 어느 순간 그녀는 자기 출연료를 고수하기 위해 과거에 성공했던 영화들을 언급해야 했다. 하지만 그 순간 무자비하게도 그 영화의 제목들이 기억 속에서 모두 사라져 버렸다. 심지어는 감독의 이름과 파트너였던 남자 배우의 이름마저도 모두 잊어버렸다. 또한 자기 운전사들의 이름도 전혀 기억나지 않았다.

어린 여자 아이의 울음소리 같은 이상한 신음 소리에 마침내 그녀는 비몽사몽 중에 깨어났다. 사실 그 소리는 이름 모를 멕시코 새의 노랫소리였다. 영화의 메카에서 보낸 7년이 그녀의 인생에 그리 중요한 흔적을 남기지 않았다는 것은 분명한 사실이었다. 단지 별로 중요하지 않은 수많은 영화 제목과 날짜만 남아 있을 뿐이었다. 또한 그녀는 자기 일을 자랑스럽게 느끼지도 않았으며, 비평가들의 이해할 수 없는 말들을 통해 자신의 연기가 진부하다는 사실을 확인했다. 하지만 왜 그녀는 멕시코 땅이 제공하는 맑고 투명한 현재 대신 어두운 과거만을 생각했던 것일까?

교태 부리는 듯한 식민지풍의 침실은 무척 마음에 들었다. 대낮에 그 침실을 본 것은 그때가 처음이었다. 그녀는 언제나 이 화려한 저택에 밤이 이슥해서야 도착해서 비로소 인정 많은 주인들이 그녀에게 약속해 준 것을 확인하며 안도의 숨을 내쉬곤 했다. 그 약속이란 아주 예의 바르고 신중한 하인들에 둘러싸인 채 혼자 있는 것이었다. 그 저택에 거주하던 다른 손님은 멀리 떨어진 별관에 머물고 있었다. 그리고 그 손님도 여배우처럼 아무도 만나고 싶어 하지 않았다. 그 사람 역시 영화계의 거물로, 미국에서 많은 상을 받은 젊은 시나리오 작가였다. 그런 사실을 알자, 여배우는 "너무 지겨워"라고 혼잣말로 중얼거렸었다. 지겹다는 것. 그녀는 지겨운 것이 공작새의 모습과 같다고 하던 어느 아름다운 노래 가사를 떠올렸다. 그녀는 창살이 쳐진 발코니를 쳐다보았다. 바나나 나무, 대추야자, 부겐빌레아 같은 아열대 식물의 대표적인 샘플들을 보고, 그녀는 여러 가지 색깔과 무늬를 떠올렸다. 그리고 그런 식물들 사이로 공작새보다 더 거만하게 꼬리를 활짝 펴고 어슬렁거렸다. "이것들은 불행을 가져와!"라고 여배우는 혼잣말을 되뇌면서 호출하는 벨을 찾았지만 허사였다. "젠장…… 다른 곳에도 벨이 없었어. 그래서 내가 이런 불운을 맞게 된 거야."

그녀는 아침 식사를 주문하기 위해 전화를 들었다. 선택할 음식 메뉴가 너무 많았고, 그 이름들조차 모르는 게 태반이었기 때문에 그녀는 온갖 음식이 준비된 안뜰로 내려오는 게 어떠냐는 권고를 받았다. 하지만 안뜰에 얽힌 기분 나쁜 추억을 떠올리고 여배우는 몸을 떨었다. 참나무 계단은 응접실로 향하고 있었는데, 그곳에서 그녀는 벽을 장식하고 있던 화려한 3부작 프레스코 화만을 보았다. 왼쪽 벽의 그림은 농민 반란을 묘사하고 있었는데, 번쩍이는 인디언 얼굴들은 분노로 벌게 있었다. 그것은 초록색 들판과 노란 밀짚모자, 그리고 농민들의 전형적인 흰옷과 대조를 이루고 있었다. 그녀는 중앙 벽을 쳐다보지 않았다. 이미 그녀의 시선은 오른쪽 벽에서 뿜어 나오던 화사한 장면에 매료되었기 때문이었다. 그녀는 바로 부자들의 화려한 축제에 이끌려 있었다. 그 벽화를 더욱 자세히 살펴보려고 가까이 다가가자, 슬라이드가 돌아가면서, 3개 국어로 그 그림은 민중의 적들과 그들의 생활을 다루고 있다고 설명했다. 마지막으로 특정한 부분에 서보라고 지적하면서, 그곳에서 보면 누구든지 이렇듯 화려하게 꾸민 사람들의 얼굴이 사실 두개골에 불과할 뿐이라는 사실을 알게 될 것이며, 또한 이렇게 죽어 있는 사람들을 불과 몇 센티미터 떨어지지 않은 곳에서 더욱 가까이 보게 되면, 그 안에서 자기 자신의 얼굴이 반영되고 있음을 볼 수 있을 것이라고 말했다. 여배우는 가장 중요한 여인의 얼굴 가까이 다가갔다. 그 여인은 대통령인지 총사령관인지와 팔짱을 끼고 가는 가장 존경받는 축하객이었다. 바로 그때 그녀는 발까지 검은 레이스가 달린 옷을 입고 진주와 백금으로 치장한 자신의 모습을 보았다. 그러자 그녀는 캘리포니아로 돌아가면 그것과 똑같은 옷을 만들어야겠다고 마음먹었다.

경쾌하게 울려 퍼지는 종소리가 길을 가르쳐 주었다. 그 길은 습기와 포도 덩굴이 늘어진 추리게라*풍의 예배당이 보이는 난간으로 향하고 있었다. 그녀는 식탁에 차려져 있던 풍경 그 자체가 더욱 좋았다. 이미 식탁에는 총천연색의 아침 식사가 차려져 있었다. 열대 과일인 마미의 붉은색은 그 어느 것과도 비교할 수 없었다. 그 색이 주홍색이었던가, 아니면 붉은 산호색이었던가? 아니면 분홍색이었던가, 아니면 진홍색이나 암홍색, 혹은 자주색이나 연분홍이었던가? 아보카도는 푸른 바다나 푸른 산, 혹은 검푸른 색이었다고 생각했다. 반면 파파야는 태양빛이 어떻게 비추는가에 따라 노란색이 섞인 초록색이나 카키색 혹은 황갈색, 사프란색, 대추야자 색, 암갈색, 혹은 약간 누런색, 또는 밤색 혹은 청동색이라고 생각했다. 그때 성마르고 변덕스러운 여배우는 파란색에 대한 향수를 느꼈고, 그래서 하늘을 쳐다보았다. 하늘은 박수 갈채를 받았던 스타의 속눈썹이 얼마나 크게 열리느냐에 따라 청록색, 남색 혹은 사파이어 색으로 보였다.

그녀는 혼자 있게 해달라고 부탁했다. 하지만 막상 아무도 없어, 적막 속에서 그녀는 자신의 목소리를 들어야만 했다. '지금 아무 계약도 없는 나는 앞으로 어떻게 될까? 세상은 바뀌었어. 스튜디오 사장은 죽었고, 유럽에서는 이미 전쟁이 끝나 가고 있어. 아마 나는 유럽으로 되돌아가서 새로운 삶을 시작할 수 있을 거야.

내게는 촬영할 영화가 단 한 편만 남아 있어. 그 영화는 내 배우 인생 중에서 가장 중요한 영화야. 그리고 그 배역은 모든 스타들이 욕심내는 역할이지. 심지어 나는 그 영화를 촬영하면 죽여 버리겠다는 익명의 협박 편지도 받았고. 허 참! 그 여자들은 내가 살아오면서 얼마나 많은 위험을 겪었는지 모르고 있어……. 내가 바로 그 여자들이라고 말하는 것은, 날 공포에 떨게 만들려는 여배우들이기 때문이야. 하지만 크게 걱정할 필요 없어. 난 그 영화를 촬영한 후에 영화계를 떠날지도 모르니까. 아니, 누가 알아, 아마도 그건 운명이 말해 주겠지. 그래서 무슨 일이 일어날지 계획하는 것은 쓸모없는 일이라고 생각하는데…….' 그녀는 계속 생각할 용기를 내지 못했다. 이 모든 것이 그토록 열망하고 두려워하면서 기다리던 어느 날에 좌우되기 때문이었다. 며칠만 있으면, 그러니까 일주일 내로 그녀는 서른 살이 될 것이었다.

몇 분도 안 되는 시간에 그녀는 여러 음식을 마구 먹어 치웠다. 바로 그때 감미로운 선율이 그녀의 관심을 끌었다. 흰 오건디 옷을 입고 느슨하게 맨 끈이 너울거리는 챙 넓은 모자를 쓰고서 그녀는 그 음악을 연주하는 사람들을 찾아 달려 나갔다. 그렇게 그녀는 연꽃으로 거의 뒤덮여 있는 강둑에 도착했다. 남성 합창단의 목소리는 갈수록 크게 울려 퍼졌다. 그리고 강물이 굽어지는 곳에서 강가의 꽃보다 더 많은 꽃으로 초가지붕을 장식한 조그만 배가 나타났다. 커다란 모자를 쓴 사공이 그 배를 조종하고 있었다. 그 뒤로 머리가 희끗희끗한 악사들을 태운 또 다른 배가 있었다. 악사들은 단추가 가득 달린 흰옷 차림이었다. 고개를 숙이는 것만으로도 인사는 충분했다. 여배우는 기분 좋게 배에 올라탔다. 만일 그녀가 그 노래 가사를 전부 이해할 수만 있었다면, 완전한 황홀경에 빠졌을 것이다. 하지만 그 노래 가사가 무엇인가를 숨기고 있을지도 모른다고 생각하자 그녀는 기분이 상했다. 그녀는 알지 못하는 것에 대해 쓸데없이 두려워하는 버릇을 버릴 수가 없었던 것이다.

조그만 거룻배는 아주 빠르게 미끄러져 갔고, 악사들은 똑같은 멜로디를 조금씩만 바꿔서 끊임없이 부르고 있었다. 여배우는 오른편 강둑에서 그토록 보고 싶었던 선인장 풍경을 보았다. 그러고는 영어로 사공에게 그곳에 정박하라고 지시했다. 그러자 남자는 안 된다는 제스처를 해 보였다. 그의 그을린 얼굴에는 어두운 그림자가 맴돌고 있었다. 그녀는 계속 그곳에 세우라고 고집 부렸다. 그러자 사공은 아주 무서운 말 한마디를 던졌다. 하지만 그녀는 한 번도 웨스턴 영화를 촬영한 적이 없었기 때문에, 그 말뜻을 알아들을 수 없었다. 그 말은 '도망자들이 있단 말이에요!' 라는 뜻이었다. 바위와 사막과 가시 식물들이 어우러진 모습은 그녀의 외모와 아주 정반대의 강렬한 효과를 자아내고 있었다. 그녀는 혼자서 꾸불꾸불한 오솔길로 들어가겠다고 우겼다. 그러고는 가파르고 울퉁불퉁한 바위들과 불안해하는 모래 언덕, 그리고 커다란 선인장들을 감탄하듯이 쳐다보았다.

그 경치는 갑자기 완전히 바위만 있는 풍경으로 바뀌었다. 커다란 바위들 사이로 험한 오르막길과 내리막길이 반복되고 있었기 때문에, 몇 미터 앞조차도 내다볼 수 없었다. 그런 땅에는 도망자들의 위험만이 있는 게 아니라, 그들보다 더 정확하고 빨리 공격할 수 있는 뱀의 위험도 도사리고 있었다. 한 남자의 손―아니면 여자 손일까? 장갑을 끼고 있었기 때문에 정확히 알 수는 없었다―이 그 오솔길에 일부러 뱀을 놓아둔다면, 그 뱀은 아무 흔적 없이 그녀를 죽일 수도 있었다. 여배우는 예민한 귀로 희미하게 부스럭거리는 소리를 들었다. 그 소리에 불행이 닥칠 수도 있다고 생각한 여배우는 다음 행동을 취했다. 그녀는 넓은 치마를 들어 올리고 마구 뛰기 시작했다. 헉헉거리는 숨소리 때문에 그녀는 제대로 뜻을 이루지 못했다는 상스러운 말소리를 들을 수 없었다. 그 말은 바로 몇 명으로 이루어진 살인자 그룹이 내뱉은 말이었다. 더 정확히 말하면, 그들은 두 명이었고, 그 두 명은 다름 아닌 한 남자와 한 여자였다.

탐험을 마친 후에 여배우는 오후를 저택 침실에서 보내기로 마음먹었다. 점심을 많이 먹어서 그런지 몹시 졸렸고, 그녀는 몇 시간 동안 낮잠을 잤다. 아무 꿈도 꾸지 않았다. 그러다가 아주 완벽한 휘파람 소리에 잠에서 깨어났다. 누군가가 그녀가 익히 알고 있던 멜로디를 휘파람으로 불고 있었다. 그런데 그건 바로 노인들이 부른 노래였다. 사실 그녀는 낮잠을 자기 전에 그 노랫가락을 기억해 내려고 애썼지만 허사였다. 그녀는 그 노래가 행운을 가져오는 노래일 거라고 생각했다. 발코니에서 내려다보았지만 아무도 보이지 않았다. 그래서 불길한 것처럼 보이던 새들을 쫓아내며 성급히 아래로 내려갔다. 보라색, 딸기 색, 희고 진한 자주색을 띠고 있던 커다란 부겐빌레아 꽃밭에 그 휘파람의 주인공이 숨어 있을 것이라는 생각이 들었다. 그녀는 단지 그 노랫가락을 듣고 싶을 뿐이었다. 그 노래를 부르는 사람이 누군지는 전혀 관심이 없었다. 그녀는 자신도 모르게 가느다란 나뭇가지 하나를 밟았고, 바삭하는 소리에 휘파람 음악 소리는 멈추었다.

그녀는 곧 자기 앞에서 깜짝 놀랄 만한 것을 보게 되었다. 커다란 바나나 잎사귀를 헤치며 나오는 청년이 누군가와 몹시 닮아 있던 것이었다. "먼저 라이트가 꺼지고 막이 내리기도 전에 당신을 만나게 되다니, 정말 이상한 느낌이 드는군요…… . 난 당신을 실제로 만나게 된 것을 몹시 드문 특권이라고 생각합니다." "당신 역시 스튜디오에 소속되어 있으니, 여배우 한 명쯤 더 알게 된다는 것이 그리 대단한 일은 아닐 거예요." "물론 당신은 그렇게 생각하지 않겠지만…… 혹시 어디 아프신가요? 얼굴이 몹시 창백하군요." "맞아요. 당신은 내가 알고 있는 사람과 아주 비슷하거든요. 이 세상에는 얼굴 없는 귀신들이 있어요. 또, 한 여인이 기억 속에서 지워 버리고 싶은 남자도 있지요. 당신은 그 귀신 중 하나에게 얼굴을 되돌려준 게 틀림없어요." "가장 별 볼일 없는 귀신에게 말인가요?" "가장 사랑받고, 또 가장 배신을 일삼는 귀신에게요." "그럼 내가 아주 다른 두 귀신과 비슷하단 말이네요…… ." "아니에요, 그중의 한 귀신과 같단 말이에요."

참으로 오랜만에 그녀는 한 인간과 말하는 즐거움을 만끽했다. 그래서 영화를 그만두고자 하는 자기 생각을 말해 주었다. "당신은 우리 모두를 버리고, 유럽으로 갈 생각을 하는군요. 당신을 위해서는 기쁜 일이지만, 내게는 정말 유감입니다. 사실 꿈의 공장이라는 할리우드에 힘든 시기가 닥치고 있어요. 당신이 그만두겠다는 걸 염두에 두고 말하는 것은 아니에요. 난 오래전부터 그것을 애석해하고 있었어요. 전쟁이 끝났다는 즐거움을 만끽하자마자, 또 다른 사악한 힘이 광장을 습격하여 점령하려고 준비하고 있어요. 이미 마귀들이 유명 인사들의 목록을 작성하고 있지요. 그리고 그 혐의는 바로 한 여자에게 씌워질 겁니다. 생각하는 여자는 위험하거든요. 그리고 반기독교인인 모든 사람은 낙인이 찍힐 것이고, 마귀들은 그들을 사냥하기 시작할 테지요. 또한 백악관에 화형장을 만들어 이런 사람들을 새로운 마녀라는 이름으로 불태울 겁니다. 나는 이미 쫓기고 있습니다. 아주 중요한 선언문을 준비하고 있기 때문입니다. 바로 그 선언문을 작성하기 위해 나는 이곳에 온 겁니다. 날 추적하는 사람들을 따돌렸다고 생각했지만, 이상한 그림자들이 어느 순간 이 정원 위로 비추었어요. 만일 당신이 어떤 사악한 힘에 쫓기고 있는 것이라면, 나는 이곳에서 안도의 숨을 쉴 수가 있겠지요. 그리고 그 사악한 힘들이 찾으려고 하는 사람은 내가 아니라 바로 당신일 것이라고 생각할 수 있을 겁니다." 여배우는 자신의 경거망동을 이렇게 위장했다. "그렇다고 해도 난 별로 이상하게 생각하지 않을 거예요. 난 여기에서도 죽음의 위협을 받았어요. 하지만 그 동기는 그리 중요하지 않아요. 그들은 단지 내가 금년 최고의 배역을 포기하기를 원하고 있어요. 무엇 때문에 그러는지는 말할 필요도 없을 거예요. 세상 사람 모두가 다 알고 있으니까요. 그건 평생 동안 자기 직업 말고는 아무것도 모르는 얼빠진 여배우들의 바보 같은 자만심 때문이에요. 누구보다도 나를 죽도록 증오하는 여배우가 한 명 있지만 그 여자 이름은 말해 줄 수 없어요. 그녀의 이름만 입에 올려도 불행이 닥칠 것 같거든요." "그녀가 누구인지 조그만 힌트 하나라도 주십시오. 그럼 누군지 알아낼 테니까." "아주 쉬워요. 곰보 자국을 숨기기 위해 아주 정교하게 만든 고무 가면으로 얼굴을 가려야만 하는 여자예요." "잔인하고 인정사정없기로 유명한 여자로군요. 조심하는 게 좋을 겁니다." "말은 고맙지만, 난 그 여자보다 더 무서운 적들을……."

여배우는 그 청년을 쳐다보는 것만으로도 자기가 좋아하는 멜로디를 다시 들을 수 있다는 사실을 깨달았다. 그녀는 그 멜로디를 너무나 좋아하고 있었으므로, 그에게서 한시도 눈을 뗄 수 없었다. 저녁 해가 지기 시작했다. 청년이 '자개의 연못'까지 걷자고 제안했다. 석양 녘이 되면 호수가 붉게 물들기 때문에 붙여진 이름이었다. 그녀는 그의 제안을 받아들였다. 그리고 아무 말도 하지 않고 자기 파트너의 눈망울 속에 비치는 그곳 경치를 쳐다보기로 마음먹었다. 그리고 그곳에서 장밋빛 호수와 시클라멘으로 물든 백조와 주홍 꽃들을 쳐다보았다. 그 남자는 장황하게 연설했다. 그러자 그녀는 그 남자가 쉽게 사랑에 빠지는 사람이라는 것을 더 이상 의심할 수 없었다.

그들이 서로 키스할 때에도, 그녀는 눈을 감지 않은 채 경계심을 늦추지 않았다. 그래서 그의 눈 속에 비친 장밋빛의 자기 모습을 바라보았다. 귓속말을 하는 것처럼 그녀는 어느 민요 가락에서 들었던 가사를 되뇌었다. "당신의 감각적인 눈이, 마치 두 자루의

칼처럼, 내 우울함을 죽이고……." 그는 그 말을 듣자 어떻게 대답해야 할지 몰랐다. 그녀는 계속해서 말했다. "……난 희망을 잃었어요. 난 소심한 겁쟁이가 되었고, 믿음을 잃었어요. 권태라는 것은 오후의 햇빛에 쉽게 질리는 공작새와 같아요……." 그러자 마침내 그가 입을 열었다. "공작새의 부채처럼, 당신이 길을 헤매는 푸른 정원에서, 괴롭게 떨리는 음악 소리에 맞추어…… 당신의 눈망울 속에서 권태를 볼 수 있어요." 이번에 그녀는 아무것도 볼 수 없었다. 그가 너무 강렬하게 키스하는 바람에 눈을 감아야 했기 때문이었다. 눈을 감아 컴컴한 상태에서 그녀는 숨 가빠 하면서 그가 속삭이는 소리를 들었다. 그녀의 아름다움에 영감을 받은 그가 유창하게 속삭이는 말소리였다. 그녀는 그의 말을 중단시키고는, 그렇게 정확하게 시구를 읊는 사람은 귀신 시인일 것이라고 말했다. 그때 그는 처음으로 그녀의 웃는 모습을 보았다. 그러고는 그녀를 이렇게 정의했다. "……창문 뒤로 카니발이 펼쳐지네요. 길고 화려한 웃음을 짓는 당신, 장밋빛 눈가리개를 한 공주, 미스 스마일, 당당한 왕비……." 그 말을 듣자 그녀는 처음으로 고독이란 것이 얼마나 끔찍한 것인가를 깨달으면서 이렇게 애원했다. "……내 오솔길에서 모든 가시나무를 없애 주세요. 그리고 당신의 빛으로 내 절망에 빛을 내려 주세요……." 하지만 그는 고통이 다시 그들을 어루만지기 시작했다는 것을 전혀 눈치 채지 못한 채, 그녀만을 바라보았다. 순간 그는 그녀의 눈동자에 비친 백조와 그녀를 혼동했다. "……하느님이 유리창에 그린 백조여, 내게 눈처럼 하얗고 신성한…… 당신의 모습을 내려 주소서. 달빛의 키스이자, 결혼식의 홍조여…… 희디흰 그대 모습, 악 때문에 창백해진 꽃……."

그녀는 아름답기 그지없고 거짓이 없는데, 왜 악의 산물이라는 것일까? 하지만 그 남자와 그녀는 그 시 속에 그런 말이 들어 있다는 것을 전혀 이상하게 생각하지 않았다. 여배우는 자기 인생이 항상 위험에 둘러싸여 있었다는 것을 다시 한 번 떠올렸다. 그리고 사랑의 허망함을 생각했다. 그런 생각을 하자, 눈물이 흘러나오는 것을 막을 수 없었다. 그녀는 자신이 어두운 바다의 심연에서 자개가 장밋빛을 띠고 붉은색을 띠듯이, 자기가 장밋빛을 띠고 이 세상에 태어났다고 생각했다. 그러자 그가 말했다. "……자개, 당신은 인어들이 자신의 모습을 쳐다보는 거울이오. 그리고 울고 싶은 당신 마음속에서…… 당신의 눈물은 바다에서 솟아나…… 바로 진주로 변하고……." 그녀는 오랜만에 처음으로 자기의 새로운, 아니 오래된 열정의 대상에서 다른 곳으로 눈을 돌렸다. 그녀는 천천히 두어 발짝 내디뎠다. 만일 계속해서 그만을 쳐다보고 있으면, 숨도 제대로 쉬지 못할 것 같아 두려웠기 때문이었다. 하지만 이내 그런 행동을 한 자신을 후회했다. 그것은 그를 다시 쳐다보았을 때, 그가 이미 벌거벗은 채 완연히 진주 색을 띠고 있었기 때문이었다. 그녀는 일반적으로 여자들이 반응하듯, 그곳에서 도망치려고 했지만, 그는 그녀의 허리를 힘껏 움켜잡고, 그녀의 행동을 냉소적으로 비난하듯이 말했다. "당신의 향긋한 입술은…… 단 한 번의 키스로 내 마음을 불살랐어. 그건 나비의 가벼운 퍼덕거림이었어…… 그건 여자 영혼의 견딜 수 없는 욕망이었어.” 그녀는 차가운 공기가 그의 육체를 불태우고 있다는 사실만을 눈치 챘다. 그녀는 갑자기 공기가 차가워지는 게 이상하다고 생각했지만 다른 생각에 정신이 팔린 나머지 그가 자기 옷을 벗기고 있다는 사실을 전혀 의심하지 못했다. 그가 그녀에게 편안하게 누울 수 있도록 수풀 위에 오건디를 펼치는 순간, 그녀는 그가 자신을 정신박약아 내지는 누구에게나 마구 몸을 주는 헤픈 여자라고 생각할지도 모른다는 두려움을 느꼈다. 그녀는 자기 자신을 합리화해야 할지 몰랐다. 그래서 경박함을 숨기면서 말했다. “……미스 스마일, 이 산들바람이…… 내 옷을 이렇게 만들었네요.” 그 말을 듣자 그는 거칠게 행동하지 않겠다고 약속한 후, 덧붙였다. 이제 그는 자기 그림자에 완전히 뒤덮인 그녀를 보고 있었다. “……창백한 목련이 당신의 고통스러운 얼굴과…… 초록색 비치와 같은 당신의 아름다운 눈 속으로 스며드네요. 당신이…… 사랑에 빠져 있다는 것을 알 수 있다오…… 당신이 사랑에 빠져 있다는 것을…….” 그러고 나서 아무 소리도 들리지 않았다. 백조와 재스민 꽃만이 그 무대를 지켜보는 가운데, 그녀는 자연이 제 갈 길을 가고 있으며, 그 순간 자연의 길은 주홍색이라고 믿었다. 아니면 암홍색, 혹은 연분홍색이었던가? 혹은 양홍(洋紅)이었던가? 그것도 아니면 진홍색이었던가? 갑자기 말소리가 다시 들리기 시작했다. 하지만 그들의 입에서 나오는 것이 아니라, 공기 속에서 솟아나고 있었다. “백조는 울고, 저녁은 점점 멀어져 가고…… 붉은색, 아니면 빨간색으로 옷을 입고 있나? 승리의 마차는…….”

마침내 밤이 되자, 사랑을 맹세하는 시간이 되었다. 그녀는 그를 '그 사람'이라 부르고 싶었다. 그는 정원에서 멀리 떨어지지 않은 '은빛 호수'로 가자고 했다. 그것은 밤이 되면 달빛에 호수 물이 은빛으로 물들기 때문에 붙인 이름이었다. 그 사람은 기다릴 수가 없었다. 그래서 호숫가가 보이기도 전에 길에서 조바심을 내며, 자기가 느끼고 있던 고통을 말하기 시작했다. 그 사람은 그녀에게 자기가 살아왔던 삶에 관해 모두 알려 주고자 했다. 그는 자기의 옛 부인에 관해 말하면서, 아직도 자기의 삶을 사랑하고 있는 이유는 거의 만날 수 없는 딸 때문이라고 말했다. 여배우는 그 딸아이에 관해 모두 알고 싶었다. 그는 딸아이가 아주 똑똑하며, 게다가 감성이 아주 섬세하다고 대답했다. 그러고는 딸아이가 걱정되는데, 너무 쉽게 상처를 받는 아이라 이 세상에서 수많은 고통을 받을지도 모르기 때문이라고 알려 주었다. 좁은 오솔길은 점점 더 어두워지고 있었다. 길가에 늘어서 있던 나무의 무성한 잎사귀들이 달빛을 차단하고 있었다.

여배우는 곧 자기가 불안한 상황에 있다는 것을 알았다. 그녀는 알지도 못하는 한 남자와 알지도 못하는 장소로 가고 있었다. 그녀는 머리가 아프다는 핑계를 대고 돌아가는 편이 낫지 않을까 하는 생각도 했다. 하지만 이미 너무 늦어 버린 후였다. 그곳은 울창한 숲 속이고, 더군다나 밤이었다. 만일 그 사람이 적군이라면, 당장 그곳에서 그녀를 제거해 버릴 수도 있었다. 그녀는 더욱 신중하게 고민했다. '내 평생 신중함은 나의 친구였어. 하지만 이제는 그런 신중함에 등을 돌려야 할 시간이야. 남자들을 불신하는 태도가 과연 내게 어떤 행복을 가져다주었지?' 그녀는 그 사람의 열정적인 말을 멈추게 한 뒤 용서해 달라고 말했다. "뭘 용서해 달라는 말이죠?" "잠시 난 당신을 믿지 않았어요. 바로 저기 야자수 숲을 지나오면서 말이에요. 사실…… 저 나무는 내게 나쁜 추억을 떠올리게 해요. 나는 당신이 날 여기로 데려와서…… 죽여 버릴지도 모른다고 생각했어요." 그러자 그는 그녀를 힘껏 안았다. 하지만 어두웠기 때문에 그녀는 그가 눈물을 흘리고 있다는 것을 알아챌 수 없었다. 그러나 그의 눈에 키스했을 때, 그녀는 그 사실을 눈치 챘다. 무성한 잎사귀가 달빛을 가리고 있었기에 그 누구도 한 쌍의 연인이 어둠 속에서 무엇을 하는지 볼 수 없었다. 단지 그들의 몸을 건드릴 때에 비로소 그런 것을 알 수 있었을 것이다.

어느 순간 그들은 다시 길을 걸었다. 어느덧 호수의 조용한 물소리가 들려오기 시작했다. 그러자 여배우는 그에게 자기가 살아온 날들에 대해 좀 더 많이 이야기해 주기로 마음먹었다. 그녀가 가장 수치스럽게 생각하고 있는 것이었다. 그녀는 자기에게 딸이 하나 있는데, 영화사가 그녀를 입양시키도록 강요했다고 털어놓았다. 그리고 그녀는 그 일에 전혀 반대하지 않았으며, 설령 반대했다 하더라도 별수 없었을 것이라고 말했다. 또한 그녀는 자기가 그런 범죄를 저지르도록 방치했으며, 그런 것에 전혀 죄책감을 느끼지 않았다고 고백했다. 어떻게 사람, 그러니까 그녀 자신이 그토록 야비하고 비열한 인간이 될 수 있을까? 여배우는 입을 다물었다. 그 사람은 아무 말도 덧붙이지 않았다. 그들은 함께 호수를 바라보았다. 호숫가에는 희고 고운 모래가 깔려 있었고, 바람 한 점 불지 않는 호수에는 어부들이 공중에 높이 쳐놓은 그물이 있었다. 그녀는 한숨을 내쉬었다.

그녀가 우울해지려고 하자, 그는 그녀를 나무랐다. 그녀는 호수를 은거울이라고 불렀다. 그 은거울은 그녀가 평소에 좀처럼 볼 수 없던 그녀의 모습을 보여 주었다. 머리카락이 헝클어져 있어서, 넓은 치맛자락이 바람에 휘날리자 그녀는 재빨리 치마 주름 하나를 찢어 내어 두건을 만들고서 헝클어진 머리카락 위로 뒤집어썼다. 그 모습은 해적을 연상시키고도 남음이 있었다. 그녀는 자신의 슬픔을 잊기 위해 자조적인 어투로 말했다. "난…… 은색의 달빛 아래서 태어났어요. 해적의 영혼을 지니고……." 그때 타오르다가 수풀 속이나 물 위에서 꺼져 버리는 불빛을 보면서, 그녀는 그 불빛들을 공격하는 상상의 칼을 휘둘렀다. 사실 그 불빛들은 반짝거리는 조그만 반딧불이였는데, 반딧불이의 파란 불빛이 어두컴컴한 하늘 속에서 불꽃을 튀기고 있었다. 그가 자기 의견을 밝혔다. "……호수에는 달빛이 비치고, 단지 거울만 알고 있는 적막만이……." 그러자 그녀는 이제 자기가 그 사람을 찬미할 차례라는 것을 알았다. "멋진 몽상, 가장 고통스러운 내 삶을 비추는 저 거울 속에……." 하지만 그때 그 사람은 자신의 특권에 스스로 겁먹은 어린아이처럼 화제를 바꾸었다. "……자신의 불빛으로 떨고 있는 반딧불이는 어둠 속에서 반짝이는 유리알을 짓고……." 그 말을 듣자 그녀는 아무런 이유도 없이 부드러워졌고, 온 힘을 다해 그를 껴안았다. 두 사람은 마치 감사의 기도를 드리듯 무릎을 꿇었다. 그리고 꼭 껴안은 채 호수를 바라보았다. 그가 말했다. "아주 가느다란 레이스가 달린…… 저 은 그물…… 사파이어의 밤에 나비들은 잠들고……" 그러자 그녀는 어두운 숲 속에서 그의 끓어오르는 감정을 느끼면서 이렇게 말을 맺었다. "……어떻게 달빛이 투명한 호수 위에 비치는지 보라! 눈물을 닦은 당신의 눈도 이렇게 빛나고……" 아무 말 없이 두 사람은 저택으로 돌아오는 길을 잡았다.

예상치 않은 사건에 항상 세심한 주의를 기울이던 그녀는 모래 위에서 방금 전에 밟은 발자국 흔적을 발견했다. 그 발자국은 절대로 그들의 것이 아니었다. 하지만 그 사람은 그 발자국을 보지 못했다. 그녀는 그의 마음이 어지럽지 않도록 아무 말도 하지 않았다. 그러나 집으로 가는 오솔길을 피하기 위해 다른 길로 가자고 하면서, 수풀 속에 새로운 길을 만들자고 했다. 그는 그녀의 마음을 상하게 하고 싶지 않아 그녀가 하자는 대로 했다. 그렇게 그들은 그 시간에 반딧불이만 떠돌고 있는 호수를 벗어났다. 반딧불이만이 공중에서 흘러나오는 목소리에 귀를 기울일 수 있었다. "세레나타와 오건디와 은빛 밤이여!" 그 목소리는 점점 탄식으로 변해 갔다. "영광의 보름달이여…… 죽어 가는 역사여…… 환상은 사라져서…… 영원히 돌아오지 않으리라……"

새벽녘의 첫 햇살을 받으며 두 연인은 잠에서 깨어났다. 그는 일어나 커튼을 쳤다. 그러자 방이 어둠에 잠겼다. 하지만 그녀는 그의 눈동자에 이상한 그림자가 서려 있다는 것을 알아챘다. 그리고 곧 그 이유를 알게 되었다. "사랑하는 당신, 우리의 사랑과 같은 진정한 사랑은 불완전함이 개입할 틈이 없소. 무언가에 관해 입을 다물고, 다른 사람을 믿지 않는다는 것은 나의 중대한 결점이며 불완전함이오. 그래서 난 지금 내 걱정을 당신에게 털어놓고 싶소. 그건 이것이라오. 난 어떻게 당신이 딸을 입양시킬 수 있었으며, 그러고 나서도 후회를 안 하는지 이해할 수가 없소. 만일 내가 당신 경우였다면, 난 괴로워 죽었을 것이오. 그런데 당신의 이상한 반응을 보니, 난 겁이 나오. 혹시 언젠가 당신이 날 버리고 더 이상 기억하지 않을 수도 있지는 않겠소? 그래서 부탁인데, 할리우드로 돌아가면 당신과 함께 내 정신과 의사에게 가도록 합시다. 정신과 의사의 손에 당신을 맡기면, 그 알 수 없는 이유를 발견할 수 있을 거요. 심지어 우리가 부부로서 함께 치료를 받을 수도 있을 것이오. 그러면 처음부터 서로 비밀이 없어질 것이오. 난 당신에 대해 모든 걸 알 수 있을 테고, 당신도 나에 대해 모든 걸 알 수 있을 것이오. 그렇게 하겠다고 약속하겠소? 그렇게 약속하면, 당신은 내게 당신의 사랑에 대한 결정적인 증거를 주는 것이오. 나처럼 언젠가는 죽을 사람에게 당신과 같은 천사의 사랑을 받는다는 것은 도저히 불가능한 환상처럼 보일 수 있다는 사실을 생각해 보시오."

여배우는 피가 얼어붙는 것 같았다. 그녀는 사랑에 빠진 남자의 목소리가 의미하는 것이 바로 배신임을 알고 있었다. 그는 틀림없이 그녀를 적의 손에 넘긴 다음, 모든 비밀을 가짜 의사들에게 털어놓도록 강요할 것이었다. 그리고 만일 그녀가 반항하면, 그가 저택에 숨어 있는 동료들에게 자신을 넘길 것이라고 생각했다. 모래 위의 발자국은 바로 그들의 것이 틀림없었다. 그래서 애인의 다정한 애무에 말할 수 없이 흥분하는 것처럼 위장하며, 정신과 의사에게 가겠다고 약속했다. 그는 이미 생각해 놓았던 섹스로 그녀의 답변에 보상했다. 그녀는 오르가슴에 다다르는 것 같은 시늉을 하면서 계획을 짜기 시작했다. 1분이라도 더 그와 함께 있으면, 그녀가 거짓으로 한 걸음 더 나아갔으며 그를 불신하고 있다는 사실이 드러날 수도 있을 것이었다. 만일 그가 그런 사실을 알게 되면, 그녀의 입에 재갈을 물려 정원 덤불 속에 숨어 있는 동료들에게 넘길지도 모르는 일이었다.

모든 신음 소리가 잠잠해지자, 미녀는 무언가를 조금 먹고 싶은 마음이 간절하다고 말했다. 그녀는 먹을 것을 찾기 위해 아래층으로 내려가야겠다고 생각했으며, 그에게 깜짝 놀랄 선물을 하고 싶은데, 그것은 그들이 함께 있던 정원에서 재스민을 따 아침 식탁을 장식하는 것이라고 말했다. 그는 그렇게 하라고 했지만 너무 오래 걸리지 않았으면 좋겠다는 부탁을 잊지 않았다. 그녀는 가운을 걸치고 맨발로 아래층을 향해 뛰어갔다. 하지만 불행하게도 그녀는 이미 그곳 주인들에게 세상과 격리된 채 자신을 편안하게 있게 해달라는 말과 함께 전화선을 끊어 달라고 부탁했기 때문에, 전화를 걸 수가 없었다. 하지만 예배당 옆의 숲을 지나 그리 멀지 않은 곳에 꾸불꾸불한 좁은 도로가 있다는 것을 떠올렸다. 누군가가 그곳으로 지나갈 수도 있고, 그러면 근처에 있는 마을까지 갈 수도 있을 것이었다. 그리고 마을에서는 차를 렌트할 수 있을 것이라고 생각했다.

그녀는 안뜰을 가로질렀다. 그가 발코니에서 그녀의 행동을 몰래 살펴보고 있다면, 꽃을 따러 가기 위해 그쪽으로 방향을 잡은 것이라고 둘러댈 작정이었다. 하지만 그녀는 커튼이 아직도 그대로 쳐져 있다는 것을 확인할 수 있었다. 그러자 더 이상 주저하지 않고 도로를 찾아 나섰다. 그녀는 그가 어느 강대국의 스파이라고 확신했다. 그 강대국이 소련이건 미국이건 자신들의 더러운 목적을 위해 그녀를 희생시키려 하고 있었기에, 그런 건 문제가 되지 않았다. 그래, 바로 정신과 의사의 손에 넘겨, 아니 수천 명 과학자의 손에 넘겨 그녀를 생체 해부한 다음, 그녀만이 지닌 비밀을 꺼낼 것이 틀림없었다.

사실 그 도로는 중요한 간선 도로가 아니었다. 한 시간에 차 한 대, 아니 한 대도 지나가지 않을 수 있는 아주 한적한 도로였다. 그녀는 자신이 실수했을지도 모른다고 생각했다. 그러자 함정이 도사리고 있는 그 집에서 가능한 한 멀리 떨어지기 위해 걷기 시작했다. 그런데 집에서 수백 미터 떨어진 곳의 뒤쪽에서 무슨 소리가 들렸다. 아니, 그런 소리가 들릴 리 없었다. 하지만 그 소리는 사실이었다. 그것은 엔진 소리였다. 그녀는 뒤를 돌아보았다. 도로가 굽은 곳에서 최신형 자동차가 모습을 드러냈다. 남녀 두 사람이 타고 있었는데, 남자는 운전석에 여자는 뒷좌석에 앉아 있었다. 그녀는 멈추라는 신호를 보냈다. 하지만 자동차는 더욱더 거센 속도로 달려왔다. 아니, 그럴 수는 없었다. 자동차는 그녀를 덮치려고 했다. 그녀는 길 한쪽으로 몸을 피하며 간신히 자동차를 피했다. 여배우는 자동차에 타고 있던 여자의 얼굴이 천연두 자국의 곰보로 뒤덮여 있는 것을 볼 수 있었다. 자동차는 다시 방향을 바꾸었다. 그녀는 도로에서 나와 자동차 반대 방향으로 뛰기 시작했다. 그러자 자동차도 도로에서 벗어나더니, 불과 몇 초도 안 되어 그녀를 덮쳤다. 가끔 자동차 앞 유리에 부딪히는 새들처럼, 그녀는 창자를 드러내며 쓰러졌다. 죽음 속에 신음하면서, 그녀는 잠시 슬픈 일들에 대해 생각할 수 있었다. 그 몇 초 안 되는 짧은 순간이 영원처럼 길게 느껴졌다. 그녀는 이 세상의 그 어느 누구도 자기를 위해 울지 않을 것이라고 생각했다. 그런 슬픔으로 가득 찼을 때, 그녀는 애인의 목소리를 들은 듯한 인상을 받았다. 하지만 그건 정말로 그 사람의 목소리였다. 그 사람이 그녀를 부르며 정신없이 도로로 뛰어오고 있었다. 바로 그때 다시 시동을 거는 자동차 엔진 소리와 자동차 타이어가 시멘트에 부딪혀 '끽' 하는 날카로운 소리가 들렸다. 그러고 나서 다시 '쾅' 하는 소리와 함께 허공에서 신음 소리가 메아리쳤다. 그녀와 멀리 떨어지지 않은 곳에 그 사람이 눈을 뜬 채, 움직이지 않고 누워 있었다.

그녀는 숨을 거두기 전에 자신의 두려움이 무엇이었으며, 그 사람이 자기를 배신하지 않았다는 것을 확인했다. 그 사람은 아무 죄도 없었다. 그 사람은 그녀를 진정으로 사랑했지만, 그녀를 위해 울어 줄 수 있을 만큼 오랫동안 살아남을 수는 없었다.

8

"들어가도 돼?"

"예…… 들어와요."

"쉬고 있었어?"

"아니에요. 괜찮아요."

"그런데 방이 몹시 어둡네."

"햇빛이 성가셔서 그랬어요."

"자고 있었어?"

"아니라고 말했잖아요…… 어제 비행기를 타고 돌아갔을 거라고 생각했어요."

"이 시간쯤이면 킬메스에 있을 시간이라고 생각했군."

"그래요, 그런데……."

"아니타, 몹시 피곤해 보여. 다음에 오는 게 좋을 것 같아."

"왜 떠나지 않았죠?"

"문제가 생겼어. 전화가 와서 출발을 연기해야만 했어."

"앉아요……."

"고마워."

"얘기해 봐요."

"아니타, 전날 일은 미안해. 내가 화를 내서……."

"모두 내 잘못이에요."

"멕시코에 조금 더 있게 될 것 같아."

"정말이에요?"

"부에노스아이레스에서 전화를 받았어. 우리 집을 수색했대. 집을 엉망진창으로 만들어 놓은 것 같아."

"당신 가족은 괜찮아요?"

"응, 괜찮아. 약간 놀랐을 뿐이야. 지금은 장모님 집에 있어. 집을 모두 잠가 버리고 그곳으로 갔어. 내가 당분간 돌아갈 수 없으니, 차라리 그게 나을 것 같아."

"몹시 유감이네요."

"이런 일로 당신을 괴롭히고 싶지 않아. 놀라지 않았으면 좋겠어."

"그 반대예요. 이미 다른 사람들이 당신에게 말해 주었는지 모르겠지만……."

"뭘?"

"난 몹시 아팠어요, 포지."

"그랬어? 난 전혀 모르고 있었어."

"그래요, 아팠어요. 치료법이 나한테 맞지 않았던 모양이에요. 그래서 무슨 문제인지 면밀히 검토하고 있어요."

"정말 짜증 나는군!"

"그래요."

"당신은 지금 쉬고 있었으니까, 그냥 그렇게 편히 혼자 놔두는 게 나을 것 같아."

"놀라지 말아요. 암은 전염되지 않으니까요."

"도대체 무슨 소리야?"

"농담이에요, 포지. 당신에게 농담하고 있는 거라고요."

"……"

"왜 나를 어루만져요? 오늘은 왜 이렇게 다정한 거지요?"

"그런 식으로 내 손을 뿌리치지 마. 마치 내 손을 역겨워하는 것 같아."

"이봐요, 지금 내가 느끼는 감정은 바로 부럽다는 것뿐이에요. 당신은 건강하고, 난 그렇지 못하니까요."

"그렇게 썰렁한 농담은 하지 마, 아니타. 의사들이 뭐라고 했는지 이야기해 봐."

"식이 요법에 실수가 있었대요. 종양은 양성이었고, 지금 내가 느끼는 통증은 제거한 종양과는 아무 상관이 없대요."

"분명 그럴 거야. 금방 사라질 통증일 거야."

"금방 사라질 사람은 통증이 아니라 나일지도 모르죠."

"무슨 소릴 그렇게 해! 회복할 때는 항상 약간의 합병증이 수반되는 법이야."

"나한테 그런 식으로 말하지 말아요, 포지. 내가 그런 것도 모르는 바보라고 생각해요? 의사들이 그렇게 말해도, 난 참을 수 있어요. 하지만 당신까지 그러는 건 정말 참을 수 없다고요."

"……."

"난 아파요. 난 수술을 받았어요. 그런데 4주가 지났는데도 예전과 증상이 똑같아요. 그런 것도 모른다면, 난 바보 천치일 거예요."

"의사들에게 그 말을 하지 않았어?"

"물론 말했죠."

"그런데?"

"날 진정시키면서, 모든 환자들은 별별 상상을 다 한다고 말하더군요. 하지만 난 통증을 느끼고 있단 말이에요. 어쨌든…… 당신이 내 말을 믿지 않더라도 난 상관없어요. 그리고 이 문제에 대해선 더 이상 말하고 싶지 않아요."

"당신 좋을 대로 해."

"……."

"내가 가는 게 좋겠어?"

"아니에요, 가지 말아요…… 침대를 조금만 올려 주세요. 저 단추를 누르면……. 됐어요, 고마워요."

"이제 됐어? 아니면 조금 더 올려 줄까?"

"예, 이제 됐어요. 그런데 멕시코에 머물 생각인가요?"

"그게…… 그곳에 돌아가면, 안전하다는 보장이 있을까?"

"전에 당신은 그런 것을 두려워하지 않았어요."

"그래, 전에는 그랬지. 하지만 지금은 내 이름이 블랙리스트에 들어 있는 게 분명해."

"하지만 당신이 하는 일은 합법적이잖아요, 그렇죠? 변호사가 정치범을 변호한다고, 그게 죄를 짓는 건 아니잖아요?"

"그렇지. 하지만 정부에 반대하는 정치범만을 싸고도는 변호사를 그리 마음에 들어 하지 않을 거라는 사실은 만인이 다 알고 있어."

"당신을 기소할 만한 무슨 증거라도 있나요?"

"아니, 전혀 없어."

"내게 뭔가 숨기고 있는 것은 아니죠? 난 이제 빙빙 돌려 말하는 데 진력이 났어요."

"난 당신에게 숨기는 게 하나도 없어. 물론 정부는 내가 비밀 조직 요원들과 접촉하고 있다고 생각해."

"정부는 게릴라가 당신에게 돈을 대주고 있다고 생각하겠지요…… 그들 말에도 일리는 있어요."

"아니야, 난 항상 내 일과 관련된 부업을 하면서 경비를 조달했어. 로펌에서 일하면서 말이야."

"그럼 이번 여행 경비는 누가 지불했죠? 내게 말해 줄 수 있나요?"

"좋아. 이번에는 게릴라가 주었어. 하지만 이번이 처음이야. 비행기 표와 체류 경비만 주었을 뿐이야. 난 정치범들을 변호하면서 단 한 푼도 받지 않았어."

"하지만 그런 것과는 상관없이 당신을 고발하고 있잖아요. 그런데 무슨 근거로 그러는 거죠?"

"아니다, 당신에게는 무슨 근거가 있어서 그들이 그렇게 했던 거야? 그들이 당신에게 했던 일을 잘 생각해 봐."

"당신이 내게 뭘 숨기고 있을지도 모른다는 의심이 들어서 물어본 것뿐이에요."

"……."

"하지만 어쨌든 간에 그들은 이번 멕시코 여행을 수상쩍게 여기고 있을 거예요. 그렇지 않나요?"

"당신이 아르헨티나를 떠났을 때만 해도 지금보다는 사정이 훨씬 나았어. 하지만 지금은 더욱 가공할 만한 단체들이 조직되었어. 암살대가 조직되었는데, 누가 그걸 통제할 수 있겠어?"

"하지만 그런 암살 조직을 만든 사람들은 바로 당신과 같은 페론주의자들이었어요."

"내가 그곳으로 돌아가려면, 아무도 모르게 아르헨티나로 들어가야 해. 위조 서류를 갖고 다른 사람 이름으로 들어가는 게 유일한 방법이야. 이제 무슨 소린지 알겠지?"

"예."

"한번 위험인물로 찍히면, 아주 조심스럽게 행동해야만 해."

"그럼 당신은 돌아갈 수 없겠군요."

"그래, 이번에는 우리 둘 모두 불행한 상황에 처한 거지."

"그런 말도 안 되는 소리는 하지 말아요. 불행한 상황에 있는 사람은 바로 나예요. 당신은 이곳에 금방 적응할 거예요. 멕시코 사람들이 많이 도와줄 거란 사실은 당신도 알고 있어요. 그리고 틀림없이 대학에서도 당신에게 일자리를 줄 거고요."

"나도 모르겠어……. 이번 일은 정말 끔찍해. 그리고 나중에 가족을 이곳으로 데려오는 일도……."

"모두 다 데려올 건가요?"

"그래야겠지. 아이들이 이번 학년을 제대로 마치지 못하는 게 마음에 걸려. 또 아내에게도 믿을 만한 사람에게 집을 임대할 시간을 줘야 하고……."

"맙소사! 포지, 당신은 항상 똑같군요. 눈 깜짝할 사이에도 모든 걸 계산하고 있잖아요."

"왜 그래? 기분 나빠?"

"아니에요. 하지만 당신도 알다시피 여기 사람들은 아주 달라요. 반대로 모든 걸 예상하고 모든 걸 관리하려는 광기를 지닌 아르헨티나 사람들을 생각하면, 절로 웃음이 나와요. 아마 당신도 곧 알게 될 거예요. 이곳 사람들이 당신과 얼마나 다른지."

"어떤 의미에서 다르다는 거지?"

"이곳 사람들은 현재에 더 많은 의미를 부여해요. 우리와는 달리 앞일에 대해서는 별로 계획을 세우지 않아요. 미래에 대해 그리 걱정하지 않아요."

"조금 무책임한 사람들이 아닐까?"

"그렇게 생각할 수도 있겠죠. 하지만 인생이란 그래서 더욱 살맛 나는 게 아닌가요? 멕시코 사람들이 말하는 대로, 좀 더 많은 깜짝 선물과 좀 더 여유 있는 마음을 가질 수 있다는 소리지요."

"당신, 혹시 멕시코 남자와 사랑에 빠졌어?"

"불행히도 아니에요. 그럴 기회가 없었어요. 한데, 당신은 그런 것 말고 다른 걸 생각할 수는 없나요?"

"그게 무슨 소리지?"

"그 사람들은 파티에서 술 먹고 취한다는 등등의······."

"그게 왜 좋다는 거지?"

"내 말은 그 사람들이 술을 마시고 취하면 약간 정신을 잃어버린단 소리예요. 내 말 알아듣겠죠?"

"무절제하지."

"바로 그거예요! 그게 바로 내가 찾던 말이었어요. 아주 멋진 말이지요. 그러면 당신은 더 많은 사람을 알게 될 거예요. 그 사람들은 아무도 모르게 무언가를 숨기면서 항상 절제하지는 않아요."

"너무 심하군, 아니타."

"난 단지 행동 양식이 다르다는 것을 말하고 있을 뿐이에요. 모든 사람에게는 좋은 면도 있고 나쁜 면도 있어요. 당신이 멕시코 사람에게 언제 어디에서 만나자고 말하면, 당신은 그 사람이 올지, 아니면 오지 않을지 전혀 알 수 없어요. 하지만 그 사람이 오면, 그건 그가 오고 싶어 오는 거지요. 내 말 알아듣겠어요?"

"반면에 아르헨티나 사람들은 약속을 지키기 위해서 온다는 소리군."

"맞아요."

"마치 철들어서 책임감 있는 사람처럼 말이지."

"아무튼 난 당신 같은 아르헨티나 사람들이 말을 빙빙 돌리는 걸 보면 마구 화가 치밀어요."

"하지만 내가 잘못 기억하고 있는 것이 아니라면, 내가 도착한 첫날 당신은 정반대로 말했어. 그러니까 멕시코 사람들은 아주 예의 바르지만, 그들이 속으로 무슨 생각을 하고 있는지는 알 수 없다고 말이야."

"그래요, 하지만 그건 다른 의미예요. 멕시코 사람들은 무얼 숨겨야 하는지 알면서 숨겨요. 그러니까 더 영리하지요. 하지만 아르헨티나 사람들은 습관적으로 무엇인가를 숨기면서, 그것이 정상적이라고 생각해요. 아르헨티나 사람들은 억압되어 있기 때문에 숨기는 거지요. 나도 잘은 모르겠지만, 어쨌든 간에 우리 모두는 무언가를 숨기고 있어요. 내가 너무 모순되는 말을 하고 있네요."

"그래, 그렇군."

"하지만 당신처럼 전혀 이해하려고 하지 않는 사람과 말할 때에만 이런 일이 일어나요. 모든 걸 다 알고 있다고 생각하는 닫힌 사람들, 바로 그런 사람들 말이에요. 그 사람들이 날 혼란스럽게 만들어서 이렇게 횡설수설하는 거예요."

"아니타, 우리의 평화는 채 10분도 못 가는군."

"난 그런 평화를 유지하고 싶지 않아요. 난 당신에게 내가 느끼는 바를 솔직하게 말할 거예요. 그게 전부예요. 이미 내 평생 동안 충분히 입을 다물고 산 것만으로도 충분하니까요."

"……."

"난 더 이상 입 다물고 있지 않기로 결심했어요. 그리고 내가 다른 사람에게 좋지 않게 보이더라도, 할 말은 다 할 거예요. 내가 지금 무슨 생각 하고 있는지 알아요? 난 이런 일이 당신이나 그 누구에게 일어나지 않고, 바로 내게 일어났다는 사실에 화가

나요."

"당신에게 무슨 일이 있었는데? 당신이 왜 그토록 아픈 것인지 확실한 이유라도 있어?"

"아무도 날 속일 수는 없어요. 바로 어젯밤 난 몹시 아팠어요. 그래서 중환자실로 옮겨졌죠."

"……."

"갑자기 혈압이 떨어졌어요. 정말 심각했어요."

"하지만 당신 안색은 아주 좋아 보여. 이런 내 말이 당신 감정을 상하게 한다면 용서해 주기 바라."

"너무 보기 흉해서 화장을 했어요. 그래서 그런 거예요. 당신이 놀랄까 봐……."

"멕시코 사람들의 어떤 점들이 마음에 드는지 말해 봐. 그래야 내가 약 오를 테니까."

"좋아요. 하지만 농담으로 듣는 게 좋을 거예요."

"자, 한번 말해 봐."

"가령 여기에서는 모든 사람들이 노래를 불러요. 아르헨티나에서는 누가 노래를 하죠? 한번 대답해 보세요."

"아르헨티나에 대해서는 더 이상 말하지 않는 게 좋을 것 같아."

"왜요?"

"만일 내가 돌아갈 수 없다면…… 내게 무슨 일이 일어날지 알 수 없거든."

"그게 그렇게도 중요해요?"

"그래."

"가족 때문인가요?"

"아니…… 가족들은 데려올 수 있어. 그 이외의 모든 게 알 수 없다는 말이야. 내 일과 구속자들, 그리고 부에노스아이레스의 정치 상황 등 모든 게."

"부에노스아이레스라고요?"

"그래. 그것도 마찬가지야. 이런 것들은 서로 떼어서는 생각할 수 없는 것이야. 그렇게 생각하지 않아? 사람들과 그들이 살고 있는 장소는 서로 떼어 놓을 수 없어."

"당신은 그곳을 사랑하나요?"

"물론이지, 아니타. 이제야 알게 되었어."

"하지만 지금 당신 얼굴은 아주 좋아 보여요. 내가 보기에 당신은 멕시코가 체질에 맞는 것 같아요. 예전에는 이렇게 좋은 얼굴을 한 번도 보지 못했어요. 정말 너무 좋아 보여요."

"왜 그런 말을 하는 거지?"

"그게 진실이기 때문이죠. 이제야 비로소 푹 쉰 얼굴이에요."

"아마 잠을 충분히 자서 그럴 거야. 사실 수년 전부터 신체가 필요로 하는 만큼 충분히 잠을 잘 수 없었어."

"그런 것 같아요."

"……"

"포지, 그토록 조국으로 돌아가고자 하는 것을 보니, 당신이 부러워요. 난 그곳에 전혀 관심이 없어요. 그리고 이곳도 마찬가지예요."

"……"

"왜 잠자코 있는 거죠?"

"아니타, 정말 돌아갈 생각 없어?"

"죽어서라면 몰라도……."

"그럼, 클라라도 보고 싶지 않아?"

"아마 그 애는 그곳에서 더 잘 지낼 거예요."

"그럼, 당신 엄마는?"

"두 사람 모두 그곳에서 잘 지내고 있는데, 내가 귀찮게 할 필요는 없잖아요."

"정말 어떤 멕시코 남자도 좋아한 적이 없었어?"

"당신이 이해할 수 있을지 모르겠지만, 항상 모든 일이 한 남자를 중심으로 이루어지는 건 아니에요……."

"난 그런 의미로 말한 게 아니었어."

"……."

"무슨 생각을 하고 있어?"

"포지, 정말로 내 얼굴 괜찮아요?"

"응."

"어떤 점에서 괜찮다는 거죠?"

"나도 모르겠어. 하지만 좋아 보여."

"하지만 뭐가요? 피부가요?"

"응."

"눈 밑에 다크 서클이 있는데도 보기 흉하지 않아요?"

"다크 서클이 아주 진하지는 않아."

"그럼 눈은요? 환자 눈 같지 않아요?"

"전혀 그렇지 않아."

"……"

"아니타, 난 돌아가야만 돼. 여기에 무작정 머무를 수만은 없어. 난 그곳에서 일어나는 문제들과 함께 있어야만 돼. 난…… 내가 보기에는…… 그곳으로 돌아가서 무엇인가를 하지 않고, 이곳에 무작정 머물러 있으니 죄를 짓는 느낌이야."

"내가 보기에, 지금 정부는 진정한 페론주의를 추구하는 정부 같아요. 사람도 고문하면서…… 나치 같아요."

"그건 내가 몸담으며 일하고 있던 페론주의가 아니야. 당신은 내가 얼마나 열심히 일했는지 알고 있어."

"포지, 당신은 당신 마음대로 페론주의를 상상했어요. 그리고 제대로 알지도 못하면서 페론주의와 결혼했어요. 지금 그 맹수가 당신에게 마수를 뻗치는 거라고요."

"당신이 누군가가 그렇게 말하는 것을 들은 게 틀림없어."

"물론이죠. 당신은 나처럼 골 비고 경박한 여자는 자기 의견도 갖지 못하는 사람이라고 믿고 있을 테니까요."

"……"

"가택 수색을 했다는 게 확실한가요?"

"물론이지. 그런데 왜 물어보는 거야?"

"당신이 날 설득해서 알레한드로의 납치를 도울 수 있도록 이곳에 남아 있는 것일 수도 있으니까요."

"그건 말도 안 되는 소리야."

"그게 정말일까 두려워요."

"내 아이들을 두고 맹세하지. 알레한드로 납치는 이미 다 끝난 일이야."

"정말이죠?"

"내 말 못 들었어? 방금 전에 맹세했잖아. 당신이 그렇게 말하는 건 날 모욕하는 거야."

"모욕하는 게 아니라, 내 느낌을 말한 거예요. 난 이제 남의 비위를 맞추는 말은 하고 싶지 않아요. 내가 뭣 때문에 당신 비위를 맞춰야 하죠? 그래서 당신이 나한테 줄 수 있는 게 뭐지요? 당신은 내게 건강을 되돌려줄 수 없어요. 지금 내게 중요한 것은 바로 건강뿐이에요."

"아니타, 이제야 당신이 무슨 생각을 하고 있는지 알겠어. 당신은 죽을 것이라는 사실을 믿지 않고 있어. 정말로 당신이 죽으리라는 것을 확신한다면, 아마 말 한마디도 제대로 할 기력이 없을 거야. 어떤 이유에서인지는 몰라도 당신은 지금 당신 자신에게 화가 나 있어. 그리고 철부지 어린아이처럼 그 화를 어떻게 풀어야 할지 모르고 있는 거지."

"그래요. 그리고 당신은 아주 철든 어른이고요. 아주 아르헨티나적인 사람이고, 아주 철든 사람이지요. 하지만 당신은……."

"말해 봐, 듣고 있을 테니까."

"당신은…… 순진하고 허황된 꿈을 꾸는 얼간이예요. 그래서 이런 모든 문제에 휘말린 거지요. 내가 아는 바로는…… 당신은 낭만적인 사람이에요. 나도 마찬가지로 낭만적이기 때문에 누군지 알지도 못하는 남자와 결혼해서 문제를 만든 것이죠. 또 당신은 무책임한 사람이에요. 무슨 짓을 하는지도 모르는 무장 세력과 협력하기 때문이지요. 당신은 무작정 딸을 이 세상에 선보인 나와 마찬가지로 아주 무책임한 사람이에요. 허황된 꿈을 꾸고 무책임하다는 면에서 우리 둘 다 똑같아요."

"난 이미 이 문제에 대한 내 의견을 자세히 설명했어. 당신이 그것을 이해하지 못했다면, 유감이군."

"하지만 내가 머릿속에서 생각하고 있는 것을 당신에게 말하는 것이 더 나을 것 같군요. 참호에서 부상당한 병사와 적십자 간호사의 이야기는 더 이상 존재하지 않으니까요. 감옥에서 나오는 눈먼 성자(聖者)들, 그리고 그들의 상처 자국을 보지 못하게 눈을 붕대로 감는 나는 더 이상 존재하지 않아요."

"도대체 무슨 소리를 하고 있는 거야?"

"난 그 소리가 뭔지 알고 있어요."

"하지만 난 그게 무슨 소린지 모르겠어."

"그건 아주 슬픈 이야기예요. 더 이상 당신을 우울하게 만들고 싶지 않아요. 무엇보다도 내게는 아주 슬픈 이야기지요. 만일 어떤 사람이 더 이상 아름다운 것을 생각할 수 없다면, 그에게 남은 것은 무엇일까요? 만일 이 세상에서 당신이 아름다운 것들을 상상할 수 없다면, 이미 죽은 거나 다름없어요. 당신에게는 아름다운 것들이 존재하지 않으니까요."

"미안하지만 난 그 말에 동의할 수 없어."

"그 편이 당신을 위해 더 나을 거예요."

'오후 4시＋벌거벗은 나무들＋꺼져 가는 햇빛＋직장으로 가는 길＋내가 입은 옷의 기분 좋은 느낌＋다시는 돌아올 것 같지 않은 날이 될 거라는 기분＋불쾌한 환자를 만날 것 같다는 두려움＋아주 좋거나 아니면 아주 나쁜 일이 일어날 것 같다는 예감.' 젊은 여자는 이런 내용을 휴대용 컴퓨터에 입력했다. 하지만 몇 초 후면 필요한 대답을 해줄 마지막 키를 누르지 않고 꾹 참았다. 공원에는 아무도 없었다. 이제 대각선으로 공원을 가로지르기만 하면, 곧 낯익은 회색의 사각형 건물이 나타날 것이다. 그녀는 1년 전부터 의무적으로 일주일에 다섯 번씩 그 건물에 출근하고 있었다. 그녀는 마음속으로 '시민의 집'의 부족한 시각 효과는 그 건물을 설계한 건축가 탓이라고 비난했다. 그녀도 최고 정부가 쓸데없는 곳에 비용을 지출할 정도로 예산이 충분치 않다는 데는 동의했지만, 거의 검은색으로 된 셀 수도 없이 많은 컴컴한 유리를 같은 비용으로 초록색이나 붉은색으로 할 수도 있었으리라고 생각했다. 어쨌든 건물 안에서 일어나는 일을 건물 외부에서 볼 여지는 전혀 없었다. 그리고 그 건물의 기능이 병원과는 전혀 다른데, 병원처럼 보이게 했다는 것도 문제가 될 수 있었다.

등록 번호 W218인 젊은 여자는 이미 입력된 것에 '쓸모없이 딱딱하게 지어진 공공건물에 대한 불만'이라는 한 가지 내용을 추가하고는 합계 키를 눌렀다. 대답은 '훌륭한 의무 수행에서 예상되는 도전에 대한 자연스러운 불안'이었다. W218은 심호흡을 했다. 그러자 가슴뼈가 찌릿할 정도로 아주 긴 하품이 엄습했다. 육체적 혹은 심리적으로 완벽한 만족감을 느낄 때마다 나오는 바로 그 하품이었다. 그녀는 자기 자신에게 만족하고 있었다. 그것은 북극 시대의 원년 이전에 태어난 젊은 여인들에게서 흔히 볼 수 있는 현상이었다. 매우 성공적인 교육법으로 인해 북극 시대가 열리고 15년이 지나자 심각하게 파괴되었던 인적 자원들이 복구되었다. W218은 그런 교육을 받은 훌륭한 본보기임을 증명하고 있었다. 그녀는 원년이라 불리던 '새로운 역사의 장' 이전에 태어났으며, 따라서 원자 시대의 마지막 5년에 태어난 사람으로 분류되어 있기 때문이었다. 사실 그 기간은 주민 등록에서 문제가 있던 부분이기도 했다.

의무를 수행하는 젊은 여자들은 빙 돌아서 건물로 들어가야만 했기 때문에, 출근길이 더욱 길었다. 그것은 겸손을 위장했던 옛 시대의 쓸모없는 잔재였다. 한편 지도자들은 징병된 여자들에게 이름을 부여하지 않는 것이 매력적인 업무 수행을 하게 만든다고 확신했다. 그녀는 주중 작업 지시 카드에서 그날의 지시 사항을 찾았다. 그녀는 즉시 3호 의상실로 출두해야 했다. 그녀는 즐거운 마음으로 근무 기록계에 자신의 카드를 집어넣었다. 그날은 주중 서비스의 5일째이자 그 주의 마지막 날이었다. 3호 의상실이란 1948년에 유행했던 옷들이 있는 곳이었다. 다시 말하자면, 그녀의 환자들은 60세에서 65세라는 것을 의미하며, 그 사람들은 A분과 치료를 받을 수 있는 가장 젊은 사람들이었다. 그 의상실에 비치된 의상은 그녀처럼 키가 큰 사람만이 우아한 자태를 과시할 수 있었다. 치마는 극도로 길고 넓었고, 신발은 고전 발레리나들의 토슈즈에서 영감을 받아 굽이 없었기 때문이었다. 그리고 흰 천에

꽃무늬를 수놓은 챙이 없는 모자는 머리 장식품으로 안성맞춤이었다. 또한 그날의 지시서는 그날 그녀가 사용할 이름을 '도라'로 규정하고 있었다.

오후 다섯시에 W218은 12호실로 들어갔다. 그리고 정확히 다음과 같이 일이 전개되었다. 12호실은 은은한 불빛이 비치는 커피숍처럼 꾸며져 있었고, 너울거리는 하얀 돌조각이 벽 가장자리와 관현악단석을 따라 장식되어 있어, 제과점에서 파는 머랭* 위의 크림 장식을 연상케 만들었다. 그렇지만 그곳이 추구하고 있던 것처럼 1948년을 떠올리기에 충분했다. 두 번째 줄의 세 번째 테이블에서 한 남자가 여자를 기다리고 있었다. W218은 그날의 지시서에 따라 그 남자가 누구인지 전혀 알지도 못한 채 전화로 약속을 정했었다. 그가 그녀를 확인할 수 있도록 그녀는 흰 장갑을 끼고 오른손엔 빨간 카네이션을 들고 있었다. 배경 음악으로는 샤를 트레네의 대표곡들이 흘러나오고 있었다. 그 남자는 그녀가 가까이 다가오자, 자리에서 일어났다. 그러고는 아주 신사답게 의자를 꺼내 그녀가 앉을 수 있도록 놓아 주면서 이렇게 말했다. "난 모르는 여자와 한 번도 무턱대고 약속을 해본 적이 없습니다. 하지만 지금 당신을 보는 순간…… 내가 그동안 왜 그토록 소심했는지 후회스럽습니다." W218은 그를 쳐다보았다. 그녀는 남자의 헤어스타일에서 그토록 쓸쓸한 표정을 눈치 챈 적이 거의 없었다. 그는 대머리를 감추기 위해 목덜미부터 이마까지 머리카락을 말아서 덮고 있었던 것이다.

"이봐요, 아가씨…… 아니면 내가 이름을 불러도 될까요? 당신

이름은 도라지요. 그렇죠? 우선…… 내 이야기를 하지요. 난 법학 대학의 마지막 학년입니다. 그러니까…… 그리 조숙한 편은 아니지요. 벌써 스물다섯 살이나 되었으니까요." W218은 그 환자가 그날 배당받은 두 명의 환자 중에서 누구인지 잘 기억나지 않았다. 그녀는 전날 밤 주의 깊게 두 사람의 신상 명세서를 읽었었지만 그날 오후 집에서 나오기 전에 다시 한 번 점검하는 것을 잊어버렸다. 그들 중에서 한 사람은 예순두 살의 홀아비로, 친척 하나 없이 혼자 살고 있었다. 그래, 그 사람이 변호사였다. 또 다른 사람은 예순다섯 살의 시골 남자인데, 그의 아내는 암 전문 병원에 입원해서 장기간 치료를 받고 있었다. "도라, 난 이런 새로운 음악이 몹시 마음에 들어요. 이런 것을 보면 프랑스는 아직 죽지 않았다는 것을 알 수 있어요. 이렇게 즐겁고 사람의 마음을 끄는 음악은 프랑스가 전쟁의 잿더미에서 부활했다는 것을 말해 주거든요. 그렇게 생각하지 않나요?" W218은 그 노인이 언제부터 홀아비로 살아왔는지를 기억해 내려고 애썼다. 하지만 기억이 나지 않자, 그녀는 그날의 자기 업무를 충실히 준비하지 못한 것에 대해 죄책감을 느꼈다.

"도라, 이 악단들은 항상 이래요. 한 곡과 그다음 곡을 연주하는 사이에 한참을 기다리게 하지요. 하지만 사람들은 디스크에서 흘러나온 음악에 맞추어 춤추기 위해 플로어에 나가려고 하지는 않아요. 나 역시 그런 유의 사람이지요. 하지만 당신에게 한 가지 말해 주고 싶은 것은, 난 춤을 잘 추지는 못해도 폭스트롯 리듬은 잘 춘다는 거예요. 난 왈츠 리듬을 겁내는 젊은이가 아니랍니다. 그리고 폭스와 왈츠 리듬이 유행이 지난 것이라고도 생각하지 않아요." 미혼 여성들로 구성된 악단 연주자들이 천천히 무대로 올라가고 있었다. 그들은 자리에 앉자 가볍게 생기 없는 미소를 지었다. 그리고 첫 곡의 지휘봉이 움직이자 과라차*리듬의 「쿰반체로」를 활기차게 연주했다. "도라, 당신에게 말할 게 있는데, 당신은 깃털처럼 날렵하네요…… 당신은 키가 큰 것 같군요. 나보다 5~7센티는 더 큰 것 같아요. 그러니 그렇게 차이가 나는 것은 아니지요, 그렇죠? 나는 키가 훤칠한 당신을 보았을 때…… 우리가 스테이지에서 이렇게 춤을 잘 출 수 있으리라곤 생각하지 않았어요."

반 시간쯤 지나자, W218은 이제 어느 정도 적당히 시간이 흘렀다는 것을 알았다. 이미 그 남자에게 건강한 젊은 시절의 구애에 대한 환상을 완벽하게 충족시켜 준 상태였다. 이제는 프로그램의 그 유명한 2부로 들어가야 할 시간이었다. "니콜라스, 이렇게 말해서 미안하지만…… 춤은 참 멋졌어요. 하지만 난 이제 집으로 돌아가야 할 시간이에요. 아주 중요한 전화를 기다리고 있거든요. 그래서 더 이상 이곳에 있을 수가 없어요. 그런데…… 우리 집은 여기서 아주 가까워요. 그러니 당신만 괜찮다면, 집에서 내가 전화를 기다리는 동안 우리는 조금 더 대화를 나눌 수 있을 거예요. 어때요?" 그러자 남자의 시선은 평소 때보다 더 어두워졌다. 이미 지급된 표는 아몬드 케이크 값과 찻값을 지불하기에 충분했다. 그리고 복도에서 엘리베이터를 타고 5층으로 갔다. 방은 아주 멋진 분위기를 풍기는 원룸 아파트처럼 장식되어 있었다. 학교 페넌트와 테니스 라켓, 서로 엇갈려 놓은 마라카스* 한 벌과 수영복을 입은 여자들이 있는 달력이 걸려 있었다. 그 달력은 너무도 세밀하게 그려져 있어 마치 사진처럼 보였다. "아마 당신은 남자를 아파트로 데려오는 처녀를 이상하게 생각할지도 모르겠네요. 그러니까 내 말은 아무도 없는 아파트에⋯⋯." 그녀가 이렇게 내숭을 떠는 시간은 환자의 대담성에 따라 달라졌다. 하지만 평균적으로 볼 때, 그녀가 외투를 벗어 걸어 놓기도 전에 진한 키스로 이런 말을 가로막는 게 일상적이었다. 그녀는 그에게 앉으라고 권한 다음, 자기도 자리를 잡고 앉았다. 그러고는 계획대로 일부러 한숨을 쉬며 아래를 바라보았다. 규정에 의하면, 그 만남은 아파트 침실로 위장한 그 방에 들어간 지 두 시간 내에 모두 끝나야만 했다. "당신은 첫 번째 데이트에 이렇게 몸을 허락하는 여자를 어떻게 생각할지 모르겠어요. 난 당신을 이 아파트에 들여놓지 말아야 했어요. 하지만⋯⋯ 당신과 춤을 출 때, 난 이미 당신의 남성다운 팔 안에서 이성을 잃기 시작했어요⋯⋯."

환자의 행위는 '평균 62' 등급이라고 간주될 수 있었다. 즉, 예순두 살 먹은 남자에게 해당하는 일반 수치였다. 그래서 W218은 그녀의 파트너가 그토록 갈구하던 섹스에 만족할 때까지 애를 쓰지 않아도 되었다. 심지어 기존에 사용하던 말들을 건너뛰기로 마음먹었다. 그녀는 그 말들을 우스꽝스러운 장식이라고 여겼는데, 그런 말들은 다음과 같았다. "당신은 아주 힘이 세요. 그래서 나를 다치게 할 수도 있어요. 당신이 무쇠 같은 근육을 가지고 있다고 사람들이 말하지 않던가요? 내게는 부드럽게 해주세요⋯⋯." 그리고 특히 "안 돼요, 안 돼요, 무섭단 말이에요, 난 그런 걸 해본 적이 거의 없어요, 그런 식으로 하지 말아요……"라고 말하곤 했다. 대신 그녀는 다음과 같은 말을 했는데, 그것은 아주 효과적이었다. 이것 역시 20세기 중반 분위기를 연출하기 위해 규정이 제안하고 있는 것이었다. "난 한 번도 당신에게 느껴 본 것을 느낀 적이 없어요. 한 번도……" "이제 당신은 당신이 원하는 걸 얻었어요. 당신이 날 다시 보고 싶어 할지 모르겠지만……." "제발 우리 둘 사이에 있었던 일을 누구에게도 말하지 않겠다고 맹세해 주세요. 가장 친한 친구에게조차 말하지 않겠다고……."

밤 여덟시경에 W218은 다시 커피숍으로 돌아왔다. 그날 지시서는 그날의 두 번째이자 마지막 환자가 마지막 줄의 첫 번째 테이블에 앉아 있을 것이라고 명기하고 있었다. 그녀는 자료 없이도 그를 쉽게 알아볼 수 있었다. 시골 촌뜨기라는 그의 조건이 너무도 확연히 드러나고 있기 때문이었다. 무엇보다도 그의 얼굴은 야외의 햇빛에 그을려 있었고, 뚱뚱한 몸이었지만 불안하고 불편하게 꽉 죄는 옷을 입고 있었다. 때문에 그곳 커피숍에 있는 사람들 중에서 금방 눈에 띄었다. "당신은 정말로 멋진 아가씨군요. 나는 예순다섯 살의 늙은이랍니다. 그러니 쓸데없는 소리를 하면서 우리 자신을 서로 속일 필요는 없을 것 같군요……. 다른 사람들은 연기를 하면서 속이려 하겠지만, 난 그렇지 않아요." 이번에 악단은 볼레로의 「비겁자」를 연주했다. "틀림없이 당신은 날 매우 역겹게 여기고 있을 겁니다. 난 그런 사실을 알고 있어요. 하지만 당신은 그런 표정을 짓지도 않고, 내 자신이 음탕하고 추잡한 노인

네라고 느끼게 하지도 않네요. 그런 당신에게 감사하고 싶군요……. 하지만 사실 우리 늙은이들 역시 여자와 함께 있고 싶다는 욕망을 느낀답니다. 난 아내가 있어요. 나보다 세 살 젊지요. 그러나 불쌍한 우리 마누라는 지금 병원에 입원해 있지요. 그녀가 살아 나오려면, 아마 아주 오래 거기에 있어야 할 겁니다. 불쌍한 것……. 그런 걸 생각하면 한없이 괴로워요. 하지만 마찬가지로 한 여자와 있고 싶다는…… 무지무지한 욕망이 자꾸만 솟구쳐 올라요. 내가 보건 복지부에 출두했을 때만 해도, 내 요구가 받아들여질 것이라곤 전혀 생각하지 않았어요. 하지만 그 사람들은 나도 그럴 권리가 있다는 것을 깨달았지요. 이 정부가 제대로 일하고 있다는 사실을 우리는 인정해야만 합니다. 이미 모든 경제적인 문제를 해결했고, 아무도 가난에 굶주리지 않으며, 온갖 복잡한 행정적인 문제 때문에 누구도 부자가 되고 싶어 하지 않아요. 모든 게 제대로 굴러가고 있어요. 그리고 지금은 사람들의 영혼에 총력을 기울이고 있는데, 내가 보기에는 아주 제대로 하고 있는 것 같아요."

W218은 춤 파트너가 자기를 리드하면서 꽉 껴안는 것이 그리 기분 나쁘지 않았다. 그는 자기 뺨을 그녀의 뺨에 갖다 대고는, 얼굴을 마주 보면서 말하는 대신 귀에 대고 소곤거렸다. 그것은 그녀의 파트너가 내뿜는 악취만큼이나 감각적이었다. "다른 사람들이 모두 당신에게 농탕치는 말을 한다는 걸 나는 알고 있어요. 얼마나 바보 같은 말을 늘어놓을지 그 누가 알겠어요. 그건 당신이 그런 말을 받을 자격이 없다는 말이 아니에요. 하지만 난 핏기

도 없는 희멀건 늙은이들이 어떤 유형의 사람들인지 잘 알고 있어요. 그들은 마음속으로 당신을…… 창녀라고 생각합니다. 마치 그 늙은이들이 젊었을 때 알았던 여자들처럼 말이지요. 그게 그들의 생각입니다. 하지만 난 그런 사람이 아니에요. 난 요즘 젊은이들을 이해해요. 그리고 지금 그들이 말하는 것처럼 섹스란 전혀 나쁜 게 아니라는 사실도 알고 있지요. 당신처럼 우르비스의 계곡에서 징병된 여자들이 하는 일은 아주 훌륭한 것이에요. 물론 못생긴 여자들은 몸으로 하는 일을 할 수 없지요. 그래서 그런 여자들은 농촌으로 보냅니다. 하지만 당신 같은 여자들은 우리에게 새로운 삶을 주지요. 난 전혀 과장하고 있지 않아요. 당신은 우리처럼 불쌍한 늙은이들에게 새로운 삶을 되찾아 주고 있는 거예요." W218은 규정에 있는 말들을 그런 대화 중에 삽입할 필요는 없을 것이라고 생각했다. 그래서 필요한 경우마다 고맙다는 말만 했다. 침실에 들어서자 첫 번째 상대와는 정반대로 그가 너무 거칠게 다루어 그녀는 업무에 지장을 받았다. 그래서 파트너에게 경호원을 부르겠다고 협박해야만 했다. 그러자 그는 화를 내면서 옷을 입기 시작했다. 하지만 금방 생각을 고쳐먹고는 W218에게 미안하다고 용서를 빌었다. 그녀는 그런 늙은이가 가엾게 여겨졌다. 그리고 그의 공격성은 임포텐츠에 대한 공포 때문이라고 생각하면서, 부족했던 부분을 다 끝마칠 수 있도록 허락했다. 하지만 사실 그 늙은이를 치료하는 업무를 수행하기란 매우 힘들었다. 그리고 마침내 순간적으로 오르가슴에 도착하자, 그 환자는 "아아! 이 화냥년아! 쌍년아!"라는 부정적인 감탄사를 억제하지 못하고 뱉어 버렸다.

　늙은이는 아무 말 없이 옷을 입었다. W218은 화장실에 들어가 가볍게 다시 화장을 했다. 특히 그녀는 머리를 매만졌다. 늙은이가 손가락 마디로 문을 두드렸다. "이번 일은 미안해요…… . 난 가겠어요. 엘리베이터가 어디 있는지 알고 있으니 나올 필요는 없어요." 그러고 나서 그의 발소리가 들렸고, 곧이어 복도를 향해 있던 침실 문이 열리는 소리가 나더니, 이내 닫히는 소리가 들렸다. 그러자 W218은 양심의 문제라는 난감한 문제에 처해 있다는 것을 알았다. 그런 경우에는 환자의 상태를 평가하는 종이에 불만 사항을 자세히 적어 제출해야만 했다. A분과의 여자 복무병들은 한 달에 한 번 데이트를 즐길 권리가 있는데, 만일 규정이 정한 대로 행동하지 않으면 데이트할 권리를 빼앗기게 되어 있었다. 그녀는 바로 지금과 같은 경우에 그런 일이 일어날 수 있다고 생각했다. 그녀가 주저하는 이유는 아주 분명했다. 만일 일어난 일을 설명하여 제출하면, 그 늙은이는 틀림없이 더 이상 섹스 치료를 받지 못할 것이고, 또 그런 것을 보고하지 않으면 자기 동료 중 한 사람이 과격한 환자가 범할 수 있는 최후의 공격을 받을 수도 있기 때문이었다. W218은 아마도 자기 자신이 너무 이해심이 많은 탓이라고 생각했다. 하지만 몇 초 지나자 자기의 이해심은 실은 그런 경우에 작성해야 하는 까다로운 형식의 보고서가 귀찮아서 그런 것이라는 사실을 깨달았다. 그녀가 침실에서 나갈 시간인 밤 열한시까지는 20분밖에 남지 않았다. 하지만 보고서 작성 때문에 더 늦게 나갈 것이 뻔했다.

그녀는 '평균 65 이하'라고 평가했다. 보고서 작성에 30분 이상이 걸렸다. 밤마다 공원 안은 환하게 불이 밝혀져 있었다. W218은 집에 늦게 도착한다는 데 기분이 몹시 상해 있었지만 그런 기분을 이겨 내려고 애쓰면서 공원을 가로질렀다. 그녀는 컴퓨터의 자문을 구하지 않았다. 이해 못할 것이 하나도 없었기 때문이었다. 그녀를 화나게 한 것은 문제를 일으키는 환자들이 항상 두 번째 손님들이고, 그래서 이렇게 귀가 시간이 늦어진다는 거였다. 그런 기분을 달래려고 애쓰면서, 그녀는 한 달 내로 복무 기간의 반이 된다는 사실을 기억했다. 규정에 의하면 복무 2년차에는 B와 C분과에서 근무할 것이었다. B분과에 있는 환자들은 기능을 상실한 젊은 불구자들이었고, C분과에 있는 환자들은 젊은 기형아들이었다. 그들 모두 섹스 서비스의 수혜를 받을 수 있는 사람들이었다. 13개월만 지나면 그녀는 의무 복무 기간을 마칠 것이고, 그러면 다시 개인적으로 관계를 맺을 수 있었다. 사실 의무 기간 동안 개인적으로 섹스 관계를 맺는 것은 엄격히 금지되어 있었다. 일반적으로 이런 종류의 서비스에서 복무한 여자들은 또래 남자들 사이에서 매우 인기가 높다는 말이 있었다. 하지만 W218은 그것이 최고 정부에 의해 유포된 아름다운 가르침 중 하나이며 현실과 전혀 맞지 않을지도 모른다고 생각하고 있었다. 가령 그녀는 그날 밤 환자였던 농부의 아들은 아버지와 크게 다르지 않은 성향을 가지고 있을 것이라고 생각했다.

추리를 하면서 이런 문제점에 도달할 때마다, 그녀는 항상 똑같은 것을 자기 자신에게 되뇌곤 했다. 즉, 그녀의 최고로 아름다운 육체와 다정하고 이해심 있는 성격 때문에, 정상적인 상황이라면 자기는 아주 훌륭한 남자를 만날 것이라고 생각했다. 그런 사람이 바로 진정한 남자이며, 지금까지 그녀가 치렀던 모든 희생에 걸맞은 남자이고, 그녀를 이해해 줄 수 있으며, 아무것도 설명할 필요가 없는 남자이며, 직감적으로 그녀가 사랑을 엄청나게 필요로 하고 있으며, 동시에 불안해하고 있는 것도 짐작할 수 있는 남자였다. 그리고 그녀가 미심쩍어 하는 순간에 명쾌한 답을 줄 수 있으며, 그녀가 그때까지 알았던 모든 남자들보다 뛰어난 남자였다. 게다가 그녀 자신보다 더 잘난 남자였다. 그녀가 착한 성격과 뛰어난 미모로 이바지하는 반면에, 그런 남자는 부부의 두뇌 역할을 담당할 수 있는 사람이었다.

그럼 그녀에게 더 이상 홀로 있지 않다는 것은 무엇을 의미하는 것일까? 무엇보다도 그녀는 컴퓨터를 지금보다 덜 사용할 것이고, 단지 정말 긴급한 상황에서만 사용할 것이다. 이것은 너무 많은 자문을 구하면 중앙 전산 시스템의 업무에 과부하가 걸린다는 최고 정부의 경고를 염두에 두고 있기 때문이었다. 아마도 남편에게 자문을 구할 것이고, 그에게 자신의 모든 문제를 말할 것이다. 그러면 남편은 그녀의 말을 주의 깊게 경청할 것이고 그녀도 남편의 말을 귀담아들을 것이다. 그는 그녀에게 충고할 줄 아는 사람일 것이다. W218은 자기 옆에 예쁜 마네킹을 두고 싶어 하는 남자가 아니라, 대단히 지적인 남자를 원하고 있었다. 또한 그는 근사한 외모의 소유자여야만 했다. 그래야만 그녀가 치료해야 했던 수많은 불쾌한 남자들을 잊게 할 수 있기 때문이었다. 그런데 아주 똑똑한 남자는 어떤 사람이라고 정의 내릴 수 있을까? W218은 그런 사람이 누구인지 즉시 알아볼 수 있을 것이라고 생각했다. 그런 사람은 타인을 이해할 수 있는 능력이 있고, 심지어 보잘 것없는 정신적 문제까지 이해할 수 있어서 가장 은밀하게 숨겨진 타인의 욕망이 무엇인지도 헤아릴 수 있는 사람이기 때문이었다. 단지 이런 남자가 풀 수 없는 것이 있다면, 그것은 강박 관념처럼 반복되어 나타나는 자신의 악몽일 것이라고 그녀는 생각했다. 자신의 가장 예민하고 가장 불안스러운 비밀까지도 믿고 말할 수 있는 남자라면 얼마나 좋을까!

그런데 왜 그 버려진 여인이 꿈속에 나타나는 것일까? 그녀는 자신도 모르게 그 여자가 자기의 가장 좋은 친구라고 생각하기 시작했다. 하지만 동시에 그녀에게 도움을 줄 수 없다는 것이 괴로웠다. 그리고 W218이 자진해서 도와주겠다고 했더라도, 그녀를 돕는다는 것은 능력 밖의 일이었다. 그녀는 이미 사라진 다른 시대, 다른 지역의 여인이었다. 사실 악몽을 꾸는 동안 W218을 가장 괴롭게 했던 것은 그녀가 어느 곳에 살았는지 알 수 없다는 것이었다. 꿈속에서 나타나는 풍경은 오래전에 북극 빙하가 녹아 물이 넘치면서 영원히 기억 속에서 사라진 것이기 때문이었다. 또한 최고 정부는 북극 시대 이전의 지리적 요소들의 유포를 금지시켰는데, 그것은 시민들이 향수와 그 향수로 말미암은 좌절감에 빠지는 것을 원하지 않았기 때문이었다. 이런 이유로 열대 지역을 비롯한 다른 지역들은 반쯤 녹아 버린 빙산들로 인해 수중에 잠긴 채 내버려진 것이었다. 나이 먹은 생존자들은 이전의 지구가 훨씬 더 아름다웠다고 말하곤 했다. 정부가 귓엣말을 엄하게 다스렸지만, 그들은 식물들이 화려하고 아름다웠으며 석양은 화염에 싸인 것 같았다고 묘사했다. 지구 회전축의 변화로 인해 자연에서 화려하고 살아 있는 색깔이 사라졌으며, 새롭게 출현한 지구에는 단지 겨울밖에 없었다. W218은 꿈속에서 나이 먹은 사람들의 이야기와 일치하는 그런 풍경을 보고 있었다. 분명 그런 이야기는 그녀에게 과도한 상상을 부추긴 원인이었다. 그렇게 생각하면서, 그녀는 이 모든 것에 대해 말할 수 있는 남자를 만나기 위해서는 아직도 1년이란 시간을 더 기다려야 한다는 괴로운 사실을 떠올렸다.

그녀의 아파트는 자그마했지만 완벽할 정도로 따뜻했다. 사각형의 방에는 모든 가구가 바닥에서 1미터 이상이 되지 않도록 배치되어 있었고, 나머지는 4등분으로 접히는 '텔레토탈' 방송국의 스크린이 차지하고 있었다. 그녀는 이런 우울한 생각에서 벗어나기 위해 즉시 텔레비전을 켰다. 방 한가운데에 있는 회전의자에 앉아 그녀는 신발을 벗고 담배에 불을 붙였다. 이미 여행 다큐멘터리가 시작된 상태였다. 그 영화는 텔레토탈 시청자들이 집 밖으로 나가지 않고도 외국 땅 한복판에 있다는 환상을 심어 주는 것으로, 텔레토탈 방송국의 역량에 가장 적합한 장르였다. 최고 정부의 몇몇 부서는 텔레토탈 방송국을 비난했는데, 그것은 개인들을 고립시키는 결과를 자아내고 있기 때문이었다. 즉, 각 개인이 원룸 아파트 생활을 즐기고 있어 업무가 끝난 다음에 혼자 남아 있는 것을 선호하며, 텔레비전 화면을 가릴 수 있는 다른 사람들의 머리가 하나도 없이 각자의 마음대로 텔레토탈 방송을 시청할 수 있도록 의자를 회전시키고 있다고 주장했던 것이다.

W218은 금세 그 영화가 방송국이 선전하던 다큐멘터리라는 것을 알았다. 물에 잠긴 채 사라진 뉴욕이라는 도시에 관한 그 영화는 관광용 잠수함이 촬영한 것이었다. 그녀는 무엇보다도 잠수함에서 비추는 강렬한 투광 조명이 바다 아래 있는 도시를 수백 미터나 환하게 비출 수 있다는 사실에 놀랐다. 잠수함의 회전식 갑판에서 관광객들은 그 대도시의 고층 빌딩과 고급 주거 지역과 그곳의 유대인촌과 지금은 물속에 잠긴 공원들을 관람할 수 있었다. 그 관광의 가장 중요한 부분은 원형의 커다란 입구를 통해 영화관으로 들어가는 것이었다. 그것은 세상에서 가장 큰 영화관으로, 헤아릴 수 없을 만큼 커다란 둥근 지붕으로 덮여 있었는데, 거기에서는 예전 생활에 대한 향수 때문이 아니라, 아주 엄격한 역사적 관점에서 그 도시가 있었던 시기에 해당하는 영화를 상영하고 있었다. W218은 영화를 좀 더 잘 보기 위해 의자를 90도로 돌렸다. 반사회적인 결과를 야기할 수 있다는 이유로 금지된 북극 시대 이전의 영화를 볼 수 있는 유일한 기회이기 때문이었다. 지하수중의 영화는 흐렸다. 특히 수중 장면을 잡은 텔레토탈 카메라의 초점은 제대로 맞지 않았다. 또한 후에 컬러 필터를 사용하는 등여러 문제가 있었지만…… 그녀는 북극 시대 이전의 영화에서 알제리의 사라진 도시에 있는 원주민 구역을 찾아가는, 이 세상에서 가장 아름다운 여인이 누구인지 알아볼 수 있었다. 그녀는 바로그녀의 괴로운 악몽 속에 나타나는 아주 차갑고 깜깜한 어둠 속의

친구 얼굴이었다. 영화는 무성이었다. 아니, 다큐멘터리 제작자들이 소리를 녹음하지 않았던 것이었다. 그래서 미스터리한 그녀 친구의 목소리는 들어 볼 수 없었다.

불행히도 그 기록 영화는 아주 빠른 속도로 물에 잠긴 도시의 다른 모습으로 화면을 옮겨, 예전의 공항과 철도역 등을 보여 주었다. W218은 텔레비전을 끄고 길거리 쪽으로 나 있던 창문을 가리고 있던 스크린을 접은 후, 먹을 것을 준비해 억지로 음식을 넘겼다. 그런 다음 잠을 자려고 했다. 새벽이 되어서야 비로소 그녀는 제대로 잠들 수 있었다. 창문을 가리지는 않았지만, 북극의 여명은 아주 희미해서 그녀의 잠을 방해하지 않았다. W218은 꿈속에서 다시 그녀의 친구를 만났다. 하지만 영화에서 본 것과는 전혀 다른 풍경이었다. 강렬한 색들이 마구 어우러지고 잡초가 뒤엉킨 경치였다. 그 여배우는 잠시 머뭇거린 후 무대 위로 올라섰다. 바로 그 무대에서 먼저 한 남자가 보였다. 평소와 마찬가지로 나무 뒤에 숨어서 감시하는 젊고 날렵한 남자의 뒷모습만 보였다. 그는 왼쪽 손에 컴퓨터를 들고, 오른손으로는 '버려진 여자 아이＋등록 번호 W218＋행선지 미상＋특징은 완벽할 정도로 아름다움＋이미 보고한 어머니로부터 아름다움을 물려받음'이라는 키워드를 입력하고 있었다. 그러고 나서 마지막 키를 누르자 '주의할 것, 위험한 젊은 여자, 일반적인 내장 대신 전자 창자로 설비되어 있음……'이라는 대답이 나왔다. 하지만 그 남자는 이 내용을 읽을 시간이 없었다. 바로 그때 발소리가 들렸기 때문이었다. W218과 그 남자는 자포자기 상태에 빠진 여배우가 열대 지방의 오래된 도로에 나타나는 것을 보았다. 여배우는 뛰어가면서 누군가를 애타게 부르고 있었다. 하지만 등록 번호가 아니라, 지나간 시대처럼 이름을 부르고 있었다. "어디 있니? 어디에 있니? 위험해. 그 사람 말을 믿지 마. 그 사람은 자기 욕망의 대상으로 너를 축소시키기 위해 접근하는 것뿐이란 말이야! 난 네가 그를 버릴 수 없다는 걸 알고 있어. 아…… 네가 내 말을 들을 수만 있으면 좋을 텐데……. 어떻게든 네가 내 목소리를 들을 수 있다는 사실만 알 수 있다면…… 난 마음을 놓을 수 있을 텐데……. 하지만 넌 그런 기색을 전혀 보이지 않아……. 넌 그 남자를 생각하고 있고, 그 남자를 기다리고 있고, 그 남자를 위해 요리를 해주고 있어. 넌 그 남자를 생각하면서 바보 같은 짓을 하고 있어…… 그러면서 넌 네 자신이 영리하며, 아주 진보적인 사상을 가지고 있다고 생각해. 하지만 넌 모든 여자들과 똑같아. 만일 그가 너의 가장 허약한 부분, 그러니까 양다리 중앙에 있는 악취 풍기는 그 부분을 만지면, 넌 죽은 사람처럼 사족을 못 써……. 어쨌든 너를 보니 내 마음이 아파……. 만일 네가 그 남자 말을 믿지 않으면, 넌 죽을 수도 있으니까……."

W218은 목소리가 제대로 나오지 않아, 대답할 수가 없었다. 또한 양다리도 그녀의 생각대로 움직여 주지 않아, 은신처에서 빠져나올 수가 없었다. 여배우는 누군지도 모르는 자기의 피보호자를 계속해서 부르고 있었다. 그녀의 목소리는 갈수록 처절해졌지만 소용없는 일이었다. 그것은 너무 오래된 모델이라 웃기게 생겼지만, 아주 빠르게 달리는 자동차가 그녀를 향해 무작정 돌진했기

때문이었다. W218은 그 비극을 무기력하게 그냥 보고 있어야 했다. 최고조의 부분에서 클로즈업된 여배우는 마지막 부탁을 하면서, 자기를 잊지 말아 달라고 애원했다.

제2부

9

"이것 좀 봐요. '콜론 극장, 1972년 시즌. 오늘 8월 2일 오후 8시, 벨리니의 오페라 「청교도」, 크리스티나 도이테콤과 알프레도 크라우스 주연, 예술 감독 벨트리, 무대 감독 마르가리타 발만. 8월 3일 오후 6시, 피아니스트 앙드레 와츠의 독주회, 스카를라티 등의 음악 연주. 오후 8시, 소프라노 빅토리아 델로스 앙헬레스의 독창회, 그라나도스, 파야 등의 작품을 부를 예정. 8월 4일 오후 8시, 베르디의 오페라 「나부코」, 코넬 맥닐 출연, 총지휘 페르난도 프레비탈리. 8월 5일 오후 6시, 피아니스트 클라우디오 아라우의 콘서트, 바흐, 모차르트, 쇼팽 등의 음악 연주. 오후 8시, 부에노스아이레스 시립 무용단 공연, 스트라빈스키의 「불새」와 「네 영혼」, 그리고 「페트루슈카」 공연. 다음 주에는 마스네의 「마농」 공연, 비벌리 실스와 니콜라이 게다 출연.'"

"……"

"포지, 당신은 이런 것들을 감상할 수 없을 거예요. 이것들은 유럽 오페라 극장도 돈이 없어 제대로 상연할 수 없는 오페라 출연 진들이에요. 아마 뉴욕의 메트로폴리탄 극장 정도는 돼야 가능할 거예요."

"영화관에서는 어떤 영화를 상영하고 있었지?"

"개봉 영화로는…… 고몽 극장에서는「지붕 위의 바이올린」, 모누멘탈 극장에서는「프렌치 커넥션」, 그리고 로이레 극장에서는 「서로를 위해 태어난 두 사람」을 상영하고 있었어요. 마지막 영화에는 당신과 조금 흡사하게 생긴 조지프 볼로그나가 나오는데, 이 영화는 아직도 못 봤어요. 그리고 볼로니니의「메텔로」와……"

"거의 모두가 양키 영화군."

"아니에요, 그렇지 않아요.「이사도라」는 좌익계 영국 영화이고,「사티리콘」은 펠리니의 영화이며,「쿠데르 부인」은 들롱과 시몬 시뇨레가 등장하는 영화이고,「차이콥스키」는 소련 영화예요. 그리고 재개봉한 영화를 좀 더 살펴보면……「베네치아에서의 죽음」도 있고, 아르헨티나 다큐멘터리인「승자도 패자도 없다」가 있는데, 이 영화는 페론주의에 관한 영화예요. 그리고 폴란드 영화인「해협」도 있어요."

"군사 정부가 판을 치는데, 그런 영화를 상영하다니 참으로 어불성설이군."

"라누세는 그런 사람이었어요."

"수많은 사람들을 감방에 처넣었어."

"하지만 그 사람에게 문제를 일으킨 장본인들은 바로 당신들이었어요. 그렇게 행동했으면서도 군사 정부에 뭘 기대했어요?"

"라누세 정권 아래서는 고문이 자행되었어. 그러니 대화 주제를 바꾸는 게 좋겠어."

"포지, 잘 들어요. 아리소나 극장에서는 「헬가」를 상영하고 있었고, 심지어는 포르노 영화관까지 있었어요. 콜론 극장에서 하는 것 말고, 어떤 연주회들이 있었는지 한번 들어 보지 않을래요? 콜리세오에서는 존 프리차드가 지휘하는 영국 실내 오케스트라의 연주회가 있었고, 뢰벤가트의 4중주와 뉴욕 프로 무시카가 연주할 것이라고 광고하고 있었어요……. 그리고 시민 극장에서는 곰브로비치의 「이본 공주」와…… 한번 숫자를 세어 볼게요…… 하나, 둘, 넷, 여섯…… 음…… 실험 극장까지 합치면 모두 서른네 개의 극장이 있었어요. 믿을 수 없을 정도로 많은 수예요."

"하지만 당신은 부에노스아이레스에서 매력을 느끼지 못했어. 당신은 그곳을 사랑하지 않아. 저 밑의 남반구에서 길을 잃고 헤매는 개발도상국이지만, 그곳이 얼마나 멋진 곳인지 모르겠어?"

"그러나 내게는 나쁜 기억밖에 없어요, 포지. 그게 실수라는 것은 인정하지만……. 하지만 난 그런 여자예요."

"우린 곧 그곳으로 돌아갈 수 있을 거야. 어쩐지 그런 예감이 들어."

"하지만 난 전혀 그렇지 않아요. 난 결코 돌아가지 못할 거라는 생각이 들어요."

"난 당신 말에 귀 기울이지 않기로 했어. 며칠 전까지만 해도 죽어 간다고 하더니, 오늘은 그 어느 때보다도 좋아 보이거든."

"그런 농담은 하는 게 아니에요. 통증이 사라졌고, 그래서 놀라움이 가신 것뿐이에요."

"우리 모두는 당신이 아주 아프다고 믿을 뻔했어."

"이런 통증을 느껴 보지 않은 사람은, 나처럼 중병을 앓는다는 게 어떤 것인지 전혀 상상도 못 할 거예요."

"……."

"병에 걸리면, 모든 것을 못 믿지요. 그래서 회복하고 있다는 것조차 믿지 못하는 거예요."

"……."

"하지만 통증이 사라지면, 사람들은 다시 의사들을 믿게 되고, 온 정성을 다해 치료에 전념하지요."

"정말이지 오늘은 아주 좋아 보여. 전화해 주어서 나도 기뻐."

"이 일기를 훑어보자마자 당신과 대화하고 싶은 욕망이 일었어요."

"어디에서 난 거야?"

"엄마가 보낸 소포 안에 들어 있었어요. 병 몇 개를 보냈는데, 깨지지 않게 그 병을 감싸고 있던 것이지요. 심지어 그날, 그러니까 8월 2일에 당신이 우리 집에 온 것까지도 알 수 있어요."

"그래, 그 당시에는 그랬지……. 어쨌든 오늘은 나도 당신에게 전화하려고 했어. 아마 대학과의 문제가 해결될 것 같아."

"잘됐네요!"

"계약서에 서명하러 가려고 기다리고 있었어. 그런 다음에 당신에게 전화하려고 했어. 아직 사인은 안 했지만, 거의 결정된 것이나 다름없어. 적어도 대학 당국자들은 그렇게 말하고 있어."

"어떤 과목을 가르쳐요?"

"사회 이론이야. 세미나 과목인데, 곧 시작해야 돼. 그래서 수업 준비를 해야 할 것 같아. 여기엔 공책도 없고 책도 없으니까 말이야. 전부 부에노스아이레스에 있어."

"그 유명한 세미나 공책도 필요하겠지요?"

"그래, 그것도 필요해."

"난 당신이 가르쳐 준 것을 모두 잊어버렸어요."

"아니타, 그게 부에노스아이레스에서 있었던 또 하나의 믿지 못할 사건이었어. 그 당시 라캉은 프랑스에서 겨우 이름이 알려지고 있었을 때인데, 우리는 벌써 라캉을 완전히 인정하고 있었거든."

"다른 곳에서는 그리 알려지지 않은 사람이었나요?"

"1970년에? 그때는 그렇지 않았을걸. 이제야 비로소 유럽과 미국에서 진지하게 연구하기 시작했으니까."

"잉마르 베리만의 경우도 똑같아요. 스웨덴 밖에서 처음으로 그 사람 영화를 상영한 곳이 아르헨티나였어요. 난 그 사람의 인터뷰에서 그런 내용을 읽었어요. 그는 파리가 「여름밤의 미소」의 진가를 발견하기 전에 아르헨티나에서 폭발적인 인기를 누렸다고 말했어요. 물론 그 감독을 세계적으로 만든 곳은 파리였지만 말이에요. 너무 멋지지 않아요? 내가 기억하기로, 그 영화는 미성년자 관람 불가여서 나는 볼 수 없었어요. 아마 1954년경이었던 것 같아요. 나는 보고 싶어 죽을 지경이었지요. 사람들이 모두 그 영화에 대해서만 말하고 있었거든요."

"바로 그런 나라가 알레한드로 같은 놈도 만들어 냈어. 이 모든 게 논리적으로 이해가 되지 않아. 아무도 설명할 수 없을 거야."

"하지만 알레한드로는 정신 병자 같은 사람이지, 전형적인 아르헨티나 사람이 아니에요."

"글쎄 과연 그럴까?"

"포지, 이 점을 눈여겨보세요. 아르헨티나가 심포니 오케스트라와 오페라에 있어 세계 최고 수준을 자랑한다는 것은, 아주 수준 높은 중산층이 형성되어 있다는 증거예요. 아마 당신도 이것만은 부정하지 못할걸요."

"……."

"그런 표정 짓지 말아요. 당신이 오페라를 좋아하지 않는 것은 오페라에 관해 아무것도 모르기 때문이에요."

"하지만 내 말 좀 들어 봐. 이런 국가의 모순점이 가장 극명하게 드러난 예로는 바로 정신과를 들 수 있지. 2년 전에 아르헨티나는 전 세계에서 가장 발전된 정신 의학을 자랑했어. 게다가 모두가 무료였지. 영국의 쿠퍼 대학 사람들과 반정신 의학 연구자들이 이 세상에서 가장 발전된 정신 의학을 공부하기 위해 아르헨티나로 왔었어. 또한 멜라니 클라인을 따르는 사람들과 프랑스 사람들도 이곳으로 공부를 하러 왔지."

"그런데 거기에 무슨 모순이 있다는 거죠?"

"모르고 있었어?"

"예, 몰라요."

"내가 이곳에 올 무렵, 모든 병원에서 무료로 제공하던 정신과 치료를 모두 폐지하고 있었어. 그러고는 정신 병원만 놔둘 작정이야."

"왜 그런 거죠?"

"정부는 정신과 의사들이 모두 반체제적이며, 마르크스주의 성향을 띠고 있다고 말했어. 그래서 무료로 사회봉사를 하고 있다고 말했지. 그렇게 무료 사회봉사 모델을 가지고 있던 나라에서 아무것도 없는 나라로 전락하고 있는 거야. 극단적인 것에 또 다른 극단으로 대응한 대표적인 예지. 사회적으로 극단이라면 그 모순을 논리적으로 설명할 수 있어. 하지만 아르헨티나는 정반대로 중산층의 나라야."

"……"

"아니타, 그런 사회봉사를 폐지했는데도 충격 받지 않아?"

"눈 깜짝할 사이에 어떻게 이 모든 게 엉망진창이 되어 버릴 수 있는 거죠?"

"그 모든 것이 우리 가까이 있었는데…… 이젠 도저히 복구할 수 없는 지경이 되었어."

"우리가 마치 늙은이 같네요. 과거를 그리워하고 있으니 말이에요."

"하지만 이건 향수가 아니야. 그보다 더욱 심각한 거야. 마치 내가 어젯밤에 좋은 시절을 꿈꾸었던 것 같아."

"……"

"아니…… 그 반대야. 여기에서의 모든 일이 꿈만 같아. 내가 보기에 1년 전의 아르헨티나는 현실처럼 보였어. 그리고 지금 내가 여기에 있는 것이 꿈이야. 난 그것들을 아주 선명하게 기억해.

그래서 멕시코시티의 이 병원 병실보다 더욱 현실적으로 느껴져. 난 우리가 이곳에서 무얼 하고 있는지 모르겠어. 아르헨티나의 그 것들이 모두 훨씬 더 현실적인 것처럼 보여. 그리고 동시에…… 나도 잘 모르겠어…… 모든 게 영원히 끝나 버린 느낌이야."

"오늘 나는 당신 손을 빼지 않을 거예요. 이미 눈치 챘죠?"

"방문객들을 위한 술병이 있는 것 같던데, 나한테는 한 번도 술 한잔 마시겠느냐고 권하지 않았어."

"그건 당신이 술을 마시지 않았기 때문이에요."

"지금은 아르헨티나에서처럼 술 한 방울만 마셔도 잠을 잘 수 없어."

"멕시코시티가 고지대라 그런가요?

"최근에 나는 많은 것들을 깨닫기 시작했어. 난 항상 수면 부족 상태라 술을 마시지 않았던 거야. 술 한 잔만 마셔도 취해 버릴 것 같았거든."

"그리고 또 뭐죠?"

"그리고 아르헨티나에서는 거의 여자들에게 눈을 돌리지 않았어. 그런데 여기에서는 모든 여자들을 쳐다보고 있지. 그건 내가 남는 기운이 없어서가 아니었어. 아니, 정반대지. 아주 열심히 일했으니까."

"게다가 공부도 했지요. 내 말 좀 들어 봐요, 포지. 당신은 그 세미나에서 기억나는 내용이 뭐죠? 그 거울이란 게 어떤 것이었죠?"

"다시 한 번 살펴봐야 말해 줄 수 있을 것 같아."

"대충만 말해 줘요."

"그 이론의 가정이 어떻게 시작하는지를 잊어버렸어."

"당신이 기억나는 것만 말해 봐요."

"좋아. 아마 아기는 자기의 손과 발과 등이 '완전체'의 부분을 형성한다는 것을 제대로 의식하지 않고 있다는 사실부터 시작했던 것 같아…… 그 완전체라는 것은 그의 신체지. 그리고 또 뭐라고 했더라? 그 '완전체'라는 개념이 거울과 연관이 있었던 것 같아. 하지만 라캉에서의 거울은 다른 것을 의미하지."

"가령……."

"그래, 그 이전에 아기는 담요 속에서 자신의 손이나 발 한쪽이 침대 시트 아래서 없어질지도 모른다는 고민을 하며 산다는 문제가 있었어. 그런 것들은 아기 스스로 잘 알고 있는 친숙한 신체 부분이지만, 그것들을 마음대로 다룰 수 없기 때문에 나타났다가 사라지는 것처럼 느끼는 거지. 바로 그런 느낌을 '분리된 육체의 환영(幻影)'이라고 부르는데, 그 후 아기가 살아가는 동안에 고민의 형태로 다시 등장하는 거야. 생각나?"

"예, 이제 조금씩 기억나기 시작해요."

"어떤 것 혹은 어떤 사람에 대해 자제력을 잃을 때, 사람들은 무의식적으로 그런 것을 자신의 일부분으로 간주하는 거야."

"그럼 거울은 무엇이죠?"

"응, 거울이라고 말하는 것은 상징으로 사용되고 있어. 사실 어떤 사람에게 그 사람의 이미지를 되돌려주는 것은 타인의 시선을 통해 이루어져. 타인의 눈 속에서 사람들은 처음으로 자기 자신의 모습이 반영되고 있다는 것을 알게 되는 거야."

"하지만 타인의 시선이 항상 객관적인 것은 아니잖아요."

"그 이상이라고 말할 수 있지. 타인들은 그들 마음대로 당신을 볼 수 있을 뿐만 아니라, 그들이 원하는 대로 당신을 그들의 틀에 맞출 수 있어."

"그러니까 그들이 원하는 대로 왜곡시킨다는 말이네요. 그래요, 바로 그게 내가 기억하고 싶었던 부분이에요. 그게 가장 인상 깊었거든요."

"하지만 이 모든 것은 보다 깊이 살펴봐야 하는 거야. 내가 지금 당신에게 말한 것은 시작에 불과해. 난 라캉이 무의식은 언어처럼 구조화되어 있다고 말한 대목이 마음에 들어."

"나도 어느 정도는 그 대목을 기억할 수 있어요."

"전에는 무의식을 아무도 모르는 것들이 뒤엉켜 있는 것이며, 모든 것이 들어 있고 뒤섞인 것으로 해석했었지."

"아, 이제야 기억났어요. 바로 컴퓨터처럼 그 무의식 속에서 모든 것이 분류되어 보관되는 거예요."

"아니야, 아니타…… 조금만 기다려."

"난 바로 그 점이 마음에 들어요. 난 컴퓨터 같은 사람이니까요. 그러니 날 무안하게 만들지 말아요."

"뭘 무안하게 만든다는 소리야?"

"내가 계산기 같다고 모욕했던 사람은 바로 당신이었어요. 하지만 이제는 우리 모두가 내면에 조그만 계산기를 가지고 있다는 사실을 알았죠?"

"그렇게 함부로 말하지 마. 그건 당신 이야기고, 내가 말하는 것과는 아무 상관도 없어."

"왜 그렇죠?"

"무의식은 서류 보관함 같은 데서 정리 카드를 찾는 기억이 아니야. 무의식 속에는 작동 모델이 있는데, 그건 구체적으로 포착할 수 있는 것이 아니라, 언어의 허구적 기능을 통해서만 가능해."

"그게 어떤 거죠?"

"그건 언어와 동질적인 모델이야. 마치 언어처럼 작용하지. 하지만 전체를 파악할 수는 없어."

"무슨 소린지 도저히 못 알아듣겠어요."

"이건 약간 복잡한데, 무엇보다도 용어에 주의를 기울여야 해."

"좀 더 분명하게 이야기해 줄 수는 없나요?"

"이 경우에는 전문 용어를 엄격히 사용하는 것이 필수적이야."

"……."

"아무렇게나 라캉을 이해하려고 시도할 수는 없어. 그의 이론을 이해하는 데 전문 용어는 매우 중요해. 그렇지 않으면 평범해지거든. 당신은 지금 그의 이론을 평범하게 만들고 있어."

"……."

"무의식은 타자라는 사실을 당신이 기억할지 모르겠어."

"아니요. 그건 내게 한 번도 설명하지 않았어요."

"무슨 소리야! 분명히 설명해 주었어. 라캉은 자아란 존재의 한 부분이며, 각자는 그 부분을 통제하는 것, 즉 의식이라고 말하고 있어. 그리고 통제할 수 없는 부분, 즉 무의식이라고 말하는 것은 타인의 것이며, 주위 세계와 융합되는 경향이 있는데, 그것이 바로 타자라는 거지."

"계속하세요."

"하지만 타자의 부분, 즉 타인의 부분은 실질적으로는 각 개인의 것이지. 또한 개인의 일부분은 통제할 수 없는 것이기에 타자의 것이야. 그리고 동시에 개인의 모든 세계관은 무의식의 침투를 받지. 그래서 당신 몸의 어떤 부분은 타인의 것이지만, 전체 세계는 바로 당신의 투영이라는 말이야."

"아주 혼란스럽네요."

"그리 혼란스러운 것은 아니야. 항상 두 가지가 영향을 끼치고 있어. 내 말 듣고 있어? 그래서 이런 이론에 의하면, 개인은 결코 홀로 있는 게 아니야. 각 개인 속에는 자아와 타자가 항상 긴장 관계를 유지하면서 대화를 나누고 있기 때문이야. 다시 말하자면, 의식적인 자아와 타자 사이의 관계가 바로 세계야."

"너무 어려워요."

"당신은 모든 걸 어렵다고만 말하고 있어. 그건 당신이 모든 걸 어렵게 보려고 해서 그럴 거야."

"너무 갈 길이 험해 길을 잃을 것만 같아요."

"어지러워?"

"아니에요, 정신이 없을 뿐이에요. 현기증은 정말 끔찍해요. 하지만 지금 내가 정신이 없다는 것은 다른 의미예요. 현기증은 구토 나게 만들거든요."

"……"

"정신을 잃는다는 것은 추한 게 아니에요."

"그런데 지금 왜 쓸데없는 소릴 하는 거야? 정신은 없지만 구역질 나는 것은 아니라고 말했잖아. 그런데 이건 또 무슨 소리야?"

"우리는 조금 공상에 잠길 수 있지 않나요?"

"하지만 우린 아주 심각한 것에 대해 이야기하고 있었어. 정말 당신과는 어떤 진지한 말도 나눌 수가 없어."

"아, 포지! 당신의 결점 한 가지를 깨달았어요."

"그게 뭔데?"

"당신은 항상 남보다 잘나고 싶어 해요. 자신은 옳다고 생각하기를 좋아하면서, 다른 사람은 그렇지 못하다고 생각하지요."

"……"

"이제 알았는데, 그건 아주 부에노스아이레스적인 거예요. 그곳 사람들은 남의 의견에 동의하려고 하지 않아요."

"그게 무슨 소리지?"

"당신은 항상 부에노스아이레스에 있었기 때문에 그런 사실을 깨닫지 못했을 거예요."

"분명하게 말해 봐."

"그곳 사람들은 다른 사람의 의견에 반대하면서 더욱더 행복해하는 습관이 있어요. 그 사람들은 남의 의견에 동의하려고 하지 않아요."

"그건 논쟁에서 이기기를 좋아하기 때문이야. 그건 당연하다 못해, 너무나 인간적인 감정이야."

"아니에요, 그렇지 않아요. 잠깐만 기다려 봐요."

"왜 그런데?"

"잠깐만 기다려요. 생각하고 싶어요."

"당신이 생각하고 싶은 건 모두 생각해도 좋아."

"그곳에서는 사람들이 논쟁에서 이기려고 하지요. 아니, 그 정도가 아니에요. 그들은 남들이 패하는 것을 보고 싶어 해요. 다른 누군가를 패배시키면서 즐겨요."

"난 그렇지 않아."

"내가 보기에는 당신도 마찬가지예요."

"당신의 쓸데없는 생각일 뿐이야, 아니타."

"난 지성인도 아니고 유명한 선각자도 아니에요. 하지만 밖에서 아르헨티나를 바라보면, 바보가 아니고서야 그런 것들을 깨닫지 못할 사람은 아무도 없어요."

"적어도 난 그렇지 않아."

"당신도 똑같아요. 어머, 벌써 지고 있는 것 같아요."

"……."

"화제를 바꾸는 게 좋을 것 같아요, 그렇죠?"

"이런 말을 하고 싶지 않았지만, 꼭 해야 할 것 같아. 내가 남의 의견에 동의하며, 말다툼에서 이기고 싶어 하지 않는다는 것을 보여 주기 위해서 말이야."

"자, 어떤 건지……."

"당신에게 말해야 좋을지는 나도 잘 모르겠어. 하지만 내 아내는 당신을 알고 있었어. 바로 그 당시에 말이야."

"……."

"난 아내에게 어떤 것은 말하고, 또 어떤 것은 말하지 않았어.

그런데 당신에 관해서는 처음부터 모두 말해 주었어."

"믿을 수가 없어요."

"하지만 사실이야. 그 당시 우리는 파경에서 벗어나고 있었어. 그래서 난 될 수 있는 한 모든 걸 말해 주려고 했어."

"나에게는 그런 말을 한마디도 하지 않았잖아요. 파경 지경에 있었다는 것조차……."

"……."

"미안해요. 하지만 별로 유쾌한 이야기가 아니네요."

"차마 당신에게 말할 용기가 나지 않았어."

"그런데 이제 와서 그런 말을 하는 이유가 뭐죠? 날 화나게 만들기 위해서인가요?"

"갑자기 당신에게 한 번도 말해 주지 않았다는 생각이 나서 그랬을 뿐이야."

"그런데 어떻게 당신 아내에게는 말할 용기가 있었죠?"

"난 집에서 항상 뿌루퉁하게 지내던 시기가 있었어. 사무실에서 있었던 일을 모두 아내에게 풀어 버리려고 했었지."

"남자의 아주 전형적인 모습이네요. 사무실에서는 개새끼처럼 행동하다가 집에서는 순한 양처럼 행동하거나, 아니면 그 반대로 하는 남자였다니……."

"나는 내가 사무실에서는 비열하게 순한 양처럼 처신하지만, 집에서는 개새끼처럼 행동한다는 사실을 깨달았어. 난 그런 자신에게 반항했어. 특히 아내에게 그런 삶을 살게 할 권리가 있지 않다는 것을 알았어."

"어떻게 개새끼처럼 행동했죠?"

"아주 뿌루퉁했어. 모든 것에 짜증을 냈지. 그런 사실을 생각하자, 내가 개새끼라는 걸 알게 되었지."

"당신의 외도를 숨기려는 불순한 마음이었겠지요."

"그 반대였어. 난 집 밖에서 외도한 적이 한 번도 없었어. 그래서 뿌루퉁했던 거야. 외도를 필요로 하고 있었거든. 나는 그런 사실을 아내에게 말했고, 아내는 내 마음을 이해해 주었어."

"잠깐만……. 잊어버리기 전에 말할게요. 당신이 집에서 개새끼였다는 것을 어떻게 알게 되었죠?"

"식구들이 나를 겁내기 시작했어. 그리고 내 뒤에서 쑥덕거렸어. 내가 어렸을 때, 우리 아버지에게 하던 식으로 말이야. 난 결혼하기 전에도 우리 어머니한테 개망나니처럼 행동했었어."

"어머니가 무얼 못하게 했기에 그랬지요?"

"나도 잘 모르겠어. 아마 나를 너무 참고 대해서, 내가 불안해했던 것 같아."

"당신은 너무 잘해 주면 죄책감을 느끼는군요. 솔직하게 말해 봐요, 그렇죠?"

"아니야. 어머니는 내가 대학을 마치기 전에 결혼하는 것을 원치 않았어. 그래서 미래의 며느리에게 거리를 두고 대했어."

"……."

"한 가지 알고 싶은 게 있어. 우리가 함께 첫날밤을 보낸 다음 날 아침에 내가 전화했던 것 기억나?"

"예."

"그럼 그날 당신에게 말하려고 했던 것을 지금 말해 줄게."

"그날 아침 일은 모두 기억나요. 우리는 거의 잠을 자지 못했기 때문에, 난 사무실에 늦게 도착했어요. 그러고는 당신 전화를 기다렸지요."

"아니타, 우리가 약속했던 대로 난 한시 정각에 전화했어."

"난 그 전화가 중요하다는 걸 알고 있었어요. 그래서 당신이 전화했을 때까지, 아무 일도 제대로 손에 잡히질 않았어요."

"나 역시 아무 일도 할 수 없었어."

"나한테 아주 멋진 말을 했었어요."

"아무것도 기억 못하고 있군."

"아니에요, 기억해요. 가장 예쁜 여인이며……."

"가장 아름답다고 했었어."

"……가장 아름답고 가장 재미있으며, 심지어는 똑똑하다고도 말했던 것 같아요. 하지만 내가 당신 말을 좀 더 믿을 수 있도록 다른 말로 했어요."

"그런데 가장 중요한 말은 하지 못했어."

"난 당신이 다른 말을 하고 싶어 한다는 사실을 눈치 챘어요. 그래서 서먹서먹했던 거예요."

"아니타…… 난 당신에게 홀딱 빠져 있었어."

"내 기억으로는, 당신이 살아오면서 무슨 착한 일을 했기에 나처럼 진귀한 존재를 알게 되었는지 모르겠다고 말했어요. 당신이 이런 말을 하는 동안, 내 앞에는 그달의 일정표가 놓여 있었어요. 극장 일 때문에 거의 매일 밤 약속이 있었거든요. 난 내가 하는 일에 몹시 만족하고 있었어요."

"그래서 그날 밤 다시 날 만나려고 하지 않았던 거로군."

"그게 아니에요. 만일 당신이 하자는 대로 따르면, 당신이 내게 금방 싫증을 느낄 거라고 생각했어요."

"정말 그렇게 생각했던 거야?"

"그래요. 이 남자가 날 장난감처럼 갖고 놀지도 모른다고 생각했어요."

"난 그날 당신에게 함께 살자는 말을 하려고 했었어. 내 평생 처음으로 완전히 날 제어하지 못했었지. 당신 없이는 살 수 없을 것 같았어."

"그 정도였어요?"

"그래. 그런데 당신은 그날 밤에 약속이 있고, 그다음 날 밤도, 또 다음다음 날도 그렇다고 말했어. 그러자 마치 찬물을 뒤집어쓴 기분이 되었어."

"내가 약속이 없는 날 전화하겠다고 약속했었지요. 그리고 이틀 후에 전화했어요. 그런데 그날은 당신에게 약속이 있었어요. 그날 통화 기억나요?"

"대충은 기억나. 아니타."

"난 완벽하게 기억나요. 그날 통화에서 우리는 서로 약속이 있는 날이 언제인지 살펴보았어요. 그날 밤은 내가 그 주에 일이 없던 유일한 날이었는데, 당신은 날 만날 수 없다고 했지요. 그리고 만일 당신이 일정을 조정할 수 있으면, 나한테 다시 전화하겠다면서 통화를 끝냈어요."

"그다음에는 누가 전화했지?"

"당신이에요. 세미나에 함께 가자고 했어요."

"그건 더 기억이 나지 않아."

"반면에 난 그때가 가장 아름다운 시간이었다고 생각해요. 우린 밤늦게까지 얘기했고, 당신은……."

"이제 그만 해, 아니타."

"왜요?"

"우리 둘 모두 우울해질 것 같아."

"난 그렇지 않아요. 아니, 그 반대로 이런 것들을 밝히고 나니까 훨씬 더 기분이 좋아졌어요."

"……."

"포지, 이런 말을 해서 기분이 언짢아요?"

"응. 좋은 일을 떠올리면 기분이 울적해져. 반면에 불쾌했던 일을 생각하면 아무렇지도 않아."

"지나간 시간은 모두 더 아름다워 보이는 법이에요. 아마 기억을 떠올리면서 더욱 사랑스러워지나 봐요."

"아니야, 우리의 경우는 그렇지 않아. 이건 신기루가 아니야. 마치 과거에 이루지 못했던 우리의 인생처럼, 우리가 서로에게…… 더 이상 속하지 않을 수도 있다는 생각이 들어."

"난 이 병에서 낫고 싶어요, 포지."

"……."

"이쪽으로 머리를 뉘어 봐. 머리를 만질 수 있게 말이야. 자, 내 어깨 위에 기대 봐."

"……."

"포지, 조금만 더 참고 기다려 봐요. 상황이 바뀔 수도 있어요."

"난 그런 문제를 생각하고 싶지 않아. 아니타, 이런 상태로가 좋아. 당신의 체온과 환자복의 느낌이 너무 좋아……."

"당신 머리카락이 빨리 자라네요."

"계속 어루만져 줘."

"내 환자복을 당신 귀에 대니까 기분 좋아요?"

"응, 천이 시원해. 하지만 그 아래는…… 약간 따뜻하게 느껴져."

"내가 새로 바른 향수는 어때요?"

"아주 좋아."

"그래도 세련된 감각은 살아 있네요. 이건 이 세상에서 가장 비싼 향수예요. 거짓말처럼 들릴지 모르겠지만, 바이올렛에서 추출한 에센스래요. 한 번도 이걸 살 엄두를 내지 못하다가, 지난주에 베아트리스에게 구입해 달라고 부탁했어요. 이 향수를 사용해 보지도 못한 채 죽고 싶지는 않았거든요."

"……."

"조금 전에 이를 닦았어요. 약을 먹은 다음에는 언제나 입 안에 씁쓸한 맛이 남거든요."

"……."

"포지, 날 너무 세게 안는 것 같아요……."

"당신이 내게서 도망칠까 봐 겁이 나."

"이런 환자복 차림으로 어딜 도망치겠어요?"

"......"

"내가 이를 닦았다고 말했는데······."

"누가 오면 어떻게 해?"

"어린 학생들처럼 키스하고 있는 모습을 보겠지요."

"하지만 당신에게 키스하면, 그다음부터는 당신이 내 곁을 결코 떠나게 못하게 할 거야."

"저 버튼을 누르면 복도에 파란 불이 켜져요. 그건 내가 잠들어 있다는 신호죠. 그러면 아무도 들어오지 않을 거예요."

"이 안에 걸쇠는 없어?"

"모르겠어요. 한 번도 눈여겨본 적이 없어서."

"아니타, 저기 걸쇠가 있어."

"난 잠자기 전에 커튼을 쳐요. 그럼 방 안이 어두워지거든요. 그런 희미한 불빛 속에서 당신의 사랑스러운 모습을 보고 싶어요."

"······"

"항상 이 방 안에는 그날이나 아니면 그 전날 가져온 꽃이 있지요. 하지만 그 꽃들은 아주 싱싱해야만 해요. 시들기 전에 난 이 방에서 내다 달라고 부탁하거든요."

10

'등록 번호 W218+보건 복지부 섹스 치료 A분과 복무병+최근 상급자에게 축하 받음+만인이 인정하는 아름다운 신체의 소유자+악몽을 꾸는 경향이 있음+정상인과 달리 전자 장치로 내장됨…….' W218은 단호하게 이런 키 워드를 입력시켰다. 하지만 합계 키를 누르기 전에 약간 주저했다. 그녀는 자신이 근무하고 있는 기관의 총무부 대기실에서 기다리는 중이었다. 그녀는 최근 지급된 주급 수표에 이상이 있다는 것을 밝혀야만 했었다. 그녀는 깊은 숨을 내쉬고는 단호하게 합계 키를 눌렀다. 하지만 바로 그 순간 문이 열렸고, 그녀는 컴퓨터에 나온 대답을 읽기도 전에 눈을 들어야만 했다. 그녀 옆으로 한 방문객을 수행한 관리들이 그녀에게 전혀 관심을 보이지 않은 채 지나갔다. 입은 옷으로 보건대, 방문객은 틀림없이 외국인이었다.

그 순간 W218은 자기 눈을 믿을 수 없었다. 이상적인 남자를 그릴 수 있었더라도, 그토록 정확하게 그를 묘사할 수는 없었을 것이다. 그녀는 꿈에서조차 그 남자를 본 적이 없었지만 그 남자가 그녀의 가슴이 그토록 열망하던 존재라는 사실을 확신할 수 있었다. 그녀의 마음이 열망하던 사람이었던 것이다! 그녀는 안절부절못하면서 컴퓨터를 쳐다보았다. '대답 불능. 입력된 키 워드 중 하나가 잘못되었거나 아니면 불완전함. 그 키 워드는 아무 의미도 없음.' 복무병 W218은 깊은 안도의 숨을 내쉬었다. 분명 아무 의미도 없다는 키 워드는 전날 꾼 악몽에 틀림없었다. 그래서 더 이상 그런 어두운 환영을 걱정할 필요도 없었고, 그 환영들이 특별한 관심을 보여야 할 것을 의미하는 것도 아니었다. 반면에 너무나 근사한 그 남자는 환영이 아니었다. 어두운 환영은 더욱더 아니었다. 하지만 그녀 앞을 스쳐 지나간 남자를 그녀는 더 이상 만나지 못할 수도 있었다. 그래서 또다시 한숨을 내쉬었다. 하지만 적어도 그녀의 취향과 아주 똑같은 신사가 존재하는 것을 아는 것만으로도 만족할 수 있지 않을까? 사실 W218은 모든 경험에서 긍정적인 결론을 도출할 수 있도록 고도의 훈련을 받은 여자였다.

그날 밤 공원은 눈으로 뒤덮여 있었다. 심지어 그녀 자신의 발소리도 들을 수 없었다. 더군다나 다른 행인의 발소리는 더욱 들을 수가 없었다. 하지만 아무런 이유도 없이 그녀는 혹시 누군가가 자기 뒤를 쫓아오지 않을까 하는 의구심에 뒤를 돌아보았다. 공원에 아무도 없는 시간이었기에 그녀의 동작은 전혀 의미 없는 일이었다. 그녀는 자기가 걸어온 길을 주의 깊게 살펴보았다. 다 죽어 버린 나무들, 수은등, 그리고 수은등에 비친 그림자들과 그녀의 고독한 발자국만이 눈에 흔적을 남기고 있었다. 그녀를 불안하게 할 만한 것은 아무것도 없었고, 아무 소리도 들리지 않았다. 그녀는 다시 앞을 바라보았다. 바로 그때 공포로 가득한 비명을 질렀다. 낯선 남자가 길을 가로막고 있었던 것이다. 그 남자는 가로등 옆에 서 있었다. 가로등은 그의 얼굴을 비추는 대신, 그의 얼굴에 모자챙의 그림자를 드리우고 있었다.

"죄송합니다. 당신을 놀라게 하고 싶지는 않았습니다." 남자가 낭랑한 바리톤 음성으로 말했다. 그녀는 놀란 나머지 온몸을 떨고 있었다. 그래서 한 발짝도 움직일 수 없었다. 더욱이 그 남자는 그녀가 태어난 고향인 이웃 나라의 억양으로 말하고 있었다. 그런 억양을 들으면 그녀는 불행한 기억만 되살아나곤 했다. 빙하로 인한 엄청난 재난, 가족을 잃은 후의 고아 생활, 그리고 서로 이웃한 이 나라의 고지대까지 폐병 걸린 다른 아이들과 건너왔던 씁쓸한 기억들이었다. 그 남자는 모자를 벗었다. 그러자 W218은 거의 비명을 지를 뻔했다. 하지만 이번에는 무서워서 지르는 외침이 아니었다. 그녀 앞에 미소를 지으며 머리를 숙이고서 인사하고 있는 남자는 그녀가 꿈꾸던 바로 그 남자였던 것이다.

그녀의 손에서 컴퓨터가 미끄러져 떨어졌다. 그러자 그 신사는 컴퓨터를 주운 다음, 장갑 낀 손으로 묻어 있던 눈을 떨어 버리고는 그녀에게 되돌려주었다. 그러자 그녀는 말을 더듬었다. "아니…… 이건 무서워서 그런 게 아니라 …… 단지 놀라서 그랬을 뿐이에요……." 그 동포는 미소를 지으면서 말했다. "나의 무례를 용서해 주십시오. 난 연구차 이곳을 여행하고 있습니다. 우리 정부가 당신의 협조로 영예를 누리고 있는 기관의 기술을 배우도록 나를 이곳으로 파견했습니다. 당신이 말하는 것을 듣고 나는 우리가 동포라는 사실을 알았고, 그래서 이곳에서 당신을 기다리고자 하는 마음을 피할 수 없었습니다. 난 모든 의전 절차와 상관없이 당신과 몇 마디만이라도 나누고 싶었습니다." 그녀는 어디에서 자기가 말하는 것을 들었느냐고 물었다. "여러 부서를 돌아다니던 중에 손님과 은밀한 대화를 나누는 당신 말을 들을 기회가 있었습니다." 그녀는 상징적인 남자의 모습에 도취되어, 그의 말에 전혀 귀를 기울이지 않았다. 그녀는 그의 얼굴을 꼼꼼히 살펴보았고, 그의 외모가 심지어는 상상 속에서도 더 좋은 것을 꿈꾸지 못할 정도로 완벽한 모습이라는 사실을 알았다. 이마는 넓었지만 지나치지 않았고, 눈은 필수 요건인 초록색이었다. 눈은 짙은 눈썹 때문에 약간 어두워 보였으나, 그렇다고 음울한 빛을 띠고 있지는 않았다. 매부리코였지만 힘센 사람이라는 인상을 주기에만 충분할 정도로만 오뚝했다. 또한 콧수염은 짙었지만 두툼한 윗입술을 덮고 있지는 않았고, 아랫입술은 윗입술과 적절하게 조화를 이루고 있었다. 그리고 치아는 의치 하나 없이 완벽했다. 아래턱이 튼튼한지 아닌지는 자세히 알 수 없었지만, 아래로 뾰족하게 향한 턱수염으로 뒤덮여 있어서 W218의 기본 요구 조건을 충족시켜 주었다. 또 머리카락은 검은색의 곱슬머리였지만, 새치 덕택에 약간의 은빛을 띠고 있었으며, 안경은 평범한 것이었지만 그의 지적인 면모를 정확하게 보여 주기에 충분했다. 어깨 역시 넓었지만, 거친 럭비 선수 같은 어깨는 아니었다. 긴 다리 또한 긴 허리와 조화를 이루고 있었다. 마지막으로 손은 장갑을 끼고 있었기 때문에 W218이 마음대로 상상의 날개를 펼칠 수 있는 최대한의 이점을 제공하고 있었다.

"난 그 기관의 운영 방식에 매우 감명받았다는 것을 덧붙이고 싶습니다." 그 말을 듣자 W218은 즉시 방문객에게 굳게 닫힌 문 뒤에서 어떻게 자기 말을 들을 수 있었느냐고 물었다. "매력이 넘치는 내 동포여, 당신이 알고 있는지 모르겠지만, 몇몇 방의 벽은 환자와 여자 복무병 사이에 일어나는 일을 보고 들을 수 있게 되어 있습니다. 복무병들이 사용하는 섹스 치료실 안에서 의사들이 또 다른 대안을 연구하기 위해 사용하는 시설입니다." W218은 그런 사실을 모르고 있었지만, 그런 표정을 숨기려고 애썼다. 분명 그 방문객은 중대한 실수를 저지른 것이었다. "난 그 유능한 기관에서 아주 환대를 받았습니다. 내게 모든 종류의 도움을 아끼지 않고 있지요. 하지만 당신을 보고 또 당신이 말하는 것을 듣자, 내 가슴속에서 비공식적인 대화를 나누고 싶다는 소망이 솟구쳐서……." 그녀는 기관 밖에서는 은밀한 관계를 맺을 수 없다는 사실을 가르쳐 주기에 적절한 시간이 되었다고 생각했다. "나도 알고 있습니다. 또 내가 그걸 원하는 것도 아닙니다. 내가 원하는 것은 단지 동지애일 뿐입니다. 아마 이런 것까지는 금지되어 있지 않겠지요? 아니면 컴퓨터에 물어보고 싶습니까? 내가 말하고 싶은 한 가지 사실은…… 여기 이 나라에서 인위적인 기계를 사용하는 점이 상당히 흥미로워 보인다는 겁니다." W218은 모든 외국인이 항상 그런 반응을 보인다고 대답했다. 그 이유는 외국인들이 최고 정부가 이런 방식으로 국민들의 모든 비밀을 알게 될지도 모른다고 의심하기 때문이라고 덧붙였다. "혹시 그래서 그런 것이 아닌가요?"

W218은 시민들이 자신들의 질문이 중앙 전산 시스템에 입력되길 원치 않으면 대답을 읽자마자 키를 누르는 것만으로 충분하다고 말하면서, 그의 말을 반박했다. 하지만 주의할 것은, 대답이 나온 후 2분이 지나면 그때는 중앙 전산 시스템에 보존된다고 지적했다. 그리고 결론적으로, 그녀와 같은 사람은 국가에 숨길 것이 하나도 없기 때문에 국가가 해결해야 할 문제가 무엇인지를 보여주기 위해 정부 보관소에 질문을 입력하도록 허락하고 있다고 덧붙였다. 그러자 그 남자가 물었다. "당신은 정확히 2분 내로 키를 누르건 그렇지 않건 중앙 전산 시스템이 그것을 모를 거라고 생각합니까?" W218은 그것이 반체제 시민들의 중요한 이슈이며, 자기는 최고 정부를 무조건 믿음으로써 그런 문제를 해결한다고 대답했다. 논쟁은 거기에서 멈추고 두 사람은 이틀 후 만나기로 약속을 정했다. 그날은 W218이 근무하지 않는 날이었다. 그는 오른손에 낀 장갑을 벗어 W218과 악수를 했다. 덕분에 그녀는 동포의 오른손을 감상할 수 있었다. 그의 손은 피아니스트의 손처럼 예민하고 나무꾼의 손처럼 거칠며, 어린 시절 친구의 손처럼 믿음이 가고 권투 선수의 손처럼 강인하며, 사랑에 빠진 연인의 손처럼 관능적이고 곰처럼 털이 북슬북슬하며, 배우의 손처럼 매니큐어가 칠해져 있었다. 따라서 그녀가 꿈꾸어 온 남자의 손으로는 완벽했다. 그 남자는 자기 자신을 LKJS라고 소개했다. 그것이 이름인지, 아니면 약자인지는 알 길이 없었다.

약속한 저녁 일곱시에 LKJS가 W218의 문을 두드렸다. 그녀는 푸른색의 헐렁한 작업복 바지 차림으로 그를 기다리고 있었다. 그녀는 관광객을 친구들이 모여 있던 전기 회사 노동조합 식당으로 데려갈 계획을 세워 놓고 있었다. 하지만 LKJS의 복장은 그곳에 가기 부적당했다. 그는 에나멜 가죽 구두를 신고 번쩍거리는 실크 옷깃이 달린 턱시도를 입었으며, 흰 나비넥타이를 매고 융단으로 만든 주름진 검은 망토를 걸치고서 실크해트를 쓰고 있었다. W218은 그런 그의 복장을 보며 몹시 당황스럽다고 말했다. "문제없어요. 난 이미 그런 것을 예견했습니다. 난 당신의 스케줄대로 행동하는 것이 아주 흥미로울 것이라고 생각했습니다. 하지만 난 오늘 아침 정부의 한 부서에서 즉시 사용해야만 하는 쿠폰 세트를 받았습니다. 당신도 곧 알게 되겠지만, 난 그토록 예의 바른 초대를 무시할 수 없었습니다. 그러니까…… 음, 한번 볼까요. 이건 우선 특별한 장소에서 열리는 칵테일파티 쿠폰이고, 다른 것은 계속해서 다른 장소에서 사용할 저녁 식사와 무도회 쿠폰이며, 그리고…… 이것밖에 없습니다. 그래요, 나도 압니다. 다 알고 있습니다. 당신은 당신 복장에 문제가 있을 거라고 생각하겠지요. 하지만 이것도 다 예견했던 일입니다. 몇 분 내로 배달부가 필요한 모든 걸 가지고 올 겁니다." W218은 조금 당황했다. 그녀의 계획은 노동조합 식당에서 식사를 한 후, 몇몇 친구들과 함께 집으로 와서 에그 펀치를 마시는 것이었다. 그렇게 함으로써 LKJS와 단둘이서 밤을 지내는 위험을 피하려 했던 것이었다.

입구의 초인종이 시끄럽게 울렸다. 배달부가 커다란 상자와 아주 멋진 종이로 포장된 조그만 상자들을 들고 왔다. 그때까지만 해도 W218은 그런 포장지가 존재하는지조차 모르고 있었다. 화려한 포장지를 보자 그녀는 자기 분수에 너무 맞지 않는다고 생각했다. LKJS는 즉시 그런 사실을 눈치 챘다. "아닙니다, W218. 이 계획 변경이 그토록 신경 쓰인다면, 그냥 당신이 생각했던 대로 합시다. 난 당신에게 강요하고 싶지 않아요." W218은 그의 눈을 바라보아야만 한다고 느꼈다. 그리고 그의 눈에서 화려한 광채가 빛나던 바로 그 순간이 그녀로서는 결국 치명타가 되었다. 그녀는 아무 대답도 하지 않고, 커다란 상자에 매 있던 실크 끈을 풀었다. 그리고 그 매듭을 풀려고 애쓰는 동안, 주름 잡힌 모슬린으로 만든 길고 가벼운 이브닝 가운처럼 어린 시절에 받았던 지울 수 없는 인상이 되살아났다. 무슨 색이었더라? 연보라와 사파이어의 중간색이었던 것 같았다. 그것은 마치 그녀의 모습처럼 키가 훤칠한 여인의 실루엣을 가볍게 애무하듯 감싸는 옷이었다. 물론 그녀는 분명히 이제 그런 것들이 더 이상 존재하지 않을 거라고 짐작했다.

상자에는 긴 이브닝드레스가 담겨 있었다. 주름 잡힌 그 모슬린 옷은 사파이어 색보다는 연보라색이 더 강하게 풍겼다. 그 차이는 아마도 원룸 아파트의 붉은 전등에서 나오는 불빛 때문인 듯싶었다. 그런 스타일의 옷은 원자 시대 말에 사용했던 굽 높은 무색투명한 아크릴 샌들과 잘 어울릴 것 같았다. 남자의 말을 따르지 않아서 야기된 짧은 위기의 순간에 W218은 그렇게 생각했다. 그녀는 중간 크기의 상자에서 샌들을 찾으려 했고, 실제로 그곳에서 그 샌들을 찾을 수 있었다. 그런 다음 그녀는 가장 큰 상자를 개봉하는 일에 착수하면서, 그 안에 있을 가장 값비싼 가죽의 이름이 무엇인지 기억해 내려고 애썼다. 아주 사치스럽게 파도 무늬를 지으며 진한 회색에서 밝은 회색을 오가는 털이 짧은 가죽이었다. "이것은 친칠라* 가죽입니다. 지금까지 살아 있는 친칠라는 몇 마리 안 됩니다." LKJS는 발까지 내려오는 긴 외투를 들고 이렇게 설명했다. 그녀는 헐렁한 바지를 입은 채 그 위로 급히 그 외투를 입어 보았다. 이제 두 개의 작은 상자만이 그녀의 손길을 기다리고 있었다. W218은 평생 한 번도 보지 못했던 붉은 구슬 핸드백일 것이라고 상상했다. 그녀는 자기 예측이 맞을 것이라고 확신하면서, 붉은 구슬 핸드백을 찾아 상자를 열었다. 하지만 그녀의 예측은 보기 좋게 빗나갔다. "이 향수는 비싸서 유명해진 것 같습니다. 향수 중에서도 가장 비싼 향수입니다. 포도주와 다른 주류와 더불어 우리나라의 정부 창고에는 엄청난 양의 이 향수가 보관되어 있지요. 프랑스라는 물에 잠긴 나라를 계속 탐사하여 얻은 전리품이지요. 병들이 모두 불가사의하게 봉인되어 있었기 때문입니다. 전리품 중에는 위대한 예술가들의 조각품들과 고딕 스타일의 몇몇 스테인드글라스도 있지요." 그녀는 향수병을 열어 향내를 맡았다. 그것만으로도 자기 자신이 완전히 달라졌다고 느끼기에 충분했다. 평생 처음으로 그녀는 머리카락 속에 손가락을 넣어 헝클어뜨리면서 기뻐했다. 그것은 즐거움에 들뜬 경망스러운 암컷들이 보여 주는 전형적인 제스처였다. 그녀는 더 이상 주저하지 않은 채 옷을 입고 신발을 신은 다음 욕실로 갔다. "아직 상자 하나가 더 남았어요. 이런 말을 해서 미안한데…… 이 모든 것을 주의해서 다뤄 주기 바랍니다. 모두 대사관에서 빌려 온 것이라……." W218은 되돌아와서 마지막 상자를 열었다. 그 상자의 내용물은 붉은 구슬 핸드백이었다. 그녀는 환한 미소를 지으면서, 도저히 믿기지 않는 이런 물건들을 가지고 욕실로 들어갔다. 그런데 욕실에서 나온 그녀는 창백한 얼굴에 심각한 표정을 짓고 있었다. 거울 속에서 너무나도 아름다운 자신의 모습을 보자, 흥분이 씻은 듯 가라앉았던 것이었다. 그녀는 거울에 비친 자신의 모습에서 초인간적인 차원의 여인을 보았다. "왜 그런 눈으로 날 쳐다보지요? 마음에 들지 않나요? 물론 당신의 의상이 아직 완전히 끝난 것은 아니지만……." LKJS는 이렇게 말하면서 재킷 주머니에서 두 개의 납작한 검은 비로드 케이스를 꺼냈다. "배달원에게 운반시킬 수 없었어요. 엄청나게 비싼 것들이기 때문이지요." 정사각형 케이스에는 목걸이와 한 쌍의 귀고리가 들어 있었다. 모두 1930년대 스타일대로, 백금에 수많은 다이아몬드를 박은 것이었다. 그리고 약간 길쭉한 케이스에는 팔찌와 반지가 들어 있었다. 그것들 역시 목걸이와 귀고리의 디자인처럼 백금에 다이아몬드를 박은 것들이었다.

최고 정부는 휘발유 낭비를 좋지 않은 눈으로 바라보고 있었지만, 외국 방문객에게까지 해당되는 것은 아니었다. 두 사람은 그가 마음대로 사용할 수 있는 자동차를 타고 전속력으로 말 못할 장소를 향해 달렸다. 그들은 산으로 완전히 에워싸인 고원 지대의 계곡에 파묻혀 있던 도시를 멀리하고 차를 몰았다. 우중충한 적갈

색과 검은 돌로 이루어진 중앙 봉우리 기슭에 도착하자, 회색빛의 오후 석양은 한층 더 빠른 속도로 붉게 변했다. 그녀는 특히 석양을 보면 사족을 못 쓸 정도로 좋아했다. 하지만 뚜껑 없는 관 바닥처럼 깊숙한 곳에 그 도시, 즉 우르비스 세곡이 처박혀 있었기 때문에, 그녀는 텔레토탈 방송에서 석양을 보는 것으로 만족해야만 했었다. 자동차는 산비탈을 올라갔다. 그러자 W218은 칵테일을 마실 장소가 어두운 언덕의 중턱에 있느냐고 물었다. "아니에요, 시내 중심가에 있어요. 지금 당신에게 보여 주려는 건 다른 겁니다." 그녀는 자기의 소망을 그에게 말하지 않았었다. 하지만 그가 그런 것까지 추측한다는 것이 가능한 일일까? 그들은 산 정상에 도착했다. 밤이 임박해 올 무렵, 그들은 반대편 산비탈의 붉은 불빛 아래를 통과했다. 도시의 회색빛과 돌의 우중충한 밤색은 이미 사라져 버리고 없었다. 그제야 비로소 W218은 자기가 회색빛과 우중충한 밤색을 얼마나 혐오하고 있는지 깨달았다. 그런 기쁨을 감추기 위해 그녀는 방문객에게 아무거나 생각나는 대로 물어보았다. "그래요. 당신이 소속된 기관이 어떻게 운영되는지에 관해 아주 깊은 인상을 받고 갑니다. 시간이 좀 더 있다면, 다른 모든 범주에 속한 여자 복무병들과도 인터뷰를 하고 싶습니다. 가령 농촌에서 복무하거나, 아니면 그 어떤 시민도 기피하는 업무에 종사하는 사람들 말이에요." 멀리서 다른 그룹들이 보였다. 대부분 모두 쌍쌍이었으며, 그들은 여기저기에 흩어져 있었다. 모두가 최고급의 연미복 차림이었다. "당신 국가의 시민들은 휘발유 제한 조치 때문에 이런 데이트를 할 수 없다는 걸 나는 잘 알고 있습니다.

그건 그렇고, 당신이 보고 있는 저 사람들은 외국인 외교관들이거나, 아니면 지역 정부의 관리들입니다. 아마 지역 정부의 관리들이 대부분일 거예요."

그들은 차에서 내렸다. W218은 지나간 원자 시대의 가장 훌륭하고 세속적인 여자처럼 너무도 화려한 장신구를 하고 있었다. 그녀는 본능적으로 한쪽 어깨를 떨어뜨리고 아무도 쳐다보지 않는 것처럼 자기를 에워싼 사람들을 무시했다. 하지만 공식적인 화제로 돌아가자, W218은 도시에서도 역시 시민의 의무 봉사라는 이름 아래 업무를 담당하고 있는 여자들이 있다고 말했다. 널리 홍보되지는 않았지만, 집 안 청소라든지 아니면 어린아이 돌보는 일을 하고 있는 여자들이었다. "그래요, 나도 그건 이미 알고 있어요. 그런데 이제 내가 물어보고 싶은 말은…… W218, 당신은 불구가 된 남성들에게만 섹스의 필요성을 인정한다는 것이 불공평하다고 생각하지 않습니까? 나이 든 여자들이나 불구가 된 젊은 아가씨들과 기형 소녀들도 똑같은 필요성을 느끼지 않을까요?" 그녀는 주저하지 않고 대답하면서, 최고 정부가 그런 형태의 개혁을 계획하고 있지만 아직은 시기상조이며, 그것을 시행하려면 몇십 년은 더 있어야 될 거라고 설명했다. 또한 그보다 더 시급한 다른 문제들이 있는데, 가령 전국의 남성 복무자들이 치러야 하는 국경 수비와 같은 것이 대표적인 예라고 말했다. 그리고 어쨌거나 여자들을 위한 섹스 치료법은 이미 계획되어 있지만, 머지않은 장래에 실현될 무료 미용 성형 수술 서비스 이후에나 가능할 것이라고 지적했다. 그리고 즉시 확신 없는 목소리로, 면밀한 연구 끝에 여자들에게 섹스의 필요성은 남자들보다 훨씬 더 적다는 것을 알게 되었다고 덧붙였다. 그것은 회색의 우중충한 밤색 도시 안에서 그녀가 확신을 가지고 수없이 말해 왔던 내용이었다. 하지만 바로 그곳, 붉은 언덕 중턱에 있던 그녀 자신의 귀에는 그것이 거짓말이라고 울려 퍼졌다. 마침내 W218은 그의 기분을 상하게 할지도 모른다는 두려움에 고개를 숙였다. 그러고는 조그만 목소리로 중얼거렸다. "내 개인적인 의견은…… 여자들이 그런 치료법에서 배제될 수 있는 이유는 여자들이 남자들보다 정신적으로 더 성숙하기 때문이죠. 특히 나이를 먹으면 더욱 그래요. 게다가 많은 남자들이 전쟁에서 죽어 가고 있어요. 그런데 그 불쌍한 여자들에게 어떤 위로를 해줄 수 있겠어요?"

그들은 그곳의 구경거리가 시들해지기 전에 도시로 돌아오기로 했다. 얼마 안 되어 어둠침침한 보건 복지부 건물에 도착했다. 그들은 평상시 사용하던 측면 입구를 통해 들어와 아무도 없는 황량한 복도를 가로질렀다. 아무 소음도 내지 않는 엘리베이터는 그들을 펜트하우스에 있던 비밀 카바레로 인도했다. 그 카바레는 별이 총총히 뜬 열대의 밤하늘 밑에 있는 야자수 숲과 같은 풍경으로 꾸며져 있었으며, 그 안에는 마라카스와 봉고 리듬에 맞추어 손 (son)*이 울려 퍼지고 있었다. 너무나 흥분한 나머지 다리에 힘이 빠진 W218은 파트너의 팔을 붙잡아야만 했다. 그녀는 이런 실내 장식이 최근에 발견된 어떤 행성의 풍경에 바탕을 두고 있는 것이냐고 물었지만, 그는 그녀가 곤란한 상황에 처하지 않도록 아무 대답도 하지 않았다. W218은 그곳에 있던 사람들의 억양으로 미루어 대부분이 바로 그 나라 사람들이라는 사실을 알고는 몹시 놀랐다. 바로 정부 관리들이었던 것이다. 그들은 당연하다는 듯이 샴페인을 마시고 있었다. 첫 잔을 마신 후, 그녀는 자기 동포의 초록색 눈을 쳐다보았다. "사랑하는 W218, 아무 말도 필요 없어요. 아니, 더 정확히 말하자면…… 당신도 여기에 있고 싶고, 다른 곳으로 가고 싶지 않다고 말해 주시오……" 그건 바로 그녀가 기다리고 있던 말이었다. 그녀는 한 번도 들어 보지 못한 리듬에 맞추어 모르는 스텝을 연습하면서 춤을 추고 싶었던 것이다. 그는 이 스텝이 1940년 이전에 유행하던 것이며, 그래서 '시민의 집'의 주요 레퍼토리가 되었다고 설명했다. 그들은 머뭇거리지 않고 자리에서 일어났다. "계속해서 가야 할 장소는 이보다 좀 더 우아한 분위기일 겁니다. 하지만 당신도 나처럼 사냥한 고기에 대해 혐오감을 갖고 있을 거라는 생각이 불현듯 드는군요. 그곳에는 멧돼지, 산토끼, 꿩, 사슴 고기처럼 사냥된 동물만 있어요." W218은 이 멋진 남자가 싫어하는 것도 자기와 똑같다고 생각했다. 그리고 그 순간 여자가 밟아야 할 스텝이 무엇인지 알기 위해 춤추고 있던 다른 여자들을 바라보았다. 두 번째 잔을 마시자, 시장기가 느껴졌다. 바로 그때 그녀는 눈앞에 펼쳐지고 있는 믿을 수 없는 광경을 목격했다. 웨이터가 마카로니를 담은 커다란 접시를 가져오고 있었던 것이다. 최고 정부가 마카로니 판매를 금지했기 때문에, 그녀는 어렸을 때 맛본 이후 한 번도 먹어 보지 못했었다. 최고 정부는 마카로니를 모양이 흉하고 식욕을 부추긴다는 이유로 판매를 금지하고 있었다.

마카로니를 먹으면서 입술의 화장기를 그대로 유지한다는 것은 불가능했다. 그리고 순간적인 방심으로 아래턱도 더러워지고 말았다. W218은 몇 분 동안 자기 파트너의 모습과 그의 지적인 언변, 그리고 최면을 거는 듯한 시선을 피해 숙녀용 화장실로 갔다. 터무니없이 뚱뚱한 여자가 커다란 거울 앞에서 코에 콤팩트를 칠하고 있었다. W218은 자신의 아래턱에 기름기가 묻어 있는 것을 확인했다. 그녀는 필요한 것을 꺼내기 위해 구슬 핸드백을 열었다. 바로 그때 무의식적으로 그 안에 컴퓨터를 넣었다는 사실을 알았다. 그 뚱뚱한 여자는 완벽하게 하얗게 보일 정도로 화장을 한 다음, 그곳에서 나갔다. 그러자 W218은 현대의 신탁(神託)을 꺼내 '극도로 근사하게 생긴 신사＋지적인 신사＋이해심 많은 신사＋정신적으로 완벽하게 궁합이 맞는 신사＋정열적인 신사＋외국인 신사'를 입력했다. 1초도 기다리지 않고 그녀는 합계 키를 눌렀다. '요주의 인물. 절대 믿지 말 것. 이성적으로 행동하고 모든 감정을 통제할 것.' 그녀는 화가 나서 '삭제'에 해당하는 키를 눌렀다. 그러고는 중앙 전산 시스템에 반대하여 반체제 사람들이 증거로 인용한 것들이 모두 맞다는 생각을 굳혔다. 그녀는 단번에 조금 묻어 있던 마카로니 소스를 지운 뒤 립스틱으로 입술을 칠했다. 그러고는 자기의 새로운 확신을 위해 투쟁할 결의를 굳히고 일어났다. 그녀는 대왕 야자수 숲 정글로 인도하는 문을 열었다. 아니 그것은 진짜 야자수 숲이 아니라, 크롬 도금을 입혀 재현한 것이었다. 하지만 이제 그런 것은 전혀 문제가 되지 않았다. 그녀는 쓰러지지 않기 위해 문손잡이를 잡아야만 했다. 그럴 정도로 그녀의 눈에 비친 LKJS의 힘은 강력했다. W218은 깊은 안도의 숨을 내쉬며 자기를 낳아 준 부모에게 감사했다. 그녀는 자기 부모가 누구인지도 몰랐지만, 생각지도 못했던 기쁨의 세상에 자기를 태어나게 해준 것에 대해 깊은 감사를 드렸던 것이었다.

날이 밝아 오고 있었다. 그녀는 잠을 자고 있었다. 북극의 여명에서 나오는 희미한 죽음의 햇빛과 달리, 천사의 거룩한 미소가 그녀의 얼굴을 환하게 비추고 있었다. 그리고 그 옆에는 그녀가 꿈꾸어 온 남자가 잠에서 깨어나 있었다. 그의 눈에 서린 표정보다 냉소적인 미소를 짓고 있던 입술이 그의 얼굴을 그늘지게 했다. 그는 소리를 내지 않기 위해 아주 조심스럽게 팔을 뻗어 카펫 위에 던져져 있던 자기 바지에서 조그만 케이스를 꺼냈다. 케이스 안에는 현미경 분석을 할 때 쓰이는 것과 같은 두 개의 조그만 렌즈가 들어 있었다. 그는 그녀가 잠에서 깰 경우에 대비해 왼손으로 그 렌즈를 꺼내고는 주먹 안에 그것들을 숨겼다. 그러고는 아주 부드럽게 오른손 둘째 손가락을 그녀의 음부 안에 집어넣었다. 음부에서 나오는 분비액을 묻히기 위해서였다. W218은 아주 좋은 느낌을 받았지만, 잠을 깨지는 않았다. 그의 눈썹은 메피스토펠레스처럼 활 모양으로 휘어져 있었고, 눈은 붉게 충혈되어 있었지만 눈물 때문은 아니었다. 이제는 이 여자의 개성에 관한 세밀한 분석을 완결 지을 수 있었다. 이미 그녀의 사주팔자를 시작으로, 술잔과 식기 세트에 묻어 있는 그녀의 침과 심지어 미용실에서 아무도 모르게 수집한 그녀의 자른 머리카락에 이르기까지 세밀한 분석을 마친 상태였다. LKJS는 손가락을 꺼내 그 액을 유리

렌즈에 묻히고는 즉시 그 렌즈를 다른 렌즈로 덮었다. 이렇게 두 렌즈를 붙여 그는 조그만 케이스 안에 보관했다. 마침내 그는 자기 나라의 비밀경찰이 그의 임무 수행을 자랑스럽게 여길 것이라고 확신하면서, 다시 잠에 빠져 들 수 있었다.

금요일　　이 공책을 꺼내 보지도 않은 채 많은 나날들이 지나갔다. 하지만 글을 쓸 필요가 있다. 생각을 조금이라도 정리하고, 어느 것이 진짜 문제인지 알아보기 위해서 말이다. 난 쓸데없는 걱정은 하지 않기로 결심했다. 난 더 이상 놀라서는 안 된다. 그리고 사실 어느 정도 성공하고 있다. 오늘 아침 난 통증을 느끼며 잠에서 깨어났다. 하지만 어쨌거나 지난주처럼 놀라지는 않았다. 이제는 그런 통증이 회복 과정의 일부라는 것을 알았기 때문이다. 지난주에는 몸이 몹시 좋지 않았지만, 그런 후 난 건강을 되찾았다. 이번에도 똑같을 것이다. 게다가 이번에는 통증이 그리 심하지도 않았다. 틀림없이 모두 잘되어 가고 있는 것이 분명하다. 아마 어제 내가 치료에 약간 방심한 탓에 다시 통증이 찾아왔을 수도 있는 일이다. 정말 말하는 법에는 여러 가지가 있다.

좀 더 시간이 지난 후, 나는 일기 쓰는 것을 중단해야 했다. 통증이 심해져서 진정제 주사를 맞아야만 했기 때문이다. 그리고 두 시간 정도 잠을 잤더니 역시 몸이 약간 나아진 것 같다. 그렇게 강한 통증이 온 것은 며칠 만에 처음 있는 일이다. 사실 어제 방심한 것이 커다란 실수였다. 난 그게 내게 좋은 결과를 가져올 것이며, 또 피가 더욱 잘 순환되게 만들 것이라고 내 멋대로 생각했다. 참으로 황당한 희망 사항 아닌가! 섹스 행위를 그만두는 것에 대해 나는 의사와 전혀 상의하지 않았었다. 그만둘 섹스 상대가 없었기 때문에 그건 어쩌면 당연한 일이었다. 내가 이런 행위를 경험한 것은 실로 오랜만의 일이었다. 그런데 난 어제 아무것도 느끼지 않았다. 아마 약을 먹어서 그랬을지도 모른다. 그 외 다른 이유가 있을 수 있을까? 수많은 쓰라린 경험이 떠오르지만 어제의 섹스는 달랐다. 난 거부감을 느끼지도 않았고, 기쁨을 느끼지도 않았다. 정말로 아무것도 느끼지 않았다.

이상한 것은 내가 억지로 섹스를 한 것이 아니라는 점이다. 난 하고 싶은 욕망을 느꼈다. 그 순간 그에게 너무나도 커다란 애정을 느꼈다. 그 가련한 사람이 모든 것에 낙담한 것처럼 보였기 때문이었다. 그가 내 품 안에 있는 동안, 나는 그를 약간 위로할 수 있었다. 그렇게 해주지 않을 도리가 없었다. 섹스가 끝나자 그는 아주 기분 좋게 돌아갔다. 하지만 내가 그 사람을 사랑해서 섹스한 것이 아닐 수도 있다. 아니다, 분명 내가 그 사람에게서 애정을 느낀 순간이 있었다. 그게 언제였을까? 현기증이 나던 때였을까? 아니면 그가 강한 욕망을 느꼈을 때였을까? 내가 그의 품 안에 안기고 싶었을 때였을까? 그게 어디였을까? 깊은 틈이 열렸고, 그래서 모르는 사람에게 나를 맡기고 싶은 욕망이 분출된 것일까? 그 사람이 모르는 사람이라고? 아니다. 그건 절대 아니다. 이 경우에 모른다는 것은 무엇일까? ……하지만 섹스가 끝난 후 아무것도 느끼지 않을 때면, 불쾌한 느낌만 남는다. 정말로 나는 허공으로, 그러니까 내 몸 안에 있는 허공으로 나를 내던진 것이다. 그

것이 내 실수였다는 것은 인정한다. 다시는 그런 짓을 하지 말아야 한다. 그런데 내가 예전에 느꼈던 그런 환상적인 쾌감을 언제 다시 느낄 수 있을까? 이제 나는 누군가를 미칠 정도로 사랑하지 않고는 절대로 그런 짓을 하지 않을 작정이다.

그는 어떤 사람일까? 과연 그런 사람이 존재할까? 그래, 분명히 존재한다. 이 점에 관해서는 의심하지 않는 편이 더 낫다. 그건 이제 내가 죽지 않을 것이기 때문이다. 그런 희망이 없다면 지금 당장 죽어도 좋다. 하지만 어디에 있을까? 그가 나타나길 기다리지 말고, 나 스스로 찾아야 할 것이다. 내가 방금 전에 했던 생각, 그러니까 백마 탄 왕자를 기다리고 있다는 생각은 정말 끔찍하다. 마치 열다섯 살 먹은 여자 아이처럼 말이다. 백마 탄 왕자를 기다린다고 말하는 대신, 내가 백마 탄 왕자를 찾는다고 말하는 것이 좀 더 괜찮아 보인다. 하지만 어디에서 그런 왕자를 찾을 수 있을까?

함께 범죄를 저지르자는 포지의 제안은 생각하면 할수록 화가 치민다. 가령 그렇게 되면 클라라가 위험에 처할 수도 있다는 생각을 나는 미처 하지 못했다. 만일 내가 그들의 일에 휘말려 든다면, 아르헨티나 정부는 내가 개입되어 있다는 것을 눈치 챌 것이고, 내 딸아이, 심지어는 우리 엄마에게도 보복할 것이다. 무엇보다도 마왕 때문에 이미 전과가 있는 엄마를 가만두지 않을 것이다. 우리를 다스리기도 하고 악정을 베풀기도 하는 그 마피아 같은 페론주의자들이 무슨 일을 못하겠는가? 만일 내가 포지의 말을 따라 좌익 페론주의와 같은 불분명한 성격의 정치 운동을 돕는다면, 내 가족 모두가 위험에 처할 수도 있다. 포지가 다시 이곳에 나타나면, 나는 가장 먼저 그의 면전에서 이 문제를 따질 테다.

라플라타 강의 여왕이라는 부에노스아이레스에 대한 그의 터무니없는 생각에 나는 더 이상 화를 내지 않을 것이다. 난 그 여왕이 지겹다. 물론 그곳은 볼거리가 많은 천국임에 틀림없다. 아니, 천국이었다. 하지만 이제는 파렴치한들이 모든 돈을 훔쳐 가고 있으니, 콜론 극장도 충분한 예산이 있으리라곤 생각하지 않는다. 전에는 콘서트, 오페라, 영화, 연극 중 어느 것부터 시작해야 할지 몰랐다. 심지어 텔레비전까지도 나름대로의 매력이 있었다. 라누세가 검열 제도를 철폐하면서, 온종일 매 시간마다 수많은 정치인들이 거짓말을 늘어놓고 있었으니 말이다. 정말 멋진 볼거리의 연속이었다. 그런 볼거리를 보면서 아침부터 밤까지 보낼 수 있었다. 다른 사람들이 공연하는 것도 보고, 배우나 가수 혹은 음악가들의 작업도 보면서 시간을 보낼 수 있었다. 그 당시는 정말로 라플라타 강의 여왕이라는 부에노스아이레스의 전성기였다. 어둠에 묻힌 오케스트라 지정석에 앉아, 아니 그게 아니라 침대에서 사랑을 나누고 있었던가? 이런 것도 전성기라고 말할 수 있는 것일까? 참으로 믿기 어려운 우연이다. 난 이런 것을 한 번도 생각해 보지 않았다. 그래, 사실 공연 도중에는 사랑할 때와 마찬가지로 불이 꺼져 있다.

하지만 정말 멋진 공연들이었다. 공연의 종류도 다양했고, 질도 아주 높았다. 바이로이트의 훌륭한 배우들이 부르는 바그너의 오페라, 파르마의 레조 극장에서나 상연되는 베르디의 오페라 등,

정말 잊을 수 없는 순간들이었다. 그리고 나는 영화도 수없이 보았다. 선택의 여지도 많았다. 피토와 살았던 그 당시만 제외하고는, 내 생애 최고의 순간이라고 해도 틀린 말은 아닐 것이다. 난 콜론 극장의 칸막이 좌석에서 그 나날들을 보냈다. 그리고 다른 사람들도 나처럼 로맨스 영화를 보았으리라 확신한다. 그런데 지금 난 바보 같은 소리를 지껄이고 있다. 연속극이나 로맨스 영화를 보면서 소일하는 사람들은 주로 여자들이지 남자들이 아니다. 하지만 그들도 축구 경기나 권투 같은 저질 스포츠를 관전하는 관객들이지 않은가? 악마에 홀린 듯한 두 남자가 피범벅 된 얼굴이 되어야 끝나는 싸움을 좋아하는 것을 보면, 남자들의 세계란 정말로 구역질 난다. 남자들은 구역질 나는 존재들이다. 그런데 나는 내 인생 전체가 내게 걸맞은 남자를 찾는 것에 달려 있다고 말하고 있다. 그러고 보면 나도 미친년이다. 정말 바보 같은 년이다. 한데 그보다 더한 것은 그게 사실이라는 점이다. 그런 환상이 없다면, 난 1분도 더 이상 살고 싶지 않다. 왜 나는 이렇게 바보 같을까? 누가 그런 생각을 내 머릿속에 주입시켰을까? 아니면 그런 로맨스가 필요한 것은 바로 우리 여자들의 속성 때문일까? 하지만 오래 지속되는 로맨스는 하나도 없는데, 로맨스는 무슨 놈의 로맨스란 말인가?

이제 찬찬히 생각해 보니, 그런 멋진 쇼들에 몰입하는 것은 아르헨티나 사람들, 아니 아르헨티나 여자들의 위대한 발견이었다는 생각이 든다. 그건 우리 아르헨티나 여자들이 평생 동안 상상에서조차 환상적인 사랑 이야기를 가져 볼 수 없기 때문이다. 내게 일어난 경우만을 가지고 모든 걸 판단하는 것은 잘못이지만, 보다 쉽게 만족하는 여자들이 있다는 건 사실이다. 그리고 이상한 것을 상상하지 않더라도 쾌감을 느끼는 여자들도 있다. 아니면 그렇지 않을까? 혹시 모든 여자들이 나와 똑같은 것은 아닐까? 한 남자가 안아 주는 동안 눈을 감고 무언가를 상상한다는 것은, 관객이 되어 쇼를 보는 것과 마찬가지다. 그건 항상 똑같은 것이다. 아니면 그렇지 않을까? 그래서 섹스는 어둠 속에서 더 감칠맛이 있다. 그럴 때가 되면 침실이 극장과 같기 때문이다. 하지만 이런 것이 사실일지라도, 우리는 평생 동안 관객이 되어야만 한다. 아니, 그렇지 않다. 그건 바로 내 경우일 뿐이다. 아니, 대부분의 여자들 경우일 수도 있다. 하지만 이런 것이 삶의 진실일 수는 없다. 우리 삶에는 그보다 더 중요한 것들이 있어야 한단 말이야!

난 관객으로만 머물러 있다는 사실이 창피하다. 난 그 이상을 원한다. 포지가 페론주의에 들어갔다고 말했을 때, 난 그의 심정을 이해했다. 내부에 있으면 자기 마음에 들지 않는 것을 바꿀 수 있기 때문이다. 적어도 그는 행동으로써 삶 속에서 무언가를 찾으려고 한다. 아니, 무언가에 몰두하기 위한 꿈을 가지고 있다. 하지만 난 나를 그와 동일한 위치에 놓고 그런 환상을 꿈꿀 수 없다. 우선 난 누가 뭐라 해도 그 사람들을 믿지 않는다. 그들이 제안하는 것은 너무나 복잡하고 혼란스럽다. 그런데 어떻게 그 사람은 그 모든 것을 바꾸겠다고 생각하는 것일까? 그는 자기 자신을 믿으며, 매우 투쟁적이다. 내부에서 페론주의를 바꾼다는 것, 그것은 정말 힘든 일이다. 난 나 자신도 바꿀 능력이 없다. 그리고 내 취향에 맞게 그 사람을 바꿀 수도 없다. 물론 바꿀 수만 있다면, 그리 나쁘지는 않을 것 같다. 하지만 내가 그에게서 바꾸려고 하는 게 무엇일까? 그가 날 설득시킬 수 있고, 또 내가 빠져 들 수 있는 정치사상을 갖고 있다면, 난 그를 더욱더 존경할 것이다. 그러나 난 정치사상 따위엔 아무 관심도 없는데, 도대체 어떤 정치사상에 빠져 들 수 있을까? 난 평등이라는 사상 때문에 마르크스주의를 좋아한다. 하지만 그 이후 그걸 실천하는 데 있어서 매우 많은 문제를 야기했다고 생각한다. 난 아르헨티나가 발전하고 생활수준이 향상되고 분배할 것이 많아지면 좋겠다고 생각한다. 어쨌든 그것이 포지가 원하는 바이다. 그는 그걸 국가 사회주의라고 말한다. 그걸 이루기 위해서라고 하지만, 어떻게 너무 나쁜 전력(前歷)이 있는 사람들과 협력할 수 있을까? 그 사람들이 포지를 변화시킬 수도 있다. 그런데 어느 정도 나이 든 사람들이 바뀐다는 것이 가능할까? 가령 누가 피토를 바꿀 수 있을 것인가? 그들은 이미 그렇게 되어 있기에 그들에게는 아무것도 할 수가 없다. 이 점에 있어서, 완벽한 사람은 아무도 없기 때문에 그들을 있는 그대로 받아들여야 한다는 엄마의 말은 일리가 있다. 피토를 받아들이는 여자는 관리들과의 모든 식사 약속에 따라가야 하며, 포지를 받아들이는 여자는 테러리스트에게 협조해야 하는 골치 아픈 문제에 휘말려 들어가야만 한다. 여자가 된다는 것은 얼마나 멋진 일인가! 얼마나 많은 즐거운 선택권이 우리 앞에 제시되는가! 우리는 이쪽을 따를 수도 있고, 저쪽을 따를 수도 있으니 말이다. 만일 밤마다 우리를 행복하게 해줄 수 있는 남자와 짝을 이루어 살 수 있다면 얼마나 좋을까! 그리고 밤마다 즐거움을 만끽할 수 있다면 얼마나 좋을까! 그건 정말 멋진 계획일 것이다. 그리고 매우 합당한 일일 것이다. 하지만 현실은 그렇지 않다. 자기가 원한 대로 실컷 즐긴 다음 잠을 처자는 악마 같은 남자와, 숭고한 쾌락은 전혀 느끼지도 못한 채 자기의 희생이 남자에게 유용했다는 데 만족을 느끼면서 고상하게 잠을 자는 여자만 존재할 뿐이다.

난 아무 의도도 없이 내 이기주의를 솔직히 고백하고 말았다. 나는 지금 문제를 갖고 있기 때문에, 모든 여자들이 나와 동일한 상황에 있길 바라고 있는 것이다. 불쌍한 여자들, 제발 그렇게 되지 않기를…… 그리고 적어도 사악한 군주가 강간하는 것을 상상하고, 가끔씩 우리에게 도움을 주는 모든 이야기들을 상상하면 얼마나 좋을까! 그러면 여자들은 어떤 낭만적인 모험을 즐기는 관객이 될 수도 있다. 하지만 잘 생각해 보면, 다른 짓을 하면서 이런 것들을 상상한다는 것은 전적으로 관객이 되는 것이 아니다. 지금 난 내 머리를 너무 복잡하게 만들고 있다. 베아트리스는 내 생각과는 다르게 말했었다. 그녀는 관객이 아니라, 오히려 자기가 좋아하는 역할을 선택하는 작중 인물의 배역을 연기해야 한다고 했다. 즉, 여자 자신이 편안하게 느낄 수 있는 배역을 맡아야 한다는 것이다. 난 피토와 함께 있을 때, 그가 위대한 사람이며 어린아이에 불과한 나를 겁탈하고 있다고 상상했다. 하지만 그 순간 나는 관객이라기보다는 거짓말쟁이였다. 나는 실제의 내가 아닌 다른 사람으로 위장하고 있었으니까 말이다. 왠지 조금 과장하고 있는 것 같다. 나는 앞으로 여배우처럼 드라마에서 연기할 것이다.

이런 생각을 하니 피토의 문제가 떠오른다. 그는 항상 무대에서 공연하고 있는 것처럼 행동했다는 인상을 주었다. 하지만 그 사람은 그런 작중 인물에 만족했다. 그 가련한 피토가 맡은 배역은 정말 하찮았다. 그는 그 하찮은 배역으로도 만족해했으며, 그에 대해 한마디 불평도 늘어놓지 않았다. 아니, 그의 속마음은 그렇지 않았을까? 그와 그가 맡은 배역과 실제의 그는 전혀 다른 것일까? 누가 그 속마음을 알겠느냐만…… 이 세상에서 각자는 배역이 정해지지 않은 존재이며, 그래서 자기가 좋아하는 배역을 선택하는 수밖에 없을 수도 있다. 무언가를 즐기며 시간을 때우거나, 아니면 자신 속에 간직하고 있는 공허함을 채우기 위해 그런 배역을 스스로 선택해야 하는 것인지도 모른다. 바로 이런 이유로 각 개인은 영리해야 하고, 그래서 자기가 좋아하는 것이 무엇인가를 알아야 한다. 그런데 과연 그럴까? 그것은 초록색 가면이냐 푸른색 가면이냐를 선택하는 것과 같다. 내가 원하는 것을 나 자신도 모른다는 말을 들을 때, 나는 가장 화가 치민다. 내가 원하는 것이 무엇인지 나 자신도 모르며, 내 인생의 실수는 내가 여느 사람과 다르게 되길 원했기 때문이라고 엄마가 말한다면, 난 엄마일지라도 가차 없이 죽여 버릴 것이다. 지금 이 순간에도 그런 말을 떠올리니 피가 거꾸로 솟구친다. 엄마는 원하는 것이 무엇인지도 모르는 내가 바보라고 확신한다. 다른 말로 하자면, 적당한 배역을 찾지 못하는 내가 바보라는 것이다. 그것은 나만 제외하고 모든 사람들이 자기 배역을 찾았기 때문이다. 그 말은 사실이다. 포지는 좌익이고 희생적이며 자신의 배역에 매력을 느낀다. 베아트리스는 페미니스트이고, 역시 자신의 배역에 만족한다. 엄마는 친구들과 수다를 떨면서 시간을 보내는 여자이고, 나름대로 인생에서 성공한 여자이다. 그럼, 알레한드로는? 내가 보기에 그 사람은 나와 마찬가지다. 그는 자신이 원하는 것이 무엇인지 모른다. 아니, 그건 사실이 아니다. 난 내가 원하는 것이 무엇인지 알고 있다. 그건 바로 존경할 수 있는 남자란 말이야! 그럼 내 배역은 그런 남자를 찾아다니는 여자의 역할이다. 하지만 그건 배역이 아닐 수도 있다. 아니면 그것 역시 하나의 배역일까? 하지만 난 그런 배역을 연기하고 싶은 욕심은 거의 없다. 그럼 각자의 영리함은 어디에 있는 것일까? 그건 바로 아무것도 생각하지 않는다는 것일까? 아니면 단지 특정한 배역만을 연기하는 일일까? 하지만 난 그런 배역을 찾을 능력이 없었다. 난 어제 포지와 있었던 일을 떠올린다. 식당에서 기름기 묻은 입에 키스하는 것처럼, 생각만 해도 창피해 죽을 지경이다. 그러나 사고를 저지른 다음에 후회하는 것처럼 바보스러운 짓은 없다.

그러나 나는 한 가지만 더 말하고 싶다. 아무 배역도 맡지 않고, 있는 그대로 행동하는 것이 더 멋지지 않을까? 이런 것이 더 자연스럽고 더 재미있지 않을까? 하지만 아무도 그렇게 생각하지 않는다는 것은 수차에 걸쳐 증명되었다. 나는 드라마 배역을 맡은 사람들의 명부를 작성했는데, 그 사람들은 자기 인생에 만족하고 있기 때문이었다. 그런 배역을 맡지 못한 불쌍한 사람은 나와 마왕 둘뿐이다. 이 두 사람은 가면극의 마지막 순간까지 배역을 기다리는 사람들이다. 그런데 베아트리스는 배역을 맡고 있다고 내가 말하면,

그건 옳은 것일까? 아니다. 그녀는 보다 융통성이 있다. 문제는 아르헨티나 사람들에게 있다고 나는 생각한다. 멕시코 사람들의 문제는 다른 것에 있다. 그런데 그들 역시 가면을 쓸까? 아니다. 이곳 멕시코에는 그게 매우 흥미롭다. 그것은 자신들의 배역과는 전혀 상관없는 사람들이 있기 때문이다. 난 그들을 바라보지만, 그들이 기타 연주자인지 아니면 상원 의원인지 전혀 상상할 수 없다. 이 세상에는 상원 의원처럼 보이는 기타 연주자도 있고, 기타 연주자처럼 보이는 상원 의원도 있다. 심지어는 상류 사회의 귀부인처럼 보이는 가정부도 있고, 가정부처럼 보이는 귀부인도 있다. 이곳 멕시코의 문제는 다른 것이다. 하지만 그것은 그들의 문제이다. 그들은 호전적이지 않은 좋은 심성을 지니고 있으며, 이것은 인정해야만 한다. 그들의 문제는 모두가 동일한 표정을 짓는다는 점이다. 그들은 모두 예의 바르고 인자한 표정을 짓고 있다. 나는 거의 동정 어린 표정이라고 말하고 싶다. 내가 망명자이기 때문에 그들은 날 불쌍히 여긴다. 아니면 내가 환자이기 때문에 불쌍히 여기는 것일까? 그도 아니면 내가 곧 죽을 것이라 생각하고 있기 때문일까? 날이 갈수록 야위고, 더 많은 진정제 주사를 맞아야 하는 나를 보면, 그렇게 생각하는 것도 무리가 아니다. 그리고 그들은 내가 섹스라는 특수 치료를 받았다는 사실을 알 리도 없다.

11

'눈물이 가득한 눈＋가슴 한가운데 이상한 슬픔＋편지를 무한정 기다림＋…….' 이런 슬픈 키 워드를 계속해서 입력하는 대신에, W218은 자문을 삭제하는 빨간 키를 누르기로 결심했다. 중앙 전산 시스템에 관한 그녀의 의문은 갈수록 커져 가고 있었다. 그리고 갈수록 필사적으로 LKJS를 필요로 하고 있었다. 일반적으로 오후 날씨는 우중충하고 차가웠다. 그곳 아파트에 있는 모든 창유리는 난방용 수증기 때문에 김이 서려 있었고, 창문틀 꼭대기에서는 물이 한 방울씩 떨어지면서 평평하고 매끄러운 유리 표면으로 흘러내렸다. 그 모습은 마치 뺨에서 눈물이 흐르는 것 같았다. 한 시간 후면 직장으로 가야 할 시간이었다. 아침 내내 우편배달부를 기다렸지만, 결국 우편배달부는 아무 소식도 가져오지 않았다. 그 때부터 다음 날까지 편지를 기다리는 그녀의 생활이 또다시 시작되었다.

그녀는 담배에 불을 붙였다. 그것은 2년의 복무 기간 중에는 금

지된 행동이었다. 그리고 LKJS가 갑작스레 떠난 날부터 며칠이
지났는지 세어 보았다. 그는 알 수 없는 이유로 정부의 부름을 받
아 친선 방문을 중지하고 귀국해야만 했다. 이 일이 일어나기 며
칠 전에 그녀는 자신이 소속된 사회복지부에 자기가 태어난 이웃
국가를 급히 여행하고 싶으니 주말 동안 해외에 체류할 수 있도록
허락해 달라는 신청서를 제출했었다. 그런데 그녀가 제출한 신청
서가 수상쩍게 여겨질 가능성은 없을까? 사실 그녀와 그녀의 애
인은 다시는 이곳으로 돌아오지 않기로 계획을 세워 놓고 있었다.
복무에서 이탈할 수 있다는 의심을 받으면, 재판에 회부되어 수년
동안 구속까지 될 수 있었다. '아니야, 난 지금 쓸데없는 걱정을
하고 있는 거야'라고 그녀는 마음속으로 되뇌었다. 그녀는 단지
요령 없이 신청 서류의 빈칸을 채운 것에 불과하며, 실행에 옮기
지도 않은 야비한 마음을 먹고 있다는 이유만으로 자기를 구속할
수는 없을 거라고 생각했다. 아니면 그럴 수도 있지 않을까? 반체
제 인사들이 강도 높게 공격했던 형법 개정안이 있었지만, 그녀는
그런 사실을 까맣게 모르고 있었다.

　무엇보다도 나빴던 것은 LKJS가 공항에서 전화로 뜻밖의 작별
을 고한 것이었다. 그의 목소리는 뭔가를 피하는 것처럼 들렸다.
그 음성으로 W218은 그가 마음대로 말할 수 없는 처지에 있다고
추측했다. 전화 통화에서 유일하게 긍정적이었던 점은 그가 연구
를 마치고 그녀를 보기 위해 어떤 대가를 치르더라도 다시 돌아오
겠다고 약속했다는 것이었다. W218은 어느 정도 마음을 진정시
킨 것 같았다. 그녀는 가슴에 응어리진 슬픔 없이, 편안하게 숨 쉴

수 있었다. 아마도 멘톨 담배가 기도를 터준 것 같았다. 그녀의 애인이 잊고서 그곳에 남겨 놓았던 마지막 남은 담배였다. '아니야, 그렇지 않아.' 그녀는 자기 생각을 고쳐먹었다. 그러고는 그를 생각했기 때문에 다시 힘을 얻은 것이라고 애써 자위했다. 그랬다. 그녀의 뇌를 스친 유쾌한 기분이 그를 기억하게 만든 것이지, 다른 것이 아니라고 그녀는 믿었다. W218은 그 담배 속에 적군의 악의가 꽤 많이 포함되어 있다는 것을 의심하지 않았다. 담배 연기를 들이마시자, 그와 함께 지냈던 모든 순간이 상세하게 기억났다. 모두 멋진 순간들이었다. 그녀가 이렇게 느낀 이유는 매우 간단했다. 아무도 부정할 수 없는 아폴론 같은 남성적 신체에 편한 마음과 넓은 포용심, 그리고 그녀가 좋아하는 모든 것을 그 사람도 좋아할 것이라는 만족감이 더해졌기 때문이었다. 또 두 사람 사이에는 의견 차이나 말다툼을 비롯해 두 사람 중에서 어느 누구도 희생하거나 포기해야 하는 일이 없을 것이라는 믿음이 있었기 때문이기도 했다. 한 사람이 제안하는 것은 모두 상대방의 기쁨의 원천이었으며, 한 사람의 변덕은 상대방에게 새로운 쾌락을 발견하게 해주기 위함이었다. 그들의 로맨스가 시작된 지 이틀 후부터, 그녀는 결정하기 전에 컴퓨터에 자문을 구하는 습관을 버렸다. 그녀에게 일어나고 있는 일은 모두 사실이어서, 그 어떤 추측도 필요 없었기 때문이었다.

"믿을 수 없지만, 틀림없는 사실이야. 나는 남자, 당신은 여자지. 인생의 서로 다른 두 개념이지. 즉, 나는 생각하고 행동하며, 당신은 감수성이 섬세하고…… 갈수록 당신은 더욱더 섬세해지겠지. 이런 차이점이 있지만…… 모든 면에서 우리는 일치해. 당신이 나처럼 기타나 바이올린 같은 악기를 좋아한다고 했던 말 기억나? 바로 거기서부터 난 당신을 알기 시작했어…… 사랑하는 나의 여인아. 우리나라에 도착하면 난 가장 먼저 당신이 모르고 있던 음악을 들려줄 거야. 여기 이 나라에서는 정부 관리들이 음악에 관해서는 전혀 검열이 없다며 거짓말을 늘어놓고 있어. 당신은 우리가 데이트했던 첫날밤에 열대풍의 리듬에 몸을 떨었어. 그 음악은 당신 나라의 위선적인 고위 관리들이 자신들만을 위해 간직하고 있던 것이야. 그것과 마찬가지로 당신이 몰랐던 또 다른 음악 장르를 들으면서 당신은 감동하게 될 거야. 내가 들려주고 싶은 음악은 바로 가사가 붙은 노래들이야. 여기에선 그런 노래들이 소설적인 요소들을 지니고 있다는 이유로 금지하고 있어. 아, 우리는 그 환상적인 땅에서 정말 행복하게 살아갈 거야……." 그러자 그녀는 아주 달콤한 목소리로 생각지도 않은 국가적 현실의 비밀을 털어놓았다. "사랑하는 당신, 당신은 이 나라가 지닌 비극의 핵심이 무언지 알아야만 해요. 이 나라는 물이 생기기 전에 생겨났기 때문에 가장 춥고 황량해요. 이런 사실들은 바로 죽어 버린 나무의 귀신 같은 나뭇가지들이 확인시켜 주고 있어요. 이것들은 사라져 버린 식물 세계를 보여 주는 마지막 증거이기도 해요. 혹시 그런 나무들을 모두 제거해 버려야 한다는 데 동의하지 않나요? 그 나무들은 나를 몹시 괴롭게 만들어요. 마찬가지 이유로 최고 정부는 음악만을 제외하고, 모든 북극 시대 이전의 예술 표현을 금지시키기로 결정했어요. 음악만이 비유적인 게 아니었기 때문이에요. 심지어 문학도 어제의 장면을 묘사하고, 그런 이유로 역시 금지됐던 것이죠. 과거를 회상하게 만드는 것은 모두 향수를 불러일으키고, 그래서 유해한 거예요. 우리는 새로운 바탕 위에 새로운 국가를 건설해야만 해요. 과거를 모방한다는 것은 그리 현명하지 못한 일이에요. 우리는 절대 과거를 그대로 재현할 수 없을 테니까요."

W218은 다시 담배 연기를 한 모금 들이마셨다. 그러자 쩌렁쩌렁한 그의 목소리가 그녀의 기억 속에 다시 울려 퍼졌다. "난 얼마나 당신을 사랑하는지 몰라! 아름다운 당신의 몸과 지성이 나를 압도하고 있어. 남자가 이런 사실을 인정한다는 건 무척 힘든 일이야. 당신은 진심으로 이 땅을 이해하고 사랑하고 있어…… 하지만 당신이 생각하는 만큼 이 땅이 당신을 사랑하고 이해하고 있는지 한번 생각해 봐야 해……." 창문에 김이 서려 거리가 제대로 보이지 않았다. 담배는 거의 모두 타버렸고, 그래서 그녀는 재떨이에 담배꽁초를 꺼야만 했다. 몇 분도 채 지나지 않아, 유쾌한 도취 상태는 그녀를 버리고 그녀에게서 멀어지기 시작하더니 마침내 타인의 것이 되어 버렸다. 반면 가슴 한복판에 응어리진 혹은 그녀의 가슴을 점점 옥죄었다. W218은 좋았던 추억만을 되살리려고 정신을 집중했다. "사랑하는 여인아, 당신은 내가 어떻게 당신에 대해 모든 걸 알고 있느냐고 물었지. 당신이 나에 관해 모두 알고 있는 것과 마찬가지로 난 당신에 관해 모든 걸 알고 있어. 그리고 그런 이유로…… 그 이유를 지적할 필요가 있을까? 혹시 우리가 모르고 있을까? 나 역시 당신처럼 아침에 일어나서 한 시간

이 지날 때까지는 말하는 걸 좋아하지 않아. 당신은 나처럼 은행이나 우체국, 혹은 미장원처럼 별로 중요하지 않은 일들을 아침에 처리하기를 좋아하지. 나도 당신과 마찬가지로 점심 식사를 한 후에는 약간의 휴식을 즐겨. 신발을 벗고 담요 위에 누워 반 시간 정도 깊이 잠자는 것을 좋아하지. 당신도 나처럼 가장 중요한 일을 창의력이 왕성해지는 오후에 처리하는 걸 좋아할 거야. 그것은 단지 당신이 저혈압이기 때문이지. 나는 당신처럼 밤에 잠시 바깥바람을 쐬러 나가거나, 아니면 텔레토탈 방송 프로그램을 즐겨. 그리고 나처럼 당신은 밤에 사랑하기를 좋아해. 당신처럼 나는 사랑하는 동안에 말하길 좋아해. 또 나처럼 당신은 상상으로 가득한 부자연스러운 사랑을 싫어하고, 서로의 눈을 쳐다보면서 자연스럽게 포옹하는 단순한 형식을 좋아하지. 아니, 단순한 형식이라고 말한 것은 내 실수야. 무한한 것은 절대 단순할 수가 없거든. 당신은 내 눈 속에 비치고, 나는 당신 눈 속에 비치며, 당신이 비치고 있는 내 눈 속에는 당신의 눈이 있고, 그 눈 속에는 다시 내가 비치고 있어. 이렇게 한 사람은 다른 사람 속에서 무한하게 증가하는 것이지. 그리고 이런 식으로 우리의 공간은 상대방에 의해 채워지고, 우리의 무한함은 또 다른 무한함, 그러니까 타인들의 무한함을 채우고 있지. 그렇게 우리는 타인들을 필요로 하지 않기 때문에 마침내 타인들을 위한 장소는 없어지게 돼." 반면 W218은 그 순간에 느낀 자기감정을 고백하지 않았다. 그가 포옹하자, 그녀는 자기 자신이 불사조처럼 느껴졌고, 따라서 모든 인간에게 예정된 죽음이라는 위험 같은 것은 생각할 수조차 없었다. 그래서 완벽한 그의 얼굴을 쳐다보는 것만으로도 그녀는 자기보다 더 나은 또 다른 존재와 함께 있다는 느낌을 받기에 충분했다.

계속해서 그녀는 춤출 때 울려 퍼졌던 명랑한 춤곡 중의 한 멜로디를 기억해 내려고 애썼다. 하지만 아무 기억도 떠오르지 않았다. 그녀는 그가 앉기를 좋아하던 소파를 쳐다보았다. 그리고 이미 텅 빈 담뱃갑을 바라보았다. 그러더니 손으로 다정스럽게 담뱃갑을 집어 들고는, 마치 어린아이가 잠을 깨지 않게 키스해 주듯이, 그것에 입을 맞추었다. 그런 다음 눈물방울을 뚝뚝 떨어뜨리고 있는 창문을 바라보았다.

바로 그 순간, 그가 돌아오지 않으면 자기는 슬픔을 견디지 못해 더 이상 살 수 없을 것이라는 생각이 불현듯 그녀의 머리를 스쳤다. 그런 축복을 알게 된 다음에, 그 축복을 잃어버리고 체념한 채 살아갈 수는 없었다. 그 어떤 남자도 그를 대체할 수 없을 것이며, 따라서 그가 돌아오지 않는다면 그녀의 삶은 모든 의미를 상실하고 말 것이었다. 만일 자살할 용기를 내지 않는다면, 그녀는 죽음을 기다리며 사는 초라한 신세가 될 것이었다. 아주 멀리서 울려 퍼지는 종소리가 들렸다. 그러자 출근 준비를 해야 할 시간이라는 것을 깨달았다. 그녀는 그 의무를 감사하게 여겼다. 도저히 방 안의 고독을 더 이상 감내할 수 없었던 것이었다.

당일 지침서. 아래 첨부 내용 참조. 복무병 등록 번호: W218. 봉사 장소: A분과. 날짜: 빙하 15년 10일. 내용: 48시간 이내로 사흘 동안 이웃 나라인 '물 공화국'에 불구 청소년 그룹의 안내자로 갈 준비를 마칠 것을 통보함. 신청자의 출생지와 이번 달에 A분과에서 1년 동안의 봉사 의무가 만료되어 곧 B분과로 이송될 것이라는 사항이 고려되어 결정되었음. 따라서 이번 여행을 통해 복무병은 앞으로 수혜를 받을 사람들과 접촉할 수 있는 기회를 갖고, 또한 향후 업무 수행에 필요한 불구자들과 친숙하게 지내는 법을 미리 익히기 바람. 이 서류의 회색 복사물에 본인이 서명할 것. 서명인: A분과 인사부장 R4562. 별첨: 친애하는 여동지, 우리는 당신이 '시민의 집'에서 보여 준 투철한 봉사 정신에 이처럼 포상을 내릴 수 있게 된 것을 기쁘게 생각함. 물론 당신이 태어난 공화국으로 주말에 여행할 수 있도록 허락해 달라는 신청서를 제출한 것이 이번 여행에 영향을 끼쳤음. 당신이 보는 바와 같이, 우리는 가끔씩 이렇게 당신의 가족처럼 행동할 수 있음. 그러니 우리 보건 복지부가 모두 기계적이고 차갑다고 말하는 분별없는 반체제 인사들의 말은 전혀 일리 없다는 사실을 알게 되었을 것임. 멋진 여행이 되길 바라며. R4562.

W218은 너무 기쁜 나머지 쓰러질지도 모른다는 두려움에, 출근 카드를 기록하는 시계를 움켜잡아야 했다. 그녀는 하염없이 흘러내리는 기쁨의 눈물을 한동안 멈출 수 없었다.

그녀는 발걸음을 재촉해야만 했다. 그날의 만남들을 위해 화장을 하는 데 어느 정도 시간이 걸릴 것이기 때문이었다. 그녀는 오페라 극장의 가면무도회를 가장하고 있는 지정된 구역에서 만나기로 약속되어 있었다. 그것은 처음으로 섹스 치료를 받는 환자들에게 아주 효과적인 방법이었다. 여자 광대처럼 변장시키는 옷을 입는 동안, LKJS와 만난 첫날에 춤추며 들었던 노랫가락이 기억 속에서 되살아났다. 그녀는 울고 웃으면서 탈의실 거울 앞에서 춤을 추었다. 눈물 때문에 화장한 얼굴이 더러워졌고, 그래서 화장을 고치기 위해 거울 앞으로 다가갔다. 그녀는 뺨에 칠한 애교 점이 눈물 한 방울을 검은색으로 물들이고 있는 것을 보고 깔깔거리며 웃어 댔다. 그런 행복한 상태를 조절하기 위해, 그녀는 여러 번 깊은 숨을 내쉬었다. 그녀는 흰 분가루가 들어 있는 조그만 분첩을 집어넣으면서, 처음으로 기운을 내서 LKJS가 떠났다는 사실을 인정했다. LKJS의 품속에서 보냈던 마지막 날, 아주 짧은 순간이었지만 그녀는 두 사람의 사랑에 이상한 그림자가 드리웠다는 것을 알았기 때문에 그동안 그가 떠났다는 사실을 받아들이려 하지 않았던 것이다. 그녀는 얼굴 위로 백옥같이 흰 분가루를 가볍게 두드렸다. 그리고 첫째 손가락과 둘째 손가락으로 검은 아이브로 펜슬을 집어 들고 정성을 다해 애교 점을 다시 그려 넣었다. "사랑하는 당신, 내 눈을 한번 쳐다봐 줘. 난 이 문제와 정면으로 맞서 해결하기 위해 초인적인 노력을 기울여야 해. 지금이 바로 그런 노력을 할 때야. 그래, 아주 황당한 소리처럼 들릴지 모르지만, 우리가 사랑을 나눈 이 고귀한 시간 이후부터, 나는 당신을 잃어버리지나 않을까 두려워. 당신은 내가 당신의 모든 소망을 예측하고 있다는 사실을 알고 있을 거야, 그렇지? 하지만 나는 이런 사실이 놀라운 것이라고는 생각하지 않아. 사랑하는 사람은 사랑받는 사람의 생각을 읽을 수 있으니까. 어쨌거나 난 당신의 모든 것을 읽을 수 있지만 당신은 나의 모든 것을 짐작하지 못하고…… 그래서 난 무서울 정도의 두려움과 의심으로 가득 차 있어……. 이것이 혹시 당신이 나를 사랑하지 않는다는 걸 의미하는 것은 아니지? 아니면 이상하게 교태만 부리면서, 불쌍한 내 영혼을 모르는 척 행동하는 것은 아니지?"

짧은 파마머리의 핑크 색 가발과 자주색의 삼각 모자를 쓰자, 옷차림새는 완벽해졌다. 그런 다음 W218은 안대를 썼다. 왜 그 남자는 그녀가 자기 생각을 읽기를 바랐을까? 한 사람이 상대방의 소망을 점칠 수 있게 해주는 사랑이란 무엇일까? 그는 최근에 공식 방문을 했기 때문에, 분명히 보건 복지부에 자신의 주소를 남겨 두었을 것이었다. 그런 생각을 하자 그녀는 앞으로 남은 48시간이 너무나 길게만 느껴졌다.

북극 오로라 가로수 길 300번지. 그 주소는 너무나 기억하기 쉬워서 그녀는 메모도 해놓지 않았었다. 이제 W218은 바로 그 주소 앞에 있었다. 사실인지 아닌지 확인해 보기 위해 자기 몸을 꼬집어 보고 싶은 충동도 느꼈지만, 검은 글씨가 새겨진 흰 명판은 분명히 그녀의 눈앞에 있었다. 하지만 그녀가 상상했던 것과는 너무도 다른 곳이었다. 그것은 가정집이 아니라, 커다란 정부 건물이었다. '수족관 도시'는 그녀가 상상했던 도시와는 너무 큰 차이가 있었다. 막연히 떠오르는 유년 시절의 기억과 완전히 달랐다. 비행기에서부터 그녀는 그 도시에 관해 처음이지만 결정적인 인상을 받았었다. 흰 눈 속에 회색 건물들이 모습을 드러내고 있었고,

몇몇 벽들을 검게 더럽히고 있는 습기 찬 얼룩만 흰 눈과 대조를 이루고 있었다. 어두운 건물 정면에 도착할 때까지 그녀는 침착성을 잃지 않았지만, 건물 현관을 지나면서 그녀의 가슴은 제어할 수 없게 두근거리기 시작했다. 그녀는 아마 자기 애인과 몇 미터 떨어져 있지 않으며, 몇 분 후면 곧 만나게 될 것이라고 생각했다. 관료주의 냄새를 물씬 풍기는 관료들이 그녀를 인사부로 안내했다. 반 시간 후, 그녀는 다시 황량하고 추운 보도를 걷고 있었다. 그곳에서 LKJS를 아는 사람은 아무도 없었다. 또한 국민 보건과 관련된 문제를 취급하는 그 기관에서는 최근에 이웃 나라로 파견을 보낸 사람이 아무도 없다고 확인해 주었다. 거리의 추위는 뼛속까지 파고 들어와 살을 에는 듯했다. 그녀는 자신이 어디로 가는지도 모른 채 몇 발짝을 내딛었다. 하지만 곧바로 그녀는 실신하여 쓰러지고 말았다.

눈을 떴을 때, 그녀는 자기 호텔 방에 있었다. 어느 보행자가 그녀를 발견했고, 핸드백 안에 있던 서류를 보고 어디로 데려가야 할지 알았던 것이다. 깊은 잠에서 그녀를 깨운 사람은 호텔 여종업원이었다. 그 여종업원은 따뜻한 수프를 들고 문을 두드렸다. 그러고는 W218에게 좀 어떠냐고 물었다. 그녀는 아무 대답도 하지 않았다. 그때까지 악몽에 빠져 있었던 것이다. 그날 오후 그토록 갈구했던 만남이 실패로 돌아간 것도 충분하지 않다는 듯, 끔찍한 목소리가 꿈속에서까지 그녀를 괴롭혔던 것이었다. 그녀는 여종업원을 바라보았지만, 그녀의 얼굴이 눈에 들어오지 않았다. "그 여자 아이의 유모가 누구죠? 제발 좀 말해 주세요. 누구죠?"

여종업원은 무슨 소린지 모르겠다고 대답하곤, 얼른 방에서 나가 버렸다. W218은 눈을 감았다. 다시 잠을 자고 싶었다. 정부 기관 건물에서 있었던 사건을 생각하고 싶지 않아 다시 잠들고 싶었던 것이었다. 하지만 방금 전에 꾼 악몽과 똑같은 꿈을 꿀까 봐 몹시 두려웠다. 그건 전혀 감을 잡을 수 없는 악몽이었다. 칠흑 같은 어둠 속에서 어떤 목소리가 아무런 의미도 없는 말들을 내뱉고 있었다. "여자 아이의 유모…… 그 유모는……."

밤이 되자 불구자 그룹의 모든 활동은 끝났다. W218은 몰래 복도로 나가 호텔의 직원용 출입구 쪽으로 갔다. 그녀의 기억 속에는 그녀의 애인—혹시 단지 정부(情夫)였던 것은 아닐까?—이 그녀에게 말한 그 무엇—혹시 거짓말은 아닐까?—이 되살아났다. "내 창문에서는 참나무가 보여. 사시사철 푸른 나무지." 왜 그런 말을 했을까? 무엇보다도 참나무는 매년 잎이 떨어지는 낙엽수이고, 또 '수족관 도시'에서는 모든 식물들이 해빙기 동안 죽어 버렸었다. 그런데 왜 그녀는 LKJS에게 그런 거짓말을 하느냐고 따져 묻지 않았을까? 그것은 단순히 그 사람만 있으면, 자연이 어떤 변덕을 부려도 전혀 문제가 되지 않을 것 같았기 때문이었다. 만일 자연이 그 남자를 창조할 능력이 있었다면, 그의 집 앞에 이 대륙에서 유일하게 살아 있는 나무가 서 있게 할 수 있다고 해도 전혀 놀랄 만한 것이 아니었다.

그녀는 지나가는 택시를 세웠다. 하지만 택시 운전사는 너무 젊었다. 그녀는 예순 살 이상 되어 보이는 운전사가 지나갈 때까지 몇 분을 기다렸다. 그녀는 차에 오르기 전에 이 도시를 잘 알고 있느냐고 물었다. "내 손바닥의 손금처럼 잘 알고 있지요. 그런데 아가씨, 어디로 가십니까?" 그녀는 집 앞에 영원히 푸른 참나무가 있는 곳을 찾고 있다고 설명했다. "아가씨는 이 도시를 비웃고 있군요. 이곳에 살아 있는 나무라곤 하나도 없습니다. 젊은이들은 이제 그 단어가 무엇을 뜻하는지조차 모릅니다. 물론 이 나라에서 과거에 대한 향수를 예찬하며, 과거의 기억을 생생하게 유지하고 싶어 하는 사람들은 있지만 말입니다. 하지만 그건 정부의 공식적인 행위일 뿐, 새로운 세대들은 자신들이 전혀 보지 못한 이런 모든 기억을 거부하고 있어요." W218은 노인 운전사에게 자기 애인이 말한 그대로 말해 주었다. "어떻게 대답해야 할지 모르겠네요, 아가씨. 아마 그가 꿈을 꾸었을 겁니다. 모든 나무들의 이름조차 우리의 허약한 기억에서 너무나 많이 지워졌습니다. 그래서 사람들은 그 나무들을 잊지 않기 위해 '소나무 오솔길'이니 '낙엽송 산책 길' 혹은 '버드나무 골목'과 같은 이름을 거리에 붙였답니다." 그녀는 혹시 참나무에 대해 언급하고 있는 길이 없느냐고 물었다. "가능한 일이지요. 하지만 기억이 나질 않네요."

그녀는 반 시간 후, 도심에서 멀리 떨어져 있는 어느 주거 지역에 도착했다. 모두가 널찍한 집들이었다. 그리고 마당에는 식물 대신 그네, 시소, 철봉, 미끄럼틀처럼 어린아이들이 놀 수 있는 여러 기구들이 있었다. 각각의 거리 모퉁이에는 전봇대가 있었고, 그 전봇대에는 2미터 높이의 나무판자가 달려 있었다. 그녀는 운전사와 함께 금방 '참나무 거리'라는 이름을 발견했다. 세 블록밖에 안 되는 짧은 길이었다. W218은 넉넉히 팁을 주고 운전사와 작별 인사를 했다. 이 공화국에서 팁을 주는 행위는 금지되어 있었지만, 모든 대중교통 종사자들은 팁을 바라고 있었다. 노인 운전사는 그곳에서 돌아가는 교통편을 잡기가 쉽지 않으니, 자기가 그곳에서 기다리겠다고 말했다. 그녀는 자기가 그날 밤을 이 집들 중의 한 집에서 보낼 것으로 확신했다. 그래서 운전사를 기분 나쁜 눈으로 쳐다보았다. 그러자 노인 운전사가 물었다. "만일 찾고자 하는 사람을 찾지 못하면 어떻게 합니까?" 그녀와 운전사는 길모퉁이에 차를 세우고 5분간 기다리는 것으로 의견의 일치를 보았다. W218은 그곳에 있는 집들을 하나씩 두드려 보겠다고 작정하고 있었다. 어떤 집에는 불이 켜져 있었고, 그래서 전형적인 가정집의 장면들을 밖에서 볼 수 있었다. 그녀는 자기 생각을 실행에 옮기기 전, 생각했다. 왜 그 사람은 자기 창문에서 참나무가 보인다고 말했을까? 그녀는 아마도 그의 집이 길모퉁이에 있어서, 거리 이름에 해당하는 나무 그림이 그려진 나무판자를 볼 수 있기 때문일 것이라는 생각이 들었다. 그녀는 즉시 길모퉁이에 있는 나무판자를 보았다. 그 그림은 푸른 참나무를 그대로 그려 놓고 있었다.

그녀는 '현실을 매혹적으로 보는 방법도 가지가지로군'이라고 생각했다. 이런 사실은 그 남자가 자기가 살고 있는 도시로 그녀를 유혹하기 위해 거짓말도 서슴지 않았다는 것을 드러내고 있었다. 길모퉁이의 집들은 모두 창문이 닫혀 있었고, 아무도 살고 있지 않는 집처럼 보였다. 반면에 그다음 모퉁이의 집에는 불이 켜져 있었다. 그녀는 만일 그 사람이 그 집에 없다면, 계속해서 다음

모퉁이를 찾아볼 작정이었다. 길모퉁이에 있는 집은 모두 네 채였고, 그래서 그녀의 수색 작업은 생각보다 훨씬 수월해졌다. 그녀는 운전사에게 가까이 오라고 손짓한 뒤, 그녀를 태우고 다음 길모퉁이까지 가도록 했다. 현대식으로 지은 한 주택의 아래층에 불이 켜져 있었다. 창문들은 밖에서 내부를 훤히 들여다볼 수 있을 정도로 아주 컸다. 하지만 창문에는 추위 때문에 김이 서려 있었다. W218은 그 집 안에서 뛰놀고 있는 어린아이들을 보고는 가까이 다가가서 자세히 살펴볼 필요가 없다고 생각했다. 분명 LKJS의 집이 아니었기 때문이었다. 다음 길모퉁이로 가기 위해 택시에 오르면서, 그녀는 우연히 마지막으로 김이 서린 창문을 쳐다보았다. 그때 눈에 익은 남자의 실루엣이 보였다. 그녀는 다시 차에서 내려 미끄럼틀과 그네와 시소 사이로 마당을 지나갔다. 눈에 파묻혀 그녀의 발소리는 들리지 않았다.

LKJS는 두 어린아이들과 놀고 있었고, 임신한 젊은 여자가 왔다 갔다 하고 있었다. W218은 자기 눈을 믿을 수 없었다. 그래서 잘 살펴보기 위해 좀 더 가까이 다가갔다. 그 순간 두 아이 중 하나가 그녀를 보고는 LKJS에게 가리켰다. W218은 차 쪽으로 달려갔다. 하지만 도저히 혼동 불가능한 목소리가 위협적으로 울려 퍼졌다. "부인, 누구를 찾으십니까?" 그녀는 발걸음을 멈추었다. 뒤를 돌아 얼굴을 보일 용기가 도저히 나지 않았다. 그때 그가 거의 속삭이는 것처럼 긴장된 목소리로 메시지를 전했다. "제발 부탁이야. 시치미를 떼. 우리는 지금 감시받고 있어. 비밀경찰이……" 마침내 그녀는 그를 정면으로 쳐다보며 친구 집을 찾고 있는 것처럼 위장했다. "아마 다음 블록일 겁니다, 부인. 그 이름을 들은 적이 있는 것 같군요." 그러고는 즉시 고뇌하면서 속삭이듯 말했다. "내일 아침 열시, 중앙 도서관 열람실에서……." W218은 고맙다고 대답한 뒤 택시에 올랐다. 그녀는 LKJS가 누군가를 두려워할 수도 있다고는 전혀 생각해 본 적이 없었다. 하지만 그의 목소리는 엄청난 공포에 사로잡혀 있었다. 운전사는 그녀를 기다린 것이 아주 잘한 일이라면서 자화자찬했다. "그럼 이제는 호텔로 돌아가실 건가요?" W218은 그때 이 친절한 운전사가 스파이는 아닐까, 라고 속으로 생각했다. "미안합니다. 하지만 그렇게 잠자코 날 쳐다보면서 어디로 가자고 말을 안 하면 어떻게 합니까? 난 당신의 생각을 읽을 수 없어요." 당신 생각을 읽을 수 없다고! 또다시 그 혐오스러운 말이었다. 마침내 그녀가 말문을 열어, 예, 호텔로 가지요, 라고 말했다. 이 칠흑 같은 밤에 호텔이 아닌 그 어디로 갈 수 있겠는가? 깜깜한 밤이었다. 모든 게 검은 것으로 뒤덮여 있었다. 거리도, 하늘도, 얼어붙은 택시 안도 모두 깜깜했다. 깜깜하다는 것. 그런데 그날 밤 또 어떤 것이 깜깜했을까? 어떤 다른 것이 검은색으로 뒤덮였을까? 아니, 그건 있을 수 없는 일이었다. 하지만 사실이었다. 그것은 그녀가 LKJS와 만났을 때 그녀를 가장 놀라게 한 것이었다. 그의 눈은 더 이상 맑은 초록색이 아니라, 검은색으로 변해 있었던 것이다! 그래서 그의 시선이 예전과 달라 보였던 것이라고 그녀는 확신했다. 초록색 눈동자가 아니라 검은 눈동자였다. 밤이나 추위, 그리고 고독처럼 검은색이었고, 심한 고통으로 가슴속에 응어리져 미처 나오지도 못하는 눈물처럼 검은색이었다. 감금되고 유폐된 검은 눈물이었다.

늦은 밤 시간이 되자, 호텔 직원용 출입문에는 한 명의 감시원이 경비를 서고 있었다. 그는 그녀를 호텔로 들여보내지 않았다. 그녀는 하는 수 없이 정문으로 향했다. 많은 눈이 내리고 있었다. 차양 밑에서 정복을 입은 수위와 함께 또 다른 경비원으로 보이는 사람이 담배를 피우고 있었다. W218은 뒤로 발걸음을 옮겼다. 거리를 건너자 또 다른 거대한 현대식 건물들이 즐비한 블록이 눈에 띄었다. 그 건물 입구 중 하나에 불이 켜져 있었다. 그녀는 그곳으로 도망쳤다. 그 건물은 또 다른 정부 건물인 듯했다. '대출실', '일반 자료실', '열람실' 같은 표지판이 눈에 들어왔다. 그녀는 '열람실'까지만 쳐다보고는 가장 가까이 있는 방으로 가서, 꽤 나이 든 여자에게 거기가 어떤 곳이냐고 물었다. "여긴 중앙 도서관이에요, 아가씨. 우리는 여기에서 밤새 우리의 독자들을 기다린답니다."

나이 든 여인은 화려한 색깔의 옷을 입고 있었다. 그녀의 가발은 금발이었지만, 머리카락은 곱실거리지 않았다. "그런데 아가씨…… 당신은 누군가와 아주 비슷한데…… 아마 당신은 모를 거예요. 하지만 오래전에 이 세상 여배우들 중에서 가장 아름다운 여배우가 있었어요. 그 여자가 바로 당신과 아주 비슷했어요." W218은 자기가 있는 곳이 어디인지 알자, 다시 가슴이 설레기 시작했다. 바로 거기서 LKJS를 다시 만날 것이기 때문이었다. 어떤 상황에서 만날지는 전혀 문제가 되지 않았다. 그녀는 가슴이 두근거리고 코가 벌렁벌렁했지만, 그런 감정을 숨기기 위해 노파 사서에게, 말하고 있던 여배우가 누구냐고 물었다. "가장 나이 든 우리 같은 노인들만 기억할 수 있는 사람이에요. 난 그 여배우의 얼굴을 잊을 수가 없답니다. 곧 알게 되겠지만, 그 당시를 살았던 모든 젊은 여자들은 영화 스타가 되길 꿈꾸었어요. 나도 예외는 아니었죠. 난 백금 색으로 머리카락을 염색했지요. 모든 사람들이 그 머리 색이 내게 잘 어울린다고 말했지만, 내가 영화계와 가장 가까이 있었던 것은 극장 안내원으로 일했던 것이 고작이었죠. 믿지 못하겠지만, 그 극장은 동네에 있는 싸구려 재개봉관이 아니라 개봉관 중 하나였어요. 어쨌든 수준은 바꿀 수 없으니 말이에요. 그 여배우에게는 그 어떤 여배우들에게도 생기지 않았던 일이 일어났는데…… 그녀가 영화 첫 장면에 나타날 때마다, 관객들은 하나같이 '아……'라는 감탄사를 연발했어요. 그녀의 얼굴이 너무도 예뻐서, 사람처럼 보이지 않았답니다."

W218은 경비원이 호텔 입구에서 눈을 떼는 순간까지, 그 시간을 어떻게 보내야 할지 알았다. 여자 노인 사서는 어디에서 오래된 신문과 잡지에 관한 자료를 찾을 수 있는지 아주 친절하게 가르쳐 주었다. 또 한 사람의 나이 많은 남자 사서가 희고 검은 가죽으로 제본된 시리즈를 보라고 권했다. 첫 시도에서 그녀는 자기와 그 여배우 사이에 그토록 비슷한 점이 있다고는 생각되지 않았다. 하지만 그 여배우는 이미 어느 곳에선가 본 얼굴이었다. W218은 어디에서 보았는지를 기억해 내는 데 오랜 시간이 걸리지 않았다. 화려하게 옷을 입은 여배우가 아랍 동네를 방문하고 있는 사진이 한 장 있었던 것이다. W218은 추위가 강타해 오는 것처럼 뼛속까

지 오싹해지는 것을 느꼈다. 그것은 바로 텔레토탈 방송에서 보았던 여행 기록물의 일부로, 물에 잠긴 도시 안에서 상영된 영화 속의 한 장면이었다. 그다음에 그녀는 그 여배우의 첫 데뷔 시절 사진들을 보았다. 몇 편의 유럽 영화에 출연했을 때의 사진이었다. 그것을 보자, 그녀는 그 여배우가 아무도 부인할 수 없을 정도로 자신과 흡사하다는 사실을 깨달았다. 그 기사는 오스트리아라는 이름의 나라에서 태어난 스타의 일생을 다루고 있었다. 기사는 그 여자 스타의 변덕에 관해 아주 흥미로운 일화를 소개하고 있었다. 그 변덕이란 바로 그녀가 「남의 생각을 읽는 나」라는 영화의 주인공 역을 맡을 경우 주어질 수백만 달러의 출연료를 거부했다는 것이었다. 그녀는 아무도 모르는 이상한 교통사고로 멕시코에서 죽었으며, 그녀에게는 딸이 하나 있었는데 아무도 그 딸이 어디에 있는지 모른다고 적고 있었다. 그러면서 그 아이를 찾아 주는 사람에게는 아이 아버지라고 추측되는 여자 스타의 첫 남편의 유산을 보상금으로 제공한다면서 끝맺고 있었다.

그 고아 아이는 마치 전기에 감전된 것처럼 무거운 신문철을 떨어뜨렸다. 그녀는 더 이상 계속해서 읽지 않았다. W218이 과연 잃어버렸던 그 딸일 수 있을까? 아니다. 여배우는 W218이 태어나기 20년 전에 죽었다. 그녀는 늙은 남자 사서에게 달려가 한 유모에 관한 자료를 찾게 도와 달라고 부탁하고는 잘 알려진 유모의 이야기가 있는지 물어보았다. "아가씨, 보충 정보를 조금 더 말해 주겠어요?" W218은 자기가 찾는 유모는 국제적 음모에 휘말려 들었을 것이라고 과감하게 말했다. 팔순의 사서는 아주 의미심장하게 어깨를 으쓱한 다음, 조금도 주저하지 않고 그 자료를 찾으러 갔다. 아주 특이한 유모들에 관한 이야기는 있었지만, 국제적 음모에 휘말린 유모들은 없었다. "혹시 당신은 이니셜만 적힌 채 이름은 알려지지 않은 슬픈 범죄 서류에 관심을 갖고 있는 게 아닌가요?" W218은 그 여자의 국적이 어디냐고 물었다. "오스트리아라고 불리던 한 유럽 국가 태생이지요."

W218은 그 여자에 관한 모든 걸 읽을 수 있도록 해달라고 부탁했다. 하지만 하나의 경찰 관련 기사만 발견할 수 있었다. 동정 어린 어투로 쓰인 그 기사는 유모, 아니면 그냥 식모가 주인집 여자아이가 열두 번째 생일을 맞던 날, 어떻게 독약을 사용해서 죽이려고 했는지를 전해 주고 있었다. 오랫동안 그 가족을 위해 봉사했던 그 여자의 이름은 명예를 지켜 주기 위해 적지 않았다. 그 기사는 그 여인이 순간적으로 발작을 일으켜 그런 일을 자행했으며, 그 뒤 자신이 갇혀 있던 정신 병원에서 자기의 땋은 머리카락으로 목을 졸라 자살했다고 말하고 있었다. 그러고는 불행하게 죽은 그 시체 옆에 있던 유서에 관심을 보이면서 그대로 옮겨 적고 있었다. "안녕, 내 운명이여. 불쌍한 내 남동생과 똑같은 운명이여, 이제 나는 정신을 잃고 미쳤으니 이 세상에서 떠나노라. 사람들은 이렇게 믿을 것이다. 하지만 내 동생은 교수가 자기의 나쁜 짓을 감추기 위해 미친 사람으로 취급했던 가련한 하인에 불과했다……." W218은 가중되는 두려움을 느끼며 계속 읽어 내려갔다. "……집에 여자라곤 나밖에 없었고, 교수는 어느 누구도 그 아이의 엄마 자리를 차지하길 바라지 않았다……." "……그는 자기 어머니의 잘못을

자기가 죽은 후에 치를 수 있도록 허락해 달라고 기도했다. 그러면 마침내 그의 어머니가 편안하게 잠들 수 있을 것이라고……." "……그날 밤 흰 백합으로 가득한 정원은 아주 진귀한 보석처럼 보였다. 하지만 우리는 홀로 있지 않으며, 만병초(萬病草)와 재스민 뒤로 차가운 그림자가 기어갔다는 것을 깨달았을 때는 이미 너무 늦어……." "짝사랑과 최악의 불길한 징조 속에 잉태된 딸아이……." "…… 이 세상에 결코 존재할 수 없을 만큼 아름다운 여자 아이다. 하지만 오늘 난 그 딸아이를 죽이려고 했다. 그건 단지 그 아이가 여자 아이라는 이유밖에 없었다. 하지만 그런 여자 아이에게 무엇을 바랄 수 있을까? 기회가 되면 교활하고 뻔뻔스러운 놈이 그 여자 아이를 자기 마음대로 주무를 것이다. 내가 평생 동안 받은 치욕을 복수해 줄 아들이 아니라, 딸을 가졌다는 것이 얼마나 창피한 일인가! 나는 양다리 사이에 약점을 지니고 있으며, 내 어리석음의 냄새를 맡을 줄 아는 개새끼에게 쉽게 먹이가 된다. 내가 유일하게 기뻐하는 것은 그 아이가 한 번도 나를 '엄마'라고 부르지 않았다는 사실이다. 나는 그 아이를 사랑하지도 않고, 또 그 아이의 사랑을 받기도 원치 않는다. 그래, 나는 한 남자의 하녀이자 모든 남자의 하녀인 나 자신을 경멸하듯 그 아이도 경멸한다……."

W218은 그 기사 조각을 접어 다시 해당 자료 봉투에 넣었다. 바로 그때 그녀는 봉투 밑바닥에 또 다른 기사가 있음을 알았다. 그 기사는 제2차 세계 대전이 끝날 무렵 수집된 나치의 범죄에 관한 기사의 요약본이었다. 그 기사에 의하면, 유모의 후손들을

찾는 수색 작업은 실패로 돌아간 게슈타포 계획의 일부를 이루고 있으며, 게슈타포는 바로 '생각을 읽는 마녀'라고 불리는 사람에 몹시 큰 관심을 보이고 있었다. W218은 온 힘을 다해 겨우 일어섰다. 그러고는 늙은 사서에게 고맙다는 말도 하지 않고 자료실을 나왔다. 한 표지판이 어떻게 열람실로 가는지를 가리키고 있었다.

그곳에서 그녀는 다음 날 아침 열시에 꿈에 그리던 남자와 네온이 환하게 밝힌 둥근 천장 아래서 만날 것이었다. 이제 그녀는 그 사람만이 자기를 행복하게 해줄 수 있을 것이라고 확신했다. 단지 그 사람만이 그녀의 모든 수수께끼를 풀어 줄 수 있는 유일한 사람일 것이기 때문이었다. 그런 자기 합리화의 결과로 그녀는 간신히 안정을 되찾을 수 있었다. 마침내 그녀는 사랑하는 여인의 생각을 점치거나, 혹은 점칠 수 없다면서 끈질기게 말하던 그 사람의 말뜻을 깨달았던 것이다! 그 사람은 자기를 너무나 사랑했기 때문에 그녀를 위협하고 있던 위험의 냄새를 맡을 수 있었다. '그래, 그에게 모든 걸 털어놓으면, 그 사람은 그녀에게 품고 있던 사랑의 힘으로 멋진 생각을 떠올려 악이 개입된 모든 것을 물리칠 수 있을 것이었다.' 그는 그녀를 사랑하고 있었다. 만일 그렇지 않았다면, 어떻게 그녀의 조그만 욕망까지도 점쳤다는 사실을 설명할 수 있겠는가? 그는 그녀의 사랑을 잃어버릴까 두려워 자기 아이들과 아내에 관해 이야기하지 않았을 것이었다. 그리고 아내와는 분명히 이혼 단계에 있을 것이었다. 이미 한밤중이었다. 이제 열 시간만 있으면 모든 고통과 고민이 끝날 것이다.

호텔 앞에는 그 어떤 경비원도 없었다. 방에 들어선 그녀는 문 밑에서 조그만 종이쪽지를 발견했다. 그 종이에는 기상이 악화되었으며, 그것이 불구자들에게 부정적인 결과를 자아냈기 때문에 '수족관 도시' 방문을 그만 끝내기로 결정했다고 적혀 있었다. 그리고 다음 날 아침 열시 비행기로 귀국을 앞당겼다는 내용이 덧붙어 있었다. 그날 벌써 몇 번째 그랬듯이, W218은 쓰러지지 않기 위해 또다시 무언가를 잡아야만 했다.

12

"어머, 깜짝 놀랐어요!"

"내가 그렇게 달라 보여?"

"다른 사람 같아요, 포지."

"더 괜찮아졌어, 아니면 별로야?"

"별로 마음에 들지는 않아요."

"콧수염이 없는데, 키스해도 될까?"

"그런데 머리카락은 왜 그렇게 짧아요?"

"부에노스아이레스로 갈 생각이야."

"믿을 수가 없어요."

"사실이야. 먼저 비행기로 칠레까지 가서, 기차를 타고 멘도사로 들어갈 거야."

"다른 사람들이 알아보지 못하게 하려고 그런 건가요?"

"난 새 증명서를 갖게 될 거야. 이름은 라미레스라고 할 거야. 이 이름 어때?"

"「서부의 아가씨」*에 나오는 도둑놈이 라미레스였어요. 하지만 멋진 사나이였죠."

"그런데 난 멋지지 않아?"

"……."

"그 사람, 영화 끝날 때 죽어?"

"아니, 살아요. 교수형을 당하려는 결정적인 순간에, 애인이 구해 줘요. 소프라노 가수 말이에요."

"당신은 좀 어때?"

"매일 식사 후에는 통증이 있어요. 아마 당분간 지속될 것 같아요. 수술 때문이겠죠."

"진통제를 달라고 하지그래."

"그러려면 얼마나 고집을 부려야 하는지 몰라요. 의사들이 진통제를 많이 사용하는 걸 반대하거든요."

"그럼 잠시 참는 수밖에 없겠네."

"사실 이렇게 오래가리라고는 생각도 못했어요."

"그렇게 초조해하면 더 악화될 수도 있어."

"거울을 보니 내 모습이 형편없어요. 아니, 내가 그렇게 생각해서 그런지도 모르죠. 당신이 보기에는 어때요?"

"눈 아래에 다크 서클이 약간 있을 뿐이야. 하지만 아마도 그건 여기에 오래 입원해 있어서 그럴 거야."

"포지, 당신이 부에노스아이레스로 간다는 건 미친 짓이에요."

"여기에 머무르는 것은 내게 아무런 의미도 없어."

"난 당신이 이 시간쯤이면 대학 측과 계약 서류에 서명했을 거라 확신하고 있었어요."

"아니야. 여기에서는 궁금해서 도저히 견딜 수가 없어."

"위험을 무릅쓰는 것보다는 낫지요. 당신이 간다는 것은 미친 짓이에요."

"아니다. 그렇게 과장해서 생각할 필요는 없어. 그 서류는 입국을 위한 예방책에 불과할 뿐이야."

"그런 다음에는?"

"그곳에 우리는 누가 감시를 받고 있는지, 그리고 몸을 숨겨야 할 필요가 있는지 알고 있는 사람들과 연결되어 있어."

"당신이 몸을 숨겨야 한다면, 돌아가는 것이 무슨 의미가 있어요?"

"정치범을 변론하는 일을 계속할 수 있어. 비록 법정에 출석하지는 못하겠지만 다른 일들은 모두 할 수 있어. 그게 힘든 일이야. 가령 서류를 작성한다든지 하는 일 말이야. 그러면 다른 변호사가 자기 이름으로 제출할 수 있거든. 그게 전부야. 난 게릴라 같은 일에는 휘말리지 않을 생각이야. 당신도 내가 그런 일을 하지 않는다는 건 잘 알고 있지?"

"난 당신이 블랙리스트에 올라 있어서 가택 수색을 당하지나 않을까 걱정돼요."

"아르헨티나 국민의 반 이상은 가택 수색을 당했을걸. 그러니 그건 아무 의미도 없는 거야."

"그렇게 생각해요?"

"물론이지. 멀리 떨어져 있으면 모든 게 실제보다 더 크게 보이는 법이야."

"난 당신의 용기를 존경해요. 하지만 당신이 가지 않았으면 좋
겠어요."

"저번 통증 이후에…… 좀 어때?"

"모르겠어요."

"모르다니, 말도 안 되는 소릴……."

"……"

"난 괜찮아."

"난 그렇지 않아요. 사실대로 말하자면 몹시 아파요."

"그럴 리가……."

"……"

"내 손을 뿌리치지 마…… 당신을 만지고 싶어."

"안 돼요, 포지."

"당신은 내 콧수염을 좋아했지."

"정말이지, 아프단 말이에요."

"당신이 무슨 말을 하더라도 난……."

"한 가지만 물어볼게요. 만일 내가 알레한드로에게 전화하라는
당신 제안을 받아들였다면…… 그건 우리 가족을 위험에 처하게
하려는 의도가 아니었나요? 클라라와 우리 엄마를."

"아니야, 그렇지 않아."

"하지만 난 그랬으리라고 생각해요. 적어도 엄마는 취조를 당했
을 거예요. 그놈의 알레한드로 때문에 엄마에게 전과가 생겼다는
걸 잊지 마세요. 물론 경찰에 이 모든 것이 어떻게 기록되어 있는

지는 몰라도 말이에요."

"난 그들이 노인네나 어린아이를 건드릴 것이라고 생각하지는 않아."

"당신은 그런 걸 믿지 않는군요. 그런 말을 하면 내가 불안해지지 않을 거라고 생각하나요?"

"일반적으로 그렇다는 거야. 당신 엄마나 클라라에게서 무슨 정보를 얻을 수 있겠어? 그들이 체제에 전혀 위협이 되지 않는다는 건 만인이 다 알고 있어."

"하지만 내가 그 일에 어느 정도 개입되어 있다고 생각할지도 모르는 일이지요."

"경찰들은 누가 행동하고 안 하는지 잘 알고 있어. 이 경우에는 당신이 예전 친구이자 보호자였던 사람에게 전화할 수밖에 없었다고 생각할 거야."

"난 그 말을 믿을 수 없어요."

"……."

"언제 떠나죠?"

"내일."

"제발 부탁인데, 가지 말아요."

"당신 손이 무척 예쁘네. 처녀 손 같아."

"포지, 당신은 여기 있는 게 좋을 것 같아요. 정말이지 당신은 계속 공부할 수 있을 거예요. 당신은 머리가 좋잖아요. 그리고 당신이 관심 있는 사회학이나 그 이외의 것도 얼마든지 연구할 수 있을 거예요."

"하지만 저쪽 일이 더 급해."

"난 당신이 여기에 있을 거라는 꿈을 꾸고 있었어요. 여기에서 당신이 바뀔 거라는……"

"왜 내가 바뀌기를 원하는 거지?"

"내가 보기에, 당신은 앞날이 촉망되는 남자예요. 여기에 좀 더 남아 있으면, 저쪽 일을 다른 시각으로 보게 될 것이고, 그럼 당신 사상도 바뀔 테고……"

"난 내 사상을 바꾸고 싶지 않아. 그런데 당신은 지금 무슨 소릴 하고 있는 거지?"

"그래요, 난 당신 기분을 상하게 하고 싶지 않았어요. 당신은 내가 존경할 만한 좋은 점을 많이 지니고 있어요. 하지만 폐론주의에 관한 것은…… 당신이 여기에 있으면, 아마도 그런 생각을……"

"당신은 지금 미쳤어."

"당신이 전공 과목의 권위자가 되면, 몇 년 안에 돌아갈 수 있을 거예요. 그러면 다른 면에서 필요한 사람이 될 거예요."

"당신 제안은 완전히 비현실적이야. 국가는 지금 날 필요로 하고 있고, 나도 지금 당장 내가 필요한 사람이라는 걸 알고 있어. 그저 막연히 이렇게 이야기하는 건 아니야. 내가 그곳에서 해결해야 할 일들은 아주 구체적인 것들이야. 감옥에 갇혀 있는 사람들, 그리고 실종된 사람들, 난 그 사람들이 어디에 있는지 찾을 수 있게 도와주어야 하고, 또 감옥에서 꺼내 주어야만 돼."

"하지만 그들이 은행을 털거나 사람들을 납치했다면, 어떻게 감옥에서 꺼낼 수 있겠어요? 그들은 일반 범죄자들 아닌가요?"

"나는 전혀 다른 경우를 말하고 있는 거야. 생각하면서 침묵하지 않은 기자나 교수들, 그래서 감옥에 있는 사람들을 말하고 있는 거야. 그리고 그들이 바로 나를 기다리고 있는 사람들이야. 이의 신청을 통하면 무언가 얻어 낼 수 있을 거야. 그런 생지옥에서 적어도 몇 명은 구해 낼 수 있을 거야."

"그래요, 당신 말이 맞아요. 그래서 난 항상 당신을 존경했어요. 하지만……."

"아니타, 난 지금 그게 내 의무라고 생각해. 그런 걸 모른 체할 수는 없어."

"하지만 다른 사람이 그 일을 할 수도 있잖아요. 블랙리스트에 올라가 있지 않은 사람들 말이에요."

"아니야, 그런 사람은 없어. 그 일을 할 수 있는 사람은 몇 명 되지 않아."

"너무 과장해서 생각하고 있는 것 같아 겁이 나네요. 당신은 희생정신이 너무 강해요. 아마 당신도 그걸 부정할 수는 없을 거예요. 항상 그랬었죠. 대학에서 공부를 할 때도 당신은 일할 필요가 없었어요. 하지만 당신은 항상 일해야만 한다고 생각했죠. 당신이 머릿속에 그런 생각을 담고 있으니, 이 세상에 당신을 말릴 수 있는 사람은 하나도 없을 거예요."

"아니타, 난 그런 사람이야. 난 항상 내가 너무 많이 갖고 있기 때문에 나보다 덜 가진 사람들에게 나눠 줘야 한다고 생각했어."

"그래요, 당신은 항상 그랬어요. 혹시 당신 생각을 바꿀 용의는 없나요?"

"바꾸고 싶지 않다고 벌써 말했잖아."

"물론이죠. 당신은 자기희생을 하는 배역, 그러니까 순교자 역을 너무 좋아해요."

"내게는 희생이 아니라 정의 구현이야. 그 이외에는 아무것도 아니야."

"만일 당신이 여기에 남는다면, 앞으로 더 필요한 존재가 될지도 몰라요. 하지만 죽으면 하나도 소용없을 거예요. 왜 당신은 다른 사람 말에 전혀 귀를 기울이지 않지요? 한번쯤 남의 의견을 귀담아들을 생각은 없어요?"

"그럼 당신은? 당신은 한 번이라도 내 말을 귀담아들었어? 알레한드로 일은 아무 위험도 따르지 않는 쉬운 일이라고 내가 자신 있게 말하지 않았어? 그러면 당신은 조국을 위해 커다란 봉사를 하게 될 거라고."

"내가 알레한드로에게 전화를 걸면, 여기에 있을 건가요?"

"그럼, 물론이지……."

"……."

"아니다, 아주 멋진 일이 될 거야."

"……."

"내가 먼저 부에노스아이레스에 전화를 걸 테니 내일 당장 전화를 할 수 있을 거야."

"아니에요, 포지. 클라라와 엄마 때문에 그럴 수 없어요."

"쓸데없는 소리는 이제 그만 해. 그 일에 어린아이와 늙은 할머니를 연루시키지는 않을 거야."

"연루시키지 않을 거라고요? 내 입을 강제로 열기 위해서라도 소용이 없을까요? 나를 불게 하기 위해서 말이에요!"

"그렇게 하지는 못할 거야."

"그렇게 하지 못할 거라고요? 당신은 아르헨티나 정부에 있는 놈들이 어떤 사람들인지 잘 알고 있어요. 그놈들은 정부 깊숙이 박혀 있는 범죄자들이에요. 포지, 그런데도 당신은 내게 무작정 강요하고 있어요. 당신은 날 기만하고 있어요."

"그건 당신 자신이 겁을 내기 때문이야. 당신 자신을 위해 그 일을 하지 않으려는 거야."

"좋아요, 바로 나 때문이에요. 난 겁나요. 그리고 훗날 아르헨티나로 돌아가고 싶어도 돌아갈 수 없게 될까 걱정이 돼요."

"아니타, 쓸데없는 말은 끝내는 게 좋겠어."

"쓸데없다고요?"

"내 말 좀 들어 봐. 이건 아주 중대한 문제야. 우리가 어떻게 결정하느냐에 따라 수많은 사람의 생명이 달려 있어. 아주 소중한 생명들이라고 말할 수 있지."

"내 생명도 소중해요. 그리고 당신 생명도요."

"아니타, 내 생명은 우리가 아르헨티나에서 빼내려고 하는 그 두 사람들과 비교하면 그리 중요하지 않아."

"당신의 희생정신은 이제 강박 관념과도 같아요. 정말 지긋지긋해요. 이제 마치 광기 같다고요."

"아니타, 전혀 그렇지 않아. 하지만 그게 내 현실이야. 내 목숨이 어찌 되든 난 관심 없어. 생명을 바칠 가치만 있다면 말이야."

"그럼, 내 현실은 어떤 거죠? 당신은 나도 희생에 동참하기를 원하나요?"

"당신이 해줄 수만 있다면 아주 훌륭한 일이 될 거야."

"해줄 수만 있다면 그렇다니, 그게 무슨 소리죠?"

"아니타, 이제 쓸데없는 소리는 그만 해. 부탁이야. 당신은 내가 무슨 말을 하고 있는지 잘 알고 있어."

"뭘 안다는 거죠? 당신은 내가 죽을 거라고 생각하고 있나요?"

"그건 당신이 나보다 더 잘 알 텐데."

"난 아무것도 몰라요. 난 완치되고 싶어요. 그것만이 내가 알고 있는 전부예요."

"수술하지 않았다는 사실은 당신도 잘 알고 있어. 배를 열었지만 다시 닫아야 했어. 그런 상황에서는 할 수 있는 게 아무것도 없었어."

"그건 사실이 아니에요."

"아니타, 우리 지금 말장난하고 있는 게 아니야. 우리는 철부지가 아니란 말이야. 이 며칠 동안이 우리가 살아 있는 마지막 날들이 될지도 몰라. 우린 현실을 직시해야 해. 만일 우리가 지금 긍정적인 것을 해야 할 시간이라면…… 그 일을 해야만 한단 말이야!"

"난 당신이 이런 말까지 할 수 있으리라고는 생각하지 않았어요……."

"아니타, 하지만 이제는 심각하게 말해야 할 시간이야. 내가 그 어떤 거짓말을 하더라도, 당신에게 건강을 되찾아 줄 수는 없어."

"그 말은 내가 살 가망이 없다는 말이네요."

"당신이 살 가망은 최소한에 불과해. 의사들은 다시 수술할 수 있는 상태가 되도록 당신을 치료하고 있는 거야. 종양이 위뿐만 아니라 폐의 일부에도 있기 때문이야. 이미 완전히 번졌어."

"……."

"하지만 지난번 진단에서도 의사들은 결정을 내리지 못했어. 재수술할 필요가 없다고 생각하고 있거든."

"수술하려면 내 동의가 필요해요. 하지만 나한테는 아무 말도 하지 않았어요."

"의사들은 당신 친구인 베아트리스와 이야기했어. 그리고 그녀가 당신 엄마와 통화했어."

"그럼 엄마도 알아요?"

"그래, 당신 엄마가 허락했어. 그리고 수술 비용도 책임지겠다고 했어."

"나한테 이런 말을 해주는 이유가 뭐죠? 당신 말은 모두 거짓이에요."

"아니타, 끔찍하지만 이건 사실이야. 우린 현실을 바꿀 수 없어."

"하지만 난 전혀 몰랐는데……."

"정말 몰랐단 말이야?"

"정말로 몰랐어요."

"당신 몸무게가 갈수록 줄어들고, 통증이 갈수록 심해지고 있다는 사실도 눈치 채지 못했단 말이야?"

"난 전혀 눈치 채지 못했어요."

"그럼 그런 사실을 알고 싶지도 않았어?"

"그래요, 포지. 알고 싶지 않았어요."

"하지만 이제는 당신이 결정하고 선택할 수 있을 거야. 글쎄, 뭐라고 말해야 할지 모르겠는데……."

"무얼 결정하란 말이죠?"

"당신 인생의 마지막 남은 며칠을 어떻게 할 것인지를 말이야. 며칠 내로 당신이 평생 동안 두려워했던 일을 할 수 있어."

"포지, 당신 말이 귀에 거슬려요."

"그 사실을 안 이후부터, 난 이루 말할 수 없이 슬펐어. 당신은 내 일부분이나 다름없어. 당신은 내 즐거움이었어. 어떻게 설명해야 할지 모르겠는데…… 나한테 과분한 존재였어. 그래, 당신은 나한테 과분했어. 하지만 그런 것 때문에 내 생각을 바꿀 수는 없어. 내가 할 수 있는 일이란 기껏해야 당신에게 현실을 받아들이라고 애원하는 것뿐이야. 그리고 당신에게 남아 있는 며칠 동안 최선을 다하라는 말밖에는 할 수가 없어. 기적이 일어난다면 모든 문제가 해결되겠지. 하지만……."

"내가 알레한드로 일을 도와준다면……."

"말해 봐……."

"……."

"듣고 있을게……."

"네가 당신을 도와준다면, 내 죽음은 의미가 있을 것……."

"그렇게 말하지 마. 왠지 모르겠지만 듣기가 몹시 거북해. 하지만 내가 보기에 당신 인생은…… 좋아. 그 문제에 대해서는 더 이상 말하고 싶지 않아. 그건 중요한…… 일인데, 어쩐지 내 마음대로 하기가 겁나."

"알아요. 당신이 무슨 말을 하고 싶어 하는지."

"……."

"너무 못됐어요, 포지."

"그런 식으로 받아들이지 마."

"당신은 그렇게 잔인한 말을 할 수 있는 당신이 남자답다고 느끼고 있겠죠?"

"내 말을 이해하지 못한 것……."

"남자들만이 그런 잔인한 말을 할 수 있을 거예요."

"……."

"여자라면 그렇게 하지 못할 거예요."

"이봐, 당신은 계속해서 거짓말하고 있어. 당신 자신까지 속여가면서 말이야. 당신은 그런 말을 할 자격이 없어. 당신 자신이 여자들을 경멸하고 있으니까."

"그렇지 않아요, 포지."

"당신은 딸과 엄마조차도 사랑하지 않아. 바로 여자라는 이유로 말이야."

"그건 사실이 아니에요. 난 그들을 사랑해요. 그들은 나의 전 재산이에요."

"왜 당신은 확실한 것조차 인정하지 않으려고 하는 거지? 당신은 그들이 여자라는 이유만으로 사랑하지 않고, 좋아하지도 않으며, 그들을 멸시해. 그래서 그들이 이곳에 없는 거야. 난 당신을 잘 알고 있어."

"더 이상 당신을 보고 싶지 않아요."

"……"

"내가 단지 몇 시간밖에 살 수 없다고 해도, 더 이상 당신을 보고 싶지 않단 말이에요!"

"당신 마음에 상처를 입히려고 했던 것은 아니야. 맹세할게."

"……"

"사실을 아는 게 좋을 것 같다는 생각이 들어서 한 말이었어."

"고마워요, 포지."

"좀 더 생각해 보면, 내 의도를 알 수 있을 거야."

"당신 의도는 훌륭했어요, 고마워요."

"……"

"당신만 괜찮다면, 혼자 있고 싶어요."

"그래, 알았어. 내 말을 잘 생각해보면……"

"더 이상 아무 말 말아요, 부탁해요."

"내일 전화할게."

"아니에요, 전화하지 말아요. 당신에 관해서는 더 이상 알고 싶지 않아요."

"사랑해, 아니타."

"……"

"내일 만나."

"……"

13

월요일 가끔씩 화들짝 놀라는 일보다 더 좋은 것은 없다. 중대한 위험과 마주치면, 비록 그것이 이번 경우처럼 현실이 아니라 하더라도, 우리는 우리가 지니고 있는 것들의 소중함을 비로소 깨닫게 된다. 나는 지금 내가 얼마나 인생에 집착하고 있는지 잘 알고 있다. 그래서 나는 즐겁고 행복한 마음으로, 더 이상 바보 같은 생각을 하지 않을 것이다.

의사들은 환자가 항상 긍정적인 사고를 가지고 있으면 회복이 빠르다고 말한다. 그 말은 틀림없다. 환자가 낙담해 있을 경우에는 의사의 처방을 제대로 지키지 않기 때문이다. 난 온 정성을 다해 처방전을 따를 것이다. 그러면 회복이 빨라질 것이라고 믿어 의심치 않는다. 위험한 고비가 닥칠 때에는 침착해야 한다. 나는 침착할 것이다. 문제는 통증이 찾아온 이 순간을 보내야 한다는 것이다. 이런 통증이 가장 겁난다. 하지만 그 후에는 아무것도 두렵지 않을 것이다. 약간 성가신 치료가 남겠지만, 그건 전혀 중요한 문제가 아니다. 의사들에게 많이 물어보면 물어볼수록, 더 큰 화를 자초한다. 그래서 난 아무것도 물어보지 않을 작정이다. 저 잔인무도한 놈이 말한 것과 같은, 말도 안 되는 이야기를 할 수도 있기 때문이다. 재수술은 말도 안 된다. 만일 그랬다면 의사는 내가 그 수술에 동의하는지, 그리고 지불 능력이 있는지를 먼저 물어보았을 것이다. 무엇보다도 비용에 관해 물어봤어야 했다. 문서로 확실히 해두는 것보다 좋은 방법은 없다. 단지 머릿속으로 생각하는 것은 혼동을 유발할 수 있기 때문이다. 글로 적어 두면, 모든 것이 확실해진다.

　의사들이 엄마와 이야기했다는 것은 있을 수 없는 일이다. 게다가 구두로만 한 지불 약속을 받아들였다는 것은 더욱더 믿을 수 없다. 그것도 외화 유출이 몹시 까다로운 아르헨티나에서 한 약속을 말이다. 이 모든 것은 내가 그의 계획을 돕도록 획책한 그럴싸한 계략임에 틀림없다. 나는 그의 얼굴에서 무슨 짓이라도 저지르겠다는 의지와 나를 이토록 크게 놀라게 하더라도 자신의 목표를 위해서는 개의치 않겠다는 표정을 볼 수 있었다. 하지만 이 모든 것을 글로 쓰면서, 나는 좀 더 확실히 그 문제를 볼 수 있다. 내 손목이 떨리고 있지만, 나는 아직 내가 쓰고 있는 것을 알아볼 수 있다. 나는 이걸 멈출 수 없다. 난 계속해서 이 모든 것에 관해 써야 한다. 잠에서 깨어 있는 이 몇 시간 동안에 모든 걸 써야 한다. 다행히 이 치료는 나를 오랫동안 잠자게 하는 이점이 있다. 동시에 이 치료를 받는 동안 나는 휴식을 취하고 고통을 느끼지 않는다. 그래서 점점 더 심한 고통으로 시달리느니, 차라리 치료를 받는 편이 훨씬 낫다.

내가 단 하나 유감으로 생각하는 것은 하루에 내 정신이 완전히 맑게 유지되는 시간이 얼마 안 된다는 사실이다. 퇴원을 하면 내가 하고 싶은 모든 계획을 생각하기에는 너무나 짧은 시간이다. 나는 가장 먼저 내 건강에 신경을 쓸 것이다. 운동, 나는 내게 운동을 할 수 있게 해줄 장소를 찾아야 한다. 그래서 구부정하게 서는 내 버릇을 고쳐야 한다. 그러고는 다른 일을 찾아야 한다. 그리고 점차 내 관심사로 가까이 다가가야 한다. 내가 평소에 일했던 대인 관계 업무를 맡을지라도, 음악과 더욱 가까이 있어야 한다. 또한 여행을 할 수 있도록 좀 더 많은 돈을 벌 수 있는 방법을 모색해 볼 것이다. 그리고 멕시코를 떠나, 옷을 사고 옷장도 약간 새것으로 바꿀 수 있도록 돈을 벌어야 한다. 이곳 물가로는 내 취향대로 옷을 입는다는 것이 불가능하기 때문이다.

아무리 기분 나쁜 추억을 가져다주더라도 나는 내 보석들을 팔아서는 안 된다. 그런데 그 장신구들은 과연 내게 불행을 안겨다주었을까? 그런 것을 생각한다는 것 자체가 바보스러운 짓이다. 아니, 반대로 행운을 가져다주었을 수도 있다. 그래서 수술이 잘되었을 수도 있다. 난 절대로 보석들을 팔지 않을 것이다. 반대로 나한테 더 많은 선물을 주더라도, 모두 다 받을 것이다. 그래, 내가 일해 가지고 여행 경비를 지불할 수 없다는 것은 분명하다. 불쌍한 엄마도 평가 절하된 아르헨티나 돈으로는 내게 그런 사치를 누리게 할 수 없을 것이다. 아마 어느 놈팡이가 초대를 하면 그 초대에 응하는 수밖에 없을 것 같다. 하지만 과연 내가 그런 일을 잘

할 수 있을까? 어느 놈팡이라도 나보다 잘난 놈이 아니면 절대로 날 못 건드리게 할 것이다. 조만간 그런 사람이 내게 도착할 것이다. 우리는 기다릴 줄도 알아야 한다. 그리고 여기서 나가기 전이라도 난 새로운 삶을 시작할 거다. 바보 같은 것에 대한 근심을 떨쳐 버리고, 항상 긍정적으로 살 것이다. 그리고 전과는 달리, 쓸데없는 일에 대해서는 관심을 두지 않을 것이다. 나는 건강한 것만으로 만족할 것이다. 그래, 건강만 되찾을 수 있다면 만족하겠다고 나는 엄숙하게 약속한다. 나는 더 많은 글을 쓰겠다고 생각했지만, 잠시 후면 이 통증은 참을 수 없게 될 것이다. 하지만 그건 모두 일시적이다. 며칠만 지나면 난 더 이상 통증을 느끼지 않을 것이고, 그 통증은 점점 심해졌던 것과 마찬가지로 점차 가라앉을 것이다. 감기에 걸리면, 통증과 진통은 점점 더해 간다. 그리고 다음 날은 더욱 열이 심해질 거라는 걸 사람들은 알고 있다. 하지만 열이 최고조에 이르는 순간부터 회복의 기미가 보인다. 그리고 다음 날 몸이 점점 좋아지고 있음을 느낄 것이고, 마침내는 완전히 낫게 된다는 것을 우리는 알고 있다. 오늘 그가 부에노스아이레스로 가는 비행기에 탔다는 사실만으로도 내 몸이 훨씬 가뿐해진 것 같다. 그리고 내일 그가 수천, 아니 수만 킬로미터나 떨어진 곳에 있게 되면, 내 몸은 더욱 좋아질 것이다.

　난 그들을 결코 이해하지 못할 것이다. 내게 그들은 외계인과 같다. 어떻게 그 정도로 저질이 될 수 있을까? 나로서는 이해 불가능한 존재들이다. 얼마나 무책임하고 짐승 같은 사람들인가! 나는 자신의 병이 절대 치료될 수 없다는 사실을 알고 자살한 환자들이 있다는 소리를 들은 적이 있다. 마찬가지로 만일 내가 그 거짓말을 곧이곧대로 믿었다면, 자살했을지도 모르는 일이었다. 그는 자신의 그런 행동이 어떤 결과를 초래할지 생각해 보지 않은 것일까? 사실 그들은 어느 누구보다 허영심에 들떠 있는 사람들이다. 만일 어떤 여자가 그들과 맞선다면, 그들은 무슨 일이든 저지를 수 있는 사람들이다. 그들은 패배라는 것을 모른다. 그들은 이 세상을 정복하기 위해 태어났다고 믿는 사람들이다. 그러기에 어떤 여자가 그들이 가는 길을 가로막으면, 그토록 화를 내는 것이다. 바로 그 순간 그들의 가슴속에서 내가 모르는 분노가 폭발한다. 가슴속에서 뛰쳐나오는 독수리와 같은 분노이다. 그들이 그런 상태에 있으면 난 너무나 두렵다. 왜 두려운지는 나도 잘 모른다. 아마도 독수리가 그 누구나 그 어느 것에도 관심을 두지 않기 때문일 것이다. 그 새는 결과를 예측하지 않고 공격할 줄만 아는 위험한 새다. 내가 피토에게 떠나겠다고 말했을 때, 그가 그토록 화낼 줄은 상상도 못했다. 그는 내 생각을 파기하기 위해 머릿속에 떠오르는 대로 아무 말이나 마구 내뱉었다. 난 한 번도 그가 그런 미친 얼굴을 한 것을 본 적이 없었다. 인데펜디엔테 축구 팀*이 졌을 때 가끔씩 그런 얼굴을 짓긴 했지만, 나한테 그렇게 화를 낸 적은 없었다. 매주 일요일 세시에 축구 경기가 열릴 때면, 그는 시한폭탄과 같았다. 그래서 나는 그 시간에 차라리 집에서 나오는 것이 훨씬 낫다는 것을 알고 있었다. 특히 그가 라디오를 듣거나 텔레비전을 보면서 집에 있을 때는 더욱 그랬다. 그가 경기장으로 갈 때는 좀 더 나았다. 돌아오는 길에 어느 정도 울분이 풀리기 때문이다.

지금은 간호사를 부르는 편이 나을 것 같다. 오는 데 몇 분은 걸릴 것이다. 그건 그렇고, 여자는 그런 남자와 평생을 함께 살아야만 하나? 게다가 사랑하면서? 그런 남자들은 속에 무엇을 가지고 있을까? 여자들은 자기 옆에 그런 괴물이 없다고 좌절감을 느껴야만 할까? 그래, 이 말은 사실이다. 우리 여자들은 혼자 있을 때면 좌절감을 느낀다. 하지만 왜 그럴까? 우리 여자는 마조히스트들일까? 밤에 느끼는 그런 쾌감이 아니라면, 어떤 쾌감을 느낄까? 그건 우리가 그 놈팡이들의 추잡함을 알게 되면, 더 이상 쾌감을 느끼지 않을 것이기 때문이다. 아니면 다른 여자들은 계속해서 쾌감을 느낄까? 이런 것은 전혀 알 수 없다. 그건 우리 여자들이 그런 것들을 서로 물어보지 않기 때문이다. 만일 뻔뻔스럽고 교양 없는 여자가 그런 것을 물어보더라도, 이것에 대답할 상대방 여자는 없을 것이다.

사실 이것이 내 생각 때문인지 아닌지는 알 수 없다. 하지만 이번에는 주사를 맞자마자 통증이 가셨다. 난 잠을 자고 싶지 않았다. 난 조금 더 눈을 뜨고 있길 바랐다. 난 남자들은 겁을 주는 존재이기 때문에 항상 이긴다고 생각한다. 그리고 그들이 겁주는 이유는 육체적으로, 즉 육체적인 힘이 우리보다 강하기 때문이다. 아빠는 키가 몹시 컸다. 피토도 그랬다. 하지만 내 평생 가장 많은 겁을 먹게 한 남자는 대학에서 라틴어와 희랍어를 가르쳤던 난쟁이처럼 키가 작았던 교수였다. 얼마나 지독했는지 모른다. 그리고 히스테리는 얼마나 심했던가! 내가 무서워한 것은 그의 주먹이 아니었다. 즉, 그의 육체적 힘을 겁낸 것이 아니었다. 그건 그렇고, 남자들은 또한 항상 육체적인 힘을 통해 두려움을 심어 준다. 왜 그럴까? 여자는 남자가 팔 힘이 아니면, 속에 있는 독수리로 자기 앞에 바보처럼 있는 불쌍한 여자를 겁줄 수 있다는 사실을 알고 있다. 그래서 나는 남자들이 겁을 주는 것이라고 생각한다. 그들은 여자보다 쉽게 살인적인 분노를 터뜨리기 때문에 항상 이긴다. 그래, 바로 이 점에서 나는 내 생각이 옳다고 확신한다. 신경질적이거나 히스테리가 심한 여자들과 결혼한 남자들은 그 여자들을 무섭게 생각한다. 그건 먼저 화를 내는 사람들이 이기기 때문이다. 그래서 남자들은 히스테리를 부리면서 이기는 것이다. 그리고 여자들은 남자들이 히스테리 환자들이기 때문에 겁을 먹는 것일 뿐, 다른 이유는 하나도 없다. 그렇다면 여자가 사랑에 빠지는 이유는 무엇일까? 남자들이 우리 여자들을 보호하고 의지하게 해준다는 느낌을 주기 때문일까? 왜 여자는 남자가 그토록 히스테리를 부리는 것을 보면서 측은하게 여길까? 난 불쌍하게 여겨지기는커녕 오히려 화가 치민다. 물론 여자들이 가슴속에, 그러니까 갈비뼈 아래에 똬리를 튼 괴조(怪鳥)와 함께 살아야 한다고 생각한다면, 그들은 우리 여자들의 동정을 살 만하다.

하지만 세상은 남자들만의 것이다. 심지어 교황도 남자고, 정치가와 과학자들도 남자다. 세상은 모두 그렇게 되어 있다. 이 세상은 남자들의 모습을 띠고 있고, 그들과 비슷하게 만들어져 있다. 모든 것이 비인간적이고 추잡하며 난폭하다. 하지만 아빠는 그렇지 않았다. 축구도 좋아하지 않았고, 피투성이가 된 몸으로 얼굴에 서로 주먹질을 해대는 권투도 좋아하지 않았다. 그런 것을 보면 그 누구도 아마 아직도 로마의 검투사 시절에 있다고 생각할 것이다. 일요일에 아빠와 함께 있으면 외출할 필요가 없었다. 우리는 콜론 극장에서 낮에 상연하는 오페라를 라디오 생방송 중계로 함께 들었다. 하지만 아빠가 일요일마다 집에 있는 것은 아니었다. 이건 사실이다. 그리고 난 그 사실을 인정해야만 한다. 가끔 아빠는 사냥을 즐겼다. 아빠는 나를 데려가려 했지만, 내가 사냥을 싫어했기 때문에 화를 내곤 했다.

난 잠시 잠을 잤다. 입술이 마르다는 느낌을 받는다. 미네랄워터를 많이 마시기보다는 캐러멜 하나만 먹으면 지금 느끼는 갈증이 해소될 것 같다. 언젠가 한번 아빠와 함께 사냥을 갔다. 하지만 내게는 그 한 번만으로도 충분했다. 불쌍한 토끼들을 겨냥한 다음, 아직도 눈을 뜬 채 심장이 뛰고 있는 토끼들을 찾았다. 그건 무언가를 죽인다는 느낌이었다. 난 라이플총을 쏘고 싶었고, 그래서 방아쇠를 당겼다. 하지만 조준이라는 건 생각조차 할 수 없었다. 내게는 총알 장전하는 게 아주 흥미로워 보였다. 마침내 첫 번째 토끼를 죽이고 그 토끼를 찾으러 갔는데, 그 광경은 아마 평생 잊을 수 없을 것이다. 엄마가 말하는 대로 나는 과장을 즐기는 여자다. 하지만 그 광경은 제1차 세계 대전의 한 참호에서 부상자를 발견하는 것과 같았다. 후에 아주 기쁘게 그 토끼를 먹기 때문에 여자들은 위선적이다. 하지만 사냥과 먹는 것은 분명히 다르다.

만일 생계비를 벌기 위해 도살장에서 일해야만 하는 사람이 있다면, 그것은 분명 스포츠와는 다르다. 하지만 그런 동물들을 죽이면서 즐기는 사람이 있다면, 그는 그걸 스포츠로 할 것이다. 하지만 난 그걸 이해할 수 없다. 그리고 아빠는 바로 그런 사람 중 하나였다.

이제 모든 것이 분명해졌다. 남자들의 세상이 축구와 권투 혹은 사냥과 같은 세상이라면……. 하지만 난 지금 내가 말하고자 하는 바를 분명히 설명하지 못하고 있다. 내가 남자들의 세상이라고 말할 때의 의미는…… 어떤 단어를 선택해야 할지 잘 모르겠다. 그것은 남자들이 머릿속에는 가지고 있지만 인정하려고 하지 않는 그런 바보짓을 뜻한다. 남자들의 내면 세상, 그래 이게 바로 내가 하고자 한 말이다. 왜 그들은 그토록 축구를 좋아할까? 그건 분명히 세게 공을 차며 가장 날쌔게 뛰고 그 유명한 드리블로 적을 속이는 선수들과 자신들을 동일시하기 때문이다. 피토에게 드리블은 신들의 말과도 같은 것이었다. 모든 남자들은 경쟁적이고 가장 멋지게 드리블하는 사람이 되고 싶어 한다. 또 이것도 최고로 잘해야 하고, 저것도 최고로 잘해야 한다. 그럼 권투는? 물론 남자들은 분명히 세게 때리는 선수, 즉 응징하는 선수와 자기 자신을 동일시할 것이다. 난 권투 챔피언을 '응징하는 사람'이라고 부르는 것을 들은 적이 있다. 그리고 사냥꾼들이 쾌감을 느끼는 이유는 찾을 필요도 없을 것이고…… 오히려 생각하지 않는 편이 더 나을 것 같다. 이런 것들이 바로 남자들의 아름다운 내면 세상인 것이다. 그리고 이런 것들이 그들의 내면 풍경, 즉 그들 영혼의 달콤한 풍경이다. 사실 그들의 세계는 온갖 종류의 전쟁과 폭력으로 가득한 실세계와 흡사하다. 이런 유사성을 부인할 사람은 아무도 없다. 정말 흥미로운 현상이다. 하지만 난 참으로 바보 같다. 그들이 자신들의 모습과 기호에 맞게 세상을 건설하는 사람들이란 것은 비밀이 아니지 않은가! 전쟁과 국가 간의 히스테리적인 공격, 약자들을 수탈하는 세상이다. 그것은 그들이 통치자이기 때문이다. 술 취한 채 귀가하여 가족을 함부로 대하고 이웃과 싸우는 히스테릭한 남편과 히틀러 사이에 무슨 차이가 있단 말인가? 그건 똑같다.

난 여자들이 지배하는 세상을 상상조차 해볼 수 없다. 우리 여자들의 머릿속에 들어 있는 것이라고는 옷이나 커튼, 그리고 식탁보, 크리스티앙 디오르 부츠, 구치 지갑, 에르메스 스카프, 카르티에 시계, 루이 뷔통 핸드백, 혹은 표범 가죽이나 스라소니 가죽, 또는 말가죽이나 밍크나 친칠라나 담비로 만든 코트, 백금 팔찌, 에메랄드 목걸이, 아주 값비싼 드롭 이어링, 프랑스 향수, 페르시아 카펫, 중국 도자기 등등밖에 없다. 여기에 전원주택이라면 칠기 중국 병풍과 루이 15세 스타일의 가구가 빠질 수 없다. 이외에도 여자들의 머릿속에 무엇이 들어 있을까?

조금 생각하자, 내 머릿속에는 더 많은 것들이 떠오른다. 사랑의 시, 라흐마니노프의 지나치게 감상적인 선율, 들라크루아의 그림, 아직도 유행하고 있는지는 잘 모르겠지만 보사노바 춤과 음악, 내가 좋아하는 최신식 춤, 허슬 춤 등등. 이런 것들이 우리 여자들의 머리를 꽉 메우고 있다. 여자들의 모습과 흡사하게 만들어진 세상은 어떨까? 적어도 잘 꾸며져 있을 것이다. 하지만 내가 여자이기 때문에 여자들의 얼굴에 침 뱉는 것은 잘못된 행동이다. 하지만 우리는 그런 경박스러운 것들로만 꽉 찬 것이 아니라, 진짜 감성으로도 가득하다. 여자들이 만든 세상은 「코지 판 투테」에 나오는 피오르딜리지와 도라벨라의 이중창처럼, 모든 게 매력적이고 우아하며 가벼운 세상일 것이다. 조화로운 세상을 연상하기 위해서는 모차르트의 음악처럼 좋은 것이 없다. 우리가 살아 있는 매 순간을 즐길 수 있도록 필요한 세상이 바로 그런 조화로운 세상이다. 만일 남자들이 그들 마음속에 조금만 더 음악을 지니고 있다면, 그러니까 조금 더 모차르트 음악을 가지고 있다면, 이 세상은 지금과는 많이 달라졌을 것이다. 하지만 예쁘고 아름다운 것은 우리 여자들이 모두 독점하고 있고, 남자들은 추한 것만 가지고 있다. 우리 여자들이 남자들에게서 예쁘고 좋은 것을 모두 빼앗아 버렸다. 그리고 남자들은 자기들이 지닌 그 쓰레기들에 매료되어 있다.

하지만 알레한드로는 결코 축구를 보지도 않고, 권투도 싫어하며, 모든 폭력적인 정신과 관련된 스포츠를 혐오한다. 그가 정부에 제안한 계획 중 하나는 자동차 경주를 폐지하자는 것이었다. 그는 음악을 사랑한다. 그는 음악으로 가득한 사람이어서, 그 사람 안으로는 더 이상의 음계가 들어갈 수 없을 지경이다. 하지만 그 사람은 벌레 같은 남자다. 이 말은 오늘 오후 이 노트에 적어 놓은 모든 것이 아무런 의미도 없다는 소리다. 난 지금 내게 벌어지고 있는 일을 이해할 수 없다. 그리고 다른 사람에게 일어나는 일도 마찬가지로 이해할 수 없다. 하지만 내가 원하는 것은 하나도 없고, 그 무엇을 이해하고 싶지도 않다. 난 단지 내가 지닌 운명에 순종하고, 내가 받은 위험한 수술이 아주 좋은 결과를 맺기만 바랄 뿐이다.

남녀 구별이 안 되는 다정한 목소리가 스피커를 통해 비행기의 출발을 알렸다. W218은 머리카락이 헝클어진 채 창백한 모습으로 자기 그룹의 맨 앞에 있었다. 그녀는 이럴 수도 없고 저럴 수도 없는 일 때문에 고통받으며 온밤을 뜬눈으로 지새웠다. 그것은 아침 열시에 열람실에서 만나기로 한 약속을 지킬 수 없었기 때문이었다. 그 시간은 바로 우르비스로 가는 비행기가 이륙할 시간이었던 것이었다. 그전에 LKJS를 만날 수 있는 유일한 방법은 참나무 거리로 다시 찾아가는 것이었지만, 그러면 그가 위험에 처할 수도 있었다. 날이 밝을 무렵이 되어서야 그녀는 결심했다. 밤새 두 가지 불만족스러운 가능성 사이에서 시계추처럼 왔다 갔다 했기 때문에 완전히 기진맥진한 상태였다. 그녀가 어떤 사람인지 알면 충분히 예측 가능하듯이, 그녀는 자기를 희생하기로 마음먹었다. 보고 싶어 견딜 수 없는 마음을 참고 미련 없이 떠나기로 했던 것이다.

승객들은 탑승 수속을 밟았다. W218에게는 몇 발짝 걸을 힘조차 남아 있지 않았다. 지금 그녀는 애인을 그리워할 뿐만 아니라, 더 이상 그의 보호를 받을 수 없다는 두려움에 떨고 있는 것이 틀림없었다. 모든 것이 그녀가 유모와 영화 톱스타라는 두 불행한 여인의 자손이라는 것을 보여 주고 있었다. 그리고 그는 지금 그녀가 위험에 처해 있다는 사실을 알고 있었다. 상대방의 생각을 읽으려는 그의 강박 관념을 이것 말고 또 어떤 방법으로 설명할 수 있을 것인가? 분명히 그는 W218에 대한 사랑 때문에 그녀가 위험에 처해 있다는 사실을 간파할 수 있었다. 그녀가 적국의 정부가 펼쳐 놓은 스파이망에 빠질 수도 있다는 것을 그는 알고 있음이 분명했다.

그녀는 비행기 안으로 들어가 의자에 앉았다. 그러고는 자기의 책임 아래 있는 관광객들과 형식적인 미소를 주고받았다. 안전벨트를 매고, 비틀린 채 팽팽해 있는 철사 줄 같았던 목 근육을 이완시키기 위해 머리를 의자에 기댔다. 승객들은 이미 자리에 앉아 있었다. 단지 승무원들만 서 있었다. 그중 한 명이 출입문을 닫고 있었다. 그런데 그때 한 안전 요원이 멈추라는 신호를 보냈다. W218은 그 순간 안전 요원의 얼굴을 쳐다보며 다른 생각을 했다. 안전 요원은 그녀를 바라보았다. W218은 자기 마음속에서 들려오는 한 남자의 목소리를 들었다. "다소 슬프지만 멋진 여인이여, 난 당신을 기쁘게 해주기 위해 이 술잔을 무료로 드립니다. 그리고 도착할 때가 되면 당신 전화번호를 달라고 하겠습니다." 전혀 알지 못하는 목소리였다. 하지만 스피커에서 흘러나오는 소리처럼 이상하게도 그녀의 귀에 울려 퍼지고 있었다. W218은 잠을 제대로 자지 못했기 때문에 미친 사람이나 성인(聖人)들처럼 환청을 들은 것이라고 결론 내렸다. 그녀는 다시 여승무원을 쳐다보았다. 여승무원은 계속 문 옆에 서서 비행기 밖에서 일어나는 일에 주의를 기울이고 있었다. 갑자기 여승무원이 미소를 지었다. 분명히 누군가 다가오고 있었다. 여승무원의 정성이 가득한 웃음을 받을 만한 가치가 있는 사람임에 분명했다. W218은 눈을 감고 특정 직업이 강요하는 비굴한 노예근성을 혐오했다. 그녀가 하는 일은 그보다 더욱 심한 일이었지만, 그것은 시민의 의무였고 단기간에 불과한 것이었다. 여승무원과 자신을 직접적으로 관련지으면서, 그녀는 오늘이 며칠인지 헤아렸고, 비로소 그때 다음 날이면 성인(成人)이 되는 스물한 살에 접어든다는 것을 깨달았다. 최근에 일어났던 일들 때문에 너무나 정신이 없던 나머지, 그녀는 그날이 며칠인지도 잊은 채 살았던 것이었다. 그녀는 다시 눈을 떴다. 하지만 그녀의 눈앞에서는 믿을 수 없는 일이 벌어지고 있었다. 귀신의 목소리를 들은 것 이외에도 귀신의 모습을 보고 있었던 것이다. 여승무원은 뒤늦게 도착한 승객에게 좌석을 가리키고 있었다. 그런데 그 승객은 다름 아닌 LKJS였다. 아니면 그와 똑같이 생긴 그의 분신이었을지도 몰랐다. 그와 똑같이 생겼지만, 그에게서 풍기던 광택이나 후광 혹은 사람의 마음을 끄는 무언가가 없었다. 그 신사는 친절한 여승무원에게 고맙다고 말하면서, 두리번두리번 눈으로 누군가를 찾았다.

멀리서 W218을 보자 그 신사의 눈은 벌집에서 갓 꺼낸 꿀, 그것도 반짝이는 검은 꿀처럼 달콤해졌다. 즉시 그는 혼자 여행하는 여행객에게 걸맞게 무관심한 것처럼 위장했다. 그녀는 그의 메시지를 파악했다. 그것은 여행하는 동안 누군가가 감시하고 있을지 모르니, 서로 모르는 사람처럼 행동해야만 한다는 것이었다. 하지만 그녀는 가끔씩 그를 쳐다보지 않을 수 없었다. 틀림없이 그 남자는 아주 멋졌다. 하지만…… 그 사람이 단숨에 그녀의 마음을 앗아 가고, 주먹으로 단단히 쥐듯이 그녀의 마음을 으깨 버렸던 그 사람이란 말인가? 두 방울의 물처럼 그 사람은 LKJS와 비슷하게 생겼지만, 그의 모습은 그녀를 감동시키지도 못했고 열정으로 휘젓지도 못했다. 또한 그녀를 몽상의 세계로 빠져 들게 하지도 않았다. 다시 말하면, 무언가 필요한 것이 부족했다.

갑자기 비행기가 흔들리면서 요동치더니 쇠로 만들어진 짐칸이 삐걱거렸다. W218은 눈을 감았다. 비행기의 요동으로 인해 그녀의 감정적인 요동이 사라졌고, 순간적으로 그녀는 비행기 사고로 죽을지도 모른다는 두려움을 느꼈다. 비행기는 덜컹거리게 만들었던 두꺼운 구름층을 헤쳐 나갔고, 다시 평온한 대기 속에서 제 위치를 찾았다. 그녀는 다시 눈을 떴고, 이제는 그 남자가 눈을 감고 있는 장면을 보았다. 그 사람은 LKJS였다. 의심의 여지가 없었다. 그에게서는 도저히 저항할 수 없는 어떤 매력이 흘러나오고 있었다. 그 매력에 무관심한 척하려는 그 어떤 시도도 소용이 없었다. W218은 기도하듯 간신히 두 손을 한데 모을 수 있었다. 그녀는 그가 초대하는 이 화려한 여행에 갈수록 현기증이 났다. 이번에 그는 그녀를 아주 멀고 무서운 또 다른 세상으로 데려가고 있었다. 그녀는 폭풍에 휘날리는 하나의 잎사귀가 무서우면서도 가장 소중한 이 여행을 잘 알고 있을 것이라고 생각했다. 그가 눈을 깜박일 때마다, 그리고 그가 이마의 주름살을 움직일 때마다, 그리고 땀구멍을 움직일 때마다 그의 모든 것이 그녀를 사로잡았다. 갑자기 그가 눈을 떴다. 그러고는 공모의 윙크를 넌지시 보냈다. W218은 기도하는 듯한 자세를 버리고서 본래의 자기 자신으로 되돌아왔다. 그 남자는 LKJS가 아니었다. 아니면 그 사람이었을까? 그녀가 보고 있는 것은 완벽한 인형이었다. 하지만 영혼이 없는 인형이었다. 그녀는 분명 그렇게 확신했다. 설명할 수는 없지만 절대적으로 확실한 느낌이 있었기 때문이었다. 그는 계속해서 그녀를 바라보고 있었지만, 이제는 약간 당황한 표정이었다. 그녀는 그의 눈동자의 중심을 찾았다. 그때 탑승하고 있던 안전요원을 쳐다보았을 때와 마찬가지로, 그녀는 자기 안에서 어떤 목소리를 들었다. 이번에도 스피커에서 나오는 소리 같았지만, 어딘지 모르게 불완전하게 전해졌다. 그것은 LKJS의 목소리였다. "제기랄! 어떻게 초록색 콘택트렌즈를 착용하는 걸 잊어버릴 수 있지? 서두르니까 되는 일이 하나도 없네. 저 바보 같은 여자가 그 사실을 눈치 챘을지도 몰라." W218은 기절했다. 하지만 의자에 기댄 채 안전벨트를 매고 있었기 때문에 남들에게는 잠자는 것 같은 인상을 주었다.

여승무원이 그녀를 흔들어 잠에서 깨우고는 우르비스 시 공항에 이미 착륙했다고 알려 주었다. W218은 즉시 자기가 살해할 남자의 의자를 바라보았다. 그는 이미 자리에서 일어나 등을 돌린 채 여행 가방에서 무언가를 정리하고 있었다. W218은 자기가 기절한 이유뿐만 아니라 졸도 그 자체를 기억하지 못했다. 하지만 LKJS가 다가오자, 뭔지 모를 불안감으로 떨었다. 안전벨트를 풀었을 때, 그녀는 자신이 자고 있는 동안 누군가가 무릎에 종이쪽지를 떨어뜨렸다는 사실을 알았다. '사랑하는 당신, 모른 체해 줘.

당신이 나를 사랑한다면 모른 체해. 난 당신이 약속 장소에 오지 않으리라는 것을 알고 있었어. 당신을 향한 내 사랑이 당신 생각을 읽을 수 있게 해주었어. 당신이 나 때문에 고통받을지도 모른다는 불안감 때문에, 나는 당신을 쫓아왔어. 난 당신 가슴을 휘젓고 있는 것이 무엇인지 알고 있어. 그것은 바로 당신이 속지나 않았나 하는 의구심일 거야. 난 당신을 향한 내 사랑이 진심이라는 것을 확인시켜 주기 위해 당신을 쫓아왔어. 어쨌든 인내심을 가지고 참아 주기 바라. 내게 인사도 하지 말고, 사람들 앞에서 한마디도 건네지 마. 난 우리 정부의 스파이가 미행하고 있을지 몰라 겁나. 난 그들의 신임을 잃었어. 나중에 다시 말해 줄게. 공항에서 나가자마자 스파이들을 따돌리겠어. 난 그 방법을 알고 있어. 그러니 아마도 자정 전에는 당신을 만나러 갈 수 있을 거야. 그때는 미행당한다는 두려움 없이 당신을 만날 수 있을 거야. 내가 찾아갈 때까지 기다려 줘. 당신을 사랑해.'

W218은 아파트에 도착하자마자 가장 먼저 화장실의 의약품 상자에서 푸른색의 조그만 튜브를 찾았다. 여자 복무병들은 환자들과 문제가 생길 때를 대비하여 항상 그 튜브를 가지고 다니라는 지시를 받고 있었다. 상대방의 코를 향해 그 튜브의 아래쪽을 누르면, 액이 분출되어 약 10분 동안 상대방을 기절시킬 수 있었다. W218은 자기가 왜 그런 방어적인 행동을 하는지도 모르고 계속해서 그 튜브를 찾았다. 심지어 그녀는 LKJS와 닮은 사람이 예측할 수 없는 어떤 음모를 가지고 문 앞에 나타날지도 모른다는 생각까지 하고 있었다.

시간은 벌써 밤 12시 5분 전이 되어 있었다. 그때 계단에서 발소리가 들렸다. 그녀는 열시 반부터 완벽하게 머리를 단장했고 화장도 했으며 향수를 뿌리고 몸치장도 마쳤다. 그 시간부터 스물다섯 개피의 담배를 피웠기 때문에 눈이 조금 충혈되었고, 입에서는 씁쓸한 풀 냄새가 났다. 초인종 소리가 울렸다. 그녀는 LKJS인지, 아니면 그와 닮은 사람인지 확인하기 위해 문에 달린 구멍을 들여다보았다. 초록색의 눈이 한없이 다정하게 그녀를 쳐다보고 있었다. W218은 그 눈의 힘에 저항할 수 없었고, 그래서 어색한 자세로 그 눈을 응시하며 한참 동안을 그대로 서 있었다. 그가 아무 말 없이 기다렸기 때문에, 그녀는 그에게 시선을 떼지 않은 채 자물쇠의 빗장을 돌리려고 했다. 바로 그때 그 목소리가 다시 들렸다. 그것은 분명 그의 목소리였지만, 스피커로 들리듯 서투르게 전달된 바로 그 목소리였다. W218은 자기 마음속에서 그 소리를 듣고 있었다. 그 소리는 그녀의 머릿속에서 커다랗게 울려 퍼지고 있었다. '문 열지 않고 뭐 하는 거야, 이 개만도 못한 년아? 내가 문이라도 부수고 들어가길 바라는 거야? 우르비스의 이 개만도 못한 암컷들은 수컷들이 옛날 방식대로 무조건 보살펴 주기만 원한다니까. 널 때릴 수도 있으니까, 오늘 밤은 날 너무 화나지 않게 하는 게 좋아.'

W218은 문을 열었다. 그러자 그의 입에서 온갖 사랑의 말들이 쏟아져 나왔다. 그녀는 간신히 그 말을 알아들을 수 있었지만, 그녀의 마음속에서는 사랑의 말과 전혀 다른 말들이 울려 퍼지고 있었다. '그래, 그렇게 계속 사랑에 빠져 있어야지. 넌 내가 콘택트

렌즈를 빠뜨렸다는 사실을 눈치 채지 못했을 거야. 난 한 번만 더 너의 일상적인 육체의 욕구만 만족시켜 주면 돼. 그건 널 안정시키기 위해서야. 내일이면 난 돌아가는 비행기를 탈 것이고, 1년에 한 번씩 널 만나러 올 때면, 난 네가 악취 풍기는 서른 살이 될 때까지 내 수중에 둘 수 있을 거야.' W218은 지금 당장 푸른색 액체를 사용해야 할지, 아니면 그가 사랑을 하도록 허락해야 할지 결정할 수가 없었다. 그녀는 마침내 후자를 택하기로 마음먹었다. 그러면 그 배신자가 멋진 반역 행위를 전개할 수 있도록 시간을 줄 수 있을 것이라고 스스로 합리화했다.

LKJS는 자기가 W218과 사랑을 나누었기 때문에, 자기 나라 정부는 우르비스에서의 자기 행동을 비도덕적으로 간주했다고 말했다. 그래서 '수족관 도시'에서 일상 업무를 재개하라는 호출을 받았지만, 사랑의 열정에 사로잡혀 그날 아침에 비행기를 탔던 거라고 설명했다. 열두시를 알리는 시계 종소리가 울렸다. W218은 둘째 손가락을 그의 입술에 갖다 대면서 조용히 하라고 신호했다. 그러고는 아주 기뻐하면서 열두 번의 종소리를 세었다. 그렇게 그녀는 법적으로 스물한 살을 맞이했다. 그녀 안에서 들렸던 목소리가 이제는 아주 분명하고 끊임없이 울렸다. 이제는 전송 장치가 완벽하게 작동하고 있었던 것이었다. '단지 사랑에 빠진 여인만이 내 음탕한 속임수를 믿을 수 있지.' 그는 그녀의 옷을 벗기기 시작했다. 그녀는 그에게 몇 분간만이라도 말하지 말아 달라고 부탁했다. 그녀에게는 그의 호흡 소리와 돌발적인 헐떡거리는 소리보다 더 고상한 음악은 없었기 때문이었다.

W218은 LKJS의 초록색 눈을 뚫어지게 바라보았다. 그러고는 그의 진실을 그대로 말해 주는 것에만 모든 주의를 기울였다. '난 내 업무가 얼마나 마음에 드는지 몰라. 난 여자들이 좋고, 거짓말하길 좋아해. 그래서 아주 편안하게 느끼는 거야. 그녀가 남은 기간 동안 계속해서 내게 충실하도록 하기 위해서는 내가 정성 들여 봉사하는 것만으로 충분할 거야. 만일 내 상관들이 그 이전에 그녀를 납치해 '수족관 도시'의 감옥에서 관찰하려 하지만 않는다면, 난 모두 합쳐 아홉 번만 그녀를 찾아오면 돼. 아직 서른 살 생일을 맞이하기 이전에 그녀의 정신력이 발달할 가능성은 요원해. 오…… 섹스의 쾌락이여, 넌 내 업무의 영역에 속해. 네 덕분에 난 생계비를 벌고 내 가족을 부양하고 있어. 내가 비난받을 게 있다면, 그것은 내 여자 동료를 이런 속임수의 희생자로 만든다는 것뿐이야. 그건 그녀 역시 부끄럽고 드러내 보일 수 없는 자신의 치부로 밥벌이를 하기 때문이야. 그녀는 정말 잘 훈련받았어. 그녀는 한 번도 자기 일에 불평하지 않았어. 내게 아주 훌륭한 교훈을 준 여자였어. 그래서 내가 내 임무를 이토록 훌륭하게 수행하고 있는 것이 아닐까? 누군가가 내 생각을 읽을 수 있다는 것은 아주 위험한 일이야. 그리고 그런 일이 일어날 여지는 얼마든지 있어. 남자의 육체적 욕망의 물결은 마음의 어둠을 파고드는 불빛, 즉 그녀의 시선을 이끄는 사람과 같아. 단지 그녀를 섹스 대상으로만 원하는 남자들의 눈을 쳐다보면서 그런 남자들의 생각을 읽을 여인. 그런 여자는 이런 남자들의 세상이자 내 세상을 위험에 빠뜨리는 존재야. 때문에 그녀는 제거되어야 해. 아니면 적어

도 남자들의 통제 아래 두어야 해. 심지어는 우리가 영토와 경제 팽창 계획을 위해 그녀를 사용할 수 있다는 가능성도 배제할 수 없어. 그녀는 지나칠 정도로 육감을 지니고 있지만, 그녀를 속이는 것은 가능한 일이야. 불쌍한 여자 같으니라고. 난 지금 그녀에게 엄청난 쾌감을 주고 있어. 하지만 가끔씩은 가엾게 느껴져. 불쌍한 것. 그녀는 다정하게도 자기 자신을 파멸로 이끄는 길을 내게 열어 주고 있어. 게다가 얼마나 예쁘고, 얼마나 달콤한 여자인가! 또 그지없이 순한 양이 아닌가! 그래서 나는 그녀를 도살장으로 인도한다는 것이 괴롭다. 내 성기를 그녀의 피와 함께 더럽히고……. 하지만 그녀는 희생양이 되어야만 해. 자연의 법칙은 잔인해. 만일 내가 그녀를 얕보지 않으면, 그녀가 날 얕보고 말 거야. 내 불쌍한 양이여, 애무할 때마다, 공격할 때마다, 그리고 키스할 때마다 난 당신을 목을 베는 곳으로 인도하고 있어…… 당신에게 키스하게 해줘. 그래, 바로 이마에 말이야. 그곳은 당신의 순진무구하고 착하디착한 생각들이 간직되어 있는 곳이야……. 미안해…… 내 불쌍한 귀여운 암컷……. 당신을 보니, 내 딸들이 더러운 천 조각 인형을 끊임없이 바닥으로 던지는 장면이 떠올라. 하지만 그 인형은 결코 망가지지 않았고, 그래서 우리 딸들은 더욱 힘하게 다루어졌어. 그 인형이 없으면, 딸아이들은 손이 닿지 않는 가구 뒤에 처박혀 있던 인형을 찾아 달라고 부탁했어. 불쌍한 내 딸들. 그 아이들도 역시 귀여운 암컷이야. 불쌍한 영혼들. 아니, 오히려 그런 것을 생각하지 않는 편이 나을 것 같아. 하지만 나는 내 가족과 가정을 위해 당신을 희생시켜야만 해. 그렇게 하겠다고 난…… 맹세했어…… 아주 오래전에…… 선택되었던 바로 다른 남자 아이들과 함께……. 그들은 학교의 각 반에서 선택된 가장 튼튼한 아이들이었어……. 지정된 어느 날 밤, 선택된 모든 남자 아이들은 조숙해 보이는 신사복을 입고 아버지의 손을 잡고 있었지. 딱딱한 목 칼라의 와이셔츠를 입고 넥타이를 맨 채, 군대식으로 머리를 박박 깎고, 손에 촛불을 하나씩 들고서 나는 어두운 장소로 들어갔어. 커다란 방에는 수백 개의 촛불이 타오르고 있었어. 어른처럼 옷을 입고 선서한 아이들은 그곳에서 가르침을 받았어. 바로 살아남기 위한 우리의 최고 법칙이었어. 오늘의 어린이여, 내일의 남자여, 세상의 수컷이여, 모두 하나가 되어라. 너희들은 오늘날 수백만 명의 어린이들 가운데서 선택되었다. 그것은 너희들이 국가의 자랑이며 내일의 가장 씩씩하고 의기양양한 불굴의 음경들이기 때문이다. 오늘 너희들을 이곳에 모이라고 한 것은 세상을 지배할 수 있는 연습을 시작하기 위해서이다. 너희들은 권력의 만찬실에서 영접받을 것이다. 너희들의 품행에 필요한 가르침은 간단하다. 너희들이 스스로 우월한 존재라는 자만심을 지니면 스스로 배우게 될 것이다. 하지만 너희들은 너희들의 임무에 불굴의 투지를 보여야만 한다. 무엇보다도 이런 의식이 있었다는 것을 말하지 말아야 한다. 그런 후 제1계명은 너희들보다 약한 남성의 범주에 속하는 너희 형제들에게 이런 법칙을 공포해야 한다는 것이다. 그다음 계명은 자연의 적인 여자들을 경멸하고 짓밟으라는 것이다. 모든 하등 동물처럼 여자들은 화를 잘 내며 교활하다. 하지만 너희들이 여자들에게 팔을 휘두르면서 불안과 공포에 떨게 하면, 그녀들의 이런 무기는 무용지물이 되고 말 것이다. 그러기 위해선 수컷 세계와 일체감을 이루며 행동해야만 한다. 그러기 위해서는 우리들끼리 의견이 하나가 되어, 여자들은 우리가 믿을 만한 존재가 못 된다는 것을 주저하지 말고 공포해야만 한다. 오늘의 소년들, 그리고 내일의 남성이여, 암컷들을 경멸하라. 그리고 무엇보다도 암컷은 너희보다 열등한 존재라는 사실을 확신하라. 그러면 여자들도 스스로 그 사실을 깨치게 될 것이다. 따라서 여자들을 경멸하라. 그러면 여자들에게 열등한 존재라는 것을 말할 필요조차 없어진다. 더군다나 열등한 존재라는 것을 보여줄 필요는 더욱더 없어진다. 그 저주받은 암컷들은 바보가 아니다. 하지만 그렇게 믿도록 해야 한다. 만일 그렇지 않으면 이 지구는 여자들의 왕국이 되고 말 것이다. 어린 남자 아이들은 감정에 복받쳐 부르르 떨고 있었어. 그들이 들고 있던 초에는 미약한 불꽃이 너울거리고 있었어. 몇몇 아이들은 자기 어머니와 여자 형제들을 생각했지. 하지만 그런 머뭇거림은 이내 사라지고 말았어. 지휘자가 아이의 아버지들에게 아들의 성기에 손을 갖다 대고, 그들의 열망을 일깨울 때까지 애무하라고 명령했기 때문이야……. 그래, 맹세해…… 그래, 맹세해…… 아…… 아…… 그래…… 그래, 맹세해…… 네게 주는 이런 엄청난 쾌락을 통해 맹세하는데…… 아…… 아…… 내 순한 양이여…… 네가 나에게 주는 것은…… 목자와 양은…… 그 어두운 들판에 버려져 있던 초가집 안에 홀로 있어…… 어느 날 몹시 추워지면, 나는 너를 죽인 다음, 네 가죽으로 내 몸을 감쌀 것이고…… 그런데 넌 나한테 고맙다는 소리도 안 하고…… 난 방금 너에게 나의 가장 귀중한 것을 주었어. 그런데 넌 거기서 침묵을 지키며…… 이 모든 것이 네게 합당한 것처럼…… 만일 네가 그걸 받을 자격이 없는 년이었다면, 내가 네 목을 비틀어 네 살가죽을 잡아 떼어 버렸을 거야…… 지금 넌 떨기 시작해. 그 이유가 뭔지 누가 알겠어. 하지만 네가 떨고 있는 걸 보니 기분이 좋아…… 결국 난 네가 떠는 모습을 보고 있어…… 두려움에 사로잡혀 떠는 모습을……. 그건 암컷이면 남성 앞에서 당연히 해야 할 일이야…….'

W218은 베개 아래 숨겨 놓은 푸른색 튜브를 뿌려 버리고 말았다.

14

"날 용서해 줘, 베아트리스. 이건 진정젠데……."

"그런데 내 말 들려? 내 말 알아듣겠어?"

"응. 그런데 내가 말하는 게…… 조금…… 힘들어."

"하지만 통증은 가셨지, 그렇지?"

"응…… 그런데 좀 멍한 기분이야. 그 소식 때문에……."

"네 엄마가 언제 전화하셨니?"

"조금 전에…… 내가 너한테 전화하기 전에. 전화를 끊자마자…… 네게 전화한 거야. 그 소식을 듣고…… 여기 혼자…… 혼자 있을 수가 없었어."

"잘했어."

"어제였어. 먼저 내 아파트 관리소장실에서…… 엄마에게…… 전화했어. 어제 오후였어."

"천천히 말해, 아니타. 서두르지 마. 모두 듣고 있으니까."

"엄마는 내게 전화를 해야 할지…… 잘 모르고 있었어. 하지만…… 부에노스아이레스에서…… 오늘 아침에 그 뉴스가 나오자……."

"그랬구나."

"난 아파트를 세놓고…… 싶었어. 그가 내 아파트 열쇠를…… 갖고 있다는 사실을…… 미처 생각 못했어. 내가 이곳으로…… 오기 한참 전의 일이라…… 우리는 서로 만나지 않고 있었어."

"아니타, 어떤 아파트를 말하는 거야?"

"내가 부에노스아이레스에…… 갖고 있던 아파트."

"언제였어?"

"그 아파트는…… 내 거야. 내가 이혼했을 때 엄마가…… 사 주었어. 어쨌거나…… 내가 엄마의…… 유일한 상속자거든."

"그 아파트에서 살았어?"

"응…… 혼자 살았어. 그리고 내가 포지와…… 만나고 있었을 때…… 열쇠를 주었어. 벌써 한참 전…… 일이야. 목이 말라."

"뭐 좀 마실래?"

"응…… 물…… 저 병에 있는…… 고마워."

"나도 좀 마셔야겠어."

"베아트리스, 이 소식 때문에…… 충격이 컸구나…… 얼굴에 쓰여 있어."

"그럼 아파트는 비어 있었겠네."

"아무도 살지 않고 있었어. 내가 놔두었던……그대로 있었어…… 내 물건들과 함께 말이야."

"그런데 그의 계획은 어떤 것이었어? 너한테는 말해 주었니?"

"비행기를 타고 칠레로 가겠다고 말했어……. 그곳에서 기차를 타고…… 국경 근처에 있는 멘도사를 지날 거라고 했어. 그곳만 해도 벌써 아르헨티나니까…… 안데스 산맥이 시작하는 곳이야……. 하지만 생각을 바꾼 게 틀림없어. 그래서 나도 어떻게 그렇게 금방…… 그가 도착했는지…… 잘 모르겠어……. 분명 그의 뒤를 밟았을 거야…… 하기야 그걸 누가 알겠어…… 포지는 다른 두 사람과 함께 있었어…… 더 있었어. 두 사람은 도망가면서…… 경찰과 맞섰어."

"그럼 어떤 방식으로든 너도 관련이 있겠구나."

"베아트리스, 나도 그 일과 관련이 있었다면…… 오죽이나 좋겠어. 그건…… 내가 살아남을 수 있다는 말이니까. 이 수술은……."

"믿어야만 돼……."

"최악의 것은…… 난…… 그가 죽기를 바랐어……. 언젠가…… 그가 내게 말했던 것을 들려줄게……. 날 무척 화나게 했어……. 엄마는 아직도 희망을 가지고 있어. 엄마는 모든 걸 알고 있어…… 의사들이…… 계속해서 알려 주었거든…… 의사들이 일주일에 한 번씩…… 전화했어. 네가 피토 집…… 전화번호를 주었니?"

"응, 아니타. 의사들이 나와 이야기했어."

"엄마가…… 오고 싶어 해……. 하지만 내가 오지 말라고 다시 말했어."

"더 말해 봐. 네 엄마가 뭐라고 했는지."

"엄마는 나한테…… 전화를 했어. 만일 내가…… 신문을 통해 그 사실을 알게 되면…… 사태가 더 악화될 것 같아서. 오늘 신문에 모든 내용이 다 실려 있었어. 그런데 포지를…… 테러리스트라고 평하고 있었어……. 그 사람은 자기 아이들 이름을 걸고…… 그런 일에 관계하지 않겠다고 맹세했어. 무슨 일이 어떻게 일어났는지는 아무도 모르겠지만……."

"……."

"난 아파트를…… 세놓으려고 했어. 어쨌거나…… 오랫동안 그곳으로 돌아가지…… 않을 생각이었으니까. 하지만 엄마는…… 엄마는 반대했어. 그리고 엄마 말도 어느 정도는…… 일리가 있어. 그곳에서는 세입자에게…… 나가 달라고 하기가 쉽지 않거든. 그래서 엄마는…… 일주일에 한 번씩 환기를 시키러 가겠다고…… 말했지. 아마도 내가 곧…… 돌아올 것이라는 인상을…… 받았나 봐."

"……."

"난 아파트를 세놓으라고…… 우겼지. 하지만 엄마는…… 그렇게 하려니 너무 슬프다고 말했어. 한 번도 내 말을…… 들은 적이 없어. 비록 아빠 돈이 갈수록…… 그러니까 아빠 연금이 갈수록 줄어들고 또 줄어들었지만 말이야."

"이제 무슨 소린지 알겠어."

"그래서 엄마는…… 아파트 관리소장과…… 접촉하고 있었어. 난…… 포지가 아르헨티나에 도착했을 때부터…… 미행당했다고 생각해. 물론 네가 페론주의자를…… 좋아하지 않는다는 걸…… 알고 있지만……."

"어쨌든 그 사람 일은 참으로 안됐어."

"나도 너무……."

"어쩔 수 없잖아, 아니타. 그것도 그가 자유 의지로 선택한 거니까. 그렇지?"

"하지만 그의 의도는…… 아주 훌륭했는데……."

"정말 테러리스트였니? 넌 확실하게 알고 있었지?"

"그는 자기 아이들 이름을 걸고…… 아니라고…… 맹세했어. 하지만 나는…… 그가 불가피하게…… 어쩔 수 없이 무장 그룹과…… 접촉을 해야만 했다고 생각해…… 그리고……."

"너무 무리하지 마. 건강에 해로울 수도 있어."

"엄마 말에 의하면, 그가…… 경찰에 저항했대. 그렇게 하지만 않았어도…… 죽지는 않았을 텐데……."

"……."

"엄마가 그러는데, 신문에는 그가…… 무장했다고 쓰여 있었대. 하지만 누군가를 풍비박산 내려고 하면……."

"그래, 그는 무장하지 않고 있었을 가능성도 있어. 하지만 그가 만나기로 했던 사람들은 분명히 무장하고 있었을 거야."

"관리실…… 사람들이 내 아파트에 관해…… 이웃들에게 물어보았대. 하지만 아무도 아무 소리도 들은 적이…… 그날 밤까지 발소리나…… 목소리조차 들은 적이…… 그는 아르헨티나에 도착하자마자…… 몸을 숨길 필요가 있는지 없는지…… 알려 줄 사람이 있다고 내게 말했어……. 분명히 그 사람은 숨어야만 한다고 말했을 거야…… 그가 어디로 몸을 숨길지 몰라 막막해하던 순간에…… 그 장소가 생각났을 거야."

"네가 이곳으로 온 후에도 그가 그곳에 있었던 적이 있니?"

"어디…… 베아트리스, 어디 말이야?"

"아파트에 말이야."

"아니…… 내가 아는 한…… 없었어. 하지만 지금은 모든 게…… 있을 수 있는 일이라고…… 아니야, 절대 아니야, 베아트리스…… 그에게 무슨 일이 일어났는지…… 이제야 확실히 알 것 같아."

"그래, 넌 무슨 일이 일어났는지 감을 잡았을 거야, 무슨 일이 일어났는지. 너는 개인적이지만 거의 확신에 가까운 감을 잡았을 거야."

"아니야…… 머리가 너무 복잡한 것 같아……."

"……."

"난…… 그가 무장하고 있었고…… 그래서 죽었다는 사실만 알아도…… 괜찮을 것 같아……. 정말로 그랬다면…… 그 스스로…… 죽음을 찾은 거니까……. 하지만 그가 점잖고…… 정치범들을 변호했기 때문에 죽어야 했다면…… 난 미칠 것 같아."

"무슨 말인지 알겠어."

"하지만 한편으로는…… 신문에서 말하는 것처럼…… 그를 테러리스트로…… 기억하고 싶지 않아. 난 그가 내게 말했던…… 그대로였기를 바라."

"……."

"하지만 이런 경우라면…… 아무런 이유도 없이…… 그를 죽였다는 말이 되겠지……. 그는 희생정신이 투철해, 그러니……."

"아니타, 넌 그 사람을 잘 알고 있었어. 그러니 어떤 식으로든 알고 있을 거야."

"……."

"내 말은 실제로 어땠는지, 아주 심오한 직감 같은 게 느껴졌을 거란 말이야."

"베아트리스, 난 잘 모르겠어……. 내가 보기에 난…… 모든 사람에 관해 내 마음대로…… 생각하는 것 같아……. 그래서 조금 심각하게 생각하려고 하면…… 할 수가 없어."

"이 사건이 일어난 지 얼마 되지 않아서 아직 그 충격이 가시지 않았기 때문일 거야. 그래서 지금 당장은 분명히 보이지 않을 거라는 생각이 들어."

"잘 모르겠어……."

"……."

"그 나라가 그렇게 산산조각 나다니…… 불쌍한 포지…… 그렇게 열심히 노력하고…… 그렇게 열심히 공부하면서 일하다가…… 그렇게 허무하게 죽다니."

"……."

"베아트리스, 넌 잘 모를 거야. 대부분의 아르헨티나 사람들이…… 어떤지 말이야. 얼마나 열심히 노력하고, 얼마나 큰 소망을 갖고 있는지……. 그곳 사람들은…… 신문과 책을 하나도 빠짐없이 다 읽어…… 특히 정치 서적과 정치면은……. 그래서 모든 걸 다 알고 있어…… 다 큰 후에도…… 그러니까 서른 살이 넘어도…… 계속 공부하면서 일하고, 또 공부하고…….”

“…….”

“그 사람들은…… 저개발 국가에서 하루빨리 벗어나고자 하는…… 초조함 같은 게 있어…… 바로 그래서 모든 게 잘못되는 거야.”

“아니다, 사회 구조를 바꾸기는 아주 어려워.”

“하지만 많이 노력하면…… 응당 그 결과로…… 보답을 받아야 하는데…… 하지만…… 지금 일어나는 일은…….”

“…….”

“그곳에는 직장을 두 군데나…… 다니는 사람들이 아주 많아……. 아침 일찍 집에서 나와…… 조금 더 잘살아 보겠다는 일념으로…… 하루 종일 일하지만…… 모두 허사야.”

“네 친구도 그랬겠지?”

“그래…… 그는 무역 관련…… 로펌에서 일하면서…… 가족을 부양했어. 그다음엔…… 힘 닿는 데까지 정치범들을 변호했어.”

“아주 훌륭한 사람이구나.”

“그리고 공부도 했어…… 세상 사람들이 다시…… 발견하고 있는 것에 호기심이…… 많았어.”

“그건 이미 말했어.”

“하지만 그 어떤 면에서는…… 같지만…….”

“그래, 말해 봐.”

“그 어떤 면에서…… 그만 그가 실수했던 거야.”

"……"

"……아니면 그렇지 않았을까?"

"……"

"하지만 그게…… 실수였더라도, 그건…… 단 한 번뿐인데…… 한 번의 실수 때문에…… 모든 걸 망쳤어."

"……"

"어떻게 죽는 게 더 의미가 있을까? 나처럼…… 죽는 게 더 나을까, 아니면…… 그 사람처럼 죽는 게 더 나을까?"

"그런 소리 하지 마."

"……내 조국을 위해…… 난 무얼 할 수 있을까? ……이렇게 멀리…… 떨어져 있는데……."

"아니타, 그런 식으로 자책하면 건강에 안 좋아. 시간이 지나면 그가 과연 무슨 일을 하고 있었는지 알려질 거야. 그럼 좀 더 정확한 근거를 바탕으로 그를 평가할 수 있을 거야."

"그렇게 생각하니?"

"응, 내 말이 맞다는 걸 알게 될 거야……."

"난 그를 나쁜 사람으로…… 기억하고 싶지 않아. 물론 나한테는…… 잔인하게 굴었지만 말이야. 그러나 내 상태가 나쁘다는 것이…… 내가 그의 계획을 돕도록…… 그가 꾸며 낸 것이라고…… 생각하면서 조금 용서해 주었는데……."

"……"

"하지만 그건 사실이었어……."

"그런 식으로 생각할 필요는 없어. 네 병은……."

"오늘 엄마와…… 전화하면서…… 엄마는 아무런 의도 없이…… 그 사실을 확인해 주었어……. 난 엄마에게 첫 번째 수술 때문에…… 걱정할 필요는 없고…… 아직 아무런 결과도…… 나오지 않았다고 말했어…… 수술이 아니라…… 그냥 배만 갈라 본 거라고…… 말했어. 수술할 조건이…… 되지 않아서 말이야."

"……."

"그러자 불쌍한 엄마는…… 그렇지 않다고 말하지 않았어…… 나한테 이미 알고 있었다면서…… 놀라지 말라고…… 했어. 그런데…… 아주 힘들게 그 말을 하고…… 있다는 걸 알 수 있었어…… 내가 엄마의 괴로움을…… 눈치 채지 못하게 말이야……. 게다가…… 이곳으로 오게 해달라고…… 애원하는 걸 듣고는……."

"……."

"하지만 난…… 엄마가 오는 걸 원치 않았어……. 클라라나 잘 보살펴 달라고…… 핑계를 댔어. 그리고 정말로 위험해지면 그때 다시 전화하겠다고…… 약속했어……."

"클라라에 대해 무슨 얘기라도 하던?"

"응, 아주 잘 지내고 있고, 키도…… 많이 컸다고 했어."

"……."

"계속해서 비가 구질구질하게 내려……."

"클라라가 이곳으로 오길 바라지 않니?"

"베아트리스…… 언제쯤 이 비가 그칠까? 아주 지긋지긋해."

"이달 초에 이미 그쳤어야만 했어."

"……."

"내가 차를 몰고 여기로 올 때는 다행히 비가 많이 내리지 않았어."

"이 장마철…… 너무 길어……."

"전에는 이렇지 않았어, 아니다. 조금 늦게 장마가 시작됐지. 한 6월 말쯤에 시작해서 9월이면 끝났어."

"……."

"벌써 10월인데…… 아직도 비가 내려."

"……."

"전에는 이렇지 않았어. 오후에만 잠시 비가 내리고, 나머지 시간에는 괜찮았어. 그런데 지금은 아침나절부터 비가 내리기 시작해."

"다행히…… 비가 내리는 이 두 달 동안…… 침대에 있으면서 무사히 보냈어."

"아니타, 이곳 기후가 바뀌었다는 거 알고 있지? 전에는 지금보다 따뜻했어. 전에는 비가 그리 오래 내리지 않았거든."

"……."

"집으로 돌아가는 길이 몹시 막힐 거야."

"……."

"하지만 두 주만 더 지나면 결국 장마철이 끝날 거라고 생각해."

"그때쯤…… 내 몸이 좋아지면 얼마나 좋을까."

"아무리 늦어도 두 주만 지나면, 매일 비가 내리지는 않을 거야.

그리고 빗줄기도 약해질 거야."

"베아트리스…… 엄마가 소식을 전해 준…… 그 순간……."

"……."

"정말로 믿을 수가 없었어…… 그런데 난 포지가…… 죽었다는 그 뉴스가 반가웠어……."

"……."

"그가 죽었다는 소식에…… 난 거의 웃을 뻔했어. 우선 그가……."

"……."

"그런 건 흔히 일어나는 일일 거야. 사람들은…… 다른 사람들의 불행을 보면…… 즐거워하잖아. 하지만…… 그건 순간에 불과한 거고…… 그 후에는 슬픔을…… 느끼지."

"……."

"왜 우리는 아무 의미도 없는 것을…… 느끼는 것일까?"

"아니타, 잘 모르겠어."

"우선 가장 즉각적인…… 반응은 자기가 아닌 다른 사람에게 그런 일이…… 일어났다는 사실이 즐거운 것이고……."

"그가 네게 한 마지막 행동으로 보아 웃음이 나온 건 당연한 일이야. 그런 반응을 보이는 건 지극히 인간적인 거야."

"당연하다고?"

"그래, 아니타. 그리고 인간적인 거야."

"난 내가 그런 식으로…… 반응했다는 게 몹시 창피해……."

15

살인 혐의로 피소된 W218에 대한 재판은 특별히 많은 사람들의 관심을 불러일으키지는 못했다. 재판이 진행되던 법정의 관중석은 거의 텅 비어 있었다. 평결권을 지닌 배심원들은 모두 남자였다. 그녀는 배심원들이 나오기를 기다리고 있었다. 그녀의 기소 혐의는 살인이었지만, 자기 방어나 순간적인 정신 착란처럼 정상을 참작할 만한 요소들도 있었다. 그러나 그런 사실을 알고 있는 사람은 가해자인 그녀와 지금 우르비스 병원에서 생사를 헤매고 있는 피해자뿐이었다. 가해자는 배심원들이 입장하는 것을 보았고, 곧 배심원 대표가 판사에게 봉투를 제출하는 것도 볼 수 있었다. 마치 갑자기 기억이 되살아난 듯 피고인은 사건의 모든 전말을 기억해 냈고, 마지막으로 자기 양심을 되돌아보았다.

"저는 제 동포인 LKJS를 죽이려고 했습니다. 하지만 제가 왜 죽이려고 했는지 그 이유는 절대로 밝히지 않겠습니다. 이 세상에 정의가 존재한다면 저를 석방할 것이고, 그 반대의 경우라면 최근에 발견된 박테리아처럼 현미경 아래서 실험 대상이 되는 것보다는 차라리 감옥에 가고 싶습니다. 제가 이 살인에서 배운 점이 있다면, 그것은 무엇보다도 제 명예가 우선되어야 한다는 것이었습니다. 제 명예는…… 비록 제 자신조차도 이 말이 의미하는 바를 잘 알고 있지는 못하지만 말입니다. 제 원룸 아파트에서 그토록 무기력해진 그를 보는 것은 정말 이상한 일이었습니다. 저는 푸른 튜브의 효과로 그가 잠시 실신한 틈을 이용해, 그를 의자에 앉힌 뒤 재갈을 물리고 손과 발을 묶었습니다. 제 의도는 그의 생각을 들려주는 목소리를 듣기 위해서였습니다. 그는 그 목소리를 잠재울 수 없었습니다……. '난 이 여자에게 실수를 저질렀어. 난 이 여자를 머리가 텅 비어 있는 속물이라고 생각했어. 하지만 난 소스라치게 놀랐어. 왜 내가 그렇게 생각했을까? 혹시 내가 가슴 깊은 곳에서 나를 사랑하는 사람을 경멸했기 때문일까? 그건 내가 좋은 대접을 받을 만한 가치가 없다는 걸 의미해. 난 그런 나를 경멸해. 그리고 나의 형편없는 처신에 대해 벌을 받고 싶어. 그녀는 나를 사랑했어. 그래, 내 눈의 가짜 초록빛을 빼놓고는 정말로 나를 사랑했어. 그 눈이 그녀로 하여금 나를 사랑하게 만든 것이었어. 또 나는 여러 계략도 사용했어. 하지만 그런 건 전혀 중요하지 않아. 어쨌든 나를 사랑한다는 이유만으로 나는 그녀를 미워했어. 그래, 그녀는 언젠가 내 희생정신은 거의 병적이라고 말했어. 반면에 그녀는 잘 대해 주면 아주 호의적으로 반응해. 그래, 여기 중요한 점이 있어. 그녀는 남을 의심하지 않아. 항상 사람들에게서 좋은 점만을 보고자 해. 이것은 심오한 민주적 감정을 지니고 있다는 것을 의미하지. 그녀는 다른 사람들이 자기 아래에 있길 원치 않았어. 아니, 그 반대로 그녀는 평등을 실천하면서 즐거워해. 하지만 그녀를 속이고 있다는 사실을 깨닫지 못하게 해야 해. 그걸 안다면 그녀는 화가 치밀고 피가 끓어오를 테니까. 그런 최고의 본보기는 의자에 묶여 우스꽝스러운 인형처럼 되어 버린 지금의 내 신세일 거야. 그녀가 나를 어떻게 할지는 아무도 몰라……. 그녀의 생각을 읽을 수만 있다면 얼마나 좋을까! 그녀가 나의 속임수를 어떻게 알았는지 나는 모르고 있어. 난 그걸 바보처럼 콘택트렌즈에 주의를 기울이지 않은 탓으로 돌리고 싶어. 만일 시곗바늘을 뒤로 돌릴 수만 있다면, 모든 것을 제때에 고백할 수 있을 것이고, 그러면 그녀는 날 용서할 텐데. 내 공격을 멈추지 않은 채, 그리고 우리의 쾌락이 주는 끊이지 않는 폭포에 흠뻑 젖은 채, 나는 모든 걸 고백할 수 있을 것이고, 그러면 그녀도 신음 소리를 멈추지 않은 채 날 용서할 텐데. 하지만 이제는 너무 늦었어. 이제 그녀는 내 마음속에 일고 있는 이런 붕괴를 알 수 없어. 그녀가 내 생각을 읽을 수만 있다면, 어느 먼 훗날 내가 그녀를 존경했고 사랑했다는 사실을 알게 될 거야. 하지만 그렇게 되려면 수많은 세월이 지나야 해. 그리고 그런 사실은 그녀에게 위안이 되지도 않을 거야…….' 그의 마지막 말이 제가 갑자기 돌진하게 만든 원인이었습니다. 저는 그대로 있을 수가 없어서 칼을 찾으려고 달려갔습니다. 그러고는…… 숨을 헐떡이면서 안절부절못한 채 그를 묶고 있던 줄을 끊었습니다. 그러고는 카펫 위에 칼을 떨어뜨렸습니다. 하지만 그것은 너무 충동적이고 바보 같은 행동이었습니다. 저는 이렇게 하면 우리가 서로 진

356

정으로 사랑하는 이야기를 시작할 수 있으리라 생각했습니다. 그러나 불행하게도 그때 제가 그의 마음을 읽었고, 그것은 제 마지막 환상까지 빼앗아 버렸습니다. 그렇습니다. 이제는 그것이 불과 몇 초도 되지 않는 아주 짧은 순간의 환상이었으며, 동시에 제 인생의 마지막 환상이었다는 사실을 알고 있습니다. 그는 완전히 자유를 되찾지 못했지만, 그의 영혼은 당연한 말을 소리쳐 외쳤습니다. '난 내 조국과 아이들을 배반할 수 없어. 난 빨리 이곳에서 빠져나가야 해.' 하지만 그는 도망치지 못했고, 도망갈 수도 없었습니다. 그가 옷 속에 감추어 두었던 무기를 손에 쥐려고 호랑이처럼 날렵하게 뛰었지만, 저는 계속해서 그를 이길 수 있는 결정적인 무기를 가지고 있었습니다. 제 발밑에는 칼이 있었고, 그가 제 얼굴을 다시 쳐다보기도 전에 저는 그의 등에 이 빠진 칼을 찔렀던 것입니다. 분노 때문이었을까요? 아니면 자기 방어였을까요? 그것도 아니면 순간적인 정신 착란이었을까요? 나라는 여자의 마음이란 얼마나 이해하기 힘든지……."

이미 배심원들은 모두 자리에 앉아 있었다. 판사가 불필요하게 봉투를 바스락거리면서 열었다. 그러고는 피고인에게 자리에서 일어나라고 말했다. 피고인은 아래를 내려다보았고, 판사의 근엄한 백발 아래에 똬리를 틀고 있을지도 모르는 더러운 생각들을 받아들이지 않았다. W218은 판결에 놀라지 않았다. 그녀는 종신형을 선고받았다. 하지만 판사는 일반 감옥에서 형기를 채우는 대신, 자원 봉사자로 일할 수 있도록 멀리 떨어진 '영원한 얼음'의 병원으로 이송시켜 달라는 그녀의 청원을 수락했다. 배심원들의 의지가 무엇인지 모두 읽자, 판사의 인정미 없는 목소리가 교만하게 울려 퍼졌다. 판사는 피고에게 고개를 들라고 했다. 하지만 피고는 듣는 것만으로도 충분하다면서 고개 들기를 거부했다. 그러자 판사의 목소리가 바뀌었다. 갑자기 쉰 목소리로 동정을 드러내며 말했다. "하느님의 딸이여, 그대의 청이 하도 이상해서 묻고 싶소. 그대는 황량한 '영원한 얼음' 지역에서 그대를 기다리는 것이 무엇인지 정말로 알고 있소? 그곳에는 사회와 자연으로부터 영원히 저주받은 사람들만 수감되어 있소. 그건 아주 위험한 정치범이나 전염성 높은 전염병 환자들만 있다는 뜻이오. 그대가 제안하는 것은 바로 전염병 환자들의 병동에서 시민의 의무를 계속 수행하겠다는 것이오. 하지만 나는 이런 질문을 하고 싶소. 불쌍한 여인이여, 그렇게 되면 그대는 조만간 죽을지도 모른다는 사실을 알고 있소?" W218은 바닥에서 눈을 떼지 않은 채 모기만 한 목소리로 "예"라고 대답했다.

기차역에는 아주 삼엄한 경계가 펼쳐지고 있었다. 그날 아침에는 우르비스의 겨울 소나기가 그칠 줄 모르고 내렸다. 대기실 중 하나는 일반인의 통행이 금지되어 있었다. 그 대기실 한쪽 구석에 W218은 두 사람의 감시를 받으며 힘없이 앉아 있었다. 그녀만이 유일한 죄수였다. 그때 군인들의 걸음 소리가 들렸다. 그러더니 그곳으로 수많은 경비원들에게 포위되어 정치범들이 들어왔다. 그들 역시 '영원한 얼음'의 나라로 가는 사람들이었다. 그들은 모두 나이가 제각기 다른 남자들이었지만, 모두 동일한 시선을 띠고 있었다. 즉, 희망이 전혀 없는 눈이었고, 그런 눈은 말라비틀어진 나무와 같은 색을 띠고 있었다. 그들 중 어떤 사람은 과거에는 초록색 눈이었을지 모르지만, 지금은 우르비스 지역의 황폐해진 토양과 동일한 색깔을 띠고 있었다. 우르비스에서는 모든 게 짙은 회색처럼 보였고, 모든 게 시멘트나 돌투성이 바닥이나 서리를 맞아 메말라 버린 오래된 나무 기둥에서 나온 것처럼 보였다.

경비원 중 하나가 파란색 렌즈의 고글을 나누어 주기 시작했다. 그리고 다른 한 명은 죄수들에게 다음 날 아침에는 얼어붙은 지역으로 들어갈 것이며, 그달에는 모든 것이 눈부실 정도로 흰색이기 때문에 고글을 쓰지 않고는 경치를 바라볼 수 없을 것이고, 그달이 지나면 나머지 기간은 모두 밤일 것이라고 설명했다. 한 달은 푸른색이고 열한 달은 검은색이라는 것이었다. 고글을 나누어 주던 경비원은 하나가 남았다는 것을 알았다. 그때서야 비로소 그것이 다른 죄수에게 할당된 것이라는 사실을 기억했다. 그 고글의 주인이 누구인지는 대충 훑어보아도 한눈에 구별해 낼 수 있었다. 두 명의 매정한 경비원에 가려 반쯤만 모습을 드러내고 있던 그녀였다. 경비원은 W218에게 오기 위해 대기실을 가로질렀다. 그러자 두꺼운 나무판자로 만들어진 바닥이 그의 군화 아래서 삐걱거렸다. 모든 사람들이 그 경비원이 가는 길을 지켜보고 있었다. 죄수들은 모두 암컷을 발견한 수말처럼 흥분했다. 그녀는 머리를 아주 짧게 자르고, 눈은 고통으로 움푹 패어 있었지만, 죄수 중의 한 사람이었던 LKJS는 즉시 그녀를 알아보았다. 죄수들은 온갖 제스처와 음탕한 말로 추파를 던지기 시작했다. 경비원들은 껄껄거리고 웃으면서 그런 야만적인 행위를 부추겼다. 죄수들 중에서 가장 나이 많은 사람이 경비원의 귀에 대고, 죄수들에게 마지막으로 육체와의 안녕을 고할 수 있도록 허락해 준다면 대단히 멋질 것이라고 속삭였다. 그러면서 기차가 출발하려면 한 시간 정도 남았으니, 질서 유지를 책임진 사람들을 포함해 한 사람씩 그 계집애와 즐길 수 있을 것이라고 말했다. 경비원은 안 된다고 했지만, 그 대답은 그리 단호하지 않았다. 그런 후 경비원은 자기 옆에 있던 동료 경비원을 쳐다보더니 추위로 갈라진 입술 사이로 미소를 지었다. 그러고는 잽싸게 생각한 후, 자기 바지의 지퍼로 손을 가져가며 큰 목소리로 동료에게 파렴치한 제안을 했다.

LKJS는 그 말을 들었고, 즉시 무릎을 꿇고 머리를 푹 숙인 채 흐느껴 울기 시작했다. 그때까지 죄수들의 아우성 소리가 갈수록 커졌기 때문에, 그의 신음 소리는 들리지 않았다. 아우성을 치던 한 사람이 LKJS 옆에 머리를 숙이고는, 도저히 이해할 수 없는 짓을 하고 있던 그 남자의 의도를 알아보려고 했다. 울고 있는 남자라? 그는 다른 정치범 한 사람에게 신호를 보내고는 입을 다물었다. 그러자 무례한 아우성 소리가 서서히 줄어들었고, 이제 대합실 안은 후회로 가득한 남자의 울음소리만 울려 퍼졌다. 그때까지만 해도 정치범 무리들을 쳐다보지도 못하고 있던 그녀는 마침내 고개를 숙인 그 남자가 누구인지 알아보았다. 한 경비원이 그 죄수의 팔을 잡고서 정중하게 일어나라고 했다. 하지만 그는 팔을 물리치더니, 그녀를 향해 눈을 들고는 무릎을 꿇은 채 조용히 기도를 이어 갔다.

W218은 그에게서 가장 멀리 떨어진 사람이었지만, 오직 그녀

만이 그의 기도를 들을 수 있었다. '난 당신에게 용서해 달라고 말할 용기가 없었습니다. 난 그럴 자격이 없는 놈이라는 걸 너무나 잘 알고 있습니다. 지금 난 이 순간, 약간만이라도 제정신을 차리게 해달라고 부탁합니다. 저 불쌍한 여자에게 한마디 말이라도 할 수 있다면…… 저 여인의 짐을 덜 수 있을 겁니다. 나는 내 목숨이 다하는 날까지 이 형벌을 달게 받을 것입니다. 그러나 착하디 착한 그녀는 이런 사실을 안다고 해도 위안을 받지 못할 것입니다. 게다가 내 인생이 끝났다면, 그것은 내가 원했기 때문입니다. 하지만 그녀는 운명의 희생자입니다. 내가 이 괴로운 마음에서 어떤 말을 해야, 그녀가 내 죄를 하나라도 잊게 만들 수 있겠습니까? 내 후회 말고 내가 어떤 것을 그녀에게 줄 수 있겠습니까? 내가 당국에 그녀를 고발하지 않았다는 것은 틀림없는 사실입니다. 그리고 나는 그녀가 지닌 초인간적인 힘에 대해서도 아무 말 하지 않았습니다. 하지만 그것은 내 조국을 전체 스파이망에 연루시키지 않게 하기 위해서였습니다. 내가 나 자신을 희생한 것은 상관들의 명령에 따른 것이지 그녀를 위해서가 아니었습니다. 다른 게 아니라 바로 그런 이유로, 나는 뜨거운 사랑의 드라마를 연출하는 것처럼 가장했던 것입니다. 나는 유혹에 빠진 그녀를 경멸했고, 그래서 여자를 쫓아다니는 여행자 돈 후안처럼 폭력을 사용했던 것입니다. 이 현대 사회에는 더 이상 경멸과 폭력이 존재하지 않습니다. 바로 그런 이유로 나는 저 불쌍한 여인이자 희생자에게 커다란 빚을 지고 있습니다. 그녀를 희생의 길로 이끈 것 외에 내가 그녀를 위해 한 일은 하나도 없습니다. 단 한마디, 아주 정확하고 달콤한 한마디만이라도 떠올릴 수 있다면 좋으련만……. 그 말은 우리 사이에 할 수 있는 마지막 말이 될 것이기 때문입니다. 나는 그녀에게 거짓말을 할 수 없습니다. 난 그 누구보다 그녀를 사랑했다고 말할 수는 없습니다. 그것은 내 아내와 아이들과 조국을 더 사랑하기 때문입니다. 하지만 그녀에게서 나는 다른 걸 느낍니다. 그것은 그녀와 나를 더욱 모독하는 감정입니다. 그것은 바로…… 유감이란 단어로 표현될 수 있습니다. 그녀가 이런 식으로 왜소해진 모습을 보니 한없이 가슴이 아픕니다. 또 그녀가 이미 고통받았다는 것을 알게 되니 가슴이 에입니다. 그녀를 기다리고 있을 것이 무엇인지 생각하면 가슴이 찢어집니다. 그녀가 밤낮으로 받을 고통을 생각하면 칼날로 내 등을 찌른 것과 마구 때려서 나를 숨 막히게 하고 완전히 피투성이로 만들어 버린 장면이 다시 떠오릅니다. 하지만 지금의 나는 예전의 내가 아닙니다. 나는 변했습니다. 하지만 그녀가 죽을 때까지 영원한 형벌에 처해졌다는 사실을 알게 되어 몹시 괴롭습니다. 예전에는 다른 사람들이 고통받는 것을 알면 안도했지만, 지금은 더 이상 그렇지 않습니다. 내 마음은 바뀌었습니다. 나는 그 누구 위에 군림하고 싶지도 않고, 사람들에게 더 이상 나쁜 짓도 하고 싶지 않습니다. 나는 아무도 착취하고 싶지 않고, 그 누구보다 잘난 사람이 되고 싶지도 않습니다. 이것은 그녀가 내게 아주 이상한 방법으로 가르쳐 준 것들입니다. 바로 그녀가 나를 바뀌게 만든 사람입니다. 하지만 이런 걸 말하더라도…… 그녀는 내 말을 믿지 않을……."

그의 흐느낌은 작아졌지만, 그가 맹수를 길들이는 데 성공했던 예전과 같은 의식을 갖고 있는지, 아니면 그런 의식이 바뀌었는지는 전혀 알 길이 없었다. W218은 애원하는 눈길로 자기를 지키고 있던 두 명의 경호원을 쳐다보았다. 두 사람은 알았다는 뜻으로 고개를 끄덕였다. 그녀는 무릎을 꿇고 있던 그에게 다가가, 이마를 어루만지고 눈물을 닦아 주었다. 그러고는 귀에다 몇 마디 속삭였다. 그 말 속에서 그녀는 그를 전적으로 믿고 있지 않았다. "당신을 탓하고 싶지는 않아요. 우리는 우리보다 더 힘센 상급 기관의 장난감에 불과했어요. 당신이 그런 인정사정없는 명령에 책임질 필요는 없어요. 당신은 어쩔 수 없이 그들의 말에 복종해야만 했으니까……." 그러고 나서 덧붙였다. 이번에는 아주 확신에 찬 어조였다. "어쨌든 당신을 내 인생에서 가장 행복했던 시간의 한 부분으로 기억하고 있어요. 내가 일하면서 이상적인 남성상을 기다리고 있을 때의 남자로 말이에요. 그리고 만일 내가 당신 마음속에서 무언가를 바꿀 수 있었고, 또 내가 당신에게 그 중요한 무언가를 주었다고 당신이 믿는다면……." 그녀는 그 말을 마칠 수 없었다. 경호원들이 장내 질서를 되찾기로 마음먹으면서, 마지막으로 만난 그 커플을 떼어 놓았기 때문이었다.

방탄 열차는 밤 같지도 않은 밤을 좇아 눈을 헤치며 나아갔다. 앞으로 나아갈수록 밤이 깊어지기는커녕, 정반대로 흰 광채가 무정하게도 늘어만 가고 있었다. W218은 철도 수송 전문가인 여자 교도관을 믿었고, 그래서 더 이상 다른 칸에 빽빽이 들어찬 죄수들의 공격을 겁낼 필요가 없었다. 그들은 한밤중에 고글을 쓰라는 명령을 받았는데, 고글을 쓰자 모든 것이 파랗게 보였다. 그 색은 우르비스에 남아 정치 투쟁을 벌이다가 시체 검시장의 대리석 위에 펼쳐진 동료들의 피부색 같았다. 여행을 시작한 지 스물네 시간이 조금 지나자, 수용 열차는 파란색의 벌판에 멈추었다. 눈에 보이는 것은 단지 내려가는 길만 있는 플랫폼뿐이었다. 역사의 나머지 부분이 모두 지하에 있기 때문이었다. 같은 이유로 그곳에서 몇 킬로미터밖에 떨어져 있지 않은 감옥도 볼 수 없었다. 죄수들이 줄을 지어 경비원들의 삼엄한 경계를 받으며 플랫폼으로 내려갔다.

남자들은 자기들이 타고 왔던 파란 열차를 쳐다보았다. 열차는 이제 출발하고 있었다. W218은 조그만 창문 뒤로 손을 흔들었다. 여교도관이 몰아치고 있던 추위 때문에 창문을 열지 못하게 했기 때문이었다. 플랫폼에 있는 죄수들은 빵모자에 외투를 입은 까닭에 모두 똑같아 보였다. 몇몇 죄수들은 멀리서 열차 안에 있던 그녀를 쳐다보고 장갑을 껴 두꺼워진 손을 흔들며 인사했다. 그들 중 한 명이 자기의 사랑을 표시하려는 것처럼 손을 가슴에 갖다 댔다. 그 모습을 보자 W218은 그 사람이 자기가 알고 있는 사람일 것이라고 생각했다. 그녀는 그 사람을 친구니 애인이니 아니면 내 사랑이라고 부를 엄두를 내지 못했다. 하지만 왜 그 사람이 정치범들 안에 있는 것일까? 일반 죄수로 선고받지 않았던가? 그러자 W218은 그에게 일어났던 일을 결코 확실하게 알 수 없을 것이라는 사실을 깨달았다. 파랗게 보이던 남자들은 거리가 멀어지면서 더욱 작아 보였다. 여교도관이 그런 그녀를 가엾게 여긴 듯 창문을 내려 그녀가 고개를 내밀고 쳐다볼 수 있게 해주었다. 이제 남자들은 감청색의 조그만 점처럼 보였다. 그리고 한 순간 거대하고 희미한 파란빛 속으로 사라져 버렸다. 그게 어떤 파란색이었을까? W218은 죽은 사람들이 지닌 피부의 푸른색을 생각하지 않았다. 그걸 허락할 수도 없었다. 그랬다면 그녀의 마음이 더 이상의 고통을 참아 낼 수 없을 것 같았기 때문이었다. 깊은 숨을 내쉬고는 머리를 편안한 것, 그러니까 푹신푹신한 머리 받침에 기댔다. 그때 우르비스의 몇몇 어린아이들의 눈 색깔도 바로 그런 파란색이었다고 결정해 버렸다. 그리고 오랜만에 처음으로 가장 달콤하고 사랑스러웠던 어린 시절의 싱싱한 수국(水菊)을 떠올렸다. 그러자 마침내 알지 못하는 그녀의 어머니가 언젠가 요람에서 그녀를 들어 올려 무릎에서 재워 주었다는 생각이 떠올랐다. 그녀의 어머니는 바로 똑같은 색조의 파란 옷을 입고 있었다.

　전염병 환자 병원 경영진은 W218이 도착하자 여러 중대한 문제와 맞부딪쳐야 했다. 무기형을 선고받은 여죄수가 출현했을 뿐만 아니라, 그녀가 특별 서비스를 담당했던 옛 복무병이었고, 게다가 환자들과 최전선에서 직접 접촉해야 했기 때문에, 병원 경영진은 아주 신중하면서도 보기 드문 조치를 취해야만 했다. 무엇보다도 그들은 W218이 죄수라는 사실을 숨기기로 결정한 후, 그녀를 간호사로 취급하기로 했다. 그 병원은 빙원 한가운데 고립되어 있었기 때문에, 힘들게 감시할 필요도 없었고, 또한 그녀가 도주할 위험도 전혀 없었기 때문이었다. 그리고 환자와의 만남에 대해서도 경영진은 직원들에게 실험적 성격을 띠고 있다고 통지했다. 마지막으로, 경영진은 수혜를 받은 환자들에게 W218은 특별한 방법으로 예방 접종을 했기 때문에, 그녀에게 죄책감을 느껴선 안 된다는 지시를 내렸다. 하지만 그런 예방 주사는 존재하지 않았다.

그 외에도 골치 아팠던 것은 W218의 건강 상태가 좋지 않았다는 사실이었다. 그래서 그녀가 활동을 개시하기 전, 3주에 걸쳐 완전히 휴식을 취하라는 명령이 내려졌다. 그녀의 방은 병원 건물과 마찬가지로 지하에 있었다. 1년 중 단 한 달만 비추는 태양은 모든 생태학적 계산에서 빠져 있었다. 음식을 배불리 먹고 푹 휴식을 취하자, W218은 곧바로 기운을 되찾았다. 그리고 강제로 얻은 휴가가 끝나기 한 시간 전에 그녀는 땅 위로 나가게 해달라고 부탁했다. 밤낮으로 햇빛만 비추던 달은 이미 지나가 있었다. 그래서 북극의 어두컴컴한 날들이 어떤지 보고 싶었던 것이다. 그녀는 자기가 알지 못하는 그런 풍경을 본다고 생각하자, 온몸이 오싹할 정도의 공포를 느꼈지만, 공포보다는 호기심이 훨씬 강했다. 간호사 한 명이 그녀를 동행했다. 그들은 긴 복도를 지나 하나 이상의 엘리베이터를 타야만 했다. 간호사는 그녀를 동료처럼 친절하게 대해 주었다. 그러고는 3년간 보냈던 수용소에서의 경험을 들려주며, 1년만 더 지나면 자기는 다른 곳으로 가게 될 것이라는 말도 덧붙였다. '영원한 얼음' 지역에서 1년만 체류하면 보통 지역보다 다섯 배 정도는 더 벌 수 있는데, 그렇게 힘들게 저축한 돈은 자식들 교육에 쓰려고 하며, 자기는 지난 3년 동안 아이들을 거의 만나지 못했지만 그런 희생이 헛되지는 않았다고도 말해 주었다. 그리고 그녀의 남편은 사고를 당해 정상적으로 일을 할 수가 없으며, 그래서 그가 가정을 책임지고 돌보고 있다고 이야기했다. 마지막으로, 그 사고로 인해 아이들과의 관계보다 남편과의 관계가 더욱더 하나로 결속되었다고 말하면서, 가족을 만나려면 얼마나 남았는지 그 나날들을 세고 있었다. W218은 아무 말도 하지 않았다. 그때 W218은 그 간호사는 그녀의 말이 어떤 반향을 일으킬지에 대해 전혀 생각하지 못하고 있다는 사실을 알았다.

마침내 그들은 대지의 표면에 도착했다. 낮은 그녀가 상상했던 것처럼 아주 캄캄한 갱도 같지는 않았다. 낮은 어둑어둑하긴 했지만 아침 열시라 그런지 별들이 빛나고 있었다. 그리고 그 별빛 때문에 그 지역을 덮고 있던 얼음 표면은 희미한 형광색을 띠고 있었다. 간호사는 보름달이 뜨면 그 푸른빛이 더욱 짙어지는데, 아마 2주 정도만 있으면 그런 현상을 볼 수 있을 것이라고 설명했다.

첫 번째 약속 장소는 가구라고 해봐야 기껏해야 침대와 나이트 테이블, 그리고 세면기만 있어서, 여느 방과 전혀 다를 바 없는 곳이었다. W218은 곧 첫 환자가 그곳으로 들어올 것이라는 생각에, 우르비스에서 복무하기 시작한 첫날처럼 벌벌 떨었다. 그녀는 조수 간호사를 산책 때 함께 갔던 여인으로 해달라고 부탁했다. 그렇게 선택된 간호사가 환자와 함께 들어왔다. 그때 W218은 하나밖에 없는 전등에서 나오는 불빛이 너무 강하다고 생각했다. 그녀는 환자를 쳐다보지 않고, 간호사에게 좀 더 약한 전등으로 바꿔달라고 부탁했다. 간호사의 대답에 의하면, 불을 켜도록 지시한 것은 의사였다. 그래야만 환자가 그녀의 아름다운 몸매를 보면서 수혜를 받을 수 있기 때문이었다. 간호사는 그곳에서 나갔다. W218은 옷을 벗기 시작했다. 그리고 벗은 옷 중 하나를 전등 갓 위에 올려놓았다. 굳은살 박인 손이 그녀를 애무했다. 순간적으로 시선이 교차했고, 그것만으로도 그녀는 그 남자의 생각을 충분히 읽을 수 있었다. 그의 머릿속에는 수혜를 받은 것에 감사하는 종교적 성격의 기도로 가득했다. 그는 이렇게 부탁하면서 기도를 끝내고 있었다. '이토록 아름답고 인자한 이 여인이 내 청을 수락하고, 내가 그녀와 함께 있는 동안 그녀가 눈을 뜨게 하지 말아 주소서. 나는 그녀에게 더 이상 부탁하고 싶지 않습니다. 나는 가능하면 그녀를 도와주고 싶습니다. 그녀가 저를 처다보지 않으면, 이 모든 일을 더 쉽게 해낼 것입니다. 제가 가지고 있는 것 중에서 혐오감을 불러일으키지 않는 것은 단지 피부의 감촉뿐이기 때문입니다. 그러면 그녀가 몸이 성한 사람과 함께 있다는 생각을 할 수 있을 것이고……'

W218은 손을 뻗어 개인위생용으로 제공된 리넨 천을 집어 들고는, 그것으로 자기 눈을 가렸다. 그 남자 환자는 다정하게 뺨에 입을 맞추었다. 그리고 말 없는 그의 기도를 멈추지 않은 채 그녀 위에 누웠다. '의사가 보기 드물 정도의 멋진 여자일 것이라고 말했습니다. 하지만 난 그 말을 믿을 수 없었습니다. 지금 그녀는 내 눈앞에 있고, 그래서 나는 하느님이 내게 최고의 쾌락을 즐길 수 있도록 이 세상으로 나를 보냈다고 생각하게 되었습니다. 이 순간 나는 이 지구 상에서 가장 예쁜 여인과 함께 살고 있습니다. 그녀는 우리가 욕망할 수 있는 모든 것의 상징이며, 그동안 내 일생에

새겨졌던 어둠과 불쾌함을 모두 씻겨 줄 수 있습니다. 주님, 제게 생명을 주시고, 당신의 창조가 얼마나 고귀한지 알게 해주셔서 감사합니다…… 항상 무엇을 줄 때만 고맙다고 하는 저를 용서하십시오……. 더불어 한 가지 더 부탁하고 싶습니다. 이번에는 제게 해달라는 것이 아니라…… 이 여자를 위해 부탁하는 겁니다…… 부탁합니다. 틀림없이 불필요한 것이겠지만, 제발 그녀의 위대한 영혼을 생각해서 그녀에게 걸맞은 축복을 내려 주소서. 저를 위해서는 더 이상 아무것도 필요 없습니다. 저는 이 병에 걸린 모든 사람들처럼 곧 죽을 것이지만, 지금 제가 받고 있는 이 제물의 꿀로써 부활한 제 마음과 함께 있을 것입니다. 그래서 이 여자를 위해 기도 드립니다. 그녀를 보호하시고 그녀가 가는 힘든 길에 함께해 주시길 간절히 빕니다. 그리고 그녀에게 걸맞은 아주 고귀하고 합당한 남자를 찾을 수 있는 기회를 그녀에게 주소서. 모든 여자들은 남편을 필요로 합니다. 그러니 그녀의 남편은 그녀처럼 고귀하고 인자하며 강인해야 할 것입니다. 그래야 그녀가 마주칠 인생의 걸림돌에서 그녀를 보호할 수 있나이다. 그녀가 이상적인 여인인 것처럼 그는 이상적인…… 남자여야만 합니다. 주님, 저는 주님께 당신이 하셔야 할 일을 말하고 있습니다. 아마 주님은 그녀에게 합당한 것을 이미 주셨을지도 모릅니다. 그리고 그녀는 한 남자의 용기와 정직함과 너그러움을 필요로 하지 않을지도 모릅니다. 아마 그녀가 염원하는 이상적인 남자는…… 그녀의 마음속에 있다는 것을 그녀에게 이미 보여 주었을지도 모릅니다. 어떤 희생이라도 치를 수 있고 그런 용기를 보여 줄 수 있는 사람, 그런 사람은 바로 그녀입니다. 그녀는 어둠의 한구석에서 겸손히 있는 것에 길들어 있기 때문에, 이런 사실을 인정할 용기를 내지 않을지도 모릅니다. 하지만 그런 사람은 바로 그녀입니다.'

W218은 눈을 가리고 있었기 때문에 파트너의 생각을 읽을 수 없었다.

16

업무를 시작한 지 3개월 후, W218은 감염 조짐을 보이기 시작했다. 의사들은 전염된 지 한 달이 지나면 첫 증상이 나타날 것이라고 진단했었다. 따라서 선고받은 여인이 제공한 서비스는 숫자에 있어서 예상보다 무려 세 배나 많았다. 그리고 그녀가 제공한 서비스의 질에 관해 수혜를 입었던 환자들은 그 경험을 말하기를 거부했다. 그것은 바로 여인에 대한 깊은 존경심 때문이었다.

아프기 시작한 처음 며칠 동안 그녀는 자기 방에 감금되어 있었다. 하지만 치명적인 감염이라는 것이 의심의 여지가 없게 되자, 즉시 동일한 질병을 지닌 환자들을 수용하는 병실로 이송되었다. 왼쪽에는 산소마스크를 쓴 채 곧 숨을 거둘 나이 든 여자가 있었다. 오른쪽에는 비교적 안정적인 상태로 있던 마흔 살가량의 여자가 있었다. 이 여자는 W218이 그 병동으로 온 날 이렇게 설명했다. "나와 단둘이 이야기하는 게 좋을 거야. 그래야 왼쪽 27번 침상에서 힘들게 숨 쉬는 여자의 숨소리를 듣지 않을 테니까. 산소

마스크 아래서 그녀의 심장이 처절하게 싸우는 모습을 보면 큰 충격을 받을 거야. 저 불쌍한 여자는 죽고 싶어 하지 않거든. 난 사람이 죽어 가는 걸 수도 없이 보았어. 그래서 이제는 그런 걸 보아도 끄덕도 하지 않아. 하지만 내 말을 들어 봐. 그러면 내가 잔인하거나 매정한 사람이라고 생각되지 않을 거야. 나는 전혀 그런 사람이 아니야. 아니, 오히려 전에는 피 한 방울만 보아도 기절하는 사람이었지. 하지만 인간은 모든 상황에 길들여지게 되어 있어. 그것이 바로 인간의 특징인데, 나는 아직도 그걸 이해할 수가 없어. 아니, 내가 아무런 충격도 받지 않는 게 오히려 좋은 건지 몰라. 나는 이곳에 오랫동안 있을 것이거든. 혹시 이런 사실을 누가 설명해 주었는지 모르겠는데, 잠복기가 길어 병이 서서히 진행되는 사람은 오랫동안 살 수 있어. 그게 바로 내 경우야. 마치 병이 빠르게 진전되지 못하도록 몸 안에서 항체가 생기는 것처럼 말이야. 물론 그 병을 차단하는 것까지는 아니지만. 반면에 아주 갑작스럽고 강도 높게 전염에 노출되는 사람은 금방 죽어 버리지. 당신 왼쪽에 있는 여자처럼 말이야. 하지만 그녀 때문에 슬퍼할 필요는 없어. 제발 그런 얼굴 하지 마. 내 상태가 더욱 심각하니까. 그리고 내가 감히 말하는데, 너 역시 그럴 거야. 그것은 저 여자에게 딸이 하나 있기 때문이야……. 결론적으로 말하자면, 딸이 있다는 게 전부는 아니야. 그건 나도 딸이 하나 있기 때문이야. 내 이야기 좀 들어 봐. 나도 딸이 하나 있거든. 하지만 오래전부터 만나지 못했기 때문에 없는 거나 같아. 내가 이 병에 걸리기 몇 년 전에 보았으니까. 자, 그럼 설명해 줄게. 난 사랑에 빠져 있었어.

한 남자 때문에 가정을 버렸지. 난 가정이나 남편, 그리고 딸에게는 전혀 관심이 없었어. 아니, 난 지금 너한테 거짓말을 하고 있어. 한 남자 때문에 그런 것이 아니었어. 그건…… 여행을 하며 세상을 알고 싶고, 경제적으로 독립하고자 하는 소망 때문에 그랬던 것이었어. 난 가정과 조국을 버렸지. 내가 뉘우쳤을 때는 이미 늦어 있었지. 내 눈에서 눈물이 흘러나와도 용서해 주면 좋겠어. 내 실수를 깨달았을 때는 이미 너무 늦어 있었어. 딸은 날 기억하지도 못했고, 심지어는 나 자신에게도 딸이 너무도 낯설게 여겨져서 무슨 말을 해야 할지 몰랐으니까. 반면 네 왼쪽에 있는 여자는 중태에 빠지기 전에 내게 자기 이야기를 들려주었어. 내 말을 믿어 줘. 그건 정말 부러워할 만한 것이었어. 아니, 그렇게 눈살을 찌푸릴 필요는 없어. 슬픔을 느낀다고 눈을 가늘게 뜰 필요는 없어. 정말이지, 그녀의 운명에 괴로워할 필요는 없어. 그녀는 이 세상에 그 누군가를 갖고 있어. 그 사람은 아직 살고 있으며, 그건 마치 그녀가 다시 살아난 것과 같거든. 그녀에겐 사랑하는 딸이 하나 있어. 어느 날 밤 내가 잠을 이루지 못하고 있을 때, 그녀는 일어나서 내 침대 옆에 앉았어. 그러고는 이 세상에서 발견한 가장 아름다운 것들에 대해 이야기했어. 그녀는 나 역시 그 아름다운 것들을 대부분 즐겼다고 확신하고 있었지. 하지만 난 배은망덕하게도 그녀가 말해 준 것들을 잊어버렸어. 그녀 말이 맞았어. 나는 아름다운 것들을 많이 즐겼었어. 하지만 딸에 대한 그녀의 사랑과 그녀에 대한 딸의 사랑을 나는 얼마나 부러워했는지 몰라. 그녀의 딸은 아주 긴 편지를 썼어. 나도 그 편지들을 읽었는데, 그 딸은 그녀가 가르쳐 준 모든 것들에 감사하다고 말했지. 그것은 바로 적들에게서 자신을 방어하는 최선책이 무엇이며, 그의 어머니가 사랑하도록 가르쳐 준 이상을 어떻게 지킬 수 있는가에 관한 것들이었어. 이봐, 새 친구, 그러니까 그녀 때문에 괴로워할 필요는 없어. 그래, 나도 알아. 조금의 산소라도 폐 속으로 들여 넣기 위해 저런 식으로 노력하는 소리를 듣는다는 것은 정말 괴로운 일이지. 하지만 저렇게 싸우는 것은 그녀의 육체일 뿐이지 영혼은 아니야. 그 영혼은 이미 굴복한 상태이고, 그녀의 딸이 그 영혼을 이어받아 가슴속에 고이 간직하고 있어. 딸이 살아 있는 동안에는 계속 기억 속에서 자기 어머니의 영혼을 소중히 여길 거야. 이제 저 여자를 쳐다봐. 쳐다보란 말이야. 겁먹지 마. 이미 숨을 거두고 있어. 괴로워하는 육체 속에서도 편안해 보이잖아, 그렇지? 그래, 그래…… 눈은 너무도 만족스러운 표정을 짓고 있고, 입은 웃고 있는 게 보이지 않아? 저게 그녀의 마지막 얼굴이야. 이제 죽었어. 육체에게는 다행스러운 일이지. 피로에 지친 육체는 이미 끝났어. 하지만 그녀의 영혼은 살아 있어. 외로운 이곳에서 아주 멀리 떨어진 곳에서 말이야. 그녀의 영혼은 젊은 육체 속에 희망으로 가득하여……."

아주 교묘하게 만든 햇빛이 가짜 창문 뒤로 태양이 내리쬐는 아침을 보여 주고 있었다. 그 병동의 여자 환자들은 또 다른 하루를 살아가기 위해 눈을 떴다. 그중 몇몇 사람들은 자기들이 북극의 지하층 맨 마지막에 있다는 사실을 잊고, 따스한 시절이 되었다고 이야기했다. 하지만 그런 다정한 대화는 간이침대를 밀고 온 두 간호사가 나타나자 멈춰 버렸다. 간호사들은 그 병동에서 익히 잘 알려져 있던 환자를 데려왔고, 그 환자는 27번 침대를 차지했다. 다른 환자들은 억지로 체념한 것 같은 표정을 지으면서 서로를 쳐다보았다. 오른쪽에 있던 환자는 속삭이는 소리로 W218에게 새로 온 환자는 버릇이 고약하고 신경과민 증세를 보인다고 설명했다. 새로운 환자는 지난주 내내 독방에 있었다. 어젯밤에 죽은 그 불쌍한 여자가 힘들게 숨을 쉬자 귀찮게 한다면서 화를 내고 과격한 행동을 했기 때문이었다. 이런 말을 듣는 동안 W218은 새로 온 왼쪽 환자를 쳐다보았다. 그녀 역시 적개심에 불타면서도 궁금하다는 눈초리로 잽싸게 W218을 쳐다보았다. 그 환자는 족히 예순 살은 넘어 보였다. 그녀의 머리카락은 반백으로 헝클어져 있었고, 보랏빛 눈썹 아래에는 커다랗고 검은 눈이 박혀 있었다. W218은 그 눈에서 병동 환자 모두에게 도전하는 사악함을 찾아볼 수 없었다. 간호사들이 침대 정리를 마치고 그 침대 옆에 있던 나이트 테이블에 화장품들을 놓아 주자, 그 무서운 여인은 반지를 빼더니 감사의 대가로 간호사들에게 주었다. 그것이 그녀가 갖고 있던 유일한 것이었다. 값은 얼마 나가지 않지만, 30년 혹은 그보다 더 이전이었던 그녀의 청춘 시절에 유행했던 히피들의 반지여서 많은 추억이 서려 있는 것이었다.

어둠이 시작되고 있었다. 창문으로 스며든 햇빛은 붉은색을 띠다가 연보라색으로 바뀌었고, 마지막으로 희미한 파란색을 띠었다. 이제 나이트 테이블의 조그만 전등을 켤 시간이었고, 불을 켜고 싶어 하는 사람들은 모두 불을 켰다. 무서운 여자는 오른쪽에 있던 자기 전등을 켜려고 했다. W218 옆에 있는 불이었다. 그때 그 신경 쇠약증 환자는 옆에 있는 젊은 여자가 고열로 심하게 몸을 떨고 있다는 것을 알고는, 타인의 고통을 배려하는 의미에서 불을 켜지 않았다. "불쌍한 여자 같으니. 저렇게 젊고 예쁜데 이 미친 늙은이들 틈에 있다니. 제발 더 이상 떨지 말고, 날 두려워하지 마……. 그래, 그렇게 하란 말이야. 난 오래전부터 이 병동에 있었어. 그래서 나는 웅덩이에서 가장 늙은 두꺼비지. 여기 있는 모든 사람은 죽을 운명이기 때문에 날 좋아하지 않아. 나만 죽지 않고 있으니까 말이야. 이봐…… 이리 가까이 오는 게 좋을 것 같아. 그래야 좀 더 작은 목소리로 말할 수 있으니까. 아무 문제도 일으키지 않을 테니까 이리 와. 그래, 그거야. 귓속말로 해야 더 달콤하거든. 좋아, 이제는 아무도 들을 수 없을 거야. 이제 이야기를 시작할게……. 저 늙어 빠진 여편네들이 내게 화냈던 것은 내가 항복하지도 않았고, 심지어 도망치려고 시도한 적도 있었기 때문이야…… 그래, 한 번 이상 그랬어. 그래서 날 미쳤다고 생각하는 거야. 물론 저 늙은이들은 자기들 눈으로 보는 것 이외에는 아무것도 믿으려고 하지 않아. 하지만 난 다른 것도 믿지. 혹시 알고 있어…… 우리는 얼음으로 둘러싸인 곳에 있어. 그래서 가장 가까운 마을에 가려 해도 많은 시간이 걸려. 하지만 난 도망치는 것이 가능하다고 믿어. 지금 내가 들려주려는 이야기는 이곳에 오랫동안 수용된 여자들이라면 모두 다 알고 있는 거야. 하지만 저 여자들은 네게 그 이야기를 들려주지 않을 거야. 그것은 우리 중 한 사람이…… 도망치는 데 성공했기 때문이지. 그 여자는 조국으로 돌아가고 싶어 죽을 지경이었어. 물론 그곳은 너나 다른 여자들처럼 우르비스가 아니라, 이곳에서 아주 멀리 떨어진 곳이었고, 전쟁 중에 있는 나라였어. 피비린내 나는 쓸모없는 내전이었지. 그곳에 그녀의 딸이 남아 있었기 때문에 그녀는 엄청나게 괴로워했어. 아주 어린 아이였지. 나한테는 모든 사람이 잠자는 밤을 이용해 도망치겠다는 이야기를 수도 없이 했었어. 그리고 정말 그렇게 했지. 어느 날 밤 사라져 버렸던 거야. 나이트가운만 걸친 채 도망쳤지. 물론 그 여자도 너처럼 젊고 예뻤어. 난 무슨 일이 있었는지 알고 있어. 그 이야기를 들었거든. 누가 그 이야기를 해주었는지는 밝힐 수 없지만 나는 무슨 일이 일어났는지 알고 있어. 그녀는 북극의 추위에 거의 벌거벗은 채 대지 표면으로 나갔어. 사람들이 그녀를 찾으러 나갔지만, 이미 그녀의 흔적을 발견할 수 없었지. 넌 '영원한 얼음'의 지평선이 얼마나 무자비한지 알고 있을 거야. 꽁꽁 얼어붙은 표면이 수백 킬로미터를 둥글게 에워싸고 있어. 보름달이 떠 있어서 땅이 은빛으로 희미하게 빛나고 있었지만, 아무도 그녀를 찾을 수 없었어. 추위와 광기와 바람, 대담성과 얼음, 딸을 보고자 하는 욕망과 별들, 이 모두가 합쳐 그녀를 공중으로 분해시켰던 거지. 그래서 아무도 그녀를 추적할 수 없었고, 이곳으로 다시 데려올 수도 없었어. 그동안 그녀의 조국에서는 남자들이 마을 광장에서 싸우면서 자기 형제들을 서로 죽이고 있었어. 그 광장 한복판에는 하얀 피라미드가 세워져 있었는데, 그곳에 그녀가 다시 모습을 드러냈어. 공기가 그녀의 육신을 다시 합체시킨 것이었지. 그녀는 나이트가운으로 간신히 몸을 가린 채, 맨발로 피라미드 옆에 잠들어 있었어. 커다란 대포 소리에 그녀는 눈을 떴어. 하지만 아무런 두려움도 느끼지 않았어. 당신이 나에게 아무런 두려움도 느끼지 않는 것처럼 말이야. 그녀가 눈을 떴을 때 보았던 대학살처럼 나는 추하게 생겼잖아. 그녀는 일어나서 있는 힘껏 소리를 내어, 자기 딸이 어디에 있느냐고 물었어. 하지만 아무도 그 물음에 대답할 수 없었어. 총격전은 갈수록 심해졌고, 병사들은 더욱더 많은 화약을 장전하라는 지시를 받았어. 그런데 갑자기 이상한 바람이 확 불어오더니 그녀의 나이트가운을 들어 올렸어. 그렇게 벌거벗은 내 모습을 보여 주었어. 그러자 남자들은 벌벌 떨었어. 내가 하느님의 창조물이라는 것을 알게 되었던 것이지. 내 음부는 천사들의 음부처럼 털도 없고 성기도 없이 매끄러웠거든. 그러자 병사들은 너무 놀란 나머지 꼼짝하지 못했어. 한 천사가 땅으로 내려왔기 때문이었지. 그러자 총격전은 멈추었고, 얼마 전까지만 해도 서로 싸우던 사람들은 얼싸안으며 평화의 메시지를 보낸 하늘에 감사하며 울먹였어. 하지만 조금 멀리 떨어진 곳에서는 아직도 고막이 찢어질 것 같은 대포 소리가 들렸고, 나는 그곳까지 가게 해달라고 부탁했지. 다시 공기가 내 육신을 분해했고, 나는 그 광장에서 사라졌어. 그러고는 화염이 나고 있던 폐허 아래에 있는 다른 곳에서 다시 나를 합체시켰지. 그곳에서도 역시 군인들이 나를 보는 순간, 포격을 멈추었어. 그들은 내 목소리, 그러니까 딸을 찾아 달라는 내 목소리를 들을 수 있었어. 바로 그때 비로소 나는 두려움을 느꼈어. 내가 딸 가까이 있었기 때문이었지. 그래, 하지만 난 죽은 딸의 시신에 가까이 있을 수도 있다는 생각에 두려움을 느꼈던 거야. 갑자기 쥐 죽은 듯 적막이 흘렀어. 그런 다음에 평온하고 애정으로 가득한 사람들의 발소리가 들렸어. 그들은 내게 다가오고 있었지. 맨 앞에는 한 남자가 눈에 붕대를 감고 있었어. 나는 그를 알아볼 수 있을 것 같았어. 죽었다고 생각한 남자였는데, 그 사람이 맨 앞에 있었던 거야. 그 옆으로 남자 아이들과 여자 아이들이 줄지어 왔는데, 그들은 모두 전쟁으로 불구가 되어 있었지. 난 내 딸이 살아 있길 빌었어. 살아만 있다면 폭력으로 희생된 이 순진한 아이들 중 하나여도 상관없다고 빌었지. 사람들을 이끌던 그 눈먼 사람이 내게 말을 걸었어. 그러자 그가 누구인지는 의심의 여지가 없었어. 그는 내가 베푼 불가사의한 업적에 대해 고맙다고 했지만, 그의 비통한 목소리를 통해 나는 그가 좋은 소식을 가져온 것이 아님을 알았어. 그는 나에게 민족의 운명에는 관심 없는 여자라고 말했던 것을 용서해 달라고 했어. 그리고 국가는 모든 사람의 이름으로 기적 같은 평화를 이루게 해준 데 대해 내게 감사하고 있으며, 하늘이 나를 선택해 구원의 길을 보여 주셨다고 말했어. 난 어떻게 대답해야 할지 몰랐어. 바로 그 순간에 나는 선(善)의 화신이었지만, 마음속으로는 내가 이 지구 상에서 유일하게 사랑한 사람을 잃어버리지 않았을까 두려워하는 가련한 인간이었기 때문이지. 붕대를 감은 사람은 조용히 있더니, 감정에 복받친 목소리로 이야기를 들려주기 시작했어. 날 용서해 줘. 하지만 난 그 말을 네게 그대로 반복할 수 없어. 아니면, 그래, 나는 내 딸이 죽었다고 말할 줄 알았어. 그런데……
그 바보는 왜 울고 있었을까? 행복에 겨워 울고 있던 것은 아닐까? 그건 내가 멀리서 날 무척이나 사랑하며, 나를 자랑스레 여기고 있다고 말하는 딸아이의 목소리를 들었기 때문이야. 그리고 마침내 딸아이가 모습을 드러냈어. 그때 바람이 그녀의 작은 치마를 들어 올렸고, 그 아이가 내 딸이라는 것은 의심할 여지가 없었어. 그 아이 역시 순진무구한 천사였거든. 그때서야 비로소 나는 왜 이 지구 상에서 그 아이보다 더 중요한 것은 없었고, 왜 그토록 그 아이를 사랑했는지를 깨달았어. 그녀는 어떤 남자도 함부로 얕잡아 볼 수 없는 그런 여자가 될 것이기 때문이었어! 그녀는 가랑이 사이의 악취 풍기는 급소를 가장 먼저 탐지하는 파렴치한의 하녀가 되지 않을 것이고, 또한 그녀의 어리석음을 냄새 맡을 줄 아는 첫 번째 개새끼의 하녀가 되지 않을 아이였단 말이야! 내 머리가 이상해진 것은 바로 그런 기쁨 때문이었던 것 같아. 그 기쁨 때문에 미쳐 버렸던 거야. 그래서 나는 아무에게도 내 모습을 보이고 싶지 않았어. 그리고 그곳에서 사라져 다시 이곳으로 돌아온 거야. 하지만 옆 침대에 있는 사람의 말을 귀담아들을 필요는 없어. 그녀는 날 몹시 싫어해. 그래서 내가 미친년이며 위험한 여자라고 말하는 거야. 하지만 아니야. 난 정말 그 누구에게도 해를 끼친 일이 없어. 그리고 내 딸이 죽었기 때문에 내가 미쳐 버렸다고 말할 때는 정말 화가 솟구쳐. 그 말은 사실이 아니야. 내 딸은 살아 있고, 날 사랑하고 있어……."

27번 침대 환자는 이야기를 한 후에 기운이 빠져 버렸다. 그러고는 베개에 머리를 올려놓고 잠들었다. W218은 주위를 둘러보았다. 다른 환자들이 27번 침대를 비웃듯이 쳐다보고 있었다. 하지만 W218 자신은 그 이야기가 사실이라는 느낌을 받았다. 그녀는 힘들게 일어나서 팔을 펴고 잠든 노인을 침대 시트로 감싸 주었다.

"네가 말하는 걸 전혀 알아듣지 못하겠어…… 미안해. 아니다. 하지만 난 네가 부탁하는 게 뭔지 도저히 모르겠어."

"당신은 누구죠?"

"난 베아트리스야. 날 못 알아보겠어?"

"무슨 베아트리스?"

"네 친구 베아트리스야."

"네가…… 베아트리스야?"

"그래…… 좀 어때?"

"멍해."

"마취 때문이야. 편히 쉬어. 조금 지나면 정신이 들 거야."

"마취……?"

"그래. 수술했어."

"어…… 언제……?"

"오늘 아침에. 넌 지금 마취에서 깨어나는 중이야."

"내가 수술을 받았다고……?"

"그래. 우리 모두 만족하고 있어."

"무슨 소린지 모르겠어."

"수술 결과에 우리 모두 만족한단 말이야."

"그래도 무슨 소린지 잘 모르……."

"그래, 종양을 제거했어. 생각보다 그리 많이 번져 있지는 않았어. 그래서 모두 떼어 낼 수 있었어. 번져 있던 부분은 폐뿐이었어."

"모두 떼어 냈다고?"

"의사들 말에 의하면, 아주 조금만 번져 있었대. 그들도 전혀 예상치 못한 일이었지."

"나한테 거짓말하는 건 아니지?"

"아니야, 아니다. 의사들도 무척 놀라고 있어. 모두 다 떼어 낼 수 있었거든. 이제 더 이상 번진 곳이…… 나타나지 않을 거라고 기대하고 있어."

"……."

"내 말 못 믿겠어?"

"……."

"다른 곳으로 번질 가능성은 없어…… 그들은 아주 낙관적이야. 네게 방사선 치료를 하고 싶어 해."

"내가 완쾌될 수 있을까?"

"물론이지. 계획을 잘 세워야 해."

"계획…… 무슨 계획?"

"나도 잘 모르겠지만, 미래에 대한……."

"……."

"적어도 네 아파트 청소는 시켜야 할 거야. 열흘만 지나면 여기서 나갈 테니까."

"부에노스아이레스로?"

"아니, 여기 멕시코시티에 있는 네 아파트로 말이야. 이곳이 네 주치의가 있는 곳이고, 또 계속해서 네가 치료를 받아야 할 곳이니까. 넌 곧 완전히 나을 거야."

"그럴 리가……."

"분명히 나아. 수술도 적당한 시기에 했고, 또 결과도 아주 성공적이니까."

"하지만 항상…… 위험은 있잖아?"

"위험이라…… 우리 모두에게 그런 위험은 있지. 그래, 네게 방사선 치료를 하겠지만, 그건 예방책일 뿐이야."

"날 속이려고…… 그렇게 말하는 것은…… 아니지?"

"아니야. 가끔 예기치 않게 일이 잘되는 경우도 있어, 아니타. 넌 믿지 않겠지만."

"네가 날 속이는 게 아닐까 두려워…… 아니면 내가 네 말뜻을 제대로 이해하지 못하는 것이 아닐까 해서……."

"아니야. 모든 것이 전에 생각했던 것보다 훨씬 더 좋은 상태야…… 조금 있다가 부에노스아이레스에 있는 네 가족에게 전화해. 네가 직접 걸어. 생각보다 모든 게 잘되었다고."

"내가?"

"그럼, 물론이지. 내가 전화를 갖다줄 테니까 네가 직접 말해."

"그런데…… 뭐라고 말하지?"

"훨씬 좋아졌다고……."

"베아트리스……."

"응……."

"지금 당장······ 전화를 걸어 줘."

"좀 더 깨어나면 하는 게 좋지 않을까?"

"아니야, 상관없어. 만일 내가 다시······ 잠들게 되면······ 네가 우리 엄마한테 말해 줘."

"그래, 좋을 대로 해."

"부탁인데······ 지금 당장······ 전화해 줘."

"하지만 너랑 통화해야 엄마가 더 기뻐하실 거야······."

"아니야, 상관없어······ 네가 말해서······ 엄마를······ 안심시켜 줘."

"그래, 알았어."

"그리고 또 부탁이 있는데······ 엄마한테······."

"그래, 말해 봐······."

"내가······ 클라라를 보고 싶으니······ 이리로 보내라고······."

"이리로 오길 원해?"

"응······ 가능한 한 빨리 오는 게······ 좋을 것 같다고."

"그래, 그렇게 전해 줄게."

"그리고 엄마도 오라고······ 클라라를 데려오라고······."

"그래, 그렇게 말할게."

"그래, 두 사람 모두······ 빨리······ 와달라고. 내가 몹시 보고 싶어 한다고······ 그리고 그게 틀림없다고. 아주 틀림없다고."

"왜 그런 눈으로 나를 보니?"

"······."

"아니타······ 내가 수술에 관해 말한 것 역시 틀림없는 사실이야."

"상관없어…… 비록 내 목숨이…… 얼마 남지 않았다 해도…… 지금 중요한 건 다시 한 번…… 두 사람을 보는 거야."

"아마 두 사람 모두 안아 줄 수 있을 거야. 그것도 아주 세게 말이야."

"안는 것보다…… 내가 원하는 건……."

"말해 봐."

"……."

"말해 봐. 뭘 원하는 거지?"

"안는 것보다…… 두 사람과…… 얘기를 나누고 싶어. 우리 모두…… 이해할 때까지……."

주

44 "헤디 라마": MGM 스튜디오 전속 배우. '영화계에서 가장 아름다운 여인'이라 불렸다. 베를린에서 막스 라인하르트 감독에 의해 캐스팅되었으며, 「삼손과 델릴라」에 출연했다. 영화 속에서 최초로 누드를 선보인 배우로도 유명하다.

47 "콜론 극장": 부에노스아이레스에 있으며, 세계에서 가장 유명한 오페라 하우스 중 하나이다. 현재의 극장은 20년간의 공사 끝에 1908년에 개관했다. 개관 기념 작품으로 베르디의 「아이다」가 상연되었다.

60 "발렌티노풍의 탱고": 1920년대 루돌프 발렌티노가 부른 탱고 음악.

61 "비긴": 서인도 제도의 마르티니크 토인들의 춤.

80 "메차 오르티스": 1900~1987. 아르헨티나의 '그레타 가르보'라 불리는 여배우. 주요 작품으로는 「부러진 날개」(1938), 「백조의 노래」(1945), 「중요하지 않은 여인」(1945) 등이 있다.
"파울리나 신헤르만": 1911~1984. 아르헨티나의 여배우. 주요 작품으로는 「길가의 금발 아가씨」(1938), 「파리의 아기」(1941), 「내 사랑은 당신」(1941) 등이 있다.

93 "테아가 아니라 테오요": 스페인어에서 일반적으로 'a'로 끝나는 명

사나 이름은 여성형이고, 남성형은 'o'로 끝난다. 즉, 테아Thea는 여자 이름이고 테오Theo는 남자 이름이다.

97 "크레프 드 신": 두꺼운 실크의 일종.

111 "푼샬": 포르투갈 마데이라 제도의 항구 도시.

138 "캄포라": 1973년 자유선거를 통해 당선된 아르헨티나 대통령. 1973년 5월 25일에 대통령 직을 수행했으나, 얼마 안 되어 실각하고 뒤이은 선거에서 후안 도밍고 페론이 대통령이 되어 그해 9월 23일에 취임했다.

144 "여름": 아르헨티나는 12월과 1월이 여름이다.

151 "베치": 엘리자베스의 애칭.

164 "프론디시": 아람부루 군사 정권 아래 실시된 자유선거로 당선되어 1958~1962년 동안 대통령을 역임했다.

166 "코닌테스 계획": 코닌테스(CONINTES)는 '국내 화합'의 약자. 1959년 쿠바 혁명과 아르헨티나 내부의 파업으로 국내 사정이 흔들리자, 이에 대응하기 위해 군부가 시도한 계획. 1960년 3월에 공포되어 '반동적 요소'가 있는 모든 사람을 취조하고 체포하고 구금했다.

171 "아르투로 움베르토 이이야": 1962년 3월 29일에 프론디시가 군부에 의해 실각한 후, 1963년 7월 7일 선거에서 당선되었으며, 1963년 10월 12일부터 1966년 6월 28일까지 대통령으로 재임했다.

172 "후안 카를로스 옹가니아": 1966년 6월 28일 쿠데타를 일으킨 후, 1966~1970년 기간에 아르헨티나의 대통령을 역임했으며, 1970년 6월 7일 군사 평의회에 의해 실각했다.

"몬토네로스": 1970년에서 1979년까지 무장 투쟁을 전개했던 아르헨티나 군사 정치 조직으로, 흔히 좌익 페론주의 게릴라 그룹으로 알려져 있다.

"아람부루": 1955년 페론 정권을 무너뜨린 군사 봉기의 주도자. 1955~1958년에 아르헨티나 대통령을 역임했다.

"ERP": '노동자 혁명당'의 공산주의 게릴라 그룹.

180 "추게리라": 18세기 스페인의 건축가.

215 "머랭": 설탕과 달걀 흰자로 만든 크림 과자의 일종.

217 "과라차": 중남미에서 추는 춤의 종류.

218 "마라카스": 길쭉한 호박의 속을 빼내고 그 안에 조그만 돌멩이를 넣은 악기.

262 "친칠라": 남미산의 작은 다람쥐 모양의 동물.

266 "손": 쿠바풍의 즐겁고 빠른 음악.

305 "서부의 아가씨": 푸치니의 3막 오페라. 1910년에 뉴욕의 메트로폴리탄 오페라 극장에서 초연되었다.

322 "인데펜디엔테 축구 팀": 아르헨티나의 대표적인 축구 팀으로 아베야네다 시에 근거지를 두고 있으며, '붉은 악마'로 알려져 있다.

여성의 욕망과 디스토피아

송병선(울산대 스페인 · 중남미학과 교수)

1. 왜 마누엘 푸익을 말하는가

1998년 수전 손택(Susan Sontag)이 멕시코를 방문했을 때, 기자들은 그녀가 도스토옙스키와 도어즈 중에서 하나를 선택해야 한다면, 도스토옙스키를 고를 것이라고 말한 『해석에 반대한다(*Against Interpretation*)』의 한 대목을 떠올렸다. 그리고 현재의 문화를 대변할 수 있는 것은 무엇이냐고 물었다. 손택은 도스토옙스키와 도어즈의 대립 관계는 고급문화와 대중문화가 첨예하게 대립하는 가운데 지식인들이 고급문화의 정통성을 수호하고 있을 때의 문제였으며, 현재의 문제는 사람들이 대중오락 문화에 너무 큰 매력을 느낀 나머지 그것 없이는 현재를 생각할 수 없다는 점이라고 대답한다.

수전 손택의 생각은 아르헨티나의 작가 마누엘 푸익의 작품 세계와 일치한다. 『거미 여인의 키스』가 영화 팬들에게 알려지면서

부터 회자되기 시작한 마누엘 푸익의 작품은 대중문화와 고급문화의 경계가 가변적임을 보여 주는 현대 라틴 아메리카 소설의 대표적인 예이다. 그러나 푸익과 손택의 경우에는 적어도 두 가지 차이점을 엿볼 수 있다. 첫째는 푸익이 60년대 말부터 대중문화의 중요성을 인식한 반면에, 수전 손택은 1980년대 후반에 뒤늦게 깨달았다는 것이다. 둘째로 푸익은 고급문화의 전통과 대중문화의 전통을 한데 아우르고, 고급문화와 대중문화 사이에 형성된 위계질서에 도전하면서 소설에 관한 새로운 사고방식과 새로운 서술 방식을 만들려고 노력한다. 반면에 손택은 이런 경계 파괴보다는 오히려 대중문화가 고급문화를 압도하므로 그것을 수용해야 한다는 입장을 견지하고 있는 듯한 인상을 준다.

한국뿐만 아니라 세계적으로 푸익의 명성을 떨치게 만든 작품은 『거미 여인의 키스(*El beso de la mujer araña*)』(1975)였다. 그러나 1960년대 말 실험적인 소설을 출판하면서부터, 이미 그는 라틴 아메리카의 촉망받는 작가로 인정받고 있었다. 여기에서 '실험적'이란 숨겨진 내면의 탐구처럼 형이상학적이고 어려운 소설이 아니라, 대중문화와 고급문화의 경계를 파괴하면서 현대 문학이 나아갈 방향에 공헌한 모험적인 작품이란 의미이다. 하지만 그의 작품은 흔히 볼 수 있는 대중 문학과는 많은 차이를 지닌다. 그것은 바로 그의 작품 속에는 손택이 배제했던 진지함이 오락성이나 대중의 심금을 울리는 위안 구조와 함께 사용되고 있고, 라틴 아메리카의 현실과 소외된 자들의 현실이 깊이 배어 있기 때문이다.

2. 마누엘 푸익의 인생 여정

마누엘 푸익은 1932년 아르헨티나의 헤네랄 비예가스라는 조그만 마을에서 태어나 그곳에서 유년 시절을 보냈다. 그의 아버지 발도메로 푸익은 사업가였으며, 어머니 마리아 엘레나 델레도네는 약사였다. 그는 다섯 살 이후 따분하고 폐쇄적인 마을에 진력이 난 어머니의 손에 이끌려 영화관을 출입하기 시작한다. 그는 『리뷰(Review)』라는 잡지에서 "나는 거의 항상 저녁 여섯시에 영화를 보러 갔습니다"라고 고백한다. 당시 어린 푸익은 1930년대와 1940년대의 할리우드 멜로드라마와 뮤지컬 영화를 주로 보는데, 이런 영화들은 후에 그의 작품에 커다란 영향을 끼치게 된다. 한편 헤네랄 비예가스는 『리타 헤이워스의 배신(*La traición de Rita Hayworth*)』(1968)과 『조그만 입술(*Boquitas pintadas*)』(1969)의 주요 무대로 등장한다.

1945년 푸익은 중등 교육을 받기 위해 부에노스아이레스로 향한다. 푸익은 당시의 상황을 "학교는 끔찍했고, 아이들은 매정했습니다. 나는 어머니가 몹시 그리웠습니다. 나의 유일한 위안은 매주 일요일마다 상영 시간에 맞추어 극장에 가는 것이었습니다"라고 회상한다. 1949년 푸익의 가족은 모두 부에노스아이레스로 이사하지만, 그는 영화관에 가는 습관을 버리지 않는다. 중고등학교를 마친 푸익은 부모의 성화에 못 이겨 대학에서 잠시 건축을 공부한 다음, 이내 전공을 철학으로 바꾼다. 그러나 푸익이 진정으로 꿈꾸었던 직업은 영화감독이었다. 1956년 그는 로마에서 공부할 수 있는 장학금을 얻어, 로마의 실험 영화 센터에서 공부한다. 이곳에서 그는 여러 영화감독과 함께 작업할 기회를 갖게 된다. 또한 런던과 로마에서 번역가로 일하며(1956~1957), 스톡홀름에서는 접시닦이로 일하다가(1958~1959), 1960년에는 아르헨티나로 잠시 귀국한다.

그는 유럽과 아르헨티나에서 조감독으로 일하기도 하며, 1960년대 초에는 다시 로마로 돌아가 영상 번역을 한다. 1960년대 초반, 그는 미국으로 건너가 에어 프랑스 항공사에서 근무한다. 이 기간(1963~1967)에 푸익은 비로소 작가로 활동하기 시작한다. 푸익은 1965년 2월에 『리타 헤이워스의 배신』이란 작품을 탈고하고, 이 작품은 그해 12월에 스페인의 세익스 바랄(Seix Barral) 출판사의 문학상 최종 후보까지 오른다. 이 소설은 그해에 출판되기로 계약되었지만, 이후 검열에 걸려 출판되지 못하다가, 1968년이 되어서야 비로소 빛을 본다. 푸익은 이를 부에노스아이레스의 조그만 출판사가 건 '모험'이었다고 말한다. 그러나 1년 후, 이 책은 베스트셀러가 되고, 프랑스의 「르몽드」지는 이 작품을 1968~1969년 최고의 소설로 손꼽는다.

1967년 푸익은 아르헨티나로 돌아간다. 거기서 두 번째 작품인 『조그만 입술』의 영감을 얻고, 집필을 시작한 지 2년 후인 1969년 이 작품을 출판한다. 이 소설은 외국 비평가들에게는 극찬을 받지만, 표현의 자유가 억압되었던 아르헨티나의 국내 비평가들에게는 좋은 평을 받지 못한다. 그러나 출판되자마자 베스트셀러의 대열에 오르고, 푸익은 작가로서 순탄한 길을 가는 듯 보인다.

이후 1973년 5월에 푸익의 세 번째 소설인 『부에노스아이레스 어페어(*The Buenos Aires Affair*)』가 출판된다. 이 시기에 캄포라가 대통령이 되고, 표현의 자유가 허락되면서 푸익은 비평가들이 훌륭한 평을 해주리라 기대하지만, 그의 기대는 수포로 돌아간다. 『부에노스아이레스 어페어』는 페론에 대한 비판적인 평가와 자위행위를 비롯한 노골적인 성행위 묘사로 인해 독자들에게도 큰 평가를 받지 못했을 뿐만 아니라 비평계의 주목도 받지 못한다. 같은 해 7월에 캄포라 대통령이 사임하고 아르헨티나가 다시 군부 체제로 회귀할 조짐을 보이자, 푸익은 9월에 이탈리아로 건너간다. 그리고 다음 해 1월에 페론과 군사 정부는 『부에노스아이레스 어페어』를 판금시킨다. 이 소식을 듣자, 푸익은 귀국을 단념하고 오랜 망명길에 오르게 된다.

그는 첫 망명지로 멕시코를 택하면서 『거미 여인의 키스』를 쓰기 시작한다. 그러면서 1970년 중반 뉴욕으로 거주지를 옮기고, 그곳 대학에서 스페인어 강좌를 맡으면서, 경제적인 문제를 해결한다. 『거미 여인의 키스』는 1976년에 스페인에서 출판되지만, 정치범과 동성연애를 다루고 있다는 이유로 아르헨티나 내에서는 판매 금지를 당한다. 그러나 해외에서는 대성공을 거둔다. 이는 푸익이 지닌 소설의 힘이 얼마나 큰지를 보여 줌과 동시에 독자들이 그가 선택한 소재에 많은 관심을 보이고 있음을 증명해 준 것이었다. 이 작품은 엑토르 바벤코 감독에 의해 영화화되었으며, 1983년에 푸익은 이 작품을 희곡으로 만들어 '스타의 망토 아래서(Bajo el manto de estrellas)' 란 이름으로 출판한다. 이후 푸익은 다시 멕시코로 거주지를 옮기고, 다시 뉴욕으로, 그리고 다시 뉴욕에서 리우데자네이루로 옮기면서 『천사의 음부(*Pubis angelical*)』(1979), 『이 글을 읽는 사람에게 영원한 저주를 (*Maldición eterna a quien lea estas páginas*)』(1980), 『보답받은 사랑의 피(*Sangre de amor correspondido*)』(1982), 『열대의 밤이 질 때(*Cae la noche tropical*)』(1988)를 발표한다. 1990년 7월 22일, 심장 마비로 죽을 때까지 푸익은 소설과 드라마를 쓰는 등 왕성한 창작 활동을 한다.

3. 『천사의 음부』, 어떤 작품인가

1979년에 발표된 『천사의 음부』는 마누엘 푸익의 다섯 번째 소설이다. 이 작품에는 자신의 성(性)에 관해 사색하는 아니타와 그녀의 페미니스트 친구 베아트리스, 그리고 좌익 페론주의자인 포지가 등장한다. 그들은 대화를 통해 아니타의 상태를 비롯해 페론 정권 아래의 아르헨티나 사회와 정치 상황을 재구성한다. 이런 내용과 더불어 아니타의 내면세계를 드러내는 일기와 꿈이 등장한다. 특히 아니타의 꿈에서 나타나는 '여주인'과 W218은 그녀의 욕망과 무의식적 불안을 표현한다.

아니타와 '여주인', 그리고 W218은 모두 기억과 경험을 공유하는 영적 '자매'들이라고 말할 수 있다. 이 작품에서 아니타와 포지의 대화, 그리고 일기에서 드러나는 그녀의 의식과 꿈을 통해 표현되는 무의식의 영역은 모두 동일한 현실을 보여 준다. 즉, 기본적으로 불행하고 배신당한 사랑과, 그런 사랑을 위해 이용당하는 여자들의 문제를 다루고 있다. 그리고 이런 주제와 맞물려 죽음, 모성애, 섹스 대상으로서의 여성, 아름답고자 하는 여자들의 욕망 등의 문제가 다루어진다. 또한 아니타가 느끼는 심리적 상태는 1930년대 영화에 등장하는 '여주인'과 미래의 여인 W218이 서술되는 과학 소설과 하나가 된다. 그러면서 피상적이고 추상적인 이론이 아니라, 규범적인 욕망과 페미니즘 사이의 충돌을 통해 현실 세계 속에서 일반적인 여자들이 느끼는 복잡한 문제를 드러내고 있다.

우선 '여주인'이 등장하는 부분은 1930년대와 40년대의 할리우드 영화인 B급 영화 문체가 사용된다. 이 부분은 1930년대 유럽에서 시작한다. 그것은 '세상에서 가장 아름다운 여인'을 중심으로 전개되는데, 그녀는 갑부 남편에 의해 실질적인 노예처럼 붙들려 있다. 그녀는 무기상인 남편에게서 도망쳐 할리우드로 가고, 그곳에서 유명한 여배우가 된다. 그러나 다시 할리우드 제작자들과의 계약 조건에 의해 노예와 같은 삶을 살게 된다. 그리고 마침내 그녀를 시샘하는 경쟁자에 의해 살해된다.

한편 아니타는 아르헨티나의 젊은 여인으로 이혼 경험이 있으며, 멕시코로 망명한 여자이다. 그녀는 암을 앓고 있으며, 1970년대 중반 멕시코의 병원에 입원해 있다. '여주인'처럼 아니타는 남편과의 결혼 생활을 정리한 단계지만, 현재 포지라는 사람에게서 성적으로뿐만 아니라 정치적으로 구애를 받는다. 포지는 자신의 개인적인 소망과 목표를 충족시키기 위해 그녀를 이용하고자 하는 아르헨티나의 좌익 페론주의자이며 변호사이다. 아니타와 포지의 대화는 성에 대한 초점을 확장시키는 것 이외에도 라캉의 정신 분석 이론과 현대 아르헨티나의 정치를 중요한 주제로 다룬다. 세 개의 구조 중에서 가장 사실성을 띠고 있는 이 부분은 아니타가 포지의 알레한드로 납치 제안을 거부한 후 아르헨티나로 돌아간 포지가 살해당하고, 그 후 아니타는 성공적인 수술을 받아 감정적이고 심리적인 건강을 되찾을 것이라는 암시를 보여 주면서 끝난다.

한편 미래의 부분은 헉슬리의 『멋진 신세계』나 오웰의 『1984년』처럼 현대의 반유토피아 소설에서 발견되는 냉혹하고 침울한 환상적인 이야기를 다룬다. 이 부분의 중심인물인 W218은 미래의 전체주의 사회에 살고 있으며, 그 사회에서 성의 노예화는 제도화된다. 그녀는 일종의 공적인 창녀로 일하는데, 정부의 요구에 따라 기계적으로 익명의 남자와 성 관계를 갖는다. 게다가 그녀는 개인적 문제 해결을 도와주는 휴대용 컴퓨터를 가지고 다닌다. W218의 세계는 1930년대를 배경으로 하는 '여주인'과 1970년대에 위치한 아니타 세계의 연장선상에 있다. 그리고 W218은 이전의 작중 인물의 꿈과 그들의 세계와 비슷한 관점으로 가득하다. 그녀 역시 '완벽한 남자'를 꿈꾼다. 그리고 그녀가 그런 남자를 찾았다고 생각했을 때, 그 남자는 그녀를 배신한다. 그러자 그녀는 그를 죽이려 하고 결과적으로 종신형을 선고받지만, 그녀의 청에 의해 '영원한 얼음'의 전염병 병원으로 쫓겨난다. 그러나 아이러니하게도 그곳에서 타인을 통해 여배우와 아니타를 부정했던 성으로부터 탈출할 수 있는 희망을 본다.

『천사의 음부』는 '여주인'을 통해 여자가 된다는 것의 의미를 드러내며, 아니타를 통해 남성에 의해 지배되는 사회의 산물임을 보여 주고, W218을 통해서는 미래 사회의 성이 어떨 것인지를 비관적으로 예언한다. 이처럼 이 소설은 『거미 여인의 키스』에서 보여 준 정치와 역사, 그리고 심리학과 성을 보다 직접적으로 드러낸다. 그와 동시에 대중문화의 모델을 사용하고 그것을 회복하려고 노력한다. 마누엘 푸익은 어느 인터뷰에서 이 소설을 집필하면서 정치적 이상과 개인적 요구의 충돌에 관심이 있다고 밝힌다. "최고의 인간 정신으로 모든 걸 공유하는 완벽한 마르크스주의 사회가 있더라도, 그곳에는 하나의 자본, 즉 육체적 아름다움과 성적 아름다움이 존재할 겁니다. 그것들은 공유될 수 있는 것이 아닙니다……. 인생에는 여러 종류의 배고픔이 있으며, 우리는 의식주에 대한 필요성을 의식합니다. 하지만 사회적 억압으로 인해 섹스의 필요성은 명확하게 밝혀지지 못했습니다."

『천사의 음부』에서 이런 충돌은 성에 대한 아니타의 의식에서도 잘 나타난다. 그녀는 여자의 운명을 섹스 대상으로만 간주하는 억압적인 중산층의 규범에 따라 살아온 여자이다. 조국을 떠나 암으로 목숨을 잃을 운명에 처한 그녀는 페미니즘 사상들을 배척하지만, 그런 페미니즘 운동과 완전한 결별을 선언하지도 못한다. 그것은 바로 여성이 무엇이냐에 관한 전통 규범과 페미니즘 사상이 그녀 내부에서 서로 충돌하고 있기 때문이다. 이렇게 주인공 아니타는 남성과 즐기기를 원하면서도 어떻게 해야 하는지를 모르는 나약한 인물로 등장한다.

한편 나약한 여성 인물인 아니타와 과학 소설 형식을 띠고 전개되는 W218의 관계에 대해 작가는 이렇게 설명한다. "과학 소설적 요소를 도입한 것은 여주인공이 꾸는 악몽의 특성을 보여 주기 위한 것입니다. 여주인공은 아주 아름다운 여인이지만, 단지 남성들을 즐겁게 해주기 위한 섹스 대상이 되도록 교육받으며 자랐습니다. 다시 말해, 남자들은 사치스러운 그녀의 욕망을 만족시켜주고, 그녀는 이런 남자의 말에 순종하도록 교육받았습니다. 그녀는 그렇게 자라 왔지만, 이런 사회 규범에 반기를 듭니다. 그러나 반기를 드는 것은 그녀의 의식이 아니라, 바로 그녀의 성기(性器)입니다. 그녀는 전통에 입각하여 자기를 대하는 남자와 결혼하지만, 어느 순간 섹스의 쾌락을 느끼지 못하는 불감증을 겪게 됩니다. 그리고 그녀가 함부로 말하지 못한 두려움 중의 하나는 사회주의 국가에서조차 자신이 섹스 대상으로만 다루어질 것이라는 사실입니다. 이것이 그 여주인공이 고백할 수 없었던 두려움 중 하나였습니다."

이렇게 1930년대 영화에 등장하는 '여주인'과 현재의 아니타가 느끼는 심리적 · 육체적 상태, 그리고 과학 소설의 사용은 고급문화가 아닌 대중문화의 차원에서 길들여진 힘없는 여인들의 문제와 접목되면서 한층 더 그 진가를 발한다. 즉, 피상적이고 추상적인 이론이 아니라, 대다수 여성들을 지배하는 규범적인 욕망과 페미니즘 사상 사이의 충돌을 통해 실제 현실 세계의 일반 여자들이 느끼는 복잡한 문제를 성공적으로 드러내고 있는 것이다.

  4. 『천사의 음부』와 헤디 라마

  『천사의 음부』에 등장하는 '여주인'과 W218은 모두 헤디 라마 (Hedy Lamarr)란 인물에 연결되어 있다. 실제로 헤디 라마의 전기는 이들과 매우 흡사한 점을 지니고 있다. 본래 이름이 헤드비히 키슬러(Hedwig Kiesler)인 헤디 라마는 빈의 부유한 유대인 가정에서 자란다. 스무 살 때 체코 영화 「환희(Ecstasy)」에서 아프로디테 역을 맡아 나체로 달려가는 장면을 통해 스캔들을 일으키며 영화계에 데뷔한다. 그녀는 갑부 무기상인 프리츠 만틀(Fritz Mandl)의 관심을 사로잡고, 결국 그와 결혼한다. 결혼 즉시 만틀은 질투 많은 남편이 되어, 그녀가 출연한 영화 사본을 구입하려고 애쓰는 동시에 그 영화의 상영을 금지시키려고 한다.
  대필 작가가 쓴 그녀의 자서전 『환희와 나(Ecstasy and Me)』는 이렇게 말한다. "나는 옷, 보석, 일곱 대의 자가용을 비롯해 내가 원하는 것을 모두 가지고 있었다. 자유를 제외한 모든 걸 가지고 있었다. 그런데 왜 만틀은 나를 실질적인 포로로 데리고 있는 거야! ……그는 나와 결혼한 것이 아니다. 정확하게 말하자면 사업의 부산물로서 나를 수집한 거야." 자기와 흡사하게 생긴 하녀를 마취시킨 후, 그녀는 극적으로 파리를 탈출하여 할리우드로 간다. 매혹적이고 이국적이며 섹스어필한 미모로 헤디는 러시아 태생의 미국 영화 제작자 루이스 버트 메이어(Louis Burt Mayer)의 눈에 들어 라마라는 이름을 받는다. 그리고 스물다섯 살의 나이에 그레타 가르보가 누리던 섹스 심벌의 자리를 차지한다.

1938년 할리우드의 데뷔 작품 「알제리(Algiers)」에서 페페 르 모코의 매력적인 애인처럼 완벽한 적은 없었다. 마누엘 푸익은 특히 죄수 페페 르 모코가 알제리의 안전한 피난처를 버리고 그녀를 찾아 나서기로 결정하는 장면을 좋아했던 것으로 알려져 있다. 페페는 그것이 확실한 죽음을 의미한다는 것을 알고 있다. 마누엘 푸익은 헤디의 신비성이 당대에 이해되지 못했다는 사실을 안타깝게 여긴다. 그녀는 막스 라인하르트(Max Reinhardt)와 같은 사람들과 함께 동유럽의 여러 나라 수도에서 일하지만, 전쟁 후에 전통적 사실주의가 도래하자 그녀의 매력은 사라지고 만다. 1943~1944년에 제작된 영화들에서, 그녀는 보다 전통적인 여인으로 보이려고 노력하지만, 결과적으로는 딱딱하고 차가운 인상을 주게 된다. 그리고 1945년 이후, 완벽한 그녀의 아름다움은 사라지기 시작한다.

마누엘 푸익이 그토록 사랑했던 헤디 라마의 이야기는 결국 『천사의 음부』가 된다. 당시 푸익은 친한 친구이자 기자였던 아르헨티나 출신의 실비아 루드니(Silvia Rudni)가 멕시코에서 세상을 떠나고, 엑토르 캄포라 정부가 몰락하자 헤디 라마의 신비스러운 미모에 사로잡혀 이 작품을 쓴 것으로 알려져 있다. 『천사의 음부』는 과거의 무대처럼 보이는 것으로 시작하지만, 실제로 그것은 과거의 삶에 대한 아니타의 꿈이다. 거기서 '여주인'은 헤디 라마처럼 빈의 갑부인 질투심 많은 남편에게 거의 포로처럼 잡혀 있을 뿐만 아니라, 갑부는 프리츠 만틀처럼 나치와 협력한다. 그리고 헤디 라마가 주연으로 출연한 영화 「알제리」는 미래의 전체주의 사회에서 다시 태어난다.

여기에서 알 수 있듯이, 마누엘 푸익은 할리우드의 스타 헤디 라마와 그녀가 출연한 영화를 작품의 근간으로 사용한다. 이렇게 그는 자신의 작품을 통해 대중문화가 작가의 새로운 의식을 통해 재생산될 수 있는 가능성을 꾸준히 탐구한다. 여기서 우리는 '재생산'이란 용어가 매우 깊은 의미를 갖고 있음을 알아야 한다. 이는 작가가 대중문화에 숨겨진 의미를 발견하고 자신의 의도대로 변형시키며 사용할 경우, 또 다른 소설 미학을 보여 줄 수 있음을 시사한다. 즉, 모더니스트들이 소설을 '창작'으로 본 것과는 달리, 푸익은 대중문화를 변형시키는 재생산 과정을 통해 예술적으로 승화시키는 데 성공한다. 또한 모더니스트 소설이 상상력을 통해 복잡한 내면세계를 구현함으로써 예술 지상주의라는 비판을 받으며 독자와의 거리감을 초래한 반면, 푸익의 소설은 독자를 텍스트 내로 유혹하여 독자로 하여금 새로운 미학을 알게 해준다. 이런 점에서 그의 소설은 후기 자본주의 사회에 있어 문학 생산이 어떻게 이루어질 수 있는 것인지를 보여 준다.

이렇게 그는 전통적인 문학에 도전하여, 현대 사회를 형성하는 문화적 규범이 무엇인지를 점검한다. 그러면서 대중문화를 어떻게 읽어야 하는지를 우리에게 시사했을 뿐만 아니라, 현대의 글쓰기가 무엇인지에 관해서도 새로운 지평을 열어 준다. 그의 작품은 사람들이 대중문학과 문화에 대해 생각하는 방식을 변화시킨다. 이런 점에서 그의 글쓰기는 현대 소설이 어떻게 생명력을 가질 수 있으며, 그것의 미래가 어떨 것인지 예언해 준다고 말할 수 있는 것이다.

판본 소개

푸익은 뉴욕에 살기 위해 멕시코시티를 떠난 1976년 1월에 이 소설을 착상했다. 당시 심장에 문제가 생긴 그에게 의사들은 멕시코시티 같은 고지보다는 해변에 인접한 곳에서 사는 게 좋겠다고 충고했고, 푸익은 그런 의사들의 조언에 따라 뉴욕으로 거처를 옮긴 것이었다. 또한 1975년 말에 푸익과 친하게 지냈던 여기자 실비아 루드니(Silvia Rudni)가 갑작스럽게 암으로 세상을 떠난 사건도 이 작품에 결정적인 계기를 제공했다. 이 소설의 여주인공이 암으로 병원에 입원하여 의식과 무의식의 세계를 오가는 설정은 바로 작가의 심장병과 친한 여자 친구의 죽음에 기인한 것이다.

『천사의 음부』는 1979년에 스페인의 세익스바랄(Seix Barral) 출판사에 의해 처음으로 출간되었다. 그리고 이후 계속해서 아무런 수정 없이 동일 출판사에 의해 간행되고 있다. 이 번역본은 옮긴이가 1984년에 콜롬비아의 보고타에 구입한 1979년의 초판본을 옮긴 것이다.

·

마누엘 푸익 연보

1932	12월 28일 아르헨티나의 헤네랄 비예가스에서 태어남.
1945	중등 교육을 받기 위해 혼자 부에노스아이레스로 감.
1949	가족 모두 부에노스아이레스로 이사함.
1951	대학에 입학함.
1956	로마로 가서 실험 영화 센터에서 공부함.
1961	부에노스아이레스와 로마에서 조감독으로 일함(~1962)
1963	뉴욕으로 이주함.
1965	뉴욕에서 『리타 헤이워스의 배신』을 탈고함.
1967	부에노스아이레스로 돌아옴.
1969	「르몽드」지가 『리타 헤이워스의 배신』을 1968~1969년 최고의 소설로 평가함. 이해 두 번째 소설 『조그만 입술』을 발표함.
1973	『부에노스아이레스 어페어』를 출판함.
1974	1월에 아르헨티나를 떠나 뉴욕으로 감. 이후 멕시코에 정착함.
1976	『거미 여인의 키스』를 출간함.
1979	『천사의 음부』를 출간함.
1980	『이 글을 읽는 사람에게 영원한 저주를』을 출간함.
1981	리우데자네이루로 이주함.

1982	『보답받은 사랑의 피』를 출간함.
1983	희곡집『스타의 망토 아래서』를 출간함.
1985	엑토르 바벤코 감독에 의해『거미 여인의 키스』가 영화로 만들어짐.
1988	마지막 작품인『열대의 밤이 질 때』를 출간함.
1990	7월 22일 아홉 번째 작품『상대적인 습기』를 끝마치지 못하고 세상을 떠남.

새롭게 을유세계문학전집을 펴내며

을유문화사는 이미 지난 1959년부터 국내 최초로 세계문학전집을 출간한 바 있습니다. 이번에 을유세계문학전집을 완전히 새롭게 마련하게 된 것은 우리가 직면한 문화적 상황에 적극적으로 대응하기 위해서입니다. 새로운 을유세계문학전집은 세계문학의 역할이 그 어느 때보다 중요해졌다는 인식에서 출발했습니다. 오늘날 세계에서 타자에 대한 이해는 우리의 안전과 행복에 직결되고 있습니다. 세계문학은 지구상의 다양한 문화들이 평등하게 소통하고, 이질적인 구성원들이 평화롭게 공존할 수 있는 문화적인 힘을 길러 줍니다.

을유세계문학전집은 세계문학을 통해 우리가 이런 힘을 길러 나가야 한다는 믿음으로 만들어졌습니다. 지난 5년간 이를 준비하기 위해 많은 노력을 기울였습니다. 세계 각국의 다양한 삶의 방식과 문화적 성취가 살아 있는 작품들, 새로운 번역이 필요한 고전들과 새롭게 소개해야 할 우리 시대의 작품들을 선정했습니다. 우리나라 최고의 역자들이 이들 작품 속 한 문장 한 문장의 숨결을 생생히 전하기 위해 심혈을 기울였습니다. 또한 역자들은 단순히 번역만 한 것이 아니라 다른 작품의 번역을 꼼꼼히 검토해 주었습니다. 을유세계문학전집은 번역된 작품 하나하나가 정본(定本)으로 인정받고 대우받을 수 있도록 최선을 다했습니다. 세계문학이 여러 경계를 넘어 우리 사회 안에서 주어진 소임을 하게 되기를 바라며 을유세계문학전집을 내놓습니다.

을유세계문학전집 편집위원단(가나다 순)
김월회(서울대 중문과 교수)
박종소(서울대 노문과 교수)
손영주(서울대 영문과 교수)
신정환(한국외대 스페인어통번역학과 교수)
정지용(성균관대 프랑스어문학과 교수)
최윤영(서울대 독문과 교수)